Knaur

Von der Autorin sind außerdem erschienen:

Der Fluch der Feuerfrau
Das Vermächtnis der Feuerfrau

Über die Autorin:

Susan Carroll lebt und arbeitet in Rock Island, Illinois, und ist für ihre Bücher bereits mit mehreren Preisen ausgezeichnet worden. Ihre Romane »Der Fluch der Feuerfrau« und »Das Vermächtnis der Feuerfrau« waren große Erfolge.

Susan Carroll

Die Nacht der Feuerfrau

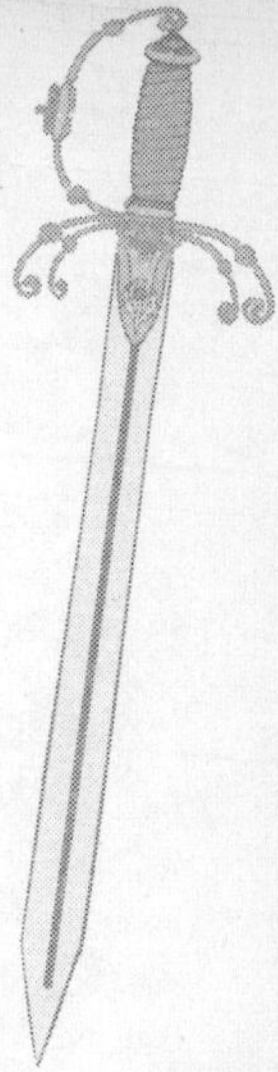

Roman

Aus dem Amerikanischen
von Marcel Bieger

Knaur

Die amerikanische Originalausgabe erschien 2001 unter dem Titel
»Midnight Bride« bei Ballantine Books, New York.

Besuchen Sie uns Internet:
www.droemer-knaur.de

Deutsche Erstausgabe 2003

Redaktion: Ilse Wagner
Umschlaggestaltung: ZERO Werbeagentur, München
Umschlagabbildung: Becker Illustrators, Hamburg/Ertugrul Edirne
Satz: Ventura Publisher im Verlag
Druck und Bindung: Nørhaven Paperback A/S
Printed in Denmark
ISBN 3-426-62230-0

1 2 3 4 5

Dieses Buch ist zwei Frauen von bemerkenswerter Stärke
und ebensolchem Mut gewidmet:

meiner Tochter Serena und meiner lieben Freundin Kim.

Meine Damen, Euer Licht durchdrang
die Dunkelheit und erreichte mich.

Prolog

Das Schiff glitt über die Wellen, und am Horizont wuchsen die dunklen Umrisse der Küste. Passagiere drängten an Deck, lachten miteinander und teilten die Freude der baldigen Ankunft. Alle bis auf den Mann, der sich während der ganzen Reise von den anderen abgesondert hatte. So grimmig und unnahbar war er den Mitreisenden erschienen, dass niemand gewagt hatte, ihn anzusprechen.

Rafael Mortmain stand allein an der Reling und hatte das Gesicht von den anderen abgewandt. Auch nach fünfjähriger Abwesenheit ging er immer noch ein großes Risiko ein, nach Cornwall zurückzukehren. Immerhin galt er dort als Pirat, als Dieb und als Mörder – eine hohe Belohnung war auf seinen Kopf ausgesetzt.

Krankheit hatte seinen ehemals kräftigen Körper fast bis zum Skelett abmagern lassen, das einst gepflegte lange schwarze Haar hing jetzt strähnig und stumpf herab, und die hageren Gesichtszüge lagen unter einer Schicht Bartstoppeln verborgen. Der Mann befürchtete, dass ihn seine eigene Mutter nicht mehr wiedererkannt hätte. Wenn es ihr denn noch möglich gewesen wäre, einen Blick auf ihn zu werfen.

Evelyn Mortmain hatte ihren Sohn allein in Paris zurückgelassen, als der gerade erst acht Jahre alt gewesen war. Seitdem hatte Rafael nie mehr etwas von ihr gehört. Erst viel später hatte er von ihrem Tod erfahren, einem sinnlosen Ende. Ihre Besessenheit hatte sie getrieben, und um dieses Wahnsinns willen hatte sie sogar ihren Sohn im Stich gelassen. Alle Mortmains hatten über Generationen an dieser Obsession gelitten: die Vernichtung der Familie St. Leger.

Dieser Drang befiel die Mortmains wie eine Krankheit. Rafael hatte sich in seinen mittlerweile vierzig Lebensjahren niemals diesem Zwang unterworfen – bis es vor kurzem auch ihn erwischt hatte. Nun konnte er weder am Tag noch in der Nacht an etwas anderes denken.

Der letzte Mortmain zitterte und trank einen Schluck aus seinem silberbeschlagenen Flachmann. Doch der Whiskey brannte nur in seiner Kehle, vermochte aber nichts gegen die Kälte auszurichten, die sich schon seit langem in seinen Knochen eingenistet hatte. Er wischte sich mit einer einst kräftigen Hand über den Mund, deren Zittern er nicht mehr unterdrücken konnte.

Rafael blinzelte auf die Klippen der fernen Küstenlinie, die von einem Tuch aus Nebel bedeckt war: Cornwall, ein Land, mehr als alle anderen angefüllt mit Sagen, Romanzen und Magie, mit Geschichten von Feen und Helden, dachte der kranke Mann spöttisch. Für ihn stellte diese Grafschaft nichts weiter als eine öde, isolierte Küste dar, der perfekte Ort, seine Rachegelüste zu befriedigen. Und jedes Schaukeln des Schiffs brachte ihn seinem Ziel näher.

Er dachte an den ach so noblen Dr. Valentine St. Leger, und sogleich stieg solcher Hass in ihm auf, dass es ihn schüttelte. Wie sehr hatte er sich damals bemüht, ein ehrbares und geachtetes Leben zu führen …

Seine Laufbahn als Zoll-Offizier hatte es mit sich gebracht, in den Teil Cornwalls zurückzukehren, in welchem seine Vorfahren ihre berüchtigten Überfälle auf die St. Legers

verübt hatten. Rafael hatte sich nach Kräften bemüht, sich davon nicht beeinflussen und den Makel seiner Abstammung hinter sich zu lassen. Und tatsächlich war es ihm gelungen, sein Leben nicht dieser Familienfehde zu unterwerfen. Er hatte sogar mit Lance St. Leger Freundschaft geschlossen, und Lance war der einzige wahre Freund gewesen, den er jemals in seinem einsamen Leben gefunden hatte.
Aber Valentine St. Leger hatte diese Freundschaft schließlich zunichte gemacht. Der Arzt betrieb ausführliche Studien über die Untaten der Mortmains und hatte über Jahrhunderte zurückverfolgt, was diese den St. Legers angetan hatten.
Valentine konnte daher in Rafael gar nichts anderes als den letzten Abkömmling einer verdorbenen und bösartigen Familie sehen. Und er gewann auch seine Umgebung dafür, diesen Mann ebenso in Misskredit zu bringen. Nach einer Weile hatte er sogar seinen Zwillingsbruder Lance davon überzeugen können.
Hinzu kam, dass Rafael in seiner Verbitterung einige Fehler begangen hatte. Schlimme Fehler. Das gab er durchaus zu. Aber er hatte ehrlich versucht, alles wieder gutzumachen. Doch dann war der Arzt eingeschritten und hatte alle Sünden Rafaels aufgedeckt. Das hatte ihn die Freundschaft mit Lance gekostet – und eigentlich auch alles andere. Rafael hatte sich gezwungen gesehen, aus dem Land zu fliehen, wenn ihm sein Leben lieb war. Ein Mortmain erhielt eben keine zweite Chance.
»Und von nun an wird es auch für die St. Legers keine zweite Chance geben, Herr Doktor«, flüsterte Rafael Mortmain und nahm noch einen kräftigen Schluck. Vielleicht einen zu großen, denn er musste heftig husten, und das bereitete ihm Brustschmerzen. Sein ganzer Kör-

per schüttelte sich, und als er sich mit der Hand über den Mund wischte, blieb helles Blut an den Fingern zurück.
Die Lungenflügel würden von innen aufgezehrt, hatte der Arzt in Boston ihm mitgeteilt und damit das Todesurteil über ihn gesprochen – Schwindsucht. Aber Rafael wusste, dass es sich bei diesem Leiden um etwas Unnatürliches, um etwas Heimtückisches handelte.
Seine Krankheit kam aus der Seele. Jahre der unterdrückten Wut, der Bitternis und der Verzweiflung, der zunichte gemachten Träume und Hoffnungen hatten sich wie eine Säure in ihm ausgebreitet und sogar seinen Verstand angegriffen.
Valentine St. Leger sollte für alles bezahlen. Der bloße Gedanke an die tadelnden, vorwurfsvollen Züge des Arztes rief bei Rafael den dringenden Wunsch hervor, diesem Mann die Hände um den Hals zu legen und kräftig und lange zuzudrücken …
Erst als die Fingernägel sich tief in seine Handteller gebohrt hatten, kam Rafael wieder zu sich und zwang sich zur Ruhe. Allmählich ging sein Atem wieder langsamer. Nein, Valentine zu töten, ginge viel zu rasch vonstatten, um seine Rache zu befriedigen … wäre viel zu schnell vorüber.
Deswegen plante Rafael etwas Subtileres … und Grausameres. Und die ganze vornehme Abstammung dieses Arztes würde ihm nichts mehr nützen. Genauso wenig wie diese ererbten besonderen Fähigkeiten, dieses ganze romantische Getue. Sogar Zauberei sollte im Spiel sein.
In Wahrheit würde es gerade diese Magie sein, welche Valentine am Ende den Untergang bereiten sollte. Mortmain griff in seinen Reisemantel und zog den Gegenstand heraus, den er an einer Kette um den Hals trug – einen Kris-

tallsplitter. Der wirkte so stumpf und nichtig, dass sich für einen Moment die Nebel lichteten, die auf Rafaels Verstand lagen.
Etwas Verwünschtes ging von diesem Stück Kristall aus, welches er den St. Legers gestohlen hatte. Es bewirkte etwas in ihm, etwas Unheimliches, Schreckliches und Fremdartiges.
Noch wäre es nicht zu spät für ihn, diesen ganzen Wahnsinn zu beenden. Dazu müsste er nur ... müsste er nur ...
Der Kristall fing das Licht ein und reflektierte es in Rafaels Augen. Damit war dieser Gedanke auf immer verloren. Mortmain schloss die Finger um den Splitter, der sich kalt anfühlte. Er sandte eine verwirrende Schwäche durch den Kranken, sodass dieser sich am Geländer festhalten musste.
Bei Gott, Rafael wusste nicht, wie lange er noch die Reste seine Kräfte zusammenhalten konnte. Sobald das Schiff angelegt hatte, würde er ein Pferd suchen und so rasch wie möglich zum Dorf Torrecombe reiten müssen, wo die Burg St. Leger auf den Klippen aufragte. Das Wagnis, von jemandem gesehen und wiedererkannt zu werden, durfte für ihn keine Rolle mehr spielen.
So krank, wie er war, was hielt der Galgen da noch für Schrecken für ihn bereit?
Rafael wusste, dass er bereits dem Tod näher war als dem Leben. Und damit wurde der letzte Mortmain zu einem weit gefährlicheren Gegner als jeder seiner Vorgänger ...

1

Der Wind rüttelte an den Fenstern, und die blasse Sonne thronte über einem Tag, welcher der jungen Frau endlos erschien. Die ganze Zeit wand Carrie Trewithan sich schon auf ihrem Bett. Als die nächste Wehe sie erfasste, presste die werdende Mutter die Hände auf den vorgewölbten Bauch und konnte den Schrei nicht länger zurückhalten.

Die Amme beugte sich über sie und legte ihr ein kühles Tuch auf die schweißbedeckte Stirn. »Aber, aber, mein Liebes. Versuch, noch etwas durchzuhalten. Glaub mir, bald ist alles geschafft.«

Sarah, die Amme, bedachte sie mit einem breiten, zahnlosen Lächeln, aber das konnte die Furcht in den Augen der alten Frau nicht überdecken.

Irgendetwas ging hier furchtbar schief. Carrie lag schon seit siebzehn Stunden in den Wehen, fast die ganze vergangene Nacht hindurch, dann den Morgen über und nun auch schon in den Nachmittag hinein. So lange hatte die junge Frau noch nie für ein Kind gebraucht, und noch immer wollte der Säugling nicht kommen.

Carrie sank ermattet in die Kissen ihres grob gezimmerten Betts zurück. Das strähnige braune Haar hatte endgültig alle Form verloren. Sie wusste, dass sie die Schmerzen nicht mehr lange aushalten konnte. Mit jeder neuen Wehe ließen ihre Kräfte ein wenig mehr nach.

Ich werde sterben, dachte die junge Frau und schloss die Augen, um die Tränen zurückzuhalten. Nicht um sich selbst wollte sie weinen, sondern wegen der Kleinen, die sie allein zurücklassen musste. Wegen des Neugeborenen, wenn es denn leben sollte, sowie um Janey, Tom, Sam und Aggie. Was sollte nur ohne Mutter aus ihnen werden?
Verloren im Nebel ihres Unglücks, bekam Carrie nur am Rande mit, wie Sarah sich vom Bett entfernte und heftig mit jemandem flüsterte, der in die Kammer zu gelangen versuchte. Aller Wahrscheinlichkeit nach der kleine Tom, der heulend zu seiner Mama wollte.
Bei Gott, Carrie wollte nicht, dass eines ihrer Kinder sie so sähe. Unter großen Anstrengungen konnte sie den Kopf zur Seite drehen, um einen Tadel auszusprechen. Flatternd öffnete sie die Lider, und schon stockte ihr der Atem …
Da stand nicht Tom auf der Schwelle, sondern ein Mann, der den Geruch von frischer Herbstluft mitbrachte. Seine kräftigen Schultern wurden von dem schweren Mantel noch zusätzlich betont, sodass er insgesamt düster wie der Gevatter Tod selbst wirkte.
Carrie erstarrte vor Furcht, als der Fremde näher trat. Seine schweren Stiefelschritte hallten laut und unregelmäßig wider. Bevor die werdende Mutter einen Schrei ausstoßen konnte, nahm der Fremde jedoch schon Mantel und Biberfellhut ab und reichte beides Sarah.
Das Sonnenlicht fiel durch die schmutzige Fensterscheibe auf sein Gesicht. Nichts Böses ging von ihm aus. Im Gegenteil, er hatte die Züge eines normalen Sterblichen. Das vom Wind zerzauste, schwarze Haar und noch mehr die schweren dunklen Augenbrauen wirkten zu hart für seine blasse Gesichtsfarbe. Und seine Adlernase stand im Widerspruch zu seinem sinnlich geschwungenen Mund …

Aber ein Blick in das Antlitz dieses Mannes reichte aus, um zu erkennen, dass es sich bei ihm um einen guten und freundlichen Menschen handelte. Seine Körperkräfte wurden von seiner Sanftheit im Zaum gehalten.
Carries Ängste lösten sich in einem Seufzer der Erleichterung auf.
»Ihr seid es, Dr. Leger«, flüsterte sie. »Dann konntet Ihr also doch noch kommen.«
»Natürlich, Carrie.« Er lächelte ihr zu. Es war kein auffälliges Lächeln, er zog lediglich die Mundwinkel etwas hoch, und das kennzeichnete ihn als jemanden, der nicht leicht zur Heiterkeit neigte.
Mit sanftem Tadel in der Stimme fragte er nun: »Warum habt Ihr nicht früher nach mir geschickt?«
»Ich hätte Euch gar nicht rufen dürfen, denn ich ... ich habe nicht viel Geld ...«
»Davon will ich jetzt nichts hören, denn das spielt keine Rolle.«
Als er einen Stuhl heranzog, um sich neben sie ans Bett zu setzen, befeuchtete Carrie sich die Lippen und sprudelte alles heraus, bevor die nächste Schmerzwoge sie überkam: »Es ist ja nur, weil es diesmal so lange dauert, und – und überhaupt tut es diesmal so furchtbar weh und ich bin so erschöpft, und ...«
Sie konnte nur noch schluchzen. Nach einem Moment dann: »Ihr seid der Einzige, der mir helfen kann, Dr. Leger, der Einzige!«
»Und genau das werde ich auch tun, Carrie. Keine Bange, jetzt wird alles wieder gut.«
Er klang so beruhigend und so überzeugend, dass die werdende Mutter ihm glaubte. Auch wenn ihr Mann Reeve furchtbar wütend werden würde, wenn er erfuhr, dass sie den ortsansässigen Arzt gerufen hatte.

Dabei erschrak sie im Nachhinein selbst darüber. Valentine St. Leger war der jüngste Sohn des allseits gefürchteten Herrn von Burg Leger, Lord Anatole St. Leger, einem Mann, von dem Gerüchte wissen wollten, dass er von einem Zauberer abstamme. Hinter vorgehaltener Hand erzählte man sich, dass alle St. Legers etwas Dämonisches an sich hätten.

Aber wenn sie Valentine jetzt so betrachtete, konnte sie in seinen ernsten Zügen nichts Teuflisches ausmachen. Er besaß viel eher die Augen eines Engels, warm und mitfühlend und in Kenntnis allen menschlichen Leidens blickten sie in die Welt. Und das war kein Zufall, denn der Arzt hatte selbst auch Kummer und Schmerzen kennen gelernt.

Carrie geriet in Panik, als die nächste Wehe sich ankündigte … bis sich seine starke Hand über der ihren schloss.

»Keine Angst, Carrie«, erklärte er. »Seht mich an, und haltet Euch an mir fest.«

Die Luft drohte ihr im Hals stecken zu bleiben, aber sie bemühte sich nach Kräften, seiner Aufforderung nachzukommen. Carrie ergriff eine seiner Hände und blickte ihm in die bemerkenswerten Augen mit ihrem samtigen Braun.

Als ihrer beider Handflächen sich berührten, geschah etwas Seltsames. Zuerst spürte die werdende Mutter nur ein Prickeln, aus dem sich dann eine Wärme entwickelte, die sich wie eine goldene Flüssigkeit von ihrem Handgelenk aus im ganzen Körper zu verbreiten begann. Tatsächlich ließen die schrecklichen Schmerzen nun nach.

Die werdende Mutter sah, wie der Arzt die Lippen immer mehr zusammenpresste, so als gingen ihre Schmerzen auf ihn über. So jedenfalls tuschelte man im Dorf. Zu so etwas sollte Valentine mit seiner unerklärlichen Magie im

Stande sein. Bislang hatte Carrie das immer als Unfug abgetan. Aber jetzt …
Sie spürte, dass die nächste Wehe sich ankündigte, aber wunderbarerweise kamen keine Schmerzen. Die Lider fielen ihr zu, und eine angenehme Müdigkeit überkam sie. Carrie verlor jegliches Zeitgefühl und hörte damit auf, die Minuten zu zählen, wie sie das bisher so gewissenhaft getan hatte.
Wie aus großer Entfernung hörte sie den Arzt sprechen – oder glaubte das zumindest, denn genauso gut konnten sich ihre Sinne täuschen. Er schien Sarah etwas aufzutragen … und dann Carrie zu befehlen, fest zu pressen …
Schon spürte sie etwas Warmes über ihre Beine laufen, und Momente später ertönte ein Schrei.
»Gepriesen sei Gott!«, rief die Amme mit einer Stimme, als sei sie hundert Meilen weit entfernt.
Carrie konnte nur lächeln wie jemand, der noch gar nicht richtig wach ist. Als sie endlich die Augen wieder öffnete, lag etwas in ihrer Armbeuge – etwas Weiches und Unruhiges.
Immer noch benommen, schlug sie das Tuch ein Stück zurück und stellte dann fest, dass sie eine Tochter geboren hatte.
Wie bei einem Schlafwandler, den man abrupt aus dem Schlaf reißt, wurde Carrie bewusst, was geschehen war. Sie hatte gerade einem kleinen Mädchen das Leben geschenkt! Sie war am Ende ihrer Kräfte, hatte bereits vier Kinder und sah sich kaum in der Lage, diese durchzubringen. Aber dieses fünfte Kind hier erschien ihr wie ein Wunder. So gesund und so perfekt sah das kleine Mädchen aus. Und Carrie hatte die Geburt überlebt, um ihre Tochter jetzt im Arm halten zu können. Freudentränen rannen ihr über die Wangen.

Endlich fiel ihr ein, sich bei dem Engel zu bedanken, der sie durch diese Mühsal geführt hatte. Doch als sie sich umdrehte, war der Arzt, ganz ein Mitglied der geheimnisumwitterten St. Legers, bereits verschwunden.

Die Straße, welche nach Castle Leger führte, wand sich die Anhöhe hinauf und verlor sich im Dunst der Dämmerung. Doch der rotgraue Wallach fand auch allein seinen Weg. Sehr zum Glück für seinen Reiter, den man kaum als wach genug bezeichnen konnte, um ein Ross zu lenken.

Val St. Leger saß vornübergebeugt im Sattel und hatte genug damit zu tun, seinen Blick auf die Straße vor ihm zu konzentrieren. Er spürte seine Erschöpfung bis ins Mark und fühlte sich ausgelaugt, als ... als habe er gerade drei Stunden Wehen durchlitten, um endlich ein Kind zur Welt zu bringen.

Er verzog den Mund zu einem leichte Grinsen. Jede Wette, nicht viele Männer konnten von sich behaupten, so etwas schon einmal mitgemacht zu haben.

Valentine wusste genau, dass er es im Leben nie zu einem großen Feldherrn, begnadeten Künstler oder begabten Staatsmann bringen würde. Aber seine eigentümliche St.-Leger-Gabe machte aus ihm dennoch etwas Besonderes. Er wusste aus eigener Erfahrung, wie viel Schmerzen man durchleiden musste, um ein Kind zu gebären. Valentine konnte nur die Stärke der Frauen bewundern, dass sie es immer noch nicht aufgegeben hatten, die Welt weiterhin zu bevölkern. Ganz gewiss traf das auf Carrie Trewithan zu.

Wenn man ihre Fehlgeburten mitrechnete, war die arme Frau während der vergangenen sieben Jahre eigentlich ständig schwanger gewesen. Valentine hatte ihren Mann mehrfach gewarnt, dass Carries eher zierlicher Körper Erholungsphasen brauche. Aber der saß lieber, wie jetzt auch, im Wirtshaus und kehrte nur zu seiner Familie zurück, wenn es ihn wieder danach gelüstete, mit seiner Frau ins Bett zu steigen.

Dabei war es schon ein Wunder, dass Carrie die letzte Schwangerschaft überlebt hatte. Morgen würde der Arzt noch einmal ein ernstes Wort mit Reeve reden. Er spürte, wie sich seine Hände um die Zügel verkrampften. Am liebsten hätte er dem Mann eine Tracht Prügel verabreicht. Sein Bruder Lance hätte bestimmt nicht gezögert. Aber so etwas schickte sich nicht für den Arzt des Dorfes … der zudem noch ein verkrüppeltes Bein hatte.

Eine alte Verletzung ließ Valentine humpeln. Heute Abend brannte sein kaputtes Knie noch schlimmer als sonst. Schon reichlich erschöpft von seinen eigenen Schmerzen, war es sicher nicht das Klügste gewesen, sich auch noch Carries Schmerzen aufzubürden.

Aber was hätte er sonst tun sollen?, fragte sich der Arzt und erinnerte sich an die eingesunkenen Augen der Hochschwangeren und ihre verzweifelten Worte: »Ihr seid der Einzige, der mir helfen kann … der Einzige!«

Wie oft schon hatte er diesen Satz von leidenden Menschen hören müssen? Die Erinnerung an flehende Blicke und durchdringende Schreie verfolgte den Arzt oft bis in den Schlaf und ließ ihn auch im Wachzustand nicht in Ruhe.

Unbewusst trieb er Vulkan an, so als könne er den inneren Stimmen davonreiten. Schon im nächsten Moment musste Valentine dafür bezahlen; denn die ruckartige Bewegung ließ neuen Schmerz durch sein Knie schießen.

Valentine keuchte und atmete mehrmals tief durch, bis das Brennen sich in ein dumpfes Pochen verwandelt hatte. Und sein Pferd war eigentlich kaum von seinem gewohnten Trott abgewichen. Vulkan pflegte sein eigenes Tempo zu wählen. In seiner Jugend hatte es Tage gegeben, da hatte Valentine den ganzen Tag im Sattel gesessen und hatte sich dann noch die halbe Nacht mit seinem Bruder im Fechtkampf geübt. In jenen Tagen hatte er sich auch auf die besten Jagdpferde im Stall seines Vaters setzen können.

Doch die Erinnerungen an die alten Zeiten rief Bitternis und Bedauern hervor. Und der Arzt gestattete sich niemals, sich über all das zu grämen, was er verloren hatte. Er hielt solche düsteren Empfindungen tief in einer der hintersten Ecken seiner Seele verschlossen; denn nirgendwo anders gehörten sie hin.

Als Vulkan um die nächste Ecke bog, ging seinem Reiter das Herz auf: Beim Anblick seines Ziels verflog ein gut Teil seiner Müdigkeit. Eine dichte Reihe Eichen versperrte den Blick auf die neueren Flügel von Burg Leger, aber die Zinnen des alten Teils ragten hoch über den Wipfeln auf. Seit vielen Jahrhunderten stach der Hauptturm weit in den Himmel hinein. Das alte Gemäuer hatte dem ersten Burgherrn, Prospero St. Leger, als Zuflucht gedient. Unter dem verwitterten Turmdach hatte der notorische Zauberer seine schwarze Magie bewirkt und sich an alchimistischen Experimenten versucht, die schließlich seinen Untergang bewirkt hatten. Man hatte den Schwarzmagier auf dem Scheiterhaufen verbrannt.

Ein Ammenmärchen, so tat man heute die Geschichte vom Stammvater der St. Legers ab. Doch Valentine hatte gründliche Forschungen betrieben und dabei festgestellt, dass diese Sage mehr als nur das sprichwörtliche Körnchen Wahrheit enthielt. Fast könnte man meinen, alles habe sich wirklich genau so abgespielt.

Historische Fakten, Sagen und Märchen bildeten die Substanz von Castle Leger, und man erzählte sich hier Geschichten über Ruhmestaten wie über Zauberkräfte.
Wie oft schon war dem Arzt beim Anblick dieser stolzen Mauern die Brust geschwollen, wenn er in der Dämmerung nach Hause geritten war. Für gewöhnlich ritt Lance vorneweg und Val, sein jüngerer Zwillingsbruder, gemächlicher hinterdrein.
Valentine war immer schon der Vorsichtigere von beiden gewesen, der Gelehrte und der Träumer. Es ließ sich nun einmal schlecht miteinander vereinbaren, im gestreckten Galopp über Stock und Stein zu reiten und den Kopf voll zu haben mit allen möglichen Büchern und romantisierenden Phantasien von vergangenen Zeiten ...
Der Arzt stellte sich gern vor, er sei ein kühner Ritter, welcher auf seinem feurigen Ross zur Burg zurückkehrte, um vor der wunderschönen Burgherrin das Knie zu beugen, die ihn schon erwartete.
Bislang war es ihm noch nie möglich gewesen, in seinen Tagträumereien ihr Gesicht zu sehen – nur ihr sanftes Lächeln, den Glanz in ihren Augen und die schlanken weißen Arme, die sie nach ihrem Ritter ausstreckte, um ihn daheim willkommen zu heißen.
Irgendwann war er dann erwachsen genug geworden, um zu erkennen, dass es für einen Ritter in schimmernder Rüstung im modernen neunzehnten Jahrhundert nur wenige Betätigungsfelder gab. Da erschien es ihm wesentlich vernünftiger, Arzt zu werden.
Und das ernährt ja auch seinen Mann, dachte Valentine seufzend und streckte seine müden und schmerzenden Muskeln.
In ihm würde wohl niemals jemand einen kühnen Ritter sehen; genauso wenig, wie man Vulkan als feuriges Ross

bezeichnen konnte. Und was die sehnsüchtig wartende Dame auf der Burg anging …

Letztere würde es am allerwenigsten geben. Für ihn ganz gewiss nicht.

Doch während er jetzt heimritt, entdeckte er, dass dort tatsächlich jemand zu warten schien. Oben auf der Hügelkuppe stand eine Frau. Ein schlankes Fräulein mit einem roten Umhang. Der Wind hatte ihr die Kapuze vom Kopf geweht, und das lange schwarze Haar schien ihre Schultern hinabzufließen. Die letzten Strahlen der untergehenden Sonne umgaben die junge Frau mit einem goldenen Rahmen …

Der Anblick verwirrte ihn außerordentlich und rief ihm sofort die Frauenphantasie aus fernen Jugendtagen ins Gedächtnis zurück.

Valentine blinzelte mehrmals, denn er glaubte, seine übermüdeten Augen spielten ihm einen Streich. Vielleicht waren seine Jungenträume doch nicht so tief begraben, sondern noch höchst lebendig.

Erwartungsvoll beugte der Arzt sich vor … sackte dann beim Näherkommen ein Stück im Sattel zusammen und musste, als er das edle Fräulein erkannte, über seine eigene Torheit lachen.

Bei dem Mädchen dort handelte es sich ganz gewiss nicht um eine Lady; sondern nur um Kate, seine Freundin und gleichzeitig die Adoptivtochter einer entfernten Verwandten von ihm – Elfreda Fitzleger.

Als die junge Dame Valentine bemerkte, stieß sie ein lautes »Juchhu!« aus und stürmte den Hang herunter. Ihre Röcke flogen dabei so hoch, dass man das kaum noch als schicklich bezeichnen konnte.

»Verdammt noch mal, Kate, nicht gar so flugs!«, rief der Arzt ihr entgegen.

Entweder konnte sie ihn nicht hören, oder, was vermutlich eher zutraf, sie wollte nicht. Denn im nächsten Moment rannte sie noch schneller, und das rabenschwarze Haar wehte wie ein Banner hinter ihr her.
Valentine zügelte sein Ross, weil er befürchtete, das Mädchen könne in ihrer Unbesonnenheit direkt in Vulkan hineinlaufen.
Dann wartete er mit angehaltenem Atem und befürchtete, Kate könne jeden Moment fallen und den Rest des Hügels herunterpurzeln. Der Arzt konnte schon nicht mehr zählen, wie oft er ihr in den letzten Jahren das aufgeschlagene Schienbein verbunden oder wie viele Knochen er gerichtet hatte.
Aber irgendwie gelang es dem Wildfang, heil unten anzukommen. Valentine atmete erleichtert aus, als das Mädchen neben Vulkan auftauchte, keuchend die Zügel des Wallachs hielt und vor Begeisterung über ihren verrückten Lauf laut lachte. Das Pferd wieherte freudig, als es das Mädchen wiedererkannte, und rieb sein Maul an Kates Kopf.
Das silberhelle Lachen des Mädchens wirkte so ansteckend auf Valentine, dass er Mühe hatte, die ernste Miene beizubehalten, die nun einmal unerlässlich war, wenn er die Kleine ausschimpfen wollte.
»Katherine Fitzleger! Bist du denn komplett von Sinnen?«, grollte er.
»Gut möglich!«, keuchte sie. Als sie wieder bei Atem war, stellte sie sich vor ihren Freund. Ihre Wangen, die immer noch vom Sommer gebräunt waren, färbten sich rosarot. Das junge Fräulein empfand Hauben und Mützen als höchst lästig.
Sie lächelte ihn schelmisch an. »Was habe ich denn jetzt schon wieder angestellt, dass du mich so böse anguckst?«

»Was du angestellt hast? Du bist den steilen Hügel dort heruntergesprungen, wo es doch schon bald dunkel ist. Mädchen, du hättest dir leicht das Genick brechen können!«

»Habe ich aber nicht.«

»Was treibst du überhaupt hier draußen?«

»Ich habe auf dich gewartet.«

»Wie, ganz allein? In der Dämmerung?«

»Noch ist die ja nicht angebrochen«, berichtigte sie ihn. »Davon abgesehen, was könnte mir hier denn schon passieren? Selbst wenn wir Mitternacht hätten? Auf St.-Leger-Land wagt doch niemand, mir zu nahe zu treten. Nicht einmal ein Mortmain. Und den Letzten von denen hast du doch vor ein paar Jahren aus dem Land gejagt.«

Kate ließ sich nicht von diesem Glauben abbringen. Für sie hatte Valentine mit einer beispiellosen Heldentat Rafe Mortmain vertrieben. Tatsächlich war der Mann aus Cornwall geflohen, aber das hatte mehr mit dem Eingreifen von Lance zu tun gehabt, dachte Valentine. Er hatte damals nicht mehr zustande gebracht, als sich selbst in höchste Gefahr zu bringen.

»Es spielt überhaupt keine Rolle, wie nahe wir hier der Burg sein mögen«, tadelte er das Mädchen weiter. »Du darfst nicht mehr allein durch die Gegend laufen. Immerhin bist du jetzt fast eine junge Dame … na ja, eine junge Frau.«

»Ist dir das also auch endlich aufgefallen?«, gurrte Kate und klimperte in einer Weise mit den Wimpern, die Valentine verstörte. Wenn sie jemand anderer gewesen wäre, hätte man annehmen können, sie wolle mit ihm flirten!

»Ja, das ist mir aufgefallen, und ich wette, den jungen Burschen in dieser Gegend hier auch. Wenn du nicht damit aufhörst, allein über Feld und Flur zu streifen, dann …«

Der Arzt schwieg unbehaglich und räusperte sich. Wie konnte er seine Ängste um das Mädchen zum Ausdruck bringen, ohne zu direkt werden zu müssen. »Dann läufst du Gefahr … dann blüht dir womöglich –«
»Vergewaltigt zu werden?«, platzte es aus dem Mädchen heraus.
»Ich wollte eigentlich sagen, dann würdest du Opfer einer höchst unwillkommenen Aufmerksamkeit.«
»Ach, komm! Ich möchte den Mann sehen, der sich traut, das bei mir zu versuchen. Den Tag wird er bis an sein Ende bitterlich bereuen. Vor allem, wenn ich die hier dabeihabe.«
Kate griff in die Innentasche ihres Umhangs und zog eine kleine Vorderladerpistole heraus, die sie mit triumphierender Miene vor dem Arzt schwang.
Valentine zuckte so heftig zurück, dass Vulkan sich erschreckte. »Bei der Heiligen Mutter Gottes! Kate! Steck das Ding weg, bevor du dich noch verletzt!«
»Sie ist ja nicht geladen … noch nicht.«
Der Arzt hielt die Zügel fest in der Hand und beugte sich vor, um dem Ross auf den Hals zu klopfen. Als das Tier sich beruhigt hatte, streckte er die Hand aus und sah das Mädchen streng an: »Gib mir dieses Höllengerät. Jetzt!«
Kate blickte ihn gelassen an, öffnete den Umhang und steckte die Pistole in die Innentasche zurück. »Du brauchst dich wirklich nicht zu beunruhigen, Valentine. Ich habe die Waffe nicht gestohlen oder so. Sie gehört mir. Lance hat sie mir geschenkt.«
St. Leger fluchte nur selten, aber jetzt umso derber. Sein Zwillingsbruder hatte Kates wilde Art immer als angenehm empfunden, und er hatte das Mädchen schon immer zu allerlei ermutigt: Hosen tragen, auf Bäume klettern und so weiter. Lance hatte ihr sogar Fechtunter-

richt erteilt. So weit, so schlecht. Aber ihr auch noch eine Schusswaffe auszuhändigen, das ging doch wohl eindeutig zu weit, oder?

Sein Bruder musste den Verstand verloren haben!

Sobald er in der Burg Leger eingetroffen war, würde Valentine Lance am Kragen packen und ihm ordentlich Bescheid stoßen ... Aber was würde er ihm eigentlich sagen?, fragte sich der Arzt verdrossen. Es war doch ein Ding der Unmöglichkeit, seinen unverbesserlichen Bruder zu irgendetwas bewegen zu wollen. Genauso gut hätte man versuchen können, der Küchenkatze Benehmen beizubringen. Oder Kate.

Unbeeindruckt von seiner Reaktion auf das »Geschenk«, strampelte sie sich jetzt ab, auf Vulkan hinaufzukommen, um vor Valentine auf dem Pferd zu sitzen. Diesen Platz beanspruchte sie, seit sie ein kleines Mädchen war. Dem Arzt blieb schließlich nichts anderes übrig, als sie zu sich heraufzuziehen.

Er wappnete sich gegen den unvermeidlichen Schmerz, den dieses Bemühen in seinem kaputten Knie hervorrufen würde; aber dann wurde es doch nur halb so schlimm. Kate war immer noch leicht wie eine Feder.

Manchmal kam es dem jüngeren St. Leger so vor, als sei das Mädchen, das vor acht Jahren zum ersten Mal nach Torrecombe gekommen war, kaum gewachsen. Schon damals war sie nur Haut und Knochen gewesen ... und hatte diesen trotzigen Blick gezeigt.

Kate machte es sich zwischen seinen Schenkeln bequem und griff nach hinten, um seine Arme um sich zu legen. Valentine zuckte zusammen, als ihre Finger dabei seinen Hals streiften. Ihre Finger waren eiskalt. Wie üblich hatte der Wildfang keinen Wert auf Handschuhe gelegt.

»Was wolltest du sagen?«, fragte sie und setzte eine klägli-

che Miene auf, so als wolle sie immer artig sein und jedes Wort von ihm befolgen ... Aber das nahm ihr niemand ab. Zu viel Feuer funkelte in den sturmgrauen Augen, das vorgeschobene Kinn verriet zu viel Trotz und zu viel Bereitschaft zu neuen Missetaten lauerte in den Mundwinkeln. Valentine musste bei diesem Gesichtsausdruck lachen und gab es auf, sie ausschimpfen zu wollen. »Kate, ach Kate, was soll ich nur mit dir anfangen? Aus Sorge um dich verliere ich noch den Verstand!«
»Du besitzt doch keinen Verstand, Val St. Leger!« Ihn »Val« anzureden, gehörte ebenfalls zu ihren unveräußerlichen Rechten, genauso, wie ihn jetzt mit Küssen zu überschütten. Einige trafen seine Stirn, einige seine Wangen, wieder andere sein Kinn ... und ihre Lippen näherten sich immer mehr den seinen.
»Aufhören!«, grollte er und versuchte einerseits, sie dazu zu bewegen, von der Küsserei abzulassen, und andererseits, das Pferd ruhig zu halten. »Wann wirst du endlich lernen, dich zu benehmen?«
»Sobald du endlich damit aufhörst, mir ständig über alles Vorhaltungen zu machen«, entgegnete sie und gab ihm ein letztes Küsschen – auf die Nasenspitze. »Ich kann ganz gut allein auf mich aufpassen – und auch auf dich. Wenn irgendein Schurke einen von uns jemals bedrohen sollte, verwandle ich ihn in ein Warzenschwein!«
»Nein, Kate, du hast es mir versprochen. So etwas will ich nie mehr von dir hören.« Der Arzt vollbrachte das Kunststück, sich weit genug zurückzubeugen, um sie ernst anzusehen: »Du hast doch nicht etwa wieder mit dem, mit der ... na ja, herumgepfuscht?«
»Mit der Hexerei?« Sie zog die Brauen hoch. »Wie sollte ich denn, wo du mir doch dieses faszinierende Buch abgenommen hast?«

»Und das war auch ganz richtig so, nach dem, was du wieder angestellt hattest! Warum musstest du den armen, alten Ben Gurney auch unbedingt glauben machen, du könntest sein Schwein verhexen?«
»Ach, das war doch nur ein Liebeszauber. Und was hätten die beiden für ein hübsches Paar abgegeben!« Kate kicherte bei der Erinnerung daran, hörte aber sofort damit auf, als sie sein Stirnrunzeln bemerkte.
Das Mädchen löste eine Hand aus seiner Umarmung und erhob sie wie zum Gelöbnis: »Val, ich schwöre dir, seitdem keinen Versuch mehr unternommen zu haben, irgendwelche Hexenkünste an den armen Menschen von Torrecombe auszuprobieren.«
»Gut«, entgegnete er. Ihre ernste Versicherung erleichterte ihn sehr. Im Grunde befürchtete er gar nicht so sehr, dass Kate sich in den Schwarzen Künsten üben könne; und das Buch, welches er eingezogen hatte, hatte nicht mehr als Aberglauben und blühenden Unsinn enthalten.
Nicht einmal die St. Legers hatten sich je darauf verstanden, Zauber zu sprechen – außer natürlich, man schenkte den Geschichten über Prosperos Zauberkünste Glauben. Bislang hatte Kate ja auch nichts wirklich Schlimmes angestellt. Aber wenn man ihre Neigung in Betracht zog, etwas anzustellen, war es vielleicht ganz gut, dass sie sich nicht weiter mit dem Okkulten beschäftigte.
Im Moment wirkte das Mädchen ohnehin wieder wie ein reiner Engel. Sie hielt sich an ihm fest, hatte den Kopf an seine Brust gelegt und seufzte zufrieden. Valentine rang mit sich. Eigentlich durfte er der heranreifenden Kate so etwas nicht mehr erlauben. Und auch nicht, dass sie am Straßenrand auf ihn wartete. Oder sich von ihm auf sein Pferd heben ließ.

Er hätte ihr das Versprechen abnehmen können, dies in Zukunft zu unterlassen. Trotz aller Verrücktheiten und Unarten besaß das Mädchen ein starkes Ehrgefühl. Wenn sie etwas versprach, hielt sie das auch ein. Auch wenn die Vernunft ihm sagte, dass es so am besten für Kate wäre, konnte er sich nicht dazu durchringen, ihr ein solches Versprechen abzuverlangen.

In Wahrheit freute der jüngere St. Leger sich nämlich viel zu sehr darüber, dass sie zu ihm gekommen war. Er genoss es auch sehr, sie an sich gekuschelt zu spüren, und noch viel mehr, ihre sanftere Seite kennen zu lernen, die allein für ihn reserviert war.

Valentine gab ihr einen brüderlichen Kuss auf das lockige dunkle Haar. Je mehr er den frischen, süßen Duft ihres Haars einsog, desto mehr vergaß er Erschöpfung und Schmerzen.

Die Arme um das Mädchen gelegt, brachte er sein Ross dazu, sich wieder in Bewegung zu setzen. Der alte Vulkan entschied sich für eine gemächliche Gangart, so als sei er sich seiner wertvollen Last durchaus bewusst.

Nach ein paar Minuten murmelte Kate an Valentines Schulter: »Also gut, vermutlich hätte ich besser im Salon an der Feuerstelle auf dich warten sollen. Aber du weißt ganz genau, wie ungeduldig ich werden kann. Und du bist ja auch wirklich lange fortgeblieben. Was hast du denn die ganze Zeit getrieben?«

»Eine Patientin versorgt.«

»Wen? Die alte Mrs. McGinty?«

»Nein, Carrie Trewithan. Ich habe ihr dabei geholfen, ein neues Kind auf die Welt zu bringen. Noch ein Mädchen.«

»Aber die Trewithan ruft für so was doch die Amme. Warum hat sie nach dir geschickt –«

Das Mädchen unterbrach sich, fuhr hoch und blickte ihm

streng und anklagend ins Gesicht: »Val! Du hast wieder deine Kräfte eingesetzt, nicht wahr?«
Valentine zuckte nur die Schultern, stritt es aber nicht ab. Kate kannte ihn jedoch viel zu gut, und seine eingefallenen Wangen sprachen ohnehin Bände.
»Verdammt noch mal, Val, du weißt doch –«
»Du sollst nicht fluchen, Kate.«
»– ganz genau, dass du mit deiner besonderen Gabe sehr haushalten musst. Sie raubt dir deine letzten Kräfte und ist auch sonst sehr gefährlich!«
»Ach was, gefährlich«, schnaubte der Arzt. »Mein Vater konnte einen Mann mit einem Augenaufschlag quer durchs Zimmer schleudern. Das nenne ich gefährlich. Genauso wie das Talent meines Bruders, seine Seele vom Körper zu trennen und des Nachts auf Wanderschaft zu gehen. Wenn man dagegen meine Fähigkeit nimmt, anderen den Schmerz abzunehmen, so ist das doch vergleichsweise harmlos.«
»O ja, diese harmlose kleine Spielerei hat dich ja auch erst ein Bein gekostet!«
Valentine zuckte zusammen. Das eine Mal, als er die Gewalt über seine besondere Begabung verloren hatte, hatte ihn das mehr als nur sein Bein gekostet – nämlich beinahe auch noch seinen Bruder. Lance und er waren sich seit jenem Tag auf dem Schlachtfeld in Spanien fremd gewesen und hatten nichts mehr miteinander anfangen können. Dieser Riss hatte sich erst in den letzten Jahren wieder kitten lassen.
Der Arzt ließ sich nicht gern an diese dunkle Zeit erinnern, und das wusste Kate auch. Aber wenn die junge Dame sich ärgerte oder sich sonst wie aufregte, konnte sie ihre Zunge nicht mehr im Zaum halten. Und im Moment traf wohl beides zu.

Valentine hatte ihr schon mehrfach versichert, dass sie sich deswegen keine Sorgen machen müsse, aber anscheinend musste man ihr das immer wieder sagen.
»Kate, ich verspreche dir, dass ich mittlerweile sehr vorsichtig darin bin, wie und wann ich meine besonderen Kräfte einsetze. Aber heute blieb mir einfach keine andere Wahl.«
»Ach, das sagst du doch jedes Mal!«
»Diesmal stimmt es aber«, erwiderte er lächelnd, »denn Mrs. Trewithan wäre höchstwahrscheinlich gestorben, wenn ich ihr nicht geholfen hätte. Sie hatte einfach keine Kraft, keine Reserven mehr. Die arme Frau war ja nie besonders stark, und vom vielen Kinderkriegen ist ihr Körper richtig ausgelaugt.«
»Nur weil ihr Mann so ein widerlicher Wüstling ist! Man sollte ihm den Schniedel mit einem rot glühenden Messer abhacken!«
»Kate!«
»Verzeiht, mein Herr, ich habe mich wohl vergessen. Unschuldige junge Damen sollen ja von solchen Dingen keine Ahnung haben. Nur war ich leider nie so richtig unschuldig«, fügte sie traurig hinzu.
Man wusste nur wenig über Kates Zeit vor ihrer Adoption. Doch allem Anschein nach hatte sie mehr von den dunklen Seiten des Lebens kennen gelernt, als das einem Kind gut tun kann. Wenn ihr Erinnerungen an diese Jahre hochkamen, verdrängte sie die rasch, weil sie das alles vergessen wollte.
Doch manchmal entdeckte der Arzt in ihren Augen eine Weltverdrossenheit, bei der ihm das Herz schwer wurde. Er drückte ihren Kopf sanft an seine Brust.
Schweigend ritten sie weiter, und ihre Körper wurden im Gleichklang des Trotts des alten Vulkan durchgerüttelt.

Aber Kate hatte noch nie eine Sache auf sich beruhen lassen können, ohne das letzte Wort gehabt zu haben.
»Eines will ich dir dringend sagen, Valentine St. Leger: Wenn ich einmal hochschwanger sein sollte, werde ich dir nicht gestatten, meine Schmerzen zu übernehmen. Ich bin nämlich stark genug, das ganz allein durchzustehen.«
Der Arzt musste an sich halten, um nicht zu lachen. Die Vorstellung, diese wilde Kate würde sich tatsächlich mit jemandem verehelichen und dann auch noch die Mutter von Kindern werden, erschien ihm einfach zu –
Nein, nicht lächerlich oder absurd. Jedenfalls nicht so, wie er das im ersten Moment gedacht hatte. Die Heiterkeit verging ihm, denn er wusste nur zu gut, dass die Zeit schnell dahinflog. Viel schneller, als ihm das lieb war, würde Kate in die Welt hinausgehen, einen netten jungen Mann kennen lernen und ihre eigene Familie gründen.
So war es recht, und so war der Lauf der Dinge – aber dennoch erfüllte ihn der Gedanke mit ebenso großer wie unerklärlicher Betrübnis.
Valentine hielt Kate den Rest des Wegs an sich gedrückt. Vulkan trug sie auch ohne Anweisung zum Stall hinter dem neuen Flügel von Burg Leger – ein Anwesen im Stil des englischen Rokoko, das so gar nicht zu der alten Burg aus dem dreizehnten Jahrhundert passen wollte.
Die viereckigen Stallungen wirkten fast so beeindruckend wie das Herrenhaus selbst. Im Erdgeschoss fand sich genug Platz, um zwanzig Jagdpferde, Stuten und Kutschpferde unterzubringen; dazu Vorratsräume und das Kutschhaus. Im ersten Stock befanden sich der Heuschober und die Schlafstellen für die Scharen von Pferdepflegern und Stallknechten auf Castle Leger.
Auf dem Stallhof herrschte an diesem Abend nur wenig Treiben. Tobias, der Kutscher, hockte auf einer Bank und

rauchte seine Pfeife. Doch bei Valentines Erscheinen kamen sofort zwei kräftige Knechte aus dem Stall gelaufen, die sich darin zu überbieten schienen, Kate aus dem Sattel zu helfen. Der Arzt runzelte die Stirn und empfand den Übereifer der beiden als höchst lästig.

Das Mädchen stieg jedoch ab, wie es ihr gefiel. Bevor Valentine sie zurückhalten konnte, war sie schon aus seinen Armen geglitten und rutschte in einem Wirbel von Röcken und Unterröcken vom Ross.

Der Arzt seufzte verdrossen. Wenigstens ein Mal hätte er es sich gewünscht, als Erster auf dem Boden zu stehen und ihr dann beim Absteigen zu helfen.

Aber sein Bein fühlte sich heute Abend wieder so steif an, dass er schon von Glück sagen konnte, beim Absteigen nicht aufs Gesicht zu fallen und sich zum Gespött zu machen.

Als er sein schlimmes Bein belastete, schoss neuer Schmerz durch das kaputte Knie. Valentine konnte nur die Zähne zusammenbeißen und darauf warten, dass er verebbte.

Das Mädchen löste derweil seinen Gehstock mit dem Elfenbeingriff vom Sattel und reichte ihn ihm – ganz so, wie im Mittelalter die Burgdame ihrem Ritter das Schwert gereicht hätte, auf dass er es nicht vergesse.

Aber Kate kannte sich mit seiner Behinderung aus, sagte sich der Arzt. Eigentlich kannte sie ihn gar nicht anders. Das Mädchen hatte nie erlebt, dass er genauso stolz und fest dastehen und laufen konnte wie jeder andere junge Mann.

Dieser Gedanke war ihm schon früher gekommen, aber heute Abend betrübte ihn die Vorstellung. Und schon wieder konnte er sich nicht erklären, warum.

Während die Knechte Vulkan in den Stall führten, versuchte der Arzt, sich nicht so fest wie sonst auf den Gehstock zu stützen. Stattdessen bot er Kate seinen Arm an, um sie ins Haus zu führen.

Aber sie ergriff seine Hand und wollte ihn in die entgegengesetzte Richtung ziehen. »Ach, Val, müssen wir denn wirklich schon reingehen?«

Der Arzt betrachtete sie mit einem Anflug von Überraschung. »Ich fürchte, ich bin reichlich spät dran, und du weißt doch, welchen Wert mein Vater darauf legt, dass das Abendbrot pünktlich eingenommen wird.«

»So spät ist es doch nun auch wieder nicht. Ach bitte, Val. Wir könnten einen Spaziergang durch den Garten unternehmen.«

»Durch den Garten?«, fragte er. »Wo die Nacht mit Dunkelheit und Kälte hereingebrochen ist?«

»Der Mond geht ja schon auf, und es ist nur ein bisschen frisch. Außerdem habe ich dich den ganzen Tag noch nicht gesehen. Ach was, die ganze Woche schon habe ich dich kaum zu Gesicht bekommen. Ich möchte dich ganz einfach ein bisschen für mich haben. Ach, Val, *bitte!*«

Das Mädchen zog stärker an seiner Hand und sah durch ihre dichten Wimpern zu ihm hinauf. Der Arzt war müde, und sein Knie brannte wie flüssiges Feuer – aber er hatte diesem Blick noch nie widerstehen können … Vielleicht weil Kate so gut wie nie jemanden um einen Gefallen bat. Dafür war sie nämlich viel zu stolz.

Natürlich schickte es sich längst nicht mehr, dass sie beide so viel Zeit miteinander verbrachten. Aber wenn Valentine ehrlich zu sich war, musste er sich eingestehen, dass er sie in dieser Woche auch ziemlich vermisst hatte. Und die Zeit verging in Riesenschritten … Wer wusste schon, wie viel ihm noch blieb?

Also ergab er sich Kates Wünschen und ließ sich von ihr

den ausgetretenen Pfad hinaufziehen, der zum Garten führte – eine wild wachsende Ansammlung von Blumen und Sträuchern. Der Halbmond bestrahlte ihn von oben und hing wie ein zerbrochenes Medaillon am Himmel.
Der Obergärtner hatte den ganzen Sommer daran gearbeitet, schmucke Wege und ordentliche Heckenreihen anzulegen, die gepflegte Blumenbeete umschließen sollten … doch nichts wollte ihm gelingen. Zu Edmonds großem Verdruss wehrten sich die Pflanzen schlichtweg gegen jede von Menschen ersonnene Ordnung.
Der Garten schien, wie so vieles hier auf Burg Leger, seine eigene Zauberkraft zu besitzen. Deidre St. Leger, die zur Zeit Oliver Cromwells lebte, hatte ihn damals angelegt. Diese St. Leger hatte die erstaunliche Gabe besessen, Samenkörner zum Sprießen zu bewegen. Blumen erblühten unter ihrer Pflege sozusagen über Nacht …
Doch ihr waren viel zu wenige Jahre beschieden gewesen. Valentine kam es oft so vor, als würde der Garten immer noch seinen Schmerz über ihren Verlust wispern. Die letzten Rosen eines Jahres ließen ihre Blütenblätter auf den Pfad fallen, bis der in einen Teppich aus samtenen roten Tränen verwandelt zu sein schien …
Die Winter blieben in Cornwall immer mild, selbst in dieser abgelegenen Küstengegend. Und so blühte ständig irgendwo im Garten irgendetwas. Doch der krönende Mittelpunkt in Deidres Garten, die Rhododendronbüsche, würden erst im Februar wieder knospen.
Die jetzt blütenlose Äste ließen den Garten in Valentines Augen als wenig angenehmen Ort für einen Spaziergang erscheinen. Er brachte Kate dazu, ihre Handschuhe anzuziehen, und setzte ihr selbst die Kapuze auf den Kopf – wie er es schon immer getan hatte, seit sie ein kleines Mädchen gewesen war.

»Das ist aber nicht sehr romantisch, Val«, beschwerte sie sich.
Romantisch? Der Arzt riss überrascht die Augen auf. Die Zeit schien noch nicht lange her zu sein, als Kate solche Gedanken ziemlich fremd gewesen waren. Wann immer er ihr aus der Artus-Sage vorgelesen hatte, hatte sie darauf bestanden, dass er die »klebrigen, süßlichen Liebesstellen« zwischen Lancelot und Guinevere übersprang und gleich mit den aufregenden Stellen weitermachte, in denen Köpfe abgeschlagen und Schwerter in Bäuche gestoßen wurden.
Manchmal erschien Kate ihm immer noch wie dass wilde Kind von früher. Doch andere Male, und die kamen immer häufiger vor, hatte sie sich schon wieder ein Stück weit verändert.
Jetzt sah sie ihn so schmachtend an, dass es Valentine etwas unbehaglich wurde. Vielleicht war dieser Spaziergang im Mondschein doch keine so gute Idee.
Aber wer hätte ihr schon widerstehen können, als sie ihn zur nächsten Steinbank zog – und das mit der Begründung, sie müsse einen Moment rasten. Davon ließ der Arzt sich aber keinen Augenblick täuschen, denn Kate verfügte die Lebendigkeit und Ausdauer eines Fohlens.
Die Vorstellung, dass sie sich aus Rücksicht auf ihn setzen wollte, verdross ihn einerseits und berührte ihn andererseits sehr.
Er wünschte, das wäre nicht notwendig gewesen, aber er war überaus dankbar, das pochende Knie vom Gewicht seines Körpers befreien zu können. So ließ der Arzt sich mit einem leisen Seufzer auf der Bank nieder und stellte den Stock vor sich. Kate schmiegte sich an ihn und legte die behandschuhten Hände um seinen Arm.

Sie saßen in einem gemeinsamen Schweigen da, wie nur langjährige Freunde es miteinander teilen können. Das Mädchen und der Arzt hatten schon öfter so dagesessen, in den Nachthimmel hinaufgeschaut, die Sternbilder zu bestimmen versucht und sich phantastische Geschichten über die weit entfernte Welt des Firmaments ausgedacht.

Warum erfüllte ihn dann dieser Abend heute mit Traurigkeit?

Wie aus heiterem Himmel fühlte er sich plötzlich uralt, wie ein Greis von zweiunddreißig Jahren. Lag es an den abgefallenen Blättern der Rosen auf dem Boden, dass er heute den rasenden Lauf der Zeit so deutlich zu spüren glaubte? Oder hatte die erblühende junge Frau etwas damit zu tun, die sich so dicht an ihn drängte.

»Val?«, begann Kate schließlich.

»Hm?«

»Hast du etwa vollkommen vergessen, was für einen Tag wir heute haben?«

»St. Waldemar?«, entgegnete er und verkniff sich ein Lachen.

»Nein, das war am fünfzehnten Juli!« Sie drehte den Kopf, um ihn vorwurfsvoll anzusehen.

»Dann kann es aber auch nicht St. Michael sein«, erklärte er mit angestrengter Miene, »denn das ist, glaube ich, auch längst vorbei.«

Kate ließ den Kopf sinken und schlug enttäuscht die Augen nieder. Valentine ertrug es nicht länger, sie so leiden zu sehen. Er legte zwei Finger unter ihr Kinn und hob ihren Kopf, damit sie ihn wieder anschaute.

»Natürlich habe ich nicht vergessen, was für ein Tag heute ist, mein Kind. Herzlichen Glückwunsch zum Geburtstag, und mögest du ihn noch sehr oft begehen.«

Ihre Stimmung besserte sich schlagartig, und sie strahlte über das ganze Gesicht. Der Arzt strich ihr sanft eine gelöste Locke zurück. »Wie kannst du nur für einen Moment annehmen, ich würde den Tag deiner Geburt vergessen? Schließlich habe ich ihn doch bestimmt.«

Valentine erinnerte sich noch immer deutlich an den Tag, an dem er feststellte, dass das Waisenkind keine Ahnung hatte, an welchem Tag oder in welchem Jahr sie geboren war. Damals war sie erst ein paar Monate bei ihnen in Torrecombe gewesen, und am vierzehnten Februar, seinem Geburtstag, war sie vor ihn getreten.

Normalerweise wurde dieser Tag mit Festlichkeiten, Geschenken und Glückwünschen erfüllt. Aber als die kleine Kate, nach einem mehr oder weniger sanften Stoß von Effie, zu ihm gekommen war, um ihm ebenfalls zu gratulieren, hatte sie alle Anwesenden mit den wütenden Worten schockiert: »Ich hasse Geburtstage!« Nur Valentine hatte die tiefe Sehnsucht hinter der widerborstigen Fassade gesehen und den Grund dafür erraten. Und sofort eine Lösung für diesen Kummer gefunden …

Jetzt fragte das Mädchen leise: »Val, erinnerst du dich noch, warum du ausgerechnet diesen Oktobertag zu meinem Geburtstag erwählt hast?«

»Natürlich. Weil du an einem solchen Oktobertag nach Torrecombe gekommen bist.«

»Und weil wir uns am selben Oktobertag kennen gelernt haben«, fügte Kate hinzu.

»Ja, deswegen natürlich auch«, stimmte der Arzt zu. Eigentlich hatte er ihr das Geburtstagsgeschenk erst nach dem Abendessen geben wollen, aber plötzlich erschien ihm dieser Moment jetzt, wo sie allein waren, viel geeigneter. Gut möglich, dass dies der letzte ihrer Geburtstage war, an dem er mit Kate allein sein konnte.

Valentine verscheuchte diese trüben Gedanken, kramte in den Taschen seines Mantels, fand endlich das kleine braune Päckchen und reichte es ihr mit einem feierlichen Lächeln.
»Für Euch, Mylady.«
Kate stieß einen spitzen Freudenschrei aus. Sie riss ihm das Geschenk geradezu aus den Händen, was ihn einerseits belustigte, ihm andererseits aber auch nahe ging. Er lag sicher nicht ganz falsch mit seinem Eindruck, dass dieses wilde Mädchen immer noch befürchtete, man könne ihr jedes Geschenk und jede Freude gleich wieder nehmen.
Valentine betrachtete das Mädchen, während sie das Packpapier aufriss, und sein Puls beschleunigte sich bei der Vorfreude auf ihre Reaktion. Trotz ihrer unbändigen, jungenhaften Art liebte Kate Schmuck aller Art, Hauptsache, er glitzerte und funkelte.
Als das Mädchen die kleine Schatulle freigelegt hatte, öffnete sie den Deckel und gab ein absolut weibliches Freudenkreischen von sich. Mit zitternden Fingern nahm sie die goldene Halskette heraus, an der ein prächtiger blutroter Rubin funkelte.
Perlen wären für eine heranwachsende junge Dame sicher ein geeigneteres Geschenk gewesen, aber nicht für eine Halbwilde wie Kate.
»Gefällt sie dir?«, fragte der Arzt.
»Ob sie mir gefällt?«, keuchte sie. »Val, ich bin absolut hingerissen. Danke, danke, eine Million Mal danke!« Ohne die Halskette loszulassen, schlang sie ihm die Arme um den Hals. Schatulle und Verpackung fielen zu Boden.
Valentine lächelte beglückt und legte ihr einen Arm um die Schulter. Aber dafür hatte sie jetzt keine Zeit. Geschmeidig befreite sie sich aus seinem Griff, drückte ihm

Kette und Stein in die Hand und verlangte: »Leg sie mir an, bitte.«
»Hier? Jetzt?«, protestierte er lachend. »Vielleicht solltest du besser damit warten, bis wir wieder im Haus sind.«
Aber das Mädchen war schon hochgesprungen und öffnete die Verschlüsse ihres Umhangs.
»Du holst dir noch den Tod«, wandte der Arzt ein, schwieg dann aber mitten im Satz, als der Umhang zu Boden sank und darunter das Abendkleid zum Vorschein kam, das sie trug.
Einen Moment lang konnte Valentine nur hinstarren und brachte kein Wort hervor. Die Kette wäre beinahe seinen Fingern entglitten. Erst jetzt wurde ihm sein Irrtum bewusst. Er hatte geglaubt, das Mädchen würde bis ans Ende ihrer Tage in Hosen herumlaufen. So elegant wie heute Abend hatte er sie auf jeden Fall noch nie gesehen. Das Kleid aus weißem Seidencrêpe mit Chenillespitze saß wie angegossen, und die kurzen Puffärmel betonten die Anmut ihrer Arme.
Der Nachtwind zog an den Falten ihrer Abendgarderobe und offenbarte Kates fraulich gewordene Formen. Und das enge Mieder gewährte mehr als nur eine Ahnung von ihrem hohen, runden Busen.
Valentine blinzelte verwirrt. Mit dem langen schwarzen Haar, das ihre Schultern umwehte, schien sie sich vor seinen Augen in eine Göttin verwandelt zu haben. Er starrte so lange, dass es schließlich selbst dem Mädchen auffiel. Sie hob die Falten ihres Kleids und drehte sich vor ihm im Kreis. »Das ist neu. Effie hat es mir zum Geburtstag geschenkt. Gefällt es dir nicht?«
»Doch, es ist … sehr schön. Aber es sieht nicht wie auf dem Schnittmuster aus, das du mir gezeigt hast, sondern …«

Sondern ganz anders. Auf dem Schnittmuster wirkte das Kleid nett und sittsam. Aber das hier …
Kate zuckte die Schultern. »Ach so. Ich habe Mrs. Bell gebeten, mir das Kleid nach dem Schnittmuster zu nähen. Aber sie hat viel zu viel Saum und Rüschen drangesetzt. Ich musste das alles wieder abtrennen. Du weißt doch, dass ich Schnickschnack nicht ausstehen kann.«
Aber dieser Schnickschnack erfüllte durchaus einen Sinn, dachte Valentine mit einigem Bedauern, besonders an der Halslinie. Ohne die Rüschen rutschte die Décolletage bedenklich nach unten und bot dem Blick irgendeines Mannes einfach zu viel.
Also musste man den »Schnickschnack« wieder annähen. Am besten sofort. Aber als er den Mund öffnete, um ihr das mitzuteilen, bedeckte er stattdessen gleich die Augen. Bei Gott, er errötete ja.
Valentine hatte immer geglaubt, alles mit seiner jungen Freundin bereden zu können. Aber bei diesem Thema sprang wohl doch besser seine Mutter in die Bresche. Im Moment blieb dem Arzt nichts anderes zu tun übrig, als Kate die Halskette anzulegen und sie dann möglichst rasch wieder zu bedecken.
Er rappelte sich mühselig auf und verlagerte dabei so viel Gewicht wie möglich auf das gesunde Bein. Insgesamt eine unangenehme Körperhaltung. Wahrscheinlich zitterten seine Finger deswegen so, als er dem Mädchen das Geschenk umlegte.
Valentine war deutlich größer als Kate. Wie von selbst sah er ihr über die Schulter und bekam sehr viel von ihrer cremeweißen Haut zu sehen, und noch mehr von dem Schatten zwischen ihren Brüsten. Er kämpfte mit der Schließe der Kette, auch deshalb, weil er so wenig wie möglich von ihrer Nacktheit berühren wollte. Dennoch

entging ihm ihre Wärme nicht. Ihr ganzes Fleisch schien mit der vibrierenden Energie und Leidenschaft zu pochen, die dem Mädchen innewohnten.
Der Arzt biss die Zähne zusammen und zwang sich, endlich den Verschluss einzuhaken. Kaum war die Kette geschlossen, riss er seine Hände von dem Hals des Mädchens los. Zum ersten Mal bemerkte er den Schmerz kaum, als er sich bückte, um Kates Umhang aufzuheben. Etwas wacklig richtete er sich wieder auf, schüttelte den Umhang aus und runzelte die Stirn, als er das Gewicht dieser verwünschten Pistole spürte. Schon packte ihn die Versuchung, mit einer Hand in die Innentasche zu greifen und die Waffe an sich zu nehmen.
Aber er hatte dem Mädchen noch nie etwas heimlich abgenommen, und jetzt wollte er auch nicht damit anfangen. So hielt er ihr nur den Umhang hin.
Trotz der Gänsehaut auf ihren Armen, hatte sie es nicht sonderlich eilig damit, sich wieder zu bedecken. Stattdessen spielte sie mit ihrer Kette, blickte verträumt auf den Rubin und legte ihn abwechselnd auf ihre Brüste. Das Rot hob sich auf wunderbare Weise vom Elfenbein ihrer Haut ab.
»Val, was glaubst du, wie alt ich wirklich bin?«
»Fünfzehn, höchstens sechzehn«, sagte er.
Sie lächelte ihn schief an. »Manchmal bist du wirklich unmöglich. Ich glaube, ich bin nicht weit von einundzwanzig entfernt.«
Der Arzt grunzte nur etwas Unverständliches und legte ihr entschlossen den Umhang um die Schultern. Als er sich an den Knöpfen zu schaffen machte, sah Kate ihn von unten an.
»Ich bin aber bestimmt schon alt genug, um von dir geküsst zu werden.«

Seine Lippen streiften kurz über ihre Stirn, während er sich weiter auf seine Arbeit konzentrierte.
»Nein«, schmollte das junge Fräulein, »ich meinte einen richtigen Kuss.«
Valentine atmete scharf ein. Die Einladung in ihrem Blick wirkte fast so verführerisch wie der sinnliche Schwung ihrer Lippen.
»Nein, Kate, ich halte das für keine gute Idee.«
Er schloss den letzten Knopf und wollte sich ein Stück von Kate entfernen. Aber sie schlang die Arme um seinen Hals.
»Warum denn nicht? Irgendwann muss ich doch das Küssen lernen, und du hast mir schon alles andere beigebracht wie Rechnen, Latein und Schönschreiben.«
Der Arzt versuchte, sich von ihr zu befreien. »Das wäre aber etwas ganz anderes. Damit wirst du noch warten müssen, bis du dich ordentlich mit einem netten jungen Mann verlobt hast –«
»Ach, Val, willst du denn wirklich, dass ich meinen ersten Kuss von irgendeinem tollpatschigen jungen Burschen bekomme, der mich vollsabbert und damit den Zauber des Augenblicks ruiniert?«
Nein, das wollte er eigentlich nicht. Und es überraschte ihn deutlich, wie sehr ihn die Vorstellung von einem unbeholfenen Jüngling störte, der seinen Mund grob auf Kates zarte Lippen drückte.
Sie stellte sich auf die Zehenspitzen und bog den Kopf zurück. Ihre Augen sahen ihn weich, dunkel und flehentlich an. »Bitte, Val«, hauchte Kate.
O Gott, nicht dieser Blick! Der Arzt bemühte sich nach Kräften, sich dagegen zu wappnen … Aber wozu die Aufregung? Es ging doch nur um einen kleinen Kuss. Welchen Schaden konnte der schon anrichten? Kate war

schon immer sehr neugierig gewesen und hatte sich für alles interessiert …

Wenn er sie jetzt küsste, wäre das bestimmt die sicherste Methode, ihr die Lust auf weitere Experimente in dieser Richtung zu nehmen. Ihn, einen Krüppel, zu küssen, stellte nun wirklich nicht die Erfüllung eines Jungmädchentraums dar.

Valentine beugte sich ein Stück vor und beabsichtigte nicht mehr, als seine Lippen sacht über die ihren streichen zu lassen.

Aber da hatte er die Rechnung ohne Kate gemacht. Ihre Arme lagen noch um seinen Hals, und sie zog seinen Kopf herunter, sodass ihre Lippen auf seine trafen. Und das löste von Kopf bis Fuß ein Prickeln in ihm aus.

Ihre Finger vergruben sich in seinem Haar, und sie erkundete seinen Mund mit einem unschuldigen Forscherdrang, der ihn tief berührte.

Natürlich war das falsch, aber er konnte seine Arme nicht davon abhalten, sich um sie zu legen. Er hielt Kate fest und genoss den frischen, süßen Geschmack ihrer Lippen.

Valentine seufzte, und sein heißer Atem vermischte sich mit dem ihren. Zögernd bewegte sich Kates Zunge weiter vor, um die seine zu treffen …

Das löste in ihm Begierden aus, die er längst begraben geglaubt hatte; eine Leidenschaft, die er sich nicht gestatten durfte. Bei keiner Frau – und am allerwenigsten bei Kate.

Während er sie noch intensiver küsste, kam er plötzlich wieder zu Sinnen. Was, zum Teufel, trieb er hier eigentlich? Das vor ihm war Kate, seine junge Freundin, sein wildes Mädchen. Er riss sich von ihr los und stieß sie von sich. Sein wenig gentlemanhaftes Verhalten erschreckte ihn und widerte ihn an.

Taumelnd wich Valentine vor Kate zurück, und sein kaputtes Knie drohte nachzugeben. Wo hatte er nur seinen verwünschten Gehstock gelassen? Halb humpelnd kehrte der Arzt zu der Bank zurück, fand seinen Stock und schloss die Hand dankbar um den abgenutzten Griff.

Der Stock gab ihm seine Haltung zurück, und die kam ihm gerade recht, denn Kate zeigte keinerlei Anzeichen, dieses Spiel zu beenden. Mit gerötetem Gesicht und wogendem Busen näherte sie sich ihm wieder in eindeutiger Absicht. Aber diesmal gelang es ihm, sie auf Armlänge von sich fern zu halten.

»Das reicht jetzt, junge Dame«, erklärte der Arzt so streng, wie es ihm nur möglich war. »Kein weiterer Kussunterricht. Du lernst mir viel zu schnell.«

»Nur deswegen, weil ich jede Nacht in meinen Träumen mit dir geübt habe ...«, platzte es aus ihr heraus, und nach einem Moment fügte sie leise hinzu: »Ich liebe dich, Val.«

»Aber das weiß ich doch, mein Schatz. Ich war für dich immer so etwas wie ein großer Bruder, und ich –«

»Nein, nicht wie einen Bruder! Als solchen habe ich dich nie gesehen! Selbst als ich noch ein kleines Mädchen war, wusste ich schon, dass wir beide uns eines Tages ganz und gar gehören würden.«

Grundgütiger! Valentine unterdrückte ein Stöhnen. Natürlich war ihm nicht entgangen, was das Mädchen in jungen Jahren für ihn empfand; aber er hatte sich stets der Hoffnung hingegeben, dass sie irgendwann solchen Kinderträumen entwachsen würde.

Aber dem war offensichtlich nicht so.

Er hätte jetzt am liebsten ausgiebig geflucht und sich selbst mit allen Schimpfwörtern bedacht, die ihm einfallen wollten. Was für ein Narr er doch gewesen war. Was für ein Riesendummkopf, diesen Kuss zu erlauben. Oder sich auf diesen Spaziergang im Mondschein einzulassen!

So etwas hätte er kommen sehen müssen. Aber vielleicht hatte er das gar nicht sehen wollen, gar nicht wahrhaben wollen, dass Kate Gefühle für ihn hegte, die ihre Freundschaft zerstören könnten.
Der Arzt strich dem Mädchen über die Wange und versuchte, vernünftig mit ihr zu reden: »Kate, ich weiß, dass du glaubst, du seist in mich verliebt. Aber du wirst bald junge Männer kennen lernen, dich in sie verlieben und mich bald vergessen haben –«
»Warum sollte ich das Beste vergessen, was mir je widerfahren ist?« Sie ergriff seine Hand und küsste die Handfläche. »Heirate mich, Val. Bitte!«
Sie sah ihn an, und in ihrem Blick lagen Vertrauen und Hingabe. Es gelang ihm, seine Hand aus der ihren zu lösen.
»Das kann ich nicht, Kate«, entgegnete er so sanft wie möglich. Das Mädchen bot nicht oft jemandem ihr Herz an, und das Letzte, was der Arzt wollte, war, darauf herumzutrampeln. Aber er sah, wie sich die Verletztheit in ihr zusammenballte.
»Warum nicht?«, schrie Kate. »Weil du der Sohn eines großen Lords und ich nur die Bankerttochter von Gott weiß wem bin?«
»Mach dich nicht lächerlich, mein Kind. Ich könnte dich nicht einmal freien, wenn du die Königin von England wärst. Ich kann nämlich niemals eine Frau heiraten.«
»Wegen der Sage? Natürlich, wegen dieser blöden Sage!«
»Ja, genau deswegen.« Noch etwas, das ihm – wie das verkrüppelte Bein – die Lebensfreude vergällte. »Du kennst sie doch, oder solltest du die eine oder andere Einzelheit vergessen haben?«
»Bei Gott, das habe ich wirklich versucht!«, gab sie schnippisch zurück.

»Dann sollte ich sie dir wohl ins Gedächtnis zurückrufen. Also, es war einmal –«

»Val!« Kate verdrehte die Augen.

Er lächelte traurig, weil er sie tatsächlich wie ein Kind behandelte. Aber das schien ihm der beste Weg zu sein, die Situation zu klären.

Und so erzählte Valentine ihr noch einmal die Geschichte seiner Familie, wie er das an so vielen Winterabenden getan hatte, wenn sie beide mit Apfelsaft am offenen Kamin saßen.

»Es war einmal eine Familie mit Namen St. Leger. Die lebte in einer prächtigen Burg hoch oben auf den zerklüfteten Klippen von Cornwall. Sie waren ein merkwürdiges Völkchen, diese St. Legers. In vielerlei Hinsicht waren sie so wild und geheimnisvoll wie das Land, in welchem sie lebten. Das rührte daher, dass sie in so großer Abgeschiedenheit lebten, aber mehr noch von dem Umstand, dass sie von Lord Prospero abstammten. Einem Mann, der einst ein großer Ritter gewesen war – und ein noch größerer Zauberer.«

Kate verschränkte ungehalten die Arme vor der Brust und klopfte ungeduldig mit dem Fuß auf den Boden.

»Von diesem Prospero erbten die St. Legers die erstaunlichsten Kräfte, von denen keine der anderen glich. Besondere Talente, welche sich für sie als Segen wie auch als Fluch erwiesen. Einige aus dieser Familie konnten die Zukunft vorhersagen, andere vermochten in die Herzen der Menschen zu schauen, und wieder anderen war es möglich, die Seele vom Körper zu trennen und durch die Nacht zu streifen.«

»Ja, und dann waren da noch die, welche sich regelmäßig halb dabei umgebracht haben, die Schmerzen von anderen in sich aufzunehmen«, warf Kate ein, als habe sie noch nie etwas mehr gelangweilt.

Valentine runzelte kurz die Stirn, beschloss dann aber, diese Bemerkung nicht weiter zu beachten.
»Nun war es aber eine ganz eigene Sache mit diesen besonderen Fähigkeiten, denn eine strenge Bedingung war daran geknüpft: ein St. Leger darf nur die auserwählte Braut ehelichen.«
Kate schnaubte höchst undamenhaft.
»Gemäß der Tradition wartet auf jeden St. Leger die perfekte Braut. Die Liebe der beiden wird ewiglich währen, sogar über den Tod hinaus und so lange leuchten wie die Sterne. Eine Bedingung ist jedoch an dieses Glück geknüpft.«
»Ja, so ist es doch immer in diesen dämlichen Geschichten«, murmelte das Mädchen.
»Die St. Legers dürfen sich keine andere Braut suchen. Wenn sie das aber doch tun, erwachsen daraus nur Tod und Tragödien. So sind die Familienmitglieder gezwungen, sich auf die Dienste eines Brautsuchers zu verlassen. In jeder Generation wird eine solche Person geboren und sucht mit ihren geheimnisvollen Kräften jedem St. Leger in dieser Zeit die passende Braut –«
»Um der Liebe Gottes willen, Val!«, unterbrach Kate ihn. Sie hätte kein weiteres Wort ertragen können. »Ich kenne diese verdammte Sage in- und auswendig!«
»Du sollst nicht fluchen, Kate.«
Sie bedachte ihn mit einem finsteren Blick. »Du hast sie mir mindestens hundert Mal erzählt.«
»Und ich dachte, du hörst sie gern.«
»Da hast du falsch gedacht. Ich habe sie immer gehasst.«
Der Arzt starrte sie wie betäubt an: »Aber warum hast du sie mich dann sooft erzählen lassen?«
»Weil ich dachte, dann würde sie dir selbst eines Tages zu den Ohren herauskommen.«
Für einen Moment vergaß Valentine, den Mund zu schlie-

ßen. Unter anderen Umständen hätte er vielleicht darüber gelacht, wie Kate sich so vor ihm aufplusterte und ihm wie ein ältliches Tantchen Vorhaltungen machte.
Nur traf das hier nicht zu. Sie hörte sich zu sehr nach ihm an.
»Kate, mir ist durchaus bewusst, dass ich dir die Geschichte immer wie ein Märchen erzählt habe. Aber glaub mir, jedes Wort davon ist wahr.«
»Papperlapapp!« Sie hatte eine eigensinnige Miene aufgesetzt. »Ich fasse es einfach nicht, dass ein gebildeter Mann wie du weiterhin solchen Unsinn für bare Münze nimmt.«
»Aber das ist kein Unsinn. Kate, du bist doch praktisch bei den St. Legers aufgewachsen ... und bist Zeugin unserer eigenartigen Fähigkeiten geworden ...«
»Eure besonderen Gaben sind ja auch etwas ganz anderes, aber das mit der auserwählten Braut ist doch nur hirnrissig. Ich bin zufällig die Adoptivtochter Eurer angeblich so weisen und hoch begabten Brautsucherin.« Sie zuckte abfällig die Schultern. »Ich mag Effie sehr, aber ich kann dir versichern, dass ihr absolut nichts Magisches anhaftet. Sie zieht sich immer noch wie ein junges Ding an, und in unserem Nähzimmer hat sie Vorhänge mit Fuchsienmuster aufgehängt. Das muss man sich mal vorstellen!«
»Ich gebe zu, dass Effies Urteilsvermögen in gewissen Aspekten nur mangelhaft ausgebildet ist, aber als Brautsucherin hat sie uns stets die allerbesten Dienste erwiesen. So hat sie zum Beispiel meinen Bruder mit seiner Braut zusammengebracht.«
»Lance und Rosalind passen sehr gut zueinander. Effie hat einfach aufs Geratewohl geraten und damit, wie sooft, Glück gehabt.«

Kate lief aufgebracht auf dem Gartenweg auf und ab und ruderte so sehr mit den Armen in der Luft, dass der Arzt ausweichen musste, da er nicht getroffen werden wollte.
»Frag nur mal Victor St. Leger, für wie klug er Effie hält. Soweit ich weiß, ist er nämlich sehr unglücklich mit Mollie Grey, die eure Brautsucherin ihm bestimmt hat.«
»Das liegt nur daran, dass es sich bei Victor um einen undankbaren Idioten handelt. Aber irgendwann wird auch er zur Vernunft kommen.«
»Und wie steht es mit dir, Valentine St. Leger? Wo bleibt deine auserwählte Braut?«
Der Arzt verkrampfte sich. Die Frage schmerzte ihn ebenso sehr wie die Antwort.
»Ich habe keine«, entgegnete er leise. »Effie hat festgestellt, dass es keine für mich gibt.«
»Weil sie keinen Finger krumm macht, um dir eine Braut zu finden. Und wenn sie sich weigert, dir zu deinem Glück zu verhelfen, kannst du dich doch selbst umsehen.«
»Kate, du weißt, dass es so nicht geht. Jeder St. Leger, der sein Glück selbst in die Hand nehmen will, lädt einen Fluch auf sich herab.«
»Oooohhh!« Das Mädchen stampfte mit dem Fuß auf.
»Aber das stimmt. Meine eigene Großmutter ... sie starb lange vor meiner Geburt ...«
Valentine schwieg und blickte auf die Reihen skeletthafter Bäume, die sich den Hang hinunterzogen. Irgendwo dort draußen in der Dunkelheit endete dieser wunderschöne Garten unvermittelt an den Klippen. Selbst aus dieser Entfernung konnte man dumpf die Brandung hören, wie sie gegen die tückischen Felsen anrollte.
»Mein Vater hat nie darüber gesprochen«, fuhr er fort, »aber ich bin zufällig auf diese Geschichte gestoßen ... im Rahmen meiner Forschungen für unsere Familienchro-

nik. Bei Cecily St. Leger handelte es sich nicht um eine auserwählte Braut …

Die Ärmste erschrak zu Tode, als sie feststellte, in was für eine Familie sie eingeheiratet hatte. Sie liebte meinen Großvater zwar sehr, aber sie wurde immer wahnsinniger, und eines Nachts ist sie aus der Burg geflohen und zu den Klippen gelaufen …

Niemand wusste so recht, ob sie dort unglücklich gestürzt ist oder sich vorsätzlich in die Tiefe geworfen hat.«

Kate fröstelte bei dieser grausigen Geschichte, aber sie entgegnete: »Deine Großmutter war eine verstörte Frau, Val, aber das bin ich aber ganz und gar nicht. Selbst wenn es diesen Fluch wirklich geben sollte, bin ich bereit, es darauf ankommen zu lassen.«

»Aber ich bin nicht bereit dazu!«, erwiderte der Arzt heftig. »Erst recht nicht, wenn dadurch dein Leben gefährdet wird!«

Kate sah ihn verdrossen an: »Dann hast du also vor, dein ganzes Leben allein zu bleiben?«

»Mir bleibt keine andere Wahl. Ich muss lernen, das zu akzeptieren.«

»Ach, Val …« Sie unterlief seine Abwehr und stellte sich direkt vor ihn. Dann nahm sie sein Gesicht zwischen ihre Hände und zwang ihn, sie anzuschauen.

»Wie kannst du nur immer alles als so gottgegeben hinnehmen? Du bist ein guter Mensch. Warum solltest du zu einem Leben ohne Liebe verdammt sein?«

»Ich weiß es auch nicht. Vielleicht, weil ich nur ein einfacher Landarzt bin … wirklich nichts Besonderes.«

»Aber du bist etwas Besonderes … warst immer schon mein Held.«

Als er bemerkte, dass sie wieder Miene machte, ihn zu küssen, brachte er die Steinbank zwischen sie und sich.

»Eines Tages wirst du deinen wirklichen Helden finden, Kate. Einen echten Helden. Du bist so schön, dass dich ganze Schwärme von Verehrern umschwirren werden.«
»Die will ich aber nicht haben! Solche Burschen dienen mir höchstens, um mich im Pistoleschießen zu üben.« Sie folgte ihm um die Bank herum.
»Ich glaube, wir sollten jetzt besser ins Haus zurück«, erklärte er rasch und kehrte auf den Weg zurück.
»Nein, Val, warte!« Sie holte ihn natürlich schnell ein. Aber als sie vor ihm stand, schien sie mit sich zu ringen. »Also gut. Verstehe. Ich kann niemals deine Frau werden.«
Der Arzt seufzte erleichtert.
»Dann werde ich eben deine Geliebte.«
Der junge St. Leger erstarrte.
»Jetzt schau nicht so«, wehrte sie ab. »Ich bin noch nie eine ehrbare Person gewesen. Immerhin bin ich unehelich.«
»Kate!«
»Mir ist ja bewusst, dass ich noch nicht unbedingt das darstelle, was ein Mann sich als sein Verhältnis wünscht, aber ich kann an mir arbeiten, charmanter werden, verführerischer ...«
»Kate, hör sofort auf damit!«
»Und natürlich damenhafter. Ich würde mir für dich die elegantesten Kleider anziehen. Und wenn du meiner dann irgendwann überdrüssig würdest –«
»Kate!« Er legte ihr fest die Hände auf die Schultern. »Wie kannst du annehmen, dass ich deiner jemals überdrüssig werden könnte? Schon der Gedanke würde mir niemals kommen. Verdammt, Mädchen, ich möchte solche Worte nie mehr von dir hören!«
So streng hatte er noch nie zu ihr gesprochen. Kate zuckte

zurück, als habe er sie ins Gesicht geschlagen, und blickte ihn mit ihren grauen Augen an.

»Selbst wenn ich alles an mir ändern würde«, fragte sie dann leise, »könntest du mich trotzdem nicht lieben? Nicht einmal ein kleines bisschen?«

Sie lieben? Was sollte er dazu nur sagen? Er strich ihr sanft über die Wange. »Tut mir Leid«, antwortete der Arzt mit rauer Stimme.

Kate starrte ihn für einen langen Moment an und wich dann vor ihm zurück. Weil sie so war, wie sie war, brach sie nicht in Tränen aus, sondern wirbelte herum, fluchte wild und schlug mit der Faust gegen den nächsten Baum. Dann wimmerte sie leise und presste die Hand an sich.

Valentine konnte bei einem gebrochenen Herzen nichts tun, aber mit aufgeschürften Knöcheln kannte er sich aus. Dank seiner besonderen Fähigkeiten fühlte er sich jetzt nicht ganz so nutzlos.

Er humpelte zu seiner Freundin und griff nach ihrer Hand, um sie »wieder heil« zu machen, wie er das in ihrer Jugend immer getan hatte.

Doch noch bevor er seinen Geist auf die wunde Stelle bündeln konnte, riss sie ihre Hand weg.

»O nein, Valentine St. Leger«, erklärte sie mit erstickter Stimme, »das wirst du hübsch bleiben lassen.« Unvergossene Tränen glänzten in ihren Augen, aber sie hob stolz das Kinn. »Das sind meine Schmerzen und nicht deine. Lass mich einfach in Ruhe ...«

Sie ließ ihn stehen und rannte davon – aber nicht in Richtung Haus, sondern hinunter zu dem trügerischen Klippenpfad, auf dem man leicht zu Tode stürzen konnte.

»Kate!«, brüllte der Arzt und eilte ihr, so gut er es vermochte, hinterher. Doch schon nach ein paar Schritten gab sein Knie nach. Er wäre der Länge nach hingeschla-

gen, wenn er sich nicht an einem niedrig hängenden Ast hätte festhalten können.
Valentine biss die Zähne zusammen, um die Schmerzen zu ignorieren. Dann stützte er sich auf seinen Stock, humpelte weiter und erkannte nach wenigen Metern, wie sinnlos dieses Unterfangen war. Kate war flink wie ein Reh und schon längst auf und davon.
Wut kochte in ihm auf, und er ärgerte sich insbesondere über seine Hilflosigkeit. Am liebsten hätte er mit seinem Stock um sich geschlagen, auf die Bäume, die Blumen und überhaupt alles, was ihm in die Quere käme ...
Aber dann gelang es ihm, sich wieder in den Griff zu bekommen. Die Beherrschung zu verlieren, das würde niemandem etwas nützen.
Stattdessen humpelte er so rasch wie möglich zum Haus. Kate geht es gut, sprach er die ganze Zeit vor sich hin. Selbst in dunkler Nacht kannte sie sich auf dem gewundenen Pfad zum Meer aus. Jedenfalls besser als jeder St. Leger.
Der Arzt würde im Haus schon jemanden finden, den er auf die Suche nach ihr schicken konnte.
Damit der sie tröstete und beruhigte ...
Ein unwillkommener Gedanke, denn diese Aufgabe hatte bislang stets er übernommen. Ob aufgeschlagene Knie oder Wut auf die Dorfkinder, die sie schon wieder damit aufgezogen hatten, ein Findelkind zu sein, immer war Kate zu ihm gelaufen gekommen.
Aber in dieser Nacht wollte sie keinen Trost von ihm. Und vermutlich würde es zwischen ihnen auch nie mehr so sein wie früher.
Das Mädchen war noch so jung, sie würde über ihre Schwärmerei für ihn hinwegkommen. Wenn Kate nur nicht so leidenschaftlich gewesen wäre. Ständig ging sie

das Leben mit gesenkten Hörnern an, dabei war sie unter ihrer rauen Schale doch so verletzlich.
Irgendwann würde sie sich unsterblich in einen Mann verlieben.
Valentine hatte bis heute niemals auch nur geahnt, dass er derjenige sein würde.

2

Die Flut kam. Schaumgekrönte Wellen brachen sich am Strand und schlugen gegen die Klippen. Der Mond erzeugte eine breite Lichtschneise auf dem Wasser, die bis zum Horizont und zu der Stelle reichte, an der vom Meer nicht mehr als ein matter Schatten zu erkennen war.

Darüber hinaus herrschte auf dem Strand völlige Finsternis. Einsam und kalt war es hier, ein Ort, zu dem sich nach Sonnenuntergang nur Wenige wagten. Kate trottete am Wasser entlang und bekam nichts davon mit, wie die spitzen Kiesel gegen ihre Schuhe drückten. Der Wind drang durch die Falten ihres Umhangs und wirbelte ihr die Haare vors Gesicht.

Nur einem Wunder schien es zu verdanken zu sein, dass sie bei ihrem rasenden Lauf den Klippenpfad hinunter nicht gestürzt war. Aber schließlich hatte Val ihr immer erzählt, dass hier Feen wohnten, die die Kinder beschützten. Und die Narren.

Zu Letzteren gehörte sie ganz ohne Zweifel, sagte sie sich bitter und wischte sich ärgerlich die Tränen aus den Augenwinkeln. Nur die größte Närrin auf der Welt konnte sich einbilden, dass Valentine St. Leger sie lieben würde. Ja, natürlich, er sorgte für sie, und er kümmerte sich um sie, aber eben nur auf eine brüderliche Art und Weise. Dabei wollte sie etwas ganz anderes von ihm.

Wahrscheinlich machte er sich gerade wieder große Sorgen um sie, weil sie allein und in der Dunkelheit zum Strand hinuntergerannt war. Aber abgesehen von seinen Armen, fand sie nur am Meer Ruhe und Trost. Vielleicht, weil das unendliche Heranrollen der Wellen im Gleichklang mit dem rastlosen Schlagen ihres Herzens stattfand. Außerdem war das Meer so riesig, dass ihre eigenen Nöte ihr dagegen nichtig und klein erschienen. Und wenn jemand ihre Tränen entdecken sollte, konnte sie immer die salzhaltige Gischt dafür verantwortlich machen.

Einmal, als sie sich besonders verbittert fühlte, hatte sie Val schockiert und ihm erklärt, ihre Mutter müsse ein hartherziges liederliches Frauenzimmer gewesen sein, die ihre Tochter nur durch einen Zufall zur Welt gebracht und nicht abgetrieben habe. Das würde doch zumindest ihren unsteten Charakter und ihren Hang, zu lügen, zu stehlen und zu betrügen erklären. Nur damit sei es ihr gelungen, sich in ihren ersten Jahren in London durchzuschlagen. Zweifelsohne habe sie böses Blut in sich, und das müsse doch von irgendwoher gekommen sein.

Aber da hatte der herzensgute Arzt den Arm um sie gelegt und ihr eine seiner Geschichten erzählt, die davon handelte, dass sie die Tochter einer Nixe oder einer Meerjungfrau sein müsse. Nur so ließen sich ihre Schönheit, ihr Mut und der Umstand erklären, dass sie sich so sehr zum Wasser hingezogen fühlte.

Damals hatte Kate über diese Geschichte gelacht, aber tief in ihrem Innern war sie versucht gewesen, ihm das zu glauben. Schon immer hatte sie alles für bare Münze genommen, was er ihr erzählte.

Warum zweifelte sie dann jetzt an ihm, wenn er ihr erklärte, dass er niemals heiraten könne?

Neue Tränen stiegen ihr in die Augen, und sie wischte sie

hastig fort. Sie wickelte sich fester in ihren Umhang, blinzelte und versuchte, sich auf den Rhythmus der Wellen zu konzentrierten, die sich an den Klippen brachen.
Aber das erinnerte sie doch zu sehr daran, wie heute Abend alle ihre Hoffnungen zerbrochen waren.
Dabei hatte Kate sich mit den Vorbereitungen solche Mühe gegeben: in Rosenwasser gebadet und ihr Haar mindestens hundertmal gebürstet. Dann hatte sie sich mit einer Schere über das Kleid hergemacht, das Effie ihr gegeben hatte. Schnipp, schnapp hatte sie den Ausschnitt vergrößert, bis sie vor dem Spiegel errötete.
Seltsam, sie war doch früher nie rot geworden.
Heute Abend sollte Val sie unbedingt so sehen, wie sie wirklich war. Nämlich kein kleines Mädchen mehr, sondern eine richtige Frau.
Zur Sicherheit hatte sie auch noch ihren Liebeszauber angelegt – ein Amulett, das sie sich selbst nach den hiesigen Sagen und Märchen gebastelt hatte. Beim Licht des Mondes hatte sie den Lehm geformt und mit getrocknetem Heidekraut vermischt, der hinter dem mystischen alten Stein wuchs. Dem Ganzen hatte sie noch ein paar Tropfen ihres Bluts beigegeben. Als sie dann heute das Haus verließ, hatte sie das Amulett angelegt, zwischen den Brüsten und nahe beim Herzen.
Anfangs war auch alles gut gelaufen. Sie erinnerte sich daran, wie Val sie angestarrt hatte, als er sie in dem gewagten Kleid sah. Und natürlich war da noch das Geburtstagsgeschenk. Eine solche Halskette schenkte ein Mann doch wohl kaum einer Freundin, die er noch für ein Kind hielt. Gar nicht erst zu reden von dem Kuss – genauso wunderbar, wie sie sich ihn immer vorgestellt hatte: süß, warm und zärtlich. Kate schwebte in jenem Moment auf Wolke sieben …

Bis Val sich von ihr gelöst hatte und sie wieder wie ein kleines Mädchen behandelte. Einerseits hielt er sie auf Abstand, und andererseits langweilte er sie aufs Neue mit dieser St.-Leger-Sage und diesem Unsinn von der auserwählten Braut.

Kate griff sich in den Ausschnitt und zog das Lehmamulett heraus, das schon seit einiger Zeit auf ihrer Haut juckte. Das Einzige, was dieser angebliche Liebeszauber ihr eingebracht hatte, war die Krätze.

Die junge Frau stieg auf einen Felsen und schleuderte das Amulett, so weit sie konnte, aufs dunkle offene Meer hinaus. Wie hatte sie nur so dumm sein können, sich auf einen solch blöden Aberglauben zu verlassen?

Aber sie war ja auch wirklich verzweifelt gewesen. Denn sie musste gegen zweierlei ankämpfen: Dagegen, dass Val sie einfach nicht als Frau sehen wollte, und gegen diese verwünschte Familiensage.

So sehr Kate sich auch stets über die Geschichten um Brautsucher und auserwählte Bräute lustig machte, in Wahrheit fürchtete sie diese Sage, seit Val zum ersten Mal davon erzählt hatte.

Seitdem lebte sie in ständiger Furcht vor dem Tag, an dem Effie dem Arzt eine Braut finden würde. Und ebenso plagte sie die Sorge, das könne geschehen, noch ehe sie alt genug wäre, eine Chance zu erhalten, ihn selbst für sich zu gewinnen.

Und wenn Effie eine Braut für ihn suchte, dann, so war das Mädchen sich leider sicher, würde das nicht ihre Adoptivtochter sein, nicht die kleine Katie Fitzleger, das Findelkind. Die Göre, die zu viel fluchte, sich zu wild gebärdete und immer noch lieber eine lange Hose statt eines Seidenkleids anzog.

Kate schämte sich zwar ein wenig dafür, aber sie war an

dem Tag sehr erleichtert gewesen, an dem Effie verkündet hatte, für Valentine könne sie wohl niemals eine Braut finden. Und sowieso würde keine albern kichernde, zimperliche Braut den Arzt jemals so lieben können wie Kate.

Allein mit Valentine zusammen zu sein, hatte sie beruhigt und sanfter gestimmt – und ihr ihre weibliche Seite zu Bewusstsein gebracht. Val war ihr Fels und ihr Anker. Sie würde ihn niemals aufgeben können.

Niemals.

Aber ihr würde wohl kaum etwas anderes übrig bleiben, kam es ihr jetzt wieder schmerzlich in den Sinn. Zu deutlich hatte das Bedauern in seinen Augen gestanden, und zu endgültig war seine letzte Berührung gewesen.

Manch einer mochte seine Sanftheit ja mit Schwäche verwechseln, aber diesen Fehler hatte sie nie begangen. Unter seinem freundlichen, geduldigen Äußeren steckte ein Kern so hart wie Eisen. Wenn er sich im Recht glaubte, konnte ihn nichts und niemand davon abbringen.

Selbst wenn sie Valentine dazu bewegen könnte, sie nicht länger als Kind anzusehen, würde sie ihn wohl nie von dieser Sage abbringen. Der Arzt würde es niemals wagen, den Fluch heraufzubeschwören, indem er die heiligste Tradition seiner Familie missachtete. Genauso gut hätte man Sir Galahad auffordern können, den Eid zu brechen, welchen er an der Tafelrunde geleistet hatte.

»Verdammter Kerl!«, murrte das Mädchen. »Ich wünschte, ich wäre ihm nie begegnet!«

Kaum hatte sie diese Worte ausgestoßen, bereute sie sie sofort wieder. Sie lebte schon lange genug bei den St. Legers, um von ihrer seltsamen und vielfältigen Magie zu wissen. Da sollte man eigentlich mit solchen Wünschen vorsichtig sein …

»Ich habe es nicht so gemeint«, flüsterte Kate und spähte vorsichtig in den Nachthimmel hinauf. Dann sprang sie vom dem Felsen und lief dreimal rückwärts um ihn herum.

»Der Wunsch sei aufgehoben, aufgehoben, aufgehoben«, flüsterte sie dabei.

Dann sank sie hinter dem Stein auf den Boden, zog die Knie an und schloss alle kostbaren Erinnerungen in ihrem Herzen ein – damit keine übel wollenden Feen kommen würden, um sie ihr zu stehlen.

Kate schloss die Augen und versuchte, sich an alle Einzelheiten des Tages zu erinnern, an dem sie vor acht Jahren nach Torrecombe gekommen war und zum ersten Mal Valentine St. Leger gesehen hatte ...

Das Mädchen hockte auf dem Boden der Kutsche und fühlte sich von den endlosen Reisetagen müde und zerschlagen. Hin und wieder wagte sie es, durch die Ritze des Vorhangs zu spähen, den man vor das Fenster gezogen hatte, um die Welt auszusperren. Dabei konnte sie die Welt nicht leiden, so wie sie sich im Dämmerschein zeigte. Zu viel offene Fläche gab es hier, in der Mitte eine Ansammlung von Steinhütten, die sich stolz Dorf nannte, und dazu grimmige, störende Schatten.

Und das Land, das sich dahinter ausbreitete, wirkte Angst einflößend weit und schien irgendwann einfach aufzuhören.

Kate vermisste jetzt schon das geschäftige Treiben Londons. Das Leben im Waisenhaus war schrecklich gewesen – zu wenig zu essen und zu viel Prügel. Aber wenigstens hatte sie die Härten und Gefahren dort verstanden, sie waren für sie berechenbar gewesen ...

Aber das Land hier, dieses Cornwall mit seinen Klippen,

seiner anbrandenden See und den fremden Menschen war einfach … war …
Das Mädchen presste die Lippen aufeinander und unterdrückte den Gedanken, weil sie niemals zugeben würde, dass sie sich vor etwas fürchtete.
Dann verrenkte sie den Hals und wagte noch einen Blick durch die Ritze. Sie selbst hatte an allen Kutschfenstern die Vorhänge heruntergezogen.
Draußen versammelten sich bereits die Neugierigen. Kate sah Gesichter mit Zügen so rau wie das ganze Land Cornwall; und sie hörte unwilliges Gemurmel.
»Was geht denn da drinnen vor, zum Donnerwetter?«
»Das Mädchen will partout nicht aus der Kutsche kommen.«
»Dann sollte jemand sie herauszerren und ihr eine ordentliche Abreibung verpassen!«
»Ein Mädchen? Was denn für ein Mädchen?«
»Irgendeine Waise. Miss Effie hat sich in den Kopf gesetzt, sie zu adoptieren.«
»Ein dahergelaufenes Findelkind? Na, das wird sich aber noch als großer Fehler erweisen!«
Katies Unterlippe zitterte, und sie biss darauf, um das Zittern zu stoppen. Was diese Narren da draußen miteinander zu reden hatten, scherte sie nicht. Nicht zum ersten Mal hörte sie, wie man sie als »Fehler« beschrieb. Seit ihrer frühesten Kindheit hatte sie erfahren dürfen, was es bedeutete, ein Bankert zu sein … weder Namen noch Zuhause noch Vater zu haben, ein Kind zu sein, das man versteckte und dessen man sich schämte …
Sie zog sich vom Fenster zurück und sank noch tiefer zwischen die Sitzbänke. Niemals würde sie sich aus der Kutsche zerren lassen. Nein, nie und nimmer! Den Postillion hatte sie bereits mit einer gezielten Geraden auf die Nase

vertrieben, und den Kutscher mit einem Biss in dessen Hand.

Die verrückte Frau mit den lächerlichen kupferroten Löckchen, diese Effie Fitzleger, die sie adoptiert hatte, bemutterte sie zu sehr und verlangte außerdem noch, von Kate mit »Mama« angeredet zu werden. Diese grässliche Frau hatte allen Ernstes versucht, ihre Adoptivtochter mit einer Schachtel Naschwerk aus der Kutsche zu locken.

Das Mädchen hatte nur geflucht und ihr die Schachtel vor die Füße geworfen. Effie war entsetzt zurückgewichen. Jetzt stand diese Irrsinnige auf der Straße und weinte laut vor sich hin.

Katie rieb sich die Augen. Sie war müde, sie fror, und sie hatte Hunger. Sie hatte sich mit dem Hieb auf die Nase des jungen Postlers die Fingerknöchel verletzt, und überhaupt fühlte sich die ganze Hand an, als habe sie damit auf einen Felsen eingeprügelt.

Am liebsten hätte das Mädchen auch geweint. Aber hier, vor diesen Leuten? Nein, lieber würde sie sich die Zunge abbeißen. Sie schob sich unter die Bank und wartete auf den nächsten Angriff.

Als sich die Tür dann wieder öffnete, zeigte sich weder Effie noch der Kutscher mit der Bärenstatur. Sondern ein fremder junger Mann mit dunklem Haar, das ihm in die Stirn fiel.

»Miss Katherine?«

Katie drehte sich um, weil sie feststellen wollte, mit wem er sprach. Als ihr dann aufging, dass er damit sie gemeint hatte, verfinsterte sich ihre Miene. Sie konnte es auf den Tod nicht ausstehen, veralbert zu werden.

»Verschwindet!«, drohte sie und ballte die bereits verletzten Finger. »Sonst gibt's was auf die Glocke! Niemand wird mich hier herausziehen!«

»Das hatte ich auch gar nicht vor. Ich wollte Euch vielmehr um die Erlaubnis bitten, zu Euch hineinkommen zu dürfen.«
Der höfliche Tonfall und das unerwartete Begehr trafen sie völlig unvorbereitet. Niemand hatte sie jemals für irgendetwas um Erlaubnis gefragt. So starrte sie ihn nur an und fühlte sich zwischen neugierigem Erstaunen und Argwohn hin- und hergerissen.
Offenbar hielt er ihr Schweigen für Zustimmung, denn er schob einen Gehstock mit Elfenbeingriff in die Kutsche und traf Anstalten, den Wagen zu besteigen.
Katie zuckte zurück und streckte die Fingernägel aus. Bei der kleinsten falschen Bewegung hätte sie ihm das Gesicht zerkratzt. Aber der Fremde schien vollauf damit beschäftigt zu sein, überhaupt in die Kutsche zu kommen. Dabei wirkte er wie ein gesunder und kräftiger junger Mann. Warum fielen ihm solche einfachen Betätigungen so schwer?
Nach ein paar Momenten erkannte sie, dass es sich bei ihm wohl nicht um einen dieser Dandys aus London handelte, die überall herumstolzierten und aus purer Angabe einen Gehstock schwangen.
Der Fremde schien tatsächlich auf den Stock angewiesen zu sein, denn sein eines Bein wirkte steif und bereitete ihm offensichtlich Pein. Als er sich endlich auf die Sitzbank hatte fallen lassen, atmete er erleichtert aus.
Katie folgte dem allen mit atemloser Spannung. Wie hatte der junge Mann es angestellt, sein Bein so schwer zu verletzen? Doch dann riss sie sich zusammen und erinnerte sich daran, dass sie das nun wirklich nichts anging. Und ehrlich gesagt, es interessierte sie keinen Pfifferling.
Als er die Kutschentür hinter sich schloss und sie sich ganz allein mit ihm im Wagen befand, kehrte sofort ihre

Angst zurück. Sie befürchtete, die Kutsche würde gleich wieder anrollen und weiterfahren.
»Was habt Ihr mit mir vor?«, herrschte sie ihn mit schriller Stimme an. »Wollt Ihr mich irgendwohin verschleppen, oder was?«
Er verzog die Lippen. Ein eigenartiges Lächeln, das kaum mehr als den halben Mund erfasste und eher traurig wirkte.
»Nein, ich möchte nur mit Euch reden.«
Mit ihr reden? Niemals redete jemand mit ihr. Entweder wurde sie angeschrien oder es gab gleich etwas hinter die Ohren. Und wenn es sich bei dem Betreffenden um einen Mann handelte, so durfte man dem erst recht nicht trauen. Katie hatte oft genug erlebt, wie es den älteren Mädchen erging, wenn die Waisenhausmutter spät in der Nacht einige ihrer »Freunde« einließ.
Einige dieser Gentlemen hatten auch mit eigenartigem Blick in ihre Richtung geschaut. Katie hatte schnell gelernt, dass es sicherer für sie war, wenn sie jünger erschien.
Das Mädchen kroch von dem Fremden fort und zog die Knie bis an die Brust, um so klein wie nur irgend möglich zu wirken. Hinter dem Vorhang ihres Haars beobachtete sie den Mann genau und versuchte ihn einzuschätzen. Sie hatte bereits in genug fremde Taschen gegriffen, um mit wenigen Blicken entscheiden zu können, ob sie einen reichen oder einen armen Mann vor sich hatte.
Und der hier war nicht arm, ganz gewiss nicht. Sein Gehrock und seine Weste waren aus bestem Tuch angefertigt – sahen lediglich zerknittert aus, so als habe er darin geschlafen. Sein Binder drohte jeden Moment aufzugehen, und einen seiner Ärmel zierte ein Tintenklecks.
Katie hatte bereits herausgefunden, dass sie keinen Stut-

zer vor sich hatte. Aber bei ihm schien es sich auch nicht um einen Kaufmannssohn oder einen Beamten zu handeln. Als was, um alles in der Welt, hatte sie sich ihn dann vorzustellen?

Das Mädchen schob ein paar Haarsträhnen beiseite, um einen besseren Blick auf ihn werfen zu können. Zu ihrer Verwunderung tat er es ihr gleich. Seine Handbewegungen erschienen ihr wie ein Spiegelbild ihres eigenen Tuns.

Wieder lächelte der Fremde, aber noch mehr nahmen sie seine Augen gefangen. Mit ihrem warmen und tiefen Braun erinnerten sie Katie an schmelzende Schokolade, die sie einmal in einer Konditorei stiebitzt hatte. Seltsamerweise verspürte sie den Wunsch, ihn ebenfalls anzulächeln.

Zur Sicherheit setzte sie ihre finsterste Miene auf. »Wer seid Ihr überhaupt, verdammt noch mal?«

»Ein Freund Eurer Adoptivmutter.«

Ein Freund? Katie rümpfte misstrauisch die Nase. Sie hatte bereits genug vom Leben gesehen, um zu wissen, dass Männer und Frauen niemals nur Freunde sein konnten. Der hier sah auch entschieden zu jung aus, um Effies Liebhaber sein zu können. Zu jung und gleichzeitig dieser verrückten Alten an Weisheit und Reife himmelhoch überlegen.

»Wer immer Ihr auch sein mögt, verduftet«, beschied sie ihn. »Ich will nicht reden, und einem solchen Riesentrottel wie Euch habe ich schon gar nichts zu sagen.«

Das hatte ihn eigentlich dazu bewegen sollen, wutentbrannt die Kutsche zu verlassen. Aber stattdessen sah er sie enttäuscht an. Katie wand sich. Was, zum Teufel, interessierte es sie, wenn er traurig war?

Nachdem sie für einige Momente solcherart mit sich ge-

rungen hatte, fragte sie schließlich knurrig: »Und worüber, Hölle noch mal, wolltet Ihr mit mir sprechen?«
»Ich wollte Euch nur in Eurem neuen Zuhause willkommen heißen.«
»Das ist nicht mein Zuhause, und da bleibe ich sowieso nicht. Sobald ich eine Gelegenheit habe, laufe ich davon, und keiner wird mich aufhalten können.«
Trotzig schob sie das Kinn vor. Mal sehen, wie ihm das schmeckte. Aber der »Freund« sah Katie nur traurig und ernst an.
»Nun, vermutlich könnte ich Euch wirklich nicht aufhalten«, entgegnete er dann, »wenn es Euch hier gar nicht gefällt. Aber falls es dazu kommen sollte, wäre ich furchtbar traurig.«
»Was kümmert es Euch denn? Die meisten Menschen sind heilfroh, mich loszuwerden. Die alte Crockett im Waisenhaus hat extra für diese Gelegenheit ein Fläschchen Rum aufgehoben. Sie meinte, endlich würde sie den leibhaftigen Teufel los.«
Seine Mundwinkel zuckten, aber er blieb ernst: »Diese Frau Crockett hat da aber ziemlich falsch gelegen. Ich wette, sie kannte Euch nicht so gut, wie ich Euch gern kennen lernen möchte. Ihr erscheint mir nämlich als ebenso interessantes wie intelligentes Mädchen.«
Katie runzelte unsicher die Stirn. Wenn er ihr gesagt hätte, sie sei hübsch, charmant und süß, hätte sie gewusst, was sie von ihm zu halten hatte. Aber er hatte Recht, sie war wirklich gescheit, und das mit dem »interessant« war wohl auch nicht allzu weit hergeholt.
Das Mädchen rutschte hin und her. Hier unten auf dem Boden kam es ihr plötzlich ungemütlich und beengt vor. Sie warf ihrem Besucher einen kritischen Blick zu, entschied, dass er harmlos genug war, und kroch dann unter

der Bank hervor, um sich auf die Bank ihm gegenüber zu setzen.
Er rührte sich nicht von der Stelle, und seine Hände blieben auf dem Griff des Gehstocks. Überhaupt ging eine Ruhe von ihm aus, wie sie es noch nie bei einem Menschen erlebt hatte. Ohne sich das erklären zu können, wirkte seine bloße Gegenwart beruhigend auf sie. Mit einem leisen Seufzen lehnte sie sich gegen die gepolsterte Rückenlehne.
»Ihr seid sicher sehr müde, nach einer so langen Reise«, bemerkte der Mann jetzt.
Das stimmte natürlich, aber so weit waren sie beide noch lange nicht, dass sie so etwas hätte zugeben können. Also zuckte Katie die Schultern und entgegnete: »Ach, so schlimm war es nun auch wieder nicht. Ich fand es sogar recht lustig, die dummen Gesichter von den anderen Trotteln im Waisenhaus zu sehen, als ich von einer so vornehmen Kutsche abgeholt wurde.«
»Mir tun die Pferde Leid.«
»Von wegen! Das sind ganz tolle Tiere, verdammt noch mal!«
»Mag sein. Aber bestimmt ist es nicht gut für sie, wenn man sie so lange in der kalten Nachtluft stehen lässt. Von der langen Fahrt sind sie noch schweißnass. Da holen sie sich leicht eine Erkältung. Vielleicht sogar eine Lungenentzündung ...«
»Blödsinn! Pferde kriegen doch keine Lungenentzündung«, entgegnete sie ungehalten. Für was für eine Idiotin hielt er sie eigentlich? Aber dann stieg eine unangenehme Erinnerung von einem ihrer vielen Fluchtversuche aus Mrs. Crocketts Waisenhaus in ihr auf. Sie war damals im Gasthaus »Zur Glocke und Krone« untergekrochen, und einer der Stallburschen hatte sich recht nett um sie ge-

kümmert. Als er ihr Interesse für Pferde bemerkte, durfte sie ihm dabei helfen, die Tiere zu tränken. Und er hatte ihr unter anderem das Gleiche erzählt wie dieser Fremde hier. Man durfte Pferde nach der Arbeit nicht zu lange draußen stehen lassen.

Von schlechtem Gewissen erfasst, grummelte sie: »Dann soll dieser Trottel von einem Kutscher sie endlich ausspannen und abreiben.«

»Ja, das könnte er, aber dann bliebe die Kutsche hier stehen und würde den Weg versperren.«

»Wieso rollt er den verdammten Wagen dann nicht ins Kutschhaus?«

»Und Euch drinnen lassen? Ich fürchte, es würde Euch wenig gefallen, im Kutschhaus eingesperrt zu sein. Dort ist es nämlich furchtbar kalt und dunkel.«

»Davor fürchte ich mich nicht. Das bin ich gewohnt.«

»Das glaube ich gern«, bestätigte der junge Mann. Aber warum er sich dabei so traurig anhörte, ging über Katies Verstand. »Aber Ihr wärt auch eingesperrt, und ich glaube, das würdet Ihr nicht so leicht ertragen.«

Gegen ihren Willen zuckte das Mädchen zusammen. Damit hatte der Mann verdammt Recht. Sie hasste das Gefühl, in der Falle zu sitzen und eingesperrt zu sein. Dann bekam sie ein beklemmendes Gefühl in der Brust, so als würde jemand ihre Lungenflügel zusammendrücken.

Aber woher wusste der Fremde das?

Fast hätte sie glauben mögen, er sei in ihren Kopf gestiegen, spaziere darin herum und könne sie daher viel besser verstehen als alle anderen Menschen. Ein unangenehmes Gefühl, und sie legte rasch schützend die Arme um sich. Die hastige Bewegung erinnerte sie wieder an die Schmerzen in der Faust.

»Was ist denn mit Euch? Habt Ihr Euch verletzt?« Trotz seiner Freundlichkeit passten die braunen Augen sehr gut auf, ihnen entging wirklich nichts.
Das Mädchen zuckte nur die Schultern. »Ach, das ist nichts. Ich habe mir nur die Knöchel aufgeschürft, als ich diesem Klotzkopf von Postillion ein Ding verpassen musste.«
»Lasst mich doch bitte mal sehen.« Der Fremde beugte sich vor. Kate rutschte von ihm fort und stellte alle Stacheln auf. »Geht schon in Ordnung«, beruhigte er sie, »ich lasse mich gerade zum Arzt ausbilden und kann etwas Übung gut gebrauchen.«
Das Mädchen hätte sich am liebsten noch weiter von ihm entfernt und ihn aufgefordert, sich zum Teufel zu scheren. Aber irgendwie konnte sie das nicht. Das musste etwas mit seinen Augen zu tun haben, die so warm wie ein Feuer an einem kalten Winterabend leuchteten.
Zu ihrer eigenen Überraschung hielt sie ihm plötzlich die Hand hin, ballte sie aber zur Faust.
Er nahm sie in seine Hand und betastete sie behutsam, bis Katie die Faust öffnete. Dann umschloss er ihre Hand mit seiner viel größeren. Das Mädchen sah ihn irritiert an. Was für eine Art Arzt wollte er denn werden? Er tat nichts anderes, als ihre Hand festzuhalten …
Eigentlich hätte sie sich jetzt losreißen müssen, aber sie fühlte sich im dunklen Licht seiner Augen gefangen. Die zogen sie mehr und mehr zu sich heran, bis sich etwas Merkwürdiges tat: Die Schmerzen in ihren Fingerknöcheln vergingen und machten einer Wärme Platz, die sich in ihrem ganzen Körper ausbreitete.
Als er ihre Hand endlich freigab, hatten sich die Schürfwunden zwar noch nicht geschlossen, aber sie schmerzten nicht mehr. Dafür rieb der junge Mann seine eigene

Rechte, so als sei er es gewesen, der dem Postillon eine verpasst hatte.

Katie betrachtete erst ihre Finger und dann ihn. »Wie habt Ihr das gemacht?«

»Mit Zauberei«, antwortete er und zog bedeutungsvoll die Brauen hoch.

Das Mädchen hatte zwar alle Formen von Übersinnlichem noch nie für bare Münze genommen, aber bei diesem Mann hier war sie fast versucht, ihm zu glauben. »Seid Ihr denn ein Magier oder Hexenmeister?«

»Nein, nur der Ururenkel von einem.« Seine braunen Augen lachten. Wahrscheinlich zog er sie auf, aber das machte ihr nicht das Geringste aus. Als der Mann diesmal seine Hand ausstreckte, um ihre zu nehmen, wich sie nicht mehr vor ihm zurück.

»Miss Katherine, vermutlich empfindet Ihr mich als unverschämt, weil wir uns ja erst so kurz kennen. Doch ich hoffe, dass Ihr mir gestattet, Euch einen Rat zu geben. Vielleicht gefällt es Euch hier in Torrecombe ja wirklich nicht, und dann wollt Ihr tatsächlich weglaufen. Doch es empfiehlt sich nie, eine so schwerwiegende Entscheidung zu treffen, wenn man müde und erschöpft ist. Zufällig weiß ich, dass Effies Koch ein großartiges Dinner mit Roastbeef zubereitet hat. Ich würde mich sehr geehrt fühlen, wenn Ihr mich ins Haus begleitet und Euch zusammen mit mir den Braten munden ließet.«

Die bloße Erwähnung einer Mahlzeit brachte Katies Magen zum Knurren. »Mit Kartoffeln und Gemüse?«, erkundigte sie sich vorsichtig.

»Das möchte ich doch annehmen.«

»Und auch Kuchen zum Nachtisch?«

»Wenn der fehlen sollte, ziehe ich mir persönlich eine Schürze an und backe einen, das gelobe ich.«

Das Mädchen konnte das Lächeln nicht länger zurückhalten. Aber erst musste noch etwas für sie herausspringen. Ihr Blick fiel auf den Gehstock mit dem schmucken Griff, der ihr schon von Anfang an ins Auge gestochen war. »Gestattet Ihr mir, den da auszuprobieren?«
Eine solche Bitte schien den Zaubererurenkel zunächst zu verwundern, aber dann nickte er. »Wenn Ihr das wünscht, aber ich fürchte, Ihr werdet ihn nicht allzu unterhaltsam finden.«
Weil es ihm selbst ganz genauso ging, schoss es dem Mädchen in plötzlicher Einsicht durch den Kopf. Wie sie war auch er es gewohnt, gute Miene zum bösen Spiel zu machen.
Im Grunde hätte sie jetzt nachgeben können, aber ein ängstlicher Blick auf das Kutschenfenster rief ihr die Menge ins Bewusstsein zurück, die sich immer noch draußen aufhielt.
Der Wunderheiler schien sofort zu spüren, was in ihr vorging, denn er sagte: »Keine Sorge, ich werde die Leute verscheuchen. Niemand wird Euch belästigen. Und solltet Ihr zu müde sein, könnte ich Euch auch ins Haus tragen. Dann müsstet Ihr niemanden anschauen.«
Katie wunderte sich, wie willkommen ihr dieses Angebot war. Sie fühlte sich hundemüde, warf aber dennoch einen zweifelnden Blick auf ihn und seinen Stock. »Wie wollt Ihr mich denn tragen, wo Ihr doch nicht einmal richtig gehen –« Entsetzt über ihre plumpen Worte, hielt sie sofort inne. Vermutlich zum ersten Mal in ihrem Leben nahm sie Rücksicht auf einen anderen Menschen.
Doch zu ihrer großen Erleichterung zwinkerte er ihr zu: »Ihr wärt überrascht, Miss Katherine, wenn Ihr wüsstet, was ich alles vermag, wenn ich es mir nur fest vornehme.«
Damit nahm er seinen Stock und wollte schon die Kut-

schentür öffnen, als sie ihn zurückhielt. Aller Mut verließ das Mädchen, aber sie wusste, dass sie noch etwas klarstellen musste.
Als er sie mit seinen braunen Augen fragend ansah, fiel es ihr noch schwerer, zu sprechen. Mehrmals schluckend erklärte sie: »Ich bin nicht Miss Katherine, sondern einfach Kate.« Und bevor er nachfragen konnte, fügte sie hinzu: »Ich habe keinen anderen Namen, weil ich nämlich ein uneheliches Kind bin!«
Sie senkte den Kopf und erwartete, dass er sie mit Verachtung überschütten und ablehnen würde, wie das so viele vor ihm getan hatten. Aber stattdessen hob er ihren Kopf an, damit sie ihn ansehen musste.
»Das kann man wohl kaum als Eure Schuld ansehen, oder, meine Liebe?« Er setzte wieder dieses leicht melancholische Lächeln auf. »Außerdem hat man Euch adoptiert. Von nun an werdet Ihr Miss Kate Fitzleger sein.«
Das bekam sie nur mit einem Ohr mit, denn viel besser gefiel ihr, wie warm sich seine Hand anfühlte, als er ihr über die Wange strich.
Mit einiger Mühe stieg er nun aus der Kutsche. Halb aus der Tür, drehte er sich zu ihr um und stellte sich vor: »Ich heiße übrigens Valentine St. Leger.«
»Valentine St. Leger«, wiederholte sie den großartigsten Namen, den sie je gehört hatte. Als sich die Tür hinter ihm schloss, atmete das Mädchen tief aus und legte eine Hand an die Wange, um seine Berührung ewig dort festzuhalten.
Dann huschte sie zum Fenster und hob den Vorhang hoch, um festzustellen, was Valentine St. Leger anstellte. Das Meer ununterscheidbarer Gesichter löste sich bereits auf. Katie wunderte sich, wie dieser Mann das fertig brachte. Er brüllte nicht, und er bedrohte auch nieman-

den. Nein, er sprach einfach mit seiner ruhigen Stimme zu den Menschen. Vielleicht war der junge Mann ja wirklich der Urenkel eines richtigen Hexenmeisters …
Dann stockte ihr der Atem, als sie begriff, was für einen Menschen sie kennen gelernt hatte: Einen echten Gentleman von der Art, von der Katie geglaubt hatte, dass sie nicht mehr existiere.
Als er zur Kutsche zurückkehrte und ihr die Tür öffnete, hielt sich außer ihm niemand mehr draußen auf. Den Stock hatte er dem Postjungen gegeben, stand jetzt auf seinem gesunden Bein und wartete darauf, dass Miss Kate ausstieg.
Das Mädchen wagte sich zwar bis zur Tür, aber nicht weiter. Nie zuvor hatte sie einem Menschen getraut. Wenn dieser Gentleman sie nun in Effies Haus trüge und sie dort im Stich ließe? Wenn sie ihn dann nie wieder zu Gesicht bekäme?
»Ihr wollt wirklich bleiben und mit mir zu Abend essen?«, fragte sie.
»Selbstverständlich.«
»Und Euren Gehstock darf ich auch ausprobieren?«
»Das habe ich Euch versprochen, oder?«
Ein wunderbarer Einfall kam ihr. Sie atmete tief ein und stellte dann die allerkühnste Frage: »Ich möchte nicht Kate Fitzleger sein … Würde es Euch etwas ausmachen, Euren Nachnamen mit mir zu teilen?«
Er lachte. »Mal sehen, was sich da machen lässt.«
Nun streckte Valentine die Arme aus und bedachte sie mit seinem typischen Lächeln, in das sie sich bereits verliebt hatte. Dem Mädchen wurde schwindelig, und wenn er sie dazu aufgefordert hätte, wäre sie jetzt von einem Klippenrand gesprungen.
Mit einem Mal fiel es ihr gar nicht mehr schwer, sich von

der Kutschentür abzustoßen – und in seinen Armen zu landen.
Er hielt sie sicher und fest – und war noch stärker, als sie vermutet hatte. Valentine drückte Kate an sich und setzte sich dann mit einer eigentümlichen Gangart in Bewegung. Das kaputte Bein zog er bei jedem Schritt nach.
Doch das störte Katie nicht. Es kümmerte sie auch wenig, dass er sie zu dem Haus brachte, das drohend vor ihnen aufragte.
Sie presste sich noch stärker an die breite Brust und hatte nur noch Augen für Valentine. Seine Züge wirkten wie eine Mischung aus Kraft und Sanftheit, und dazu gehörten die Hakennase, der sinnliche Mund, das dichte schwarze Haar und das weiche Leuchten in seinen Augen.
Katie schlang ihm die Arme um den Hals und hatte jetzt auch keine Bedenken mehr, ihren Kopf an seine Schulter sinken zu lassen. Früher hatte sie selten einen Gedanken an ihre Zukunft verschwendet. Aber jetzt wusste sie mit vollkommener Gewissheit, wie die aussehen würde.
Sie würde Valentine bis in alle Ewigkeit lieben …

Bis in alle Ewigkeit, flüsterte der Wind das traurige Echo ihres letzten Gedankens. Die Flut war weiter angestiegen, und das kalte dunkle Wasser drohte Kates Gedanken zu stören. Die junge Frau stand auf und zog sich auf höhere Klippen zurück.
Früher hatte sie immer Trost und Wärme darin gefunden, sich bewusst an den Tag zurückzuerinnern, an dem Val und sie sich kennen gelernt hatten. Aber heute schien das ihr Elend nur noch zu verschlimmern.
Der Arzt hatte alle Versprechungen eingehalten, die er ihr gegeben hatte … Er hatte das Abendessen mit ihr einge-

nommen, sie mit seinem Gehstock spielen lassen und sich erst zurückgezogen, als sie eingeschlafen war.

Und im Lauf der Jahre hatte sie noch viel mehr von ihm bekommen. Bücher und Unterricht, seine Familie und seine Freundschaft.

Nur eines hatte er ihr verwehrt – seinen Namen. Und heute Abend hatte er ihr klipp und klar erklärt, dass er ihn ihr auch nie zu geben gedachte.

»Nie ist eine furchtbar lange Zeit, Val St. Leger«, murmelte die junge Frau, schloss den Mund und wehrte eine neue Woge schwärzester Verzweiflung ab. Verdammt sollten sie alle beide sein, die Sage wie der Fluch. So leicht würde Kate nicht aufgeben. Sicher, sie hatte eine ganze Menge Fehler – zu leicht fuhr sie aus der Haut, Geduld besaß sie überhaupt keine, und es mangelte ihr entschieden an weiblicher Feinheit –, aber niemand konnte ihr mangelnden Mut oder eine zu schwach entwickelte Entschlossenheit vorwerfen.

Bevor das Jahr vorüber wäre, schwor Kate sich, würde sie Valentines Braut sein. Auch wenn sie noch keinerlei Ahnung davon hatte, wie sie dieses Wunder zu Wege bringen sollte. Gewiss nicht durch den Einsatz dämlicher Liebeszauber. Die Sage von der auserwählten Braut war zu stark für solchen abergläubischen Unsinn.

Nein, es bedurfte viel stärkerer Magie, um Val aus dem Griff der Familientradition zu befreien, einen Zauber von solcher Macht, wie kein Sterblicher sie besaß.

Also sollte sie unter den Toten danach suchen.

Kate stockte der Atem. Sie wusste beim besten Willen nicht zu sagen, woher dieser Gedanke gekommen war. Vielleicht hatte der Wind ihn leise herangetragen, vielleicht hatte er sich im Murmeln der Wellen verborgen gehalten.

Vielleicht kam er aber auch von der Burg Leger, die hinter ihr über den Klippen aufragte. Aus der Entfernung wirkte der Familiensitz wie ein dunkler Schatten. Nur der alte Turm hob sich deutlich und scharf vom sternenübersäten Himmel ab.
In diesem alten Gemäuer sollte der gefürchtete Zauberer einst seine schaurige Magie betrieben haben – bis ein ungnädiges Schicksal ihn seinem vorzeitigen Ende zuführte. Aber man erzählte sich, dass sein ruheloser Geist noch Jahrhunderte später durch den Turm geschwebt sei.
Doch es war schon Ewigkeiten her, dass irgendein entsetzter Diener etwas von einem Gespenst gestammelt hatte. Entweder hatte jemand Prospero erfolgreich vertreiben können, oder der alte Zauberer hatte einfach das Interesse daran verloren, weiter in der Burg herumzuspuken.
So war von dem alten Magier nichts mehr übrig geblieben außer seiner Büchersammlung in der Turmkammer, in der sich Bände voller uraltem und verbotenem Wissen befanden. Bislang hatte noch niemand gewagt, davon Gebrauch zu machen.
Bisher …
Kates Herz klopfte schneller, und ihre Hände zitterten, als der Gedanke sich in ihrem Kopf festsetzte. Sie konnte sich ziemlich gut vorstellen, wie entsetzt Valentine sein würde, wenn er wüsste, was sie beabsichtigte.
Der Arzt würde ihr sagen, dass sie die Finger davon lassen und sich ihn endgültig aus dem Kopf schlagen solle.
Aber wie sollte ihr das möglich sein?
Niemals, dachte die junge Frau, und ein breites Lächeln erschien auf ihrem Mund. Wenn der eine Zauber zu schwach gewesen war, würde sie es eben mit einem stärkeren versuchen müssen.

3

Die schmalen Stufen wanden sich in undurchdringliche Finsternis hinauf, und der Wind heulte durch die Schießscharten. Der alte Turm schien nicht nur räumlich weit vom neuen Flügel entfernt zu sein, ihm fehlte auch die Wärme von Menschen.

Mit bang schlagendem Herzen schlich Kate sich weiter voran und schützte die Kerzenflamme mit einer Hand vor der Zugluft. Auch versuchte sie, nicht an die Geistergeschichten zu denken, die Lance St. Leger ihr gern erzählte. Gänsehautgeschichten darüber, wie er Lord Prospero in diesem Turm begegnet war – wie der alte Zauberer unter Blitz und Donner erschienen war – wie seine Dämonenaugen gefunkelt hatten …

Natürlich hatte Lance sich das alles nur ausgedacht, um ihr einen Schrecken einzujagen. Wenn dagegen Val ihr solche Geschichten berichtet hätte, hätte Kate ihm sicher alles geglaubt. Ihr Held log nämlich nie; und er hatte ihr versichert, noch nie einem Gespenst begegnet zu sein.

Val … Seine dunklen Augen und sein trauriges Lächeln erschienen vor ihrem geistigen Auge und suchten sie schlimmer heim, als ein Geist das jemals vermocht hätte. Und so lähmte nicht die Furcht vor einem lange toten Zauberer ihre Schritte, sondern das schlechte Gewissen gegenüber einem Sterblichen, der noch lebte.

Die junge Frau hatte plötzlich das Gefühl, ihn und seine ganze Familie zu hintergehen. Alle St. Legers hatten sich, jeder auf seine Weise, ihr gegenüber als herzlich und freundlich erwiesen. Und wie wollte sie ihnen diese Güte entgelten? Indem sie ihnen die uralten Geheimnisse stehlen, die Tradition des Brautsuchers überlisten und die Schwarzen Künste gegen den Mann einsetzen würde, der sich immer als ihr treuester Freund erwiesen hatte.
Aber blieb ihr denn eine Wahl? Wollte sie zur alten, versponnenen Jungfer werden wie ihre Adoptivmutter Effie? Sollte sie danebenstehen und einfach zuschauen, wie Valentine sich der Einsamkeit hingab, wie er sich opferte, um dieser schrecklichen Sage und seinen sonderbaren Fähigkeiten gerecht zu werden?
Wenn es je einen Mann gegeben hatte, der eine Frau brauchte, die ihm in Liebe zugetan war und nach ihm sah, dann Valentine St. Leger. Vielleicht würde sie ihm nicht die perfekte Ehefrau sein und sicher auch nicht so vollkommen wie ein auserwählte Braut, aber sie wäre immer noch besser für ihn als überhaupt keine Gefährtin.
Mit neu gefundener Entschlossenheit lief sie weiter und achtete nur darauf, nicht auf den im Laufe von Jahrhunderten ausgetretenen Stufen auszugleiten. Die Wendeltreppe schien überhaupt kein Ende nehmen zu wollen. Gerade als sie verzweifeln wollte, gelangte sie unvermittelt vor die Turmkammer …
Trotz Vals Versicherungen, hier gäbe es keine Gespenster, erstarrte Kate, schloss die Augen und musste mehrmals tief durchatmen, um sich zu wappnen …
Wogegen eigentlich? Einen plötzlichen Blitz? Ein grässlich verunstaltetes Koboldgesicht, das unvermittelt aus dem Dunkel hervortrat? Oder gegen einen toten Zauberer, der mit Knochenfingern nach ihr griff?

Nachdem einige Sekunden vergangen waren, ohne dass sich irgendetwas ereignet hatte, wagte Kate es, die Kerze hochzuhalten und sich umzusehen. Sie fühlte sich in ein anderes Jahrhundert versetzt. Der schwache Kerzenschein wanderte über ein gewaltiges Bett mit Brokatvorhängen. In die Pfosten hatte man alte keltische Schriftzeichen geschnitzt, die genauso geheimnisvoll und unverständlich wirkten wie die Ansammlung von Flaschen und Gefäßen auf einem Regal nicht weit davon.
Kate nahm staunend einen kleinen Schreibtisch, eine schwere Truhe aus Eichenholz und ein Buchregal wahr, in dem sich dickleibige Bände aneinander drängten. Das alles wirkte gut erhalten und nicht so, als sei es viele hundert Jahre alt.
Eigentlich hatte sie hier Spinnweben und dicke Staubschichten erwartet. Aber alles wirkte peinlich sauber und poliert. Sogar das Bett war aufgeschlagen, so als würde sein Besitzer, der vor fünfhundert Jahren auf dem Scheiterhaufen verbrannt worden war, jeden Moment zurückkehren.
Ein Gedanke, bei dem sie fröstelte. Die junge Frau verdrängte ihn rasch und richtete ihre Aufmerksamkeit auf das, was sie hier gefunden hatte: Prosperos geheimen Wissensschatz, seine Zaubersprüche.
Kate trat entschlossen vor das Buchregal und kniete sich davor hin. An ihr wunderschönes Abendkleid dachte sie nicht. Sie stellte die Kerze neben sich ab und nahm sich ein Buch nach dem anderen vor.
Handgeschriebene Texte, die aus Zeiten stammten, als der Buchdruck noch nicht erfunden war, und zusammengesammelt aus aller Herren Länder. Kein einziges Manuskript war in Englisch abgefasst.
Das konnte Kate jedoch nicht abschrecken. Valentine

hatte sich immer mit Fremdsprachen befasst, und diese Begeisterung teilte er seit vielen Jahren mit Kate. Dank seines hervorragenden Unterrichts sprach die junge Frau fließend Französisch und Spanisch, kam mit Latein und Altgriechisch gut zurecht und verstand sogar etwas Italienisch, Deutsch und Gälisch.

Aber jede Übersetzung nahm Zeit in Anspruch, und sie befürchtete, dass ihr davon nicht allzu viel blieb. Mindestens eine Stunde musste bereits vergangen sein, seit sie Val davongelaufen war. Er musste sich bereits die größten Sorgen machen und hatte vermutlich das ganze Gesinde in die Nacht hinausgeschickt, um nach Kate zu suchen.

Da blieb ihr wohl nichts anderes übrig, als sich den vielversprechendsten Text auszusuchen und mitzunehmen. Sie wischte sich die feuchten Hände am Umhang ab und suchte noch einmal die Buchreihen ab. Ein Werk stach ihr besonders ins Auge, ein schmales Bändchen von so hohem Alter, dass es bei der leisesten Berührung zu Staub zu zerfallen drohte.

Sie zog das Buch vorsichtig heraus. Kein Autor oder Titel zierte das knarzende Leder des Einbands – dafür stieg ein Drache aus einer Lampe des Wissens, und darunter befand sich ein eingravierter lateinischer Merkspruch.

»Derjenige, welcher … große Macht … besitzt, muss diese … weise gebrauchen«, übersetzte Kate leise und ergriffen. Diese Worte hatte sie doch schon einmal irgendwo gehört.

Ja, das Familienmotto der St. Legers, geprägt von dem Stammvater, der am ehesten Anlass hatte, die Wahrheit hinter diesem Sinnspruch zu kennen. Bei diesem Bändchen musste es sich um Prosperos Tage- oder No-

tizbuch handeln, dessen Seiten er mit eigener Hand gefüllt hatte.
Die junge Frau bebte vor Aufregung. Sie wähnte sich im Besitz der Zaubersprüche des alten Magiers. Mit zitternden Fingern schlug sie das Werk auf …
»Stellt das sofort wieder zurück!«
Die Worte drangen wie ein eisiger Hauch an ihren Nacken, und ein frostiger Schauer lief ihr über den Rücken. Kate stieß einen spitzen Schrei aus und klappte das Buch wieder zu.
Dann spähte sie vorsichtig hierhin und dorthin, konnte aber niemanden in der Kammer entdecken, nur Schatten, die sich in ihrer überhitzten Phantasie zu allem Möglichen formten …
Kate schnaubte und konnte es nicht fassen, wie schreckhaft sie war.
»Du Angsthase!,« schalt sie sich laut.
Dennoch würde sie das Bändchen jetzt einstecken und damit verschwinden. Sie nahm das Buch und die Kerze und erhob sich.
»Seid Ihr schwerhörig? Ich habe gesagt, Ihr sollt das zurückstellen!«
»Oh!«, entfuhr es der jungen Frau. Das hatte sie sich nun wirklich nicht eingebildet, die Stimme war wie ein Henkerbeil herabgesaust. In ihrem Schrecken fiel Kate auf die Knie und ließ Buch und Kerze fallen. Der Halter rollte davon, und dabei erlosch die Flamme.
Die junge Frau fand sich in völliger Dunkelheit wieder. Nur durch die Schießscharten drang ein wenig Mondschein herein.
Das Herz schlug ihr bis zum Hals, und für einen Moment wagte sie es nicht einmal, zu atmen.
Ein rauer Wind fegte durch den Raum, ließ die Buchseiten

flattern und entzündete alle Fackeln an den Wänden in einem wahren Funkenregen.
Kate kreischte, riss das Bändchen an sich und schützte damit ihre Augen vor der plötzlichen blendenden Helligkeit.
Eine halbe Ewigkeit verging, ehe sie sich getraute, das Büchlein wieder sinken zu lassen. Das Gespenst stand unmittelbar vor ihr und ragte turmhoch über ihr auf.
Prospero schien die ganze Kammer auszufüllen. Er trug ein schwarzes Hemd, golddurchwirkt, und auf den Schultern einen scharlachroten Umhang, der den idealen Rahmen für seine wehende dunkle Haarmähne bot, so schwarz wie der Bart und der sorgfältig getrimmte Schnauzbart.
So sah doch kein Dämon aus. Nein, dieses Gespenst hatte eine Hakennase, aristokratische Wangenknochen und sinnliche Lippen. Richtig, er ähnelte frappierend dem Portrait, das schon so lange in der Großen Halle hing.
»Pro-Prospero?«, krächzte sie, als sie endlich ihre Stimme wiedergefunden hatte.
»Da seid Ihr mir um einiges voraus, denn ich kenne Euch nicht.« Der Urahn sah auf sie hinab. Bei näherem Betrachten wirkten seine Augen irgendwie exotisch, und ihrem Blick konnte man kaum widerstehen.
Prospero streckte eine Hand aus, die einfach aus seinem weiten Ärmel zu wachsen schien. Für ein Gespenst besaß er eine auffällig bronzebraune Haut.
Seine Finger wirkten so lang und elegant, dass Kate sich schließlich ein Herz fasste und ihre Hand ausstreckte, um die seine zu ergreifen. Fast hatte sie schon vergessen, dass es sich bei ihrem Gegenüber um ein Gespenst handelte, als ihre rechte Hand durch seine hindurchfuhr, was ein eigenartiges Gefühl bei ihr auslöste, so als sei sie von einem frostkalten Blitz getroffen worden …

Kate riss ihre Hand rasch zurück. Offensichtlich hatte der Urahn ihr nicht wie ein Gentleman begegnen und ihr beim Aufstehen helfen wollen.
Seine Hand blieb ausgestreckt, und er verlangte in eindeutig befehlendem Tonfall: »Mein Buch, wenn das nicht zu viele Umstände bereitet.«
Aber die junge Frau presste das Bändchen an sich und schüttelte entschieden den Kopf. Sie wusste nicht, wie sie es angestellt hatte, diesen Geist aus seinem Grab zu rufen, aber das musste etwas mit diesem Buch zu tun haben. Und wenn es so wertvoll war, wollte sie es nicht ohne Gegenleistung zurückgeben.
Doch der Wettstreit zwischen ihnen währte nicht sehr lange. Mit einer beiläufigen Handbewegung sorgte er dafür, dass sich das Buch aus ihrem Griff löste. Mit einem leisen Schrei verfolgte Kate, wie das Bändchen zu seinem rechtmäßigen Besitzer schwebte.
Prospero legte das Werk auf den Schreibtisch, wo Kate es nicht ohne weiteres erreichen konnte, dann wandte er sich wieder ihr zu. In seinem Gesicht brannten keine Höllenfeuer, wie Lance ihr weiszumachen versucht hatte, aber seinem gestrengen Blick war durchaus zuzutrauen, einen ausgewachsenen Mann in Asche zu verwandeln – und erst recht ein schlankes Mädchen.
Aber Kate hatte noch nie vor jemandem gekuscht, nicht einmal vor der alten Crockett, wenn sie mit der Peitsche kam. Warum also jetzt damit anfangen. Das Herz schlug ihr zwar bis zum Hals, aber sie stand auf und erklärte dem Urahn mit allem Trotz, den sie aufbieten konnte: »Ich habe keine Angst vor Euch, kein bisschen.«
»Tatsächlich?« Er zog eine Augenbraue hoch, betrachtete sie eingehender und schritt langsam auf sie zu.
Die junge Frau wich ein Stück vor ihm zurück. »Mir

macht es nicht das Geringste aus«, bluffte sie, »dass Ihr ein schrecklicher Zauberer seid. Denn ich bin selbst so eine Art Hexe.«

»Eine Hexe, die sich bei mir Zaubersprüche ausborgen kommt?«, spottete er.

»Na, Ihr braucht das Bändchen ja nicht so dringend. Schließlich sind es Jahre her, seit Lance Euch hier zum letzten Mal gesehen hat.«

Prospero kam ihr immer noch näher und zwang sie, sich so weit zurückzuziehen, bis nur noch die Wand hinter ihr war. Und dabei blieb ihm auch noch Zeit, spöttisch auf ihre Worte zu reagieren. »Tatsächlich? Ich hätte geschworen, es seien bereits Jahrzehnte.«

Etwas Nachdenkliches, fast Wehmütiges tauchte kurz in seinem Blick auf, verschwand aber genauso rasch wieder. Dann betrachtete er Kate von neuem streng.

»Jetzt, wo Ihr es sagt, fällt mir ein, Euch tatsächlich schon einmal gesehen zu haben. Doch ich glaube, das war nicht nackt tanzend und herumspringend auf dem Blocksberg.«

Sein Sarkasmus traf sie wie ein Hieb.

»Also gut«, murmelte die junge Frau schließlich, »ich bin keine Hexe. Ich heiße Kate Fitzleger, und ich wohne unten im Dorf.«

»Die kleine Katherine Fitzleger? Der junge Wildfang, der hier in Männerhosen herumstolzierte? Und in der Großen Halle mit den Schwertern gespielt hat?«

»Ja«, bestätigte sie und fühlte sich gar nicht wohl dabei, dass er so viel über sie wusste; und das umso mehr, da sie vor dieser Nacht gar nicht richtig von seiner Existenz überzeugt gewesen war.

Nun trat der Geist einen Schritt zurück und betrachtete sie mit einem so lüsternen Blick von Kopf bis Fuß, dass ihr die Röte in die Wangen schoss.

»Ihr seid ein Stück gewachsen«, bemerkte der Zauberer.
Kate ärgerte sich, dass sie binnen weniger Minuten zum zweiten Mal errötete, wo ihr das doch sonst in zwei Jahren kaum ein Mal widerfuhr. Sie hatte plötzlich zu viele Hände, zupfte und zog an ihrem Umhang und wünschte sich tief im Innern, dass Val sie einmal so ansähe.
Eigentlich war sie aber davon überzeugt, dass sie ihren Liebsten irgendwann so weit bringen, ihn dazu bewegen könnte, sich so sehr in sie zu verlieben, dass er die Familientraditionen, die Sage und den Fluch vollkommen vergaß ...
Wenn sie nur einen Blick in dieses Bändchen dort hinten werfen dürfte.
Prospero schien ihre Gedanken zu lesen, denn er stellte sich zwischen sie und den Schreibtisch. »Dann darf ich also vermuten, mein Fräulein, dass Lance St. Leger Euch von seinen Begegnungen mit mir berichtet hat. Ihr scheint mir eine ziemliche Närrin zu sein, Euch dennoch hierher in den Turm zu wagen.«
»Ach, ich habe ihm nicht geglaubt und dachte, er erfinde so was nur, um mich zu erschrecken. Zu meinem Glück bekomme ich aber nicht so leicht Angst.«
»Das ist mir nicht verborgen geblieben«, grinste der Geist. »Und Ihr seid auch nicht halb so abstoßend, wie Lance Euch beschrieben hat.«
»Abstoßend? Bei St. Georg! Ich werde diesen Knaben lehren müssen, dass man mich zu meiner Zeit für einen der bestaussehendsten Männer gehalten hat!«
Und eitel sind wir kein bisschen, dachte Kate, als Prospero jetzt auch noch seine Schnurrbartenden glatt strich. Ein recht menschlicher Zug, der ihr diesen großmächtigen Zauberer nicht mehr ganz so großmächtig erscheinen ließ. Und im gleichen Maß nahm ihre Verkrampfung ab.

»Ich glaube nicht, dass Lance Euch damit beleidigen wollte. Er beschrieb Euch nur so, um mich aufzuziehen. Darin ist er nämlich sehr gut.«
»Ganz recht, ich erinnere mich«, bemerkte der Urahn und schwieg dann nachdenklich, um sich nach einem Moment zu erkundigen: »Und wie geht es diesem Tunichtgut und seiner reizenden Braut?«
»Lance und Rosalind geht es sehr gut, und sie sind so verliebt wie eh und je. Sie haben einen mittlerweile dreijährigen Sohn, der auf den Namen John getauft worden ist. Aber jeder nennt ihn Jack.«
»Wie erschütternd einfallslos«, brummte Prospero, aber Kate bemerkte, wie seine Züge weicher wurden. Er kehrte ihr den Rücken zu und streifte durch seine Kammer, schob die Vorhänge seines Betts beiseite und öffnete den Deckel der Truhe ... so als suche er nach etwas, das ihm noch von früher bekannt war.
Genau das, was jeder Normalsterbliche auch getan hätte, wenn er jahrelang, äh, jahrzehntelang fort gewesen wäre. Nur hätte Kate niemals in Prospero einen Normalsterblichen gesehen, selbst dann nicht, wenn er noch am Leben gewesen wäre.
Etwas Geheimnisvolles ging von ihm aus, und jede seiner Bewegungen hatte etwas von der Arroganz eines großen Feldherrn. Eigentlich hatte die junge Frau überhaupt keine Angst mehr vor Prospero. Sie betrachtete ihn mit Staunen und Ergriffenheit, aber nicht mit Furcht. Und sie fragte sich, wo er all die vergangenen Jahre oder Jahrzehnte verbracht haben mochte. In einer Art Vorhölle? In der Unterwelt?
Irgendetwas Besonderes musste in dem Bändchen stehen, wenn er sofort herbeigestürmt kam. Ach, könnte sie doch nur einen klitzekleinen Blick hineinwerfen ...

Während der Zauberer den Inhalt der Truhe in Augenschein nahm, stellte er ihr eine Frage nach der anderen über die restlichen Familienmitglieder. Kate gab ihm brav Antwort, schlich sich dabei aber Zoll um Zoll von der Wand fort und auf den Schreibtisch zu.

»... Nein, Dr. Marius St. Leger ist letzten Sommer aus dem Dorf fortgezogen. Er hat einen Lehrauftrag an der Medizinischen Fakultät von Edinburgh angenommen ... Von Lord Anatoles Töchtern sind Leonie und Phoebe unter der Haube. Seine Jüngste, Mariah, heiratet in Bälde einen schottischen Gutsherrn. Als Einziger ist nur Valentine noch unverbandelt.«

Aber nicht mehr lange, schwor sie sich, richtete den Blick auf den Geist und griff mit einer Hand nach dem Buch.

Prospero bewegte sich so rasch, dass ihre Sinne nicht folgen konnten. Kate vermochte noch nicht einmal zu sagen, ob er herbeigelaufen oder -geflogen gekommen war. Eben noch beugte der Zauberer sich über die Truhe, und im nächsten tauchte er zwischen ihr und dem Schreibtisch auf und legte eine Hand auf seinen kostbaren Schatz.

Verdammter Kerl! Die junge Frau kochte vor Wut. Er war doch nur ein Geist. Wenn sie einfach durch ihn hindurch nach dem Buch griffe, was könnte er schon dagegen tun? Ihre Finger schlossen sich um das Buch, aber für eine Hand, die nicht körperlich war, leisteten Prosperos Finger erstaunlichen Widerstand. Auch schien das Bändchen plötzlich mindestens eine Tonne zu wiegen.

Doch der Magier schien sich nicht über ihre Frechheit zu ärgern, sondern eher zu belustigen. Für eine Weile belächelte er Kates fruchtlose Bemühungen, dann wurde ihm das wohl zu langweilig.

Er vollführte mit der anderen Hand eine lässige Geste,

und die junge Frau wurde plötzlich wie von zwei unsichtbaren Händen hochgehoben.
Während sie noch einen leisen Schrei von sich gab, flog sie schon rückwärts zum Bett. Der kurze Flug hinterließ ein Schwindelgefühl in ihr, dennoch wollte sie gleich wieder aufspringen.
Ein stahlharter Blick von Prospero ließ sie jedoch davon Abstand nehmen. Dafür warf sie ihm einen wütenden Blick zurück.
»Verzeiht, Mylady, aber Ihr seid die dickköpfigste Frau, welche mir je untergekommen ist. Was hofft Ihr denn in dem vermaledeiten Buch zu finden, dass Ihr dafür jedes Wagnis auf Euch nehmen wollt?«
»Einen Bannspruch. Einen kleinen Zauber.«
»Welcher Art?«
Sie getraute sich nicht so recht, ihn anzusehen, weil er ja doch nur wieder Scherz mit ihr treiben würde. Aber irgendwann musste es ja einmal heraus: »Einen Liebeszauber.«
Der Urahn lachte nicht, sah sie nur überrascht an: »Ich käme nie auf den Gedanken, dass eine junge Dame von Euren, äh, Vorzügen so etwas nötig hätte.«
»Dann lernt Ihr eben jetzt etwas dazu«, entgegnete sie eher traurig als patzig. »Alles andere habe ich schon ausprobiert, sogar um seine Hand angehalten.«
»Ihr habt Eurem Herzallerliebsten *einen Antrag gemacht?*«
»Ja … und er hat abgelehnt.«
»Warum habt Ihr nicht eine Pistole auf ihn gerichtet und ihn gezwungen, mit Euch vor den Altar zu treten?«
»Das hätte ich versuchen können, aber vermutlich hätte er sich lieber erschießen lassen.«
Prospero strich sich über den Bart und wog ihre Worte ab. Aber ein Funkeln blitzte in seinen Augenwinkeln. »Bei al-

lem, was recht ist, seit meiner Zeit hat sich auf dieser schönen Welt doch einiges geändert. Dennoch meine ich, das war nicht unbedingt der klügste Weg, einen jungen Mann für sich zu vereinnahmen.«

»Dann helft mir!«, rief Kate. »Warum schlagt Ihr nicht einfach Euer Buch auf und nennt mir einen Zauber, mit dem ich ihn gewinnen kann!«

»Weil es stets große Gefahren in sich birgt, in Herzensangelegenheiten Magie einzusetzen.«

»Aber das habt Ihr doch auch getan. Legendär sind die Geschichten, wie viele Schöne Ihr mit Hilfe der schwarzen Magie verführt habt!«

Drei strenge Falten bildeten sich auf der Stirn des Geistes. »Ein so junges Ding wie Ihr sollte darüber aber noch nicht Bescheid wissen.«

»Dann müsst Ihr eben diskreter vorgehen!«, schoss Kate zurück und bereute das im nächsten Moment. Mit diesem Tonfall vergraulte sie ihn am Ende noch. Dabei schien der Zauberer trotz aller Belustigung ihre Sache mit Wohlwollen zu betrachten.

»Bitte, helft mir. Ihr seid doch ein so großmächtiger Zauberer, dem so etwas kaum Mühe bereiten dürfte«, verlegte Kate sich jetzt auf schamlose Schmeicheleien und warf ihm auch noch durch die Wimpern einen schmachtenden Blick zu.

Prospero zeigte sich aber eher amüsiert. »Und wer ist denn nun Euer Herzallerliebster?«

»Ja, nun –«, begann sie, und plötzlich fiel es ihr ungeheuer schwer, Prospero zu erklären, dass sie einen seiner Nachfahren verzaubern wollte. Vermutlich würde er dann wirklich böse werden und sie die Treppe hinunterwerfen. »Äh, Ihr kennt ihn sicher nicht, er ist ein Gentleman hier aus Cornwall.«

»Aus gutem Hause?«
»Unbedingt«, antwortete Kate und ließ sich nichts anmerken. »Mindestens so gut wie das Eure.«
»Vermögend?«
»Er hat sein Auskommen, aber ich liebe ihn nicht wegen des Geldes.«
»Dann wegen seines Aussehens?«
»Auch«, sagte sie deutlich weicher, »aber noch mehr, weil er lieb, freundlich, klug und großzügig ist. Ein perfekter Gentleman, ein vornehmer Mensch, ein –«
»Genug, Erbarmen!« Prospero verdrehte die Augen. »Erspart mir die vollständige Liste seiner liebenswürdigen Eigenschaften. Belassen wir es dabei, dass es sich bei ihm um eine gute Partie handelt, ja?«
»Dann helft Ihr mir also?« Sie verließ das Bett und ging auf ihn zu. Dabei legte sie alle Masken ab, ließ ihn in ihr Herz schauen und flüsterte: »Bitte …«
Der Geist betrachtete sie lange und mit undurchdringlicher Miene. Kate hatte nicht die geringste Ahnung, was hinter seiner vornehmen Stirn vor sich ging. Doch sie wagte zu hoffen … bis er schließlich »Nein« sagte.
»Aber …«
Er brachte sie mit einer erhobenen Hand zum Schweigen. »Ich habe es mir zur festen Regel gemacht, mich nicht in menschliche Angelegenheiten einzumischen.«
»Das ist aber eine blöde Regel! Und ich verstehe auch nicht, was –«
»Doch will ich Euch einen Ratschlag geben.«
»Na, da bin ich aber dankbar!«, erwiderte sie verächtlich, ehe sie fragte: »Und welchen?«
»Ihr bedürft keiner Zauberei, um diesen Mann zu erobern. Dazu müsst Ihr nicht mehr tun als Euer Haar zu entwirren und Euren Gang zu veredeln.«

Sie brauste sofort auf: »Was stimmt denn an meinem Gang nicht.«
»Oh, für einen Hauptmann, der seine Soldaten in die Schlacht führt, ist er ganz in Ordnung.«
»Hört zu, ich laufe so, um am besten von einem Ort zum anderen zu kommen. Ich habe gewiss nicht vor, wie eine Zimperliese herumzutrippeln.«
»Das verlangt ja auch keiner von Euch. Aber versucht doch mal, Euch etwas eleganter zu bewegen. Tretet auf wie die Queen.«
Kate presste die Lippen zusammen, ehe es aus ihr herausplatzte: »Großartig! Dann zeigt mir doch, wie das geht!«
»*Ich?* Ich habe keine Zeit, Bauerntrampel in Haltungsfragen zu beraten.«
»Wenn Ihr überhaupt etwas habt, dann Zeit!«
Sein Blick verdüsterte sich so sehr, dass Kate befürchtete, den Bogen endgültig überspannt zu haben. Doch im nächsten Moment entspannte er sich sichtlich und lachte schallend.
»Da habt Ihr absolut Recht, meine Liebe. Mir steht Zeit in Hülle und Fülle zur Verfügung, sogar die ganze Ewigkeit, hol mich der Teufel.« Ein trauriger Zug trat in seinen Blick. »Der Himmel nimmt mich ja sowieso nicht.«
Doch schon hatte er seine belustigte Miene wieder aufgesetzt. Er winkte ihr zu: »Also gut, Mädchen, kommt her.«
Kate starrte ihn fassungslos an. Sie hatte das eben nur aus Wut ausgestoßen. Wie sollte sie auch ahnen, dass er ihre zornigen Worte für bare Münze nehmen würde?
Als sie seiner Aufforderung nicht rasch genug folgte, fühlte sie sich plötzlich von eisigen Händen angeschoben.
Während sie solcherart auf ihn zu ging, gab er ihr Anweisungen.
»Rücken gerade halten … Kopf hoch … höher … Und

nicht so Riesenschritte … Denkt immer daran, dass Ihr eine Dame seid und kein Rekrut beim Exerzieren.«
Kate verkrampfte sich, um sich gegen diese Behandlung zu wehren. Aber während sie die ganze Kammer durchschritt, kam ihr plötzlich ein ebenso verzweifelter wie hervorragender Einfall.
Als er sie wieder anweisen wollte, den Kopf höher zu halten, rief das Mädchen: »Wartet, ich weiß, was mir helfen könnte!«
Prospero gönnte ihr eine Pause, und sie lief zum Buchregal. Kate hoffte sehr, dass er ihr die Aufregung nicht anmerkte, zog das Buch mit den keltischen Zeichen heraus und legte es sich auf den Kopf.
Der Geist nickte anerkennend.
Schon schwebte sie durch den Raum und lächelte, während ihr Herz schneller klopfte.
»So ist es schon viel besser«, bemerkte der Zauberer. »Ihr besitzt eine natürliche Anmut, mein Fräulein. Man könnte Euch für eine geborene Herzogin halten.«
Kate verzog das Gesicht. Von wegen Herzogin. Wenn sie an die Umstände ihrer Geburt dachte, hätte sie viel eher der Galgen erwartet. Aber dann gefiel ihr die Vorstellung, eine Herzogin zu sein. Sie drehte sich um und stolzierte so wie vorhin Prospero über den Steinboden, was ihn zum Lachen brachte.
Die junge Frau musste auch lächeln und hätte darüber fast das Buch auf ihrem Kopf verloren. Sie hatte solchen Spaß, dass sie beinahe vergessen hätte, weswegen sie hergekommen war. Unvermittelt blieb sie stehen und nahm das Buch vom Kopf.
»Was liegt denn an?«, fragte der Zauberer. »Es lief doch gerade ganz gut. Warum habt Ihr aufgehört?«
Ohne ihn anzusehen, antwortete sie: »Es ist schon recht

spät geworden. Effie, meine Mama, macht sich wahrscheinlich große Sorgen. Ich sollte jetzt gehen.«
Sie rechnete damit, dass der große Zauberer enttäuscht sein würde. Aber er zuckte nur die Schultern und sagte: »Dann macht Euch mal auf den Weg.«
Sie nahm ihren Umhang, verabschiedete sich mit einem Knicks und sagte: »Seid bedankt für den Unterricht.«
»Das Vergnügen war ganz auf meiner Seite, Mylady«, entgegnete er freundlich mit einer prächtigen Verbeugung. »Kommt doch wieder, dann arbeiten wir an Eurem Hofknicks.«
Kate nickte und bewegte sich seitwärts zum Ausgang. Sie rechnete damit, dass sich seine Miene jeden Moment verfinstern würde. Aber das geschah nicht, und sie schlüpfte hinaus auf die Treppe – und rannte um ihr Leben.
Die Kerze hatte sie liegen lassen, und auf der Treppe war es stockfinster. Irgendwie gelang es ihr, aufrecht nach unten zu kommen. Als sie die Große Halle erreichte, klopfte ihr Herz wie rasend.
Vorsichtig blieb die junge Frau stehen und lauschte. Noch immer nichts. Kein Wutschrei. Kein Blitz, den er ihr hinterherschleuderte.
Prospero hatte noch nichts gemerkt!
Zitternd zog sie das Buch heraus, das sie sich unter den Umhang geschoben hatte, und strich mit den Fingern über den eingravierten Drachen.
Während ihrer Zeit in London, als sie hatte stehlen müssen, um nicht zu verhungern, hatte sie sich zu einer Meisterdiebin entwickelt und sogar der alten Crockett das eine oder andere entwendet. Aber niemals hatte sie erwartet, eines Tages einen fünfhundert Jahre alten Zauberer übertölpeln zu können.
Ich bin gut, dachte Kate, bei Gott, ich bin immer noch un-

heimlich gut. Fast hätte sie ein Triumphgeheul ausgestoßen, das sie sich dann doch verkniff. Außerdem ließ der alte Prospero sich bestimmt nicht lange täuschen. Wenn sie nur genug Zeit erhielt, um bis dahin den richtigen Zauberspruch zu finden und auswendig zu lernen.
Bestens gelaunt presste sie das Bändchen an sich und rannte in die Dunkelheit davon.

Prospero betrachtete das Buch, das anstelle seines Bändchens auf dem Schreibtisch lag. Ein Werk mit keltischen Sagen und Geschichten. Er lächelte belustigt. Was für eine kleine Schlange! So ein wagemutiges Mädchen war ihm sein Lebtag noch nicht untergekommen. Glaubte sie wirklich, der große Prospero ließe sich so leicht hinters Licht führen?
Aber sie hatte geschickte Hände und hatte die Bücher raffiniert ausgetauscht. Der Zauberer kannte sich mit so etwas aus, hatte er sich zu seiner Zeit doch auch verschiedener Taschenspielertricks bedient.
Allerdings galt es nun zu bedenken, wie weit er Mistress Kate gewähren lassen durfte und wann er ihr Einhalt gebieten musste … Und welchen Zauber sollte er dazu einsetzen? Einen Blitz, einen plötzlichen eisigen Wind oder einen Feuer speienden Drachen? Ja, das sollte genügen, um der unbezähmbaren Kate Vernunft und einiges an Manieren einzubläuen.
Er wollte schon die Hände zum Zauberspruch heben, hielt dann aber inne und überdachte alles noch einmal. Warum ihr nicht das Buch für eine Weile überlassen? Nun gut, einige seiner gefährlichsten Zaubersprüche standen dort niedergeschrieben, doch in einer längst ausgestorbenen Schrift und Sprache, die heute kein Sterblicher mehr verstehen oder auch nur entziffern konnte.

Der Urahn grinste in sich hinein, als er sich Kates Verdruss vorstellte, wenn sie hoffnungsfroh das Buch öffnete und dann feststellen musste, dass sie kein einziges Wort davon lesen konnte … Vermutlich würde die junge Dame in den Turm zurückstürmen und ihm sein Büchlein wutentbrannt an den Kopf werfen.

Eigentlich hätte er auch nichts gegen ihre Rückkehr, wie er sich zu seiner Überraschung eingestehen musste. Kate erinnerte ihn an vieles, das er längst vergessen hatte … daran, wie es war, jung und voller Leidenschaft zu sein.

Die Erinnerung löste Schmerzen in ihm aus, und er verscheuchte sie rasch. Während Prospero die Fackeln löschte und in die Finsternis entschwand, wusste er schon nicht mehr, was ihn überhaupt in die Kammer gezogen hatte.

Gewiss nicht die Nöte dieser liebeskranken jungen Frau. Auch hatte es ihm nie gefallen, in Castle Leger herumzuspuken. Dieses Gemäuer barg zu viele Erinnerungen an die Narreteien der Zeit, als er noch gelebt hatte. Zu oft suchte ihn diese verwünschte Burg heim.

Doch im Lauf der Jahrhunderte hatte es ihn immer wieder einmal, auch gegen seinen Willen, dorthin gezogen – für gewöhnlich dann, wenn sich Unheil über seinen Nachfahren zusammenbraute.

Zum Beispiel damals, im englischen Bürgerkrieg, als die Truppen Cromwells die Burg hatten zerstören wollen. Oder im achtzehnten Jahrhundert, als Tyrus Mortmain es sich in seinen verrückten Kopf gesetzt hatte, alle St. Legers umzubringen …

Oder als Anatole St. Leger in viel zu zartem Alter allein zurückgelassen worden war. Oder erst kürzlich, als Lance St. Leger es nicht verhindert hatte, dass der wertvollste Familienbesitz, das Schwert mit dem magischen Kristall, das Prospero selbst geschmiedet hatte, gestohlen wurde.

Was mochte jetzt schon wieder anstehen? Sein Blick wanderte über die Steine der Turmkammer, als enthielten sie die Antwort.
Prospero schwebte durch die Mauern hinaus auf den Wehrgang und betrachtete die Nachtlandschaft. Selbst nach so vielen Jahrhunderten löste dieser raue Landstrich immer noch Gefühle in ihm aus.
Doch auch die Brandung, der felsige Strand und die Klippen konnten ihm keine Antwort geben. Seine Gabe der Vorahnung schien eingerostet zu sein. Vielleicht konnten auch Geister alt werden.
Aber dann spürte er es. Ein leichtes Ziehen in der Nacht, nicht mehr. Irgendwo dort draußen war etwas aufgetaucht, das Burg Leger und seine Familie bedrohte.
Etwas sehr, sehr Böses.

4

In der Dunkelheit hausten die Dämonen. Rafe spürte ihren heißen Atem und hörte ihr unterdrücktes grausames Kichern. Mit klopfendem Herzen versuchte er, der großen Frau zu folgen, die durch die enge und nebelverhangene Straße zu verschwinden drohte.

»Maman! Maman! Verlass mich nicht! Ne laisse pas moi!«, schrie er und bekam ihre steifen Seidenröcke zu fassen. »Sil te plaît – bitte!«

Evelyn Mortmain fuhr herum und starrte ihn wütend an. Ihre Augen wirkten bereits kalt und distanziert. Da fiel ihm ein, dass sie es ja nicht ausstehen konnte, wenn er Französisch sprach.

»Bitte, Mama, bitte …« Die rechten Worte wollten ihm nicht einfallen, und so konnte er nur wiederholen: »Verlass mich nicht!«

Sie holte mit einer Hand aus und verpasste ihm eine Ohrfeige, bei der ihm die Tränen in die Augen schossen. »Jammer nicht so, Rafael. Du weißt genau, dass ich das nicht mag!«

Evelyn ging vor ihm in die Hocke und packte ihn hart an den Schultern.

»Ich kehre nach Cornwall zurück, um die St. Legers auszulöschen und das zurückzuerlangen, was uns nach unserem Geburtsrecht zusteht. Jetzt trockne dir die Augen ab, du dum-

mer Junge. Hier bei den heiligen Brüdern im Kloster wird es dir nicht schlecht ergehen.«
Sie küsste ihn flüchtig auf die Stirn und eilte davon, ohne etwas von seiner Panik gespürt zu haben. Verstand sie denn nicht? Was scherten ihn Cornwall, die St. Legers oder irgendwelche Geburtsrechte?
Rafe wollte nur seine Mutter haben. Ohne sie würde es ihm hier nie gut ergehen, nicht einmal bei den heiligen Brüdern. Denn überall lauerten die Dämonen mit ihren roten Mützen, an denen eine Konkarde steckte. Oh, wie sie grinsend ihre Messer wetzten.
»Mama, bitte, komm zurück!«

»Geh … geh nicht!«
Krächzend verließen diese Worte seine Kehle, lösten einen Hustenanfall aus und rissen ihn aus dem Schlaf. Seine Lider flogen auf, er rang nach Atem und starrte verwirrt auf die groben Bretter einer Scheune.
Die neblige Straße mit ihren lauernden Dämonen löste sich auf, und er war nicht länger der verlassene kleine Junge in der großen Stadt Paris, sondern ein sterbender Erwachsener, der auf einem Lager aus Stroh in einer Scheune in der kleinen Hafenstadt lag, in der sie gestern angelegt hatten.
Während er sich zu orientieren versuchte, fühlte er sich wiederum verloren. Er strich sich über den schweißnassen Bart. Schon wieder dieser elende Traum, für den er sich verwünschte. Aber diesmal war er nicht ganz so schrecklich gewesen wie früher … wenn die Dämonen mit den roten Mützen sich schließlich aus den Schatten lösten …
Rafe rollte sich auf die Seite und stöhnte vor Schmerzen. Er rechnete damit, durch die offene Tür die Nacht zu er-

kennen, aber dort herrschte das blasse Licht eines frühen Abends. So lange konnte er doch nicht hier gelegen haben, oder? Vielleicht hatte er das Bewusstsein verloren. Er fühlte sich so schwach, und seine Brust und seine Kehle waren vom vielen Husten ganz rau …

Er kämpfte sich auf die Knie hoch, und das kostete ihn alle Kräfte. Der Kristall trug die Schuld daran. Er nahm ständig an Stärke zu, und im gleichen Maße verfiel Rafe. Er wünschte sich nichts dringender, als den verdammten Stein loszuwerden.

Bald schon … bald würde dieser ganze Albtraum an Valentine St. Leger weitergegeben sein – und er selbst wäre davon befreit. Diese Vorstellung belebte ihn so sehr, dass er aufstehen konnte.

Mortmain taumelte zurück zum Stall, um dort die Arbeit fortzusetzen, die er vor einer Weile wegen völliger Erschöpfung hatte aufgeben müssen.

Der Sattel, den er nicht mehr hatte tragen können, lag auf der Seite, und sein kräftiger grauer Wallach fraß friedlich aus einem Eimer Hafer. Als Rafe sich näherte, zuckte der Gaul kurz mit den Ohren, machte sich aber nicht die Mühe, sich zu ihm umzudrehen.

Rafe wuchtete den Sattel unter großen Anstrengungen hoch, und diesmal konnte er ihn seinem Pferd auf den Rücken legen. Danach war er mit seinen Kräften derart am Ende, dass er sich gegen die Holzwand lehnen musste. Ein neuerlicher Hustenanfall kündigte sich an, verging aber wieder. Matt machte er sich daran, die Gurte festzuzurren.

»Soll ich Euch helfen, Sir?«

Die helle Kinderstimme erschreckte ihn und zerrte zusätzlich an seinen Nerven. Er drehte sich um und entdeckte einen schmalen, etwa acht Jahre alten Knaben

in der Tür. Rafe fragte sich, wie lange der Bursche wohl schon dort stehen mochte. Für Kinder hatte er nicht viel übrig, erst recht nicht, wenn sie einem hinterherspionierten.
»Was, zum Henker, willst du von mir?«, knurrte er ihn an.
Der Junge zuckte zusammen, wagte sich aber einen Schritt näher. Ernste blaue Augen blickten Rafe unter wirrem hellblondem Haar an.
»Ich wollte Euch nur mit dem Sattel helfen, Sir.«
»Ich brauche aber keine Hilfe!« Er wandte dem Bengel den Rücken zu und hoffte, dass dieser ginge. So ein schmächtiges Bürschchen ließ sich doch gewiss leicht einschüchtern.
Doch zu Rafes Verärgerung blieb der Knabe und kam sogar noch ein Stück näher.
»Rufus ist ein braves Tier.«
Rafe schwieg dazu. Außerdem hatte er große Mühe mit dem Sattelgurt. Mortmain hatte Pferde nie als »brav« oder »ungezogen« angesehen. Für ihn waren sie nur eine oft unbequeme Notwendigkeit, wenn man sich gezwungen sah, größere Entfernungen an Land zurückzulegen.
»Ihr werdet ihn doch gut behandeln, Sir, jetzt, da Ihr ihn gekauft habt, oder?«, wollte der Kleine wissen.
Aber natürlich. Zumindest so lange, bis der Gaul ihn zu seinem Ziel getragen hatte. Danach mochte ihn der Pferdemetzger oder der Abdecker haben.
Weil der Mann ihm keine Antwort gab, zupfte der Junge ihn zögernd am Ärmel. »Rufus mag gerne Möhren in seinem Hafer und –«
»Himmeldonnerwetter!«, fluchte Mortmain. »Lass mich endlich in Ruhe. Siehst du nicht, dass ich beschäftigt bin? Und müsstest du nicht längst im Bett liegen?«
Der Knabe sprang erbleichend zurück, und die Sommer-

sprossen auf seinem Nasenrücken leuchteten. Für einen Moment glaubte Rafe, sich selbst in den erschrochen dreinblickenden Augen des Kleinen wiederzuerkennen; so eingeschüchtert hatte er auch einmal ausgesehen, damals, als …

Er presste sich die Hand an den Mund, weil ihn wieder ein Hustenkrampf schüttelte. Der Junge wich, weiterhin rückwärts gehend, vor ihm zurück und prallte plötzlich gegen eine dicke Frau mit schwarzem Kleid, zerschlissener Schürze und plumpem Gesicht.

Sie erfasste die Situation sofort und strich ihrem Sohn über das abstehende blonde Haar. »Der Abwasch wartet auf dich, Charley. Da machst du dich besser gleich dran.«

Der Knabe warf Rafe einen unsicheren Blick zu, bevor er sich zurückzog. Seine Mutter sah ihm für einen Moment hinterher und wandte sich dann an Rafe.

»Tut mir Leid, Mr. Moore, wenn mein Sohn Euch wegen dem Pferd belästigt hat.«

Mortmain brauchte einen Moment, ehe ihm einfiel, dass er sich unter diesem Namen hier vorgestellt hatte – sie hatte ihn entdeckt, als er wie ein verwundeter Wolf um ihren Hof geschlichen war. Er murmelte etwas Unverständliches und hoffte, sie würde wieder verschwinden.

Aber nein, sie lächelte ihn traurig an. »Wisst Ihr, Rufus stammt von meinem verstorbenen Mann. Der Gaul gehört zu dem Wenigen, was meinem Sohn von seinem Vater geblieben ist.«

Wollte die Nervensäge ihm damit irgendetwas nahe bringen? Rafe zuckte nur die Schultern und tat so, als müsse er den Sitz des Gurts überprüfen, und wünschte dringend, dass die Frau endlich verschwand.

Doch da trat sie näher und klopfte dem Tier liebevoll auf den Hals. Das blöde Vieh hob tatsächlich den Kopf und

rieb die Nüstern an ihrem Arm. Wie hieß die Witwe doch gleich? Corrine ... Brewster oder Brewer, Rafe konnte sich nicht mehr genau daran erinnern, aber das störte ihn nicht sonderlich.
Sie gehörte offensichtlich zu den ebenso närrischen wie sentimentalen Weibern, die ihm schon immer gegen den Strich gegangen waren. Weiche Augen, weicher Mund, unauffälliges braunes Haar, das sie sich eher praktisch als flott unter die einfache weiße Haube gesteckt hatte, und rote Wangen.
»Ich möchte Euch danken«, erklärte sie verlegen und schob sich um das Pferd herum, um ihn anzusehen. »Weil Ihr eine wirklich großzügige Summe für Rufus bezahlt habt. Ich weiß, der Gaul ist das nicht wert, und ich fühle mich auch ein wenig schuldig, Euch so viel abgeknöpft zu haben, aber Charley und ich brauchen das Geld wirklich ganz dringend ...«
»Und ich brauche ein Pferd. Die Summe ist mir einerlei.« Für einen Sterbenden spielte Geld wirklich keine Rolle. Er hatte den Wallach eigentlich stehlen wollen, aber da hatte die Frau ihn entdeckt. Man hatte ihn gesehen, und er konnte es nicht wagen, für Aufruhr und Geschrei zu sorgen. Womöglich hätte man ihn noch festgenommen und eingesperrt.
Und Zeit war das Letzte, was er erübrigen konnte. Nicht, wenn er Valentine St. Leger nahe gekommen war und endlich seine Rache nehmen konnte.
»Trotzdem danke für Eure Großzügigkeit«, fuhr die Witwe fort. Warum konnte sie nicht endlich den Mund halten und sich verziehen?
»Wir müssen auch noch den Hof verkaufen, um die Schulden meines Mannes zu begleichen«, erklärte sie jetzt, als ob sie glaubte, so etwas würde »Mr. Moore« auch nur im

Mindesten interessieren. »Mein armer George war niemals ein guter Bauer. Er ist lieber zur See gefahren, wie Ihr.«
»Woher, zum Teufel, wisst Ihr das?«, knurrte Rafe und durchbohrte sie mit seinem Blick. Hatte sie trotz des zotteligen Haars und des ungepflegten Barts den berüchtigten Captain Mortmain in ihm wiedererkannt? Er ballte die Hände zu Fäusten, um sich notfalls sofort auf sie zu stürzen.
Sein Ausbruch schien sie zu verwirren, aber sie antwortete ganz ruhig: »Nun, das sieht man an Eurem Gang. Ihr bewegt Euch, als hättet Ihr den Großteil Eures Lebens Schiffsplanken unter Euren Füßen gehabt. Aber verzeiht bitte, ich wollte Euch nicht zu nahe treten.«
Mortmain atmete tief aus und zwang sich dazu, sich zu entspannen. Er musste dringend von hier weg, sonst würde er noch explodieren.
»Ich habe es eilig«, murmelte er und griff nach den Zügeln.
»Kann ich Euch nicht vielleicht zum Abendbrot überreden?«
Hatte diese Frau vollkommen den Verstand verloren? Ahnte sie denn überhaupt nichts von der Gefahr, in der sie sich noch vor einem Moment befunden hatte?
»Seid Ihr immer so?«
»Wie denn?«
»So vertrauensselig zu jedem Fremden, der des Wegs gezogen kommt?«
Sie errötete unter seinem Spott, antwortete aber ruhig: »Nein, eigentlich nicht. Üblicherweise lege ich mehr Vorsicht an den Tag.«
»Und warum gebt Ihr dann um meinetwegen alle Vorsicht auf? Doch nicht etwa wegen meiner schönen Nase, oder?«

»Ich … ich weiß auch nicht«, stotterte sie. »Vielleicht liegt es ja an Euren Augen. Ihr seht aus wie ein Mann, der … der ganz dringend möchte, dass man ihm vertraut.«
So einen blühenden Unsinn hatte Rafe noch nie gehört. Diese Witwe war entweder vollkommen und unrettbar verblödet oder sie gehörte zu den Frauen, die unbedingt das Gefallen eines jeden Mannes erringen wollen, und mochte es auch ein zerlumpter Kerl sein.
Höchste Zeit, von hier wegzukommen.
Er zog Rufus am Zügel und führte in zum Ausgang. Doch da packte ihn ein neuer Hustenanfall, diesmal so schlimm, dass er in die Knie ging, sich die Hände auf die Brust presste und vor lauter Würgen kaum noch atmen konnte.
Während er sich schüttelte, legte sich eine ebenso sanfte wie starke Hand auf seine Schulter.
»Mr. Moore, Euch geht es wirklich nicht gut«, befand die Witwe. »Ihr solltet heute noch ruhen und erst morgen weiterziehen. Ich könnte Euch in der Vorratskammer ein Nachtlager bereiten.«
Er schüttelte ihre Hand ab und rappelte sich wieder auf. Für einen Moment schloss er die Augen, zwang die Schmerzen fort und stand völlig erschöpft da. Rafe würde es nie schaffen, hart und schnell zu reiten. Selbst wenn er jetzt aufbräche, würde er frühestens morgen Abend um die gleiche Zeit vor Castle Leger eintreffen …
Doch ihm blieb keine andere Wahl. Die Zeit zerrann ihm zwischen den Fingern.
»Meine Geschäfte dulden keinen Aufschub«, entgegnete Rafe zwischen zusammengebissenen Zähnen. »Ich muss los.«
Als er ermattet versuchte, den Fuß in den Steigbügel zu setzen, baute die Frau sich neben ihm auf, so als erwarte

sie, dass er der Länge nach hinfallen würde. Und irgendwie rechnete er auch damit.
Doch er saß nach einer Weile schnaufend und keuchend im Sattel. Schwindelgefühle befielen ihn, und als seine Augen wieder deutlich zu sehen vermochten, bemerkte er als Erstes die Witwe, die besorgt zu ihm heraufstarrte.
»Sir, ich weiß nicht, was das für Geschäfte sind, die keinerlei Aufschub dulden, aber ich wünschte, Ihr würdet Euch das noch einmal überlegen.«
Ihre Blicke trafen sich. Trotz ihrer ehrlichen Miene hatte Rafe auch wieder das unangenehme Gefühl, sie könne ihm bis auf den Grund seines Herzens schauen. Doch was immer sie dort auch entdecken mochte, sie bemitleidete ihn.
Mit erheblicher Anstrengung richtete Mortmain sich auf und straffte die Schultern. Er brauchte kein Mitleid, von niemandem.
Mit festem Druck seiner Knie trieb er den Wallach an, beachtete Corrines Abschiedsgruß nicht weiter und galoppierte in die Nacht hinaus.

5

Der Feuerring stieg höher und schleuderte Funken in den schwarzen Vorhang der Nacht. Unheimlicher Lichtschein umwaberte den uralten Stein.
Seit Jahrhunderten hatte man hier kein Feuer mehr entzündet; nicht seit der Herrschaft Oliver Cromwells, als man sich erzählte, Hexen würden am Fuße dieses Monolithen ihre teuflischen Rituale durchführen.
Doch zeigte sich hier heute Nacht nur eine Frau. In ihrem wehenden schwarzen Umhang wirkte sie durchaus wie eine Zauberin. Der Wind fuhr ihr durch das rabenschwarze Haar, und die Flammen erzeugten vielerlei Farben auf ihren blassen Wangen. Ihre Augen brannten beinahe noch grimmiger als das Feuer.
Jeder, der hier zufällig vorbeikäme, würde sofort glauben, es habe ihn in eine Hexenversammlung verschlagen, und die Beine in die Hand nehmen.
Aber während Kate neues Holz in die Flammen warf, fühlte sie sich ganz und gar nicht wie eine mächtige, schreckliche Zauberin, sondern eher wie ein Kind, das mit dem Feuer spielte.
Die junge Frau hustete von dem Rauch, den der Wind ihr ins Gesicht blies, und zog sich in den Schutz des großen Steins zurück. Mit brennenden Augen sah sie sich um und versuchte, sich zu beruhigen.

Der Hügel, auf dem sie stand, bot normalerweise einen einmaligen Ausblick auf die Ländereien der St. Legers. Aber heute Nacht war das Land in der Finsternis verborgen. Und das Meer viel weiter unten brüllte wie ein Untier, das mit seinen Klauen gegen die Küste schlug.

Trotz des warmen Umhangs und des lodernden Feuers fror Kate. Sie hatte noch nie Angst vor der Dunkelheit gehabt, aber heute schien einiges in der Luft zu liegen. Halloween, die Nacht vor Allerheiligen, war angebrochen. In dieser Nacht sollte sich, so erzählte man sich, die Grenze zwischen dieser und der nächsten Welt auflösen, sodass ruhelose Geister von der einen in die andere spazieren könnten.

Tatsächlich schien diese Nacht selbst zum Leben erwacht zu sein. Wie ein Tier heulte der Wind durch die Bäume, die Wolken warfen unheimliche Schatten auf den Mond, und immer wieder raschelte es im Heidekraut. Ein Wiesel oder ein Dachs, redete Kate sich ein. Doch jedes Mal, wenn sie sich rasch umdrehte, war nichts zu sehen. Dafür klopfte ihr Herz umso lauter.

Jeder, der seine fünf Sinne noch beisammen hatte, würde sich heute Nacht nicht hier draußen aufhalten, sondern bei den Freudenfeuern bleiben, die in den Dörfern angezündet wurden.

Kate wünschte, sie hätte das auch getan, um mit den anderen um die Flammen herumtanzen und so die Geister und Dämonen für ein weiteres Jahr zu verscheuchen.

Aber nein, sie wollte ja einen eigenen dunklen Zauber bewirken. Mit zitternden Fingern griff sie in ihren Umhang und zog das gestohlene Buch heraus. Die ganze Zeit befürchtete sie, Prospero könne jeden Moment in einer Rauchsäule vor ihr aufsteigen und ihr voller Zorn sein Buch entreißen!

Verwirrt fragte sich die junge Frau, warum der Urahn noch nicht eingeschritten war. Seit zwei Tagen hatte sie das Bändchen nun schon in ihrem Besitz. Bestimmt war ihm doch längst aufgefallen, dass das Buch fehlte; und er konnte sich auch sagen, wer es ihm gestohlen hatte. Wenn er sein Eigentum nicht zurückverlangte, dann wohl nur aus dem Grund, ihr diesen üblen Streich mit gleicher Münze heimzuzahlen.

Vielleicht hatte der großmächtige Zauberer sie ja auch hereingelegt. Womöglich hatte er sie getäuscht, und sie glaubte nur, ein Zauberbuch eingesteckt zu haben. Nicht auszudenken, wenn sich das Bändchen als Werk voller wertlosem Unsinn entpuppen sollte …

Nein, diese Möglichkeit wollte Kate nicht in Betracht ziehen. Sie strich über das Drachenzeichen, das man in den Einband gepresst hatte, und glaubte, die Macht zu spüren, die zwischen den brüchigen Seiten steckte.

Der gerissene Prospero hatte seine persönlichen Notizen in einer Geheimschrift niedergelegt, ha, das glaubte er aber auch nur! Kate hatte in ihnen sofort ägyptische Hieroglyphen wiedererkannt. Valentine, der als fortschrittlicher Gelehrter allen Neuerungen offen stand, hatte sich auch mit der neuen Wissenschaft der Ägyptologie befasst – und seine Schülerin in der alten Bilderschrift unterwiesen.

Beim Unterricht hatte er manchmal geglaubt, ihr zu viel abzuverlangen, und sie gefragt, ob sie das nicht alles furchtbar langweile.

»Aber nein«, hatte sie sofort widersprochen. Wie sollte sie Val nur begreiflich machen, dass sie, die ihre Jugend in London verbracht hatte, erst durch ihn erkannte, wie schmal die Straßen dort waren? Sein geduldiger Unterricht und seine Liebe zu den Büchern hatte ihr die Augen für ferne und vergangene Orte und Zeiten geöffnet.

»Mir macht es Spaß, alles über die Pyramiden, die Pharaonen und die Hirtoklüfen –«
»Hieroglyphen«, verbesserte er sie damals sanft.
»Ja, genau. Es kommt mir vor, als würden wir eine ganz besondere Sprache lernen, die nur wir beide verstehen können … als würdest du mir genug vertrauen, um ein Riesengeheimnis mit mir zu teilen.«
»Aber ich vertraue dir doch grenzenlos, Kate.«
Diese Worte hatten sie gewärmt, sie, die man von frühesten Zeiten an immer nur als Diebin und Lügnerin beschimpft hatte …
Ja, der Arzt vertraut dir. Er hält dich für seine wahre und vollkommen vertrauenswürdige Freundin – die seine Familie und ihre Traditionen achtet und ehrt … die nie etwas tun würde, was ihm schaden könnte!
Kate zuckte unter der unerwarteten Attacke ihres schlechten Gewissens zusammen.
»Aber ich will ihm doch gar nicht schaden«, rechtfertigte sie sich vor sich selbst. Was sollte denn an dem, was sie hier vorhatte, so schlimm sein. Die anderen Mädchen im Dorf setzten doch auch Liebeszauber ein, um ihren Auserwählten zu bekommen.
Was bist du doch für eine ausgemachte Lügnerin, Kate Fitzleger!
Ja, leider. Was sie hier tat, unterschied sich sehr von dem oft albernen Aberglauben der jungen Frauen im Dorf. Letztere wandten harmlose Mittelchen an, zum Beispiel, sich Salz über die Schulter werfen, während Kate sich auf die schwärzeste Magie einließ. Sie wollte Kräfte heraufbeschwören, die sich leicht als zu stark für sie erweisen könnten.
Wie leicht könnte etwas schief gehen?
Kate blickte in die tanzenden Flammen und glaubte für

einen Moment, darin seine dunklen Augen zu erkennen, die sie anstarrten … und auch noch seine Stimme zu vernehmen:
Weil es stets große Gefahren in sich birgt, in Herzensangelegenheiten Magie einzusetzen.
Kate schrie auf und fiel auf den Hintern. Sie starrte vorsichtig noch einmal in die Flammen, bis sie sich ausreichend davon überzeugt hatte, dass sie nicht mehr als ein herunterfallendes Scheit gesehen hatte. Und was sie für Prosperos Stimme gehalten hatte, war nicht mehr als das Zischen und Prasseln des Feuers gewesen.
Doch dieser Satz ließ ihr keine Ruhe. Was hatte der Zauberer mit seinen Worten gemeint? Was sollte denn schon gefährlich daran sein, einen Liebeszauber zu weben? Zu dumm, dass sie neulich nicht nachgefragt hatte.
Sie könnte das Unternehmen immer noch abblasen, das Feuer löschen und ins Dorf zurückschleichen. Vielleicht sogar zu Vals Cottage laufen und ihn bitten, sie einzulassen. Wenn sie wie ein verlorenes Kätzchen vor ihn trat, das Schutz vor einem nahenden Sturm suchte, würde er ihr sofort die Tür öffnen und sie nicht mit Fragen überschütten, sondern sie einfach in seine starken Arme nehmen, ihren Kopf an seine Brust drücken und sie endlos lange festhalten …
NEIN!, ermahnte Kate sich streng. Dazu würde es ganz gewiss nicht kommen. So wie sie sich ihm neulich an den Hals geworfen hatte, würde er sich hüten, sie auch nur zu berühren. Freundlich, aber bestimmt würde er Kate auffordern, doch besser zu Effie zu gehen.
Wenn sie nicht den Mut aufbrachte, diesen Zauber heute Nacht zu beschwören, würde sie nie wieder Vals starke Arme um sich spüren.
Sie nahm das Buch in beide Hände und stellte sich wie

eine Priesterin aus längst vergangenen Zeiten vor den stehenden Stein.

Ein dumpfes Grollen erfüllte die Nacht, so als wolle der Himmel selbst sie warnen. Kate blickte ängstlich hinauf zum Firmament und sah einen Blitz, der in deutlicher Entfernung den Himmel spaltete.

Nur ein Gewitter, das heraufzog.

Die junge Frau konnte wieder ruhiger atmen. Sie musste sich aber beeilen, sonst würde der Regen ihr Feuer löschen.

»Ach, Val, verzeih mir bitte, was ich jetzt tue. Aber du lässt mir keine andere Wahl.«

Kate atmete tief durch und öffnete das alte Zauberbuch.

Der Schankraum im »Drachenfeuer«, in dem es für gewöhnlich laut zuging, lag heute Abend vollkommen verlassen da. Nur Reeve Trewithan hockte wie üblich an dem abgenutzten Eichentisch und nippte an dem letzten Bier, das er sich für heute leisten konnte. Schaumflocken hingen ihm im grauen Kinnbart, und er hatte sich das strähnige Haar aus der Stirn geschoben.

Sein einst straffer Körper drohte vorzeitig zu verweichlichen. Sein vorgewölbter Buch stieß gegen die Tischkante, als er zum Fenster hinaus auf das närrische Treiben seiner Nachbarn schaute.

Auf dem Dorfanger hatte man Freudenfeuer entzündet, und die Silhouetten von Tänzern hüpften im Takt zu den Fiedeln vor den Flammen auf und ab. Die Musik, der Lärm und das Lachen drangen selbst durch die dicken Mauern der Schänke.

»Was für eine Bande von abergläubischen Trotteln«, murmelte Reeve und wandte sich wieder seinem Krug zu. Er

schien der einzige Mann in ganz Torrecombe mit genug Grips im Kopf zu sein, diesem Halloween-Schwachsinn keinerlei Beachtung zu schenken.
Na gut, mit Ausnahme vielleicht noch von dem jungen Burschen, der sich in der dunkelsten Ecke auf der Bank lümmelte und düster in sein Whiskey-Glas starrte.
Trewithan dachte säuerlich, dass dieser Jüngling zu denjenigen gehörte, die alle Mädchen im Dorf verrückt machten. Er hatte die schweren, sinnlichen und melancholischen Lippen, bei denen alle jungen Hühner den Verstand verloren. Sein schwarzes Haar tat ein Übriges, und seine dunklen Augen wiesen dichte schwarze Wimpern auf, um die ihn jede Frau beneidet hätte.
Die Hakennase, wenn schon nicht die elegante Kleidung, wies ihn eindeutig als St. Leger aus. Reeve fluchte leise. Er konnte sich nicht an den Namen dieses Jünglings erinnern. Jedenfalls keiner von der Burg. Vermutlich ein entfernter Vetter.
Aber was interessierte ihn das schon. Mochte ganz Torrecombe diese Familie mit ihrer eigentümlichen Art und ihren geheimnisvollen Wegen auch verehren, Reeve konnte sie allesamt nicht leiden. Vor allem diesen Arzt, Dr. Valentine St. Leger, nicht. Aufdringlicher Mistkerl. Wollte ihm Vorschriften darüber machen, wie er seine Frau zu behandeln habe. Drohte sogar damit, dass Carries nächstes Kind sie das Leben kosten würde. Und hetzte seine Frau auch noch gegen ihn auf, sie solle sich vor ihren ehelichen Pflichten drücken!
Der Arzt lebte ja wie ein Mönch, da konnte er leicht solche Ratschläge geben. Aber Reeve war ein richtiger Mann, und als solcher hatte er Bedürfnisse.
Er nahm einen zu tiefen Schluck und hätte fast den Krug geleert. Gerade noch rechtzeitig konnte er ihn wieder ab-

setzen. Dabei fiel ihm auf, dass der Wirt ihn mit seinen schwarzen Schweinsäuglein fixierte. Mr. Wentworth würde ihn bestimmt zur Tür hinausbefördern, sobald er den letzten Tropfen getrunken hatte.
Jetzt näherte sich der Mann lässig Reeves Tisch. In seiner gestreiften Seidenweste und den glänzenden Lederstiefeln wirkte er eher wie ein Kaufmann als wie ein Schankwirt vom Lande.
»Nun, Mr. Trewithan, ich hoffe, das Bier war zu Eurer Zufriedenheit«, sagte Wentworth.
»Ich habe doch dafür bezahlt, oder etwa nicht?«
Der Wirt legte seine gepflegten Hände auf die Lehne eines Stuhls, der ganz in der Nähe stand, und ließ sich von Reeves sauertöpfischer Miene nicht beeindrucken.
»Eine wirkliche Überraschung, Euch heute Abend hier zu sehen. Man sollte doch meinen, Ihr hättet Euch den anderen da draußen angeschlossen, um mit ihnen zu feiern und Spaß zu haben.«
»Wenn man das Spaß nennt, wenn man albern herumhüpft und sich dabei am Feuer den Arsch ansengt.«
Wentworth lächelte und nickte in Richtung des finsteren Jünglings in der dunklen Ecke. »Offenbar teilt der junge Herr dort Eure Ansichten.«
»Zum Teufel mit ihm.« Reeve warf ihm einen verächtlichen Blick zu. »Nur ein dummer Bengel. Seht nur, wie er in sein Glas starrt. Wer ist das überhaupt, zum Donnerwetter?«
»Sir Victor St. Leger, der Enkel des verstorbenen Captains Hadrian St. Leger.«
»Ach ja, an die alte Saufnase kann ich mich noch erinnern. Man sollte meinen, er hätte seinem Enkel beigebracht, dass Whiskey zum Trinken da ist und nicht nur zum Anschauen.«

»Ich glaube, Master Victor versucht nur, seinen ganzen Mut zusammenzunehmen.«
»Wofür denn? Seinen Whiskey zu trinken?«, höhnte Trewithan.
»Nein, für die Hochzeit. Bekommt Ihr denn gar nichts vom Klatsch und Tratsch im Dorf mit? Miss Effie Fitzleger, die Brautsucherin, hat dem jungen Herrn Mollie Grey gefunden. Master Victor soll ihr heute Abend den Antrag machen. Aber wenn man ihn so sieht, könnte man meinen, Miss Effies Wahl begeistere ihn nicht nachdrücklich.«
»Da kann ich ihn gut verstehen. Miss Mollie ist eine dürre Bohnenstange und an der Brust platt wie eine Flunder.«
»Ein großer Busen ist aber nicht alles, worauf man bei der Brautsuche Ausschau halten sollte«, entgegnete Mr. Wentworth.
Nein, stimmte Reeve in Gedanken zu, auch Durchhaltevermögen spielte eine Rolle. Dann zuckte er die Schultern. Dieser ganze Mist mit den St. Legers und ihren auserwählten Bräuten gehörte auch zu dem abergläubischen Unsinn im Dorf.
Andererseits hätte er früher auch gern einen Brautsucher gehabt, der ihm die Richtige fand. Vermutlich hätte sogar die blödsinnige Effie ihm eine Bessere besorgt als die, welche er sich selbst ausgesucht hatte. Damals war ihm Carrie ja ganz passabel erschienen, vor allem ihre großen Brüste. Aber wer hätte gedacht, dass sie sich als zu schwächlich erweisen sollte, die beiden wesentlichen Aufgaben einer Ehefrau zu erfüllen – nämlich Kinder zu gebären und ihrem Ehemann zu Willen zu sein.
Er hob noch einmal seinen Krug und spähte hinein. Enttäuscht stellte er fest, dass nicht einmal mehr ein Mund

voll Bier darin enthalten war. Reeve kramte noch einmal in seinem leeren Geldbeutel und warf dem Wirt einen erwartungsvollen Blick zu.

Nein, Mr. Wentworth würde ihn nicht anschreiben lassen. Nicht so wie früher, als die Zeiten noch besser gewesen waren.

Der Vorgänger von Mr. Wentworth, Silas Braggs, war ein Erzhalunke gewesen. Ein Schmuggler und ein Dieb dazu. Manche tuschelten sogar, er habe auch einen Mord auf dem Kerbholz. Vor acht Jahren war Braggs dann wie von Zauberhand verschwunden …

Zusammen mit diesem eingebildeten Zoll-Offizier, Captain Mortmain. Man konnte Braggs zu seiner Zeit ja viel vorwerfen, aber einen Stammkunden hätte er nie verdursten lassen.

Mr. Wentworth hingegen, der sich so gern für einen Gentleman hielt, bewies in dieser Frage eine schon bösartige Knausrigkeit. Manchmal weigerte er sich sogar, Reeve zu bedienen, obwohl er Geld in der Tasche hatte.

»Heute gibt's für Euch nichts mehr, Mr. Trewithan«, erklärte das selbstgerechte Arschloch. »Geht nach Hause, und hebt etwas von dem Geld für Eure Familie auf.«

Wenn er wohlmeinende Worte hören wollte, ging er lieber gleich zum Vikar, dachte Reeve, ließ die letzten Reste im Krug kreisen und fragte sich, wie seine Chancen stehen mochten; Victor St. Leger –

Aber nein, der Jüngling hatte seinen Whiskey hinuntergestürzt und schlich zur Tür wie jemand, der sich auf dem Weg zu seiner eigenen Hinrichtung befindet.

Reeve seufzte. Dann sollte er sich wohl auch aufmachen. Als er in Richtung Ausgang schlurfte, räumte Mr. Wentworth sein Glas ab und rief ihm hinterher:

»Einen schönen Abend noch, Mr. Trewithan! Ach ja, richtet Eurer Frau doch meine herzlichen Glückwünsche zur Geburt ihrer Tochter aus!«

Ihre Tochter? Als wenn die verwünschte Frau das alles ganz allein in die Wege geleitet hätte! Er warf dem Wirt einen wütenden Blick zu und begab sich nach draußen.

Eisiger Wind empfing ihn, und er steuerte sein Zuhause an. Sein Heim voller Bälger, einem schreienden Baby, einer kalten Frau und einem leeren Bett.

Reeve war in so schlechter Stimmung, dass er den Feiernden tunlichst aus dem Weg ging. Er schritt den Pfad hinauf, der um das Dorf herumführte, und stieß gegen einen Mann, dem ebenfalls der Sinn nicht nach Freudenfeuern zu stehen schien.

»Verdammt, Bursche!«, fuhr Reeve den Unbekannten an. »Warum zieht Ihr nicht die Kapuze aus dem Gesicht, damit Ihr den Weg sehen könnt?«

Er wollte sich an ihm vorbeischieben, aber der Fremde hielt ihn unerwartet fest.

»Ihr werdet verzeihen, Freund«, krächzte eine Stimme aus den Tiefen der Kapuze, »aber vielleicht könnt Ihr Euch für mich als nützlich erweisen.«

Trewithan wollte schon entgegnen, dass es nicht zu seinen Gepflogenheiten gehöre, sich irgendwem als nützlich zu erweisen, aber etwas an der Ausstrahlung des Mannes hielt ihn zurück. Das und die Hand an seinem Handgelenk, deren Finger ebenso hart wie kalt zugriffen.

»Was – was wollt Ihr denn von mir?«

»Lediglich eine Auskunft.«

Der Mann ließ seine Hand los, und Reeve trat erleichtert einen Schritt zurück.

»Man hat mir mitgeteilt, Dr. Valentine St. Leger wohne nicht mehr in der Burg auf dem Hügel dort?«

»Ja, das stimmt. Er hat ein Cottage nahe am Dorf gemietet. Da kann er sich wohl besser in die Ehebetten von ehrlichen –«

Trewithan unterbrach sich lieber und leckte sich über die Lippen. Woher sollte er wissen, ob es sich bei diesem Fremden nicht um einen alten Freund des Arztes handelte?

»Und wo steht dieses Cottage?«, fragte der Verhüllte.

»Eine halbe Meile diesen Weg hinunter. Nicht weit vom Strand. Man nennt es das Schieferhaus, und es –«

»Nicht nötig, ich kenne den Ort.«

»Ach? Dann seid Ihr wohl schon einmal hier gewesen?« Neugier verscheuchte seine Übellaunigkeit. Er spähte unter die Kapuze und wünschte im selben Moment, das nicht getan zu haben.

Seelenlose schwarze Augen starrten ihn fiebrig aus einem leichenblassen Gesicht mit einem wilden Bart an. Reeve prallte unwillkürlich zurück und stolperte über einen Stein.

Panik befiel ihn, ohne dass er einen Grund dafür nennen konnte. Als er sich wieder aufgerappelt hatte und am liebsten davongerannt wäre, stellte er fest, dass er allein war. War der Fremde einfach verschwunden … oder hatte Reeve sich das alles nur eingebildet?

»Verdammt!«, murmelte er und stellte fest, dass er zitterte. Bei Gott, er war nie abergläubisch gewesen, aber seine Nachbarn sollten in dieser Nacht besonders wild tanzen, um die Dämonen aus dem Dorf fern zu halten.

Das Schieferhaus erhob sich unweit der Küste, ein abgelegenes, zweistöckiges Cottage, das als Nachbarschaft nicht mehr als Sanddünen, Grasbüschel und Möwen hatte. Das einzige Licht drang aus der Bibliothek im hinteren Teil des Hauses. Hier drängten sich die Regale so dicht an dicht, dass man meinen konnte, in eine Bücherhöhle geraten zu sein.

Jem Sparkins entzündete noch ein paar Kerzen und lief dann in der ganzen Kammer umher, um zu überprüfen, ob alle Fensterläden geschlossen waren und kein Windstoß sie aufreißen konnte.

»Mir gefällt die Vorstellung nicht, Euch heute Abend allein zu lassen, Sir«, sagte Jem und warf einen besorgten Blick auf seinen Herrn, der neben dem Feuer im Ohrensessel saß.

Valentine St. Leger lehnte gegen die Kissen und hatte sein krankes Bein auf den Fußschemel gelegt. Der Gehstock lehnte griffbereit nicht weit von ihm. Eine braune Decke lag auf seinem Schoss, um ihn gegen die Nachtkälte zu schützen. Und auf der ruhte natürlich ein aufgeschlagenes Buch.

Doch während der letzten halben Stunde hatte der Arzt sich nicht so recht auf die Abhandlung über Kräutermedizin konzentrieren können. Er starrte in den offenen Kamin, sah dort aber nicht die prasselnden Flammen, sondern einen mondbeschienenen Garten und eine junge Frau, die sich mit verzweifelter Miene von ihm entfernte.

Das sind meine Schmerzen, Valentine St. Leger, und nicht deine!

Ach, Kate. Er unterdrückte einen schweren Seufzer und wusste nur zu gut, wie das Mädchen sich aufführen konnte, wenn sie verletzt war. Wie ein verwundetes Tier schlug sie dann wild um sich und vertrieb damit alle, die ihr helfen wollten …

Doch vor ihm war sie noch nie davongelaufen. Und vor allem das hatte den Arzt tiefer getroffen als alles andere.

Seit ihrer Geburtstagsnacht war Kate ihm aus dem Weg gegangen. Zwei Tage war das nun her. Valentine hatte sich auf den Weg zu Effies Cottage gemacht, um sich nach dem Befinden der jungen Frau zu erkundigen. Aber Kate hatte nur eine Magd zu ihm geschickt und ihm ausrichten lassen, dass die junge Dame heute an Kopfschmerzen leide und keine Besucher empfangen könne.

Kopfschmerzen? Valentine hätte beinahe laut über dieses Schauspiel gelacht, wenn er sich nicht wirklich Sorgen um das Mädchen gemacht hätte. Kate hatte in ihrem ganzen Leben noch nie Kopfschmerzen gehabt, die bereitete sie nur den anderen.

»Sir? Dr. St. Leger?«

Der Arzt brauchte einen Moment, um in die Gegenwart zurückzukehren. »Habt Ihr etwas gesagt, Jem?«

»Ja, Sir, nämlich dass ich Euch heute Nacht nur ungern allein lasse, besonders an Halloween.«

»Wieso denn das? Befürchtet Ihr, ein Kobold käme durch den Kamin, um mich zu holen?«

Der Jüngling verzog das Gesicht zu einem Grinsen. »Nein, Sir. Ich glaube, nicht einmal ein Geist würde es wagen, sich mit den St. Legers anzulegen. Aber Ihr habt bereits Sallie und Lucas frei gegeben, um die Freudenfeuer zu besuchen, und jetzt, da …«

Jem brach ab und blickte unglücklich drein. Der Arzt verstand aber auch so sehr wohl, was ihn beschäftigte:

Jemand sollte bleiben und nach dem Mann mit dem verkrüppelten Bein sehen.

Valentine hatte sonst nie so bittere Gedanken und unterdrückte sie jetzt rasch. »Ich glaube, Jem, für ein paar Stunden kann ich durchaus selbst auf mich aufpassen. Und jetzt sputet Euch, sonst ist der ganze Spaß vorbei!«

Der junge Mann öffnete den Mund, aber Valentine schickte ihn fort. Seine Bediensteten liebten und schätzten ihn. Doch sie wussten, wann Widerspruch zwecklos war.

»Dann gute Nacht, Sir.« Der getreue Jem schlurfte davon, sah sich nicht noch einmal um, machte aber einen sehr unglücklichen Eindruck.

Als die Haustür ins Schloss gefallen war, senkte sich eine eigenartige Stille über die Bibliothek, in der man lediglich das Prasseln des Feuers und den Wind zu hören bekam, welcher über das Dach rauschte und an den Läden zerrte.

Der Arzt streckte sich in seinem Sessel aus. Er hatte einen anstrengenden Nachmittag hinter sich. Entlang der ganzen Küste hatte er Kranke versorgen müssen und sich nach dem Moment gesehnt, an dem er allein mit seinen Büchern und einem Glas Brandy vor dem offenen Kamin sitzen konnte.

Doch jetzt, da sein Wunsch in Erfüllung gegangen war, fühlte er sich seltsam ruhelos. Zum wiederholten Mal setzte er die Brille auf, versuchte zu lesen und gab das nach wenigen Minuten auf.

Vielleicht war es ja im Haus zu ruhig. Obwohl sein Haus als kleines Cottage bezeichnet wurde, bot es doch Raum genug für ein halbes Dutzend Rangen, die den ganzen Tag im Haus herumtobten, und für eine Ehefrau, die hierhin und dorthin lief, um alle zu versorgen und das Abendbrot zuzubereiten.

Groß genug für die Familie, die er niemals haben würde, dachte Valentine bitter.

Was für ein Glück, dass ihm dieses Anwesen nicht gehörte. Er hatte es von seinem Onkel, Dr. Marius St. Leger, gemietet. Marius war eine Generation älter als Valentine, sein väterlicher Freund, sein Lehrer und wohl auch sein Vorbild. Aber im letzten Sommer hatte der alte Arzt einen Lehrstuhl an der Medizinischen Fakultät der Universität von Edinburgh angenommen.

Valentines Vater, Anatole St. Leger, hatte das tief getroffen, denn er sah Marius schon immer als seinen besten Freund an.

»Cornwall ist dein Zuhause!«, hatte er sich aufgeregt. »Warum will jemand von hier fort? Und dann auch noch mir nichts, dir nichts nach Schottland?«

Marius hatte nur gelächelt und eine ausweichende Antwort gegeben. Aber Valentine verstand die Gründe seines Onkels sehr gut, denn die fanden sich immer noch auf dem Kaminsims, der so etwas wie einen Schrein für Marius' verlorene Liebe darstellte: ein Paar gelbe Handschuhe, ein verblichenes Haarband und ein Fächer lagen um das Miniatur-Porträt von Anne Syler gruppiert – seine auserwählte Braut.

Der junge Arzt hatte damals der Familientradition keine Folge geleistet und sich zu lange nicht um seine Zukünftige gekümmert. Als er dann endlich Zeit für sie gefunden hatte, war sie in seinen Armen gestorben.

Deswegen konnte Valentine dem Onkel sehr gut nachempfinden, dass er dringend von hier fortwollte. Zu viele Jahre schon suchten ihn die Erinnerungen an Anne heim ... quälte ihn die Freude glücklich verheirateter St. Legers wie Anatole oder Lance. Die hatten ihre auserwählte Braut geheiratet, und Marius wusste, dass ihm solche Freuden nie mehr offen stehen würden.

Manchmal fragte sich Valentine, ob es ihm nicht noch schlechter als seinem Onkel ging; der hatte wenigstens die Chance erhalten, sein Glück zu finden, und sie nicht genutzt. Valentine selbst aber sollte nicht einmal eine solche Gelegenheit erhoffen.

Vielleicht, wenn er ebenfalls ein alter Mann geworden war, würde es ihn auch aus Cornwall forttreiben ...

Wie lange noch bis dahin? Er schlug die Decke zurück,

legte die Brille beiseite, ergriff seinen Stock und richtete sich rasch auf.
Zu rasch, denn ein heftiger, stechender Schmerz im Knie ließ ihn gleich wieder in den Sessel zurücksinken. Scharf einatmend beugte er sich vor, um sein Bein zu massieren. Er spürte die steinhart verkrampften Muskeln unter dem Knie und wusste, dass ihm wieder eine qualvolle Nacht bevorstand. In den frühen Morgenstunden würde er es dann wohl nicht mehr aushalten und erneut Laudanum einnehmen. Die opiumhaltige Tinktur linderte zwar die Schmerzen, aber er verachtete sich selbst dafür, darauf angewiesen zu sein.
Der Arzt zwang sich noch einmal hoch und lief in der Bibliothek herum, um die Steifheit des Beins zu lösen. Aus der Ferne hörte er ein Rumpeln und Grollen, aber sein Knie hatte ihm schon längst mitgeteilt, dass ein Gewitter aufzog. Wie schön, dachte er sarkastisch, einen so zuverlässigen Wettervorhersager zu besitzen.
Er humpelte zum Fenster und starrte in die finstere Nacht. Die Mondsichel wurde immer wieder von den vorbeirasenden Wolken verdeckt. Kein Wunder, wenn die Dörfler heute Nacht herumsprangen und ihre Mistgabeln schwangen, um alle Hexen zu verjagen, die Torrecombe auch nur nahe kommen sollten.
Valentine fragte sich traurig, ob Kate wohl ebenfalls zu den Freudenfeuern gegangen war. Er hoffte es für sie. Immer noch besser, als in ihrer Stube zu hocken und sich zu grämen. Die wilde Kate hatte immer großes Vergnügen an den Halloween-Feiern gehabt, und sie war ebenfalls mit wehendem schwarzem Haar und brennenden Augen um die Flammen herumgetanzt.
Der Arzt wäre es zufrieden gewesen, ihr nur dabei zuzusehen. Aber damit hatte sich das Mädchen nie be-

gnügt. Sie zog an ihm und bestand darauf, dass er mit ihr tanze.

Was für eine Narretei! Aber Valentine hatte ihrem Bitten ja noch nie widerstehen können. Und tatsächlich gelang es ihr, ihn alles vergessen zu lassen – seine Würde, seine Schmerzen und sein Humpeln. So war er nach Kräften mit ihr gesprungen und gehüpft, bis er lachend und atemlos nicht mehr konnte.

Im Lauf der Jahre hatten sie beide jede Menge Dämonen vertrieben. Aber damit war jetzt Schluss. Nie mehr wieder. Er konnte ja sein kaputtes Bein ertragen und – mit einigen Einschränkungen – auch, dass er nie eine Braut haben würde. Aber wenn er nun auch noch auf Kates Freundschaft verzichten müsste, erschiene ihm das Leben überhaupt nicht mehr lebenswert.

Valentine schluckte, als er sich dieses letzten Gedankens bewusst wurde. Er schloss die Läden vor dem Fenster, durch das er gerade nach draußen geschaut hatte, und machte sich auf den Weg zum Bett.

Als er durch die Diele humpelte, ertönte unvermittelt die Türglocke.

Kate?

Valentine spürte, wie sich sein Puls beschleunigte. Das Mädchen schlich sich oft von zu Hause fort, um ihn zu den unmöglichsten Zeiten zu besuchen; obwohl er ihr schon sooft gepredigt hatte, wie gefährlich das sei.

Aber seine Hoffnung zerstob so rasch, wie sie gekommen war. Kate würde nie an der Haustür klingeln, sondern ums Haus herumlaufen und an die Fenster der Bibliothek hämmern, bis er sie einließ.

Die Einzigen, die die Glocke betätigten, waren seine Patienten oder deren Anverwandte, die in ihrer Not seinen Rat suchten.

»Grundgütiger, nicht jetzt«, murmelte er. Valentine fühlte sich wirklich reif fürs Bett, und sein Knie brannte wie Feuer.
Es klingelte noch einmal, und der Arzt überlegte schon, so zu tun, als habe er nichts gehört. Aber das würde er natürlich nie tun. Niemals, denn er war derjenige, der anderen die Pein nehmen konnte.
Also stützte er sich schwer auf seinen Stock, öffnete die Haustür, um Nacht und Wind einzulassen.
Eine schwere Schattengestalt stürzte sich unvermittelt auf ihn. Valentine schrie erschrocken auf und taumelte zurück. Aber der Fremde lastete weiterhin wie ein Gewicht auf ihm und drohte ihn unter sich zu begraben.
Der Arzt wich noch weiter zurück, als der Fremde von ihm abrutschte und auf den Boden sank. Valentine gelang es, die Tür ins Schloss zu werfen, ehe der Wind das Licht in der Diele ausblasen konnte. Erst dann konnte er nachschauen, was ihm da ins Haus geweht worden war.
Ein Mann, der bäuchlings auf dem Dielenboden lag.
Sein Schrecken verflog, und er spürte die Energie in sich zusammenströmen, die sich immer dann meldete, wenn er gebraucht wurde. Er kniete sich neben den Bewusstlosen hin und versuchte, ihn umzudrehen. Die Kapuze glitt zurück und legte ein bärtiges Gesicht frei.
Der Arzt entdeckte nirgendwo äußere Verletzungen, obwohl es dem Fremden offensichtlich sehr schlecht ging. Er atmete rasselnd, und seine Haut glühte. Valentine musste ihn in sein Behandlungszimmer schaffen, um ihn genauer untersuchen zu können. Aber wie sollte ihm das bei diesem großen und kräftigen Mann gelingen?
Ihm würde wohl nichts anderes übrig bleiben, als den Fremden hier auf dem kalten Boden zu behandeln …
In diesem Moment zuckte der Kranke heftig zusammen

und schlug die Augen auf. Sein Blick blieb schließlich an Valentine hängen.
»Ganz ruhig«, redete St. Leger auf ihn ein. »Keine Sorge, ich bin Arzt und werde Euch helfen.«
»Leger!«, keuchte der Fremde. »Valentine St. Leger!«
»Ihr kennt mich?«, fragte der junge Arzt überrascht. Er betrachtete den Fremden genauer und versuchte, sich ihn ohne Bart vorzustellen. Vor allem die Stimme rief eine vage Erinnerung in ihm hervor.
Als der Kranke aber ein typisches höhnisches Lächeln aufsetzte, lief es Valentine wie Eis den Rücken hinunter.
»Rafe!«, flüsterte er entsetzt. »Rafe Mortmain!«

Das Unwetter kam vom Meer. Kate hatte noch nie Wolken so rasch heransausen sehen. Wie bei einem umgekippten Tintenfass breitete sich die Schwärze über den ganzen Himmel aus, füllte selbst die hintersten Ecken und überdeckte dann den Mond.
Der Wind schien die Seiten aus dem Buch herausreißen zu wollen. Mit klopfendem Herzen zwang sie sich zur Eile. Im roten Glühen des Feuers überflog sie die fremdartigen Schriftzeichen. Seit zwei Tagen studierte sie schon Prosperos Notizen, aber das Übersetzen fiel ihr immer noch schwer.
»Des Nachts sollst aufsuchen – Einen Ort von großer Magie«, stimmte sie den Zaubersingsang an.
Kate warf einen vorsichtigen Blick über die Schulter auf den stehenden Stein. Ein Ort von größerer Magie ließ sich wohl in der ganzen Gegend nicht finden.
Und kein besserer Tag als der Vorabend zu Allerheiligen …
Der Wind riss ihr die Seite aus der Hand, und sie musste sie erst wieder glatt streichen, um fortfahren zu können:

»Auf die Flammen nun lege – Das Symbol deines Herzenswunsches – Die Initialen deiner Leidenschaft – In festes schwarzes Feuer geritzt …«
Die junge Frau hatte eine ganze Weile gebraucht, um herauszufinden, was damit gemein war. Festes schwarzes Feuer – damit konnte Prospero nur Kohle gemeint haben, oder? Und darauf ließen sich auch Buchstaben ritzen.
Kate zog das Stück Kohle aus ihrer Umhängetasche, auf das sie die Buchstaben V und S gekratzt hatte. Sie zögerte lange, doch dann atmete sie tief durch und warf die Kohle in die Flammen.
Sie prallte gegen einen glimmenden Scheit und löste einen Funkenregen aus. Die junge Frau zuckte zurück und presste das Buch an sich. Als sie wieder in das Feuer sah, ließ sich von dem Kohlestück nichts mehr erkennen.
Aber nein, dort steckte es – im Zentrum des Scheiterhaufens, wo die Flammen blauweiß brannten. Kate starrte wie gebannt darauf und wartete mit angehaltenem Atem, dass sich etwas tat …
… bis ihr einfiel, dass sie den Zauber noch nicht zu Ende gesprochen hatte. Sie schaute wieder ins Buch.
»Nun sprich die rechten Worte –«
Jetzt wurde es richtig schwierig. Die Silben und Bildwörter des Altägyptischen ließen sich entziffern. Aber damit wusste man noch lange nicht, wie sie ausgesprochen wurden. Eine falsche Betonung konnte den Sinn entstellen und eine Katastrophe heraufbeschwören.
Ein lauter Donnerschlag kündigte an, dass der Sturm schon ziemlich nahe war, und der Wind zog und zerrte an ihr. Man hätte meinen können, die Nacht selbst wolle Kate zum Innehalten bewegen.
»Mut, Mädchen«, versuchte Kate sich gut zuzureden. Sie

leckte sich über die Lippen, schloss die Augen und flüsterte: *»Mithcaril bocurm epps.«*

Ein schwerer Donnerschlag ließ das Cottage erbeben, und das Licht der Dielenlampe flackerte über das wachsbleiche Gesicht des Mannes, der ausgebreitet vor Valentine lag.

»Rafe Mortmain«, entfuhr es dem Arzt erneut, so als wolle er seinen Augen nicht trauen. Und im selben Moment riss er seine Hand zurück, als habe er gerade versucht, einen Wolf zu streicheln.

Rafe lachte laut, bis ihn ein Hustenanfall packte.

»Bin nicht … hier, um … Euch etwas … anzutun«, erklärte Mortmain, als er wieder sprechen konnte. »Ihr könnt … es mit … eigenen Augen … sehen … Bin nicht … in der … Verfassung, Euch … umzubringen, nicht … einmal mich … selbst … Kein Grund … also, Euch … zu sorgen …«

Kein Grund? Wohl höchstens der, dass sie beide sich bei ihrer letzten Begegnung einen Zweikampf auf Leben und Tod geliefert hatten. Rafe hatte ihn schließlich im »Drachenfeuer« die Treppe hinuntergeworfen, und sein Spießgeselle hatte Valentine in den Rücken geschossen.

Danach hätte nicht viel gefehlt, und er wäre in der Familiengruft unter der Kirche St. Gothian zu Staub zerfallen, wenn er nicht über so ungewöhnliche Heilkräfte verfügt hätte.

Rafe mochte schwach und hilflos erscheinen, aber der Arzt wusste genau, dass ein verwundeter Wolf gefährlicher war als jedes andere Raubtier.

»Vermag Euch … jetzt nichts … zu tun … Allein Euch … zu finden … hat mich … alle Kraft … gekostet … Bin auch … nur gekommen … Euch das … zu geben …«

Er griff in seinen Mantel, und Valentine befürchtete, im nächsten Moment erschossen oder erdolcht zu werden. Doch dann überraschte Rafe ihn, als er sich plötzlich aufrichtete und seinen Unterarm festhielt.

»Hier … nehmt das …«

Bevor der Arzt sich befreien konnte, drückte Mortmain ihm etwas in die Hand und fiel wieder auf den Boden zurück. Die Anstrengung brachte ihn an den Rand des Zusammenbruchs.

»Geschafft … getan«, murmelte der Mann, und tiefste Zufriedenheit breitete sich auf seiner Miene aus.

Valentine brauchte einen Moment, um sich zu beruhigen. Dann öffnete er die Hand, um nachzusehen, was Rafe ihm gegeben hatte.

Vor Verwunderung blieb ihm der Mund offen stehen: Auf seinem Handteller lag eine Silberkette, und an der hing ein Stück Kristall von unvergleichlicher Schönheit …

Der Kristallsplitter, der ihnen vor Jahren gestohlen worden war … vermutlich von dem Stein abgeschlagen, der den Knauf des St.-Leger-Schwerts zierte.

Valentine hielt den Splitter ins Licht. Nur ein winziges Stück, aber es glitzerte wie ein Eiszapfen im Sonnenlicht und ließ die Decke der Diele in allen Regenbogenfarben erstrahlen.

»Nehmt das verdammte … Ding weg!«, krächzte der Mortmain und drehte den Kopf zur anderen Seite, als würde das Licht des Splitters ihn verbrennen.

Erst nach einiger Anstrengung gelang es dem Arzt, den Blick von dem Stück Kristall abzuwenden. Er legte sich die Kette um den Hals und verbarg den Stein unter dem Hemd.

Tausend Fragen und mehr gingen ihm durch den Kopf: Also hatte Rafe die ganzen Jahre über den Splitter in sei-

nem Besitz gehabt. Aber warum war er nach Cornwall zurückgekehrt? Nur um ihn zurückzugeben?
Und warum gerade ihm, Valentine? Das Schwert war offiziell in den Besitz von Lance übergegangen, dem ältesten Sohn und damit Erben von Burg Leger. Rechtlich gesehen gehörte also ihm der Splitter.
Wo hatte der letzte Mortmain die ganzen Jahre über gesteckt? Und welche Krankheit hatte ihn befallen und so furchtbar ausgezehrt?
Ein Blick auf den Mann überzeugte Valentine, dass er von ihm keine Antworten auf seine Fragen erhalten würde. Rafe hatte die Augen geschlossen und schien in die Bewusstlosigkeit hinüberzugleiten. Um das zu erkennen, musste man nicht Medizin studiert haben.
Rafe Mortmain hatte nicht mehr lange zu leben.
Valentine suchte in sich nach Triumphgefühlen , den alten Erzfeind derart am Ende zu sehen. Doch stattdessen verspürte er nur Bedauern darüber, ein Leben vorzeitig beendet zu wissen. Und wenn Rafe kein Mortmain gewesen wäre, was hätte dann alles aus ihm werden können?
Valentine griff nach dem Handgelenk des Mannes und maß ihm den Puls. Viel zu schwach. Er keuchte und röchelte, als bereite ihm das Atmen körperliche Qualen. Der Arzt entdeckte auch die angespannten Stellen im Gesicht des Mannes …
»Bitte«, flüsterte Mortmain kaum hörbar. Valentine beugte sich über ihn, um ihn besser verstehen zu können.
»Ich flehe Euch an, St.-Leger, tötet mich!«
Entsetzt fuhr der Arzt zurück. Nicht zum ersten Mal bat ihn ein Patient, seinem Leiden ein Ende zu machen. Aber von dem einst so stolzen und starken Raphael Mortmain hätte er das nie erwartet.

Offenbar ging der Mann unter sehr großen Qualen zu Grunde – und Valentine wusste nicht, was er dagegen tun sollte.
Höchstens ihm die letzten Stunden … Er spürte das vertraute Prickeln in den Händen – und schreckte entsetzt vor der bloßen Vorstellung zurück.
Das wäre selbst vom gütigsten Menschen zu viel verlangt. Nicht einmal ein Heiliger würde seinem Erzfeind beistehen.
Doch noch während der junge St. Leger sich solche Gedanken machte, krümmte sich Rafe schon wieder vor Schmerzen. Eine einzelne Träne rann aus einem seiner geschlossenen Augen und verschwand im dichten Bart.
Valentine bezweifelte, dass dieser hartgesottene Mann in seinem ganzen Leben schon einmal geweint hatte. Unwillkürlich ergriff er dessen Hand und drückte sie.
So viel konnte er auch für einen Mortmain tun. Und ihm ein wenig von seinen Schmerzen nehmen. Er konzentrierte sich auf seine Aufgabe, zwang alle anderen Empfindungen aus seinem Bewusstsein und ließ seinen Geist durch die Hand in Rafe eindringen. Gleichzeitig öffnete sich sein eigenes Fleisch, und ihm entströmte die eigene Kraft, um in den Kranken einzuströmen.

Nichts.
Überhaupt nichts hatte sich getan.
Kate öffnete ein Auge und spürte den ersten Regentropfen auf der Wange. Das Feuer drohte jeden Moment auszugehen, und das dumme Stück Kohle weigerte sich hartnäckig zu glühen.
Die junge Frau wusste zwar nicht, was sie eigentlich erwartet hatte, aber gewiss etwas mehr als das hier. Sie nahm sich das Buch noch einmal vor. Hatte sie die alten

Worte falsch ausgesprochen? Oder mussten sie mit mehr Überzeugung gesungen werden?
»Mithcaril bocurm epps!«, rief sie.
Immer noch nichts. Kate nahm allen Mut zusammen, legte den Kopf in den Nacken und schrie die Wörter in den Wind.
Unheimliches Schweigen folgte. Dann schossen unvermittelt die Flammen hoch und tosten mit neuer, ungebremster Wut. Erschrocken fiel Kate auf ihren Hintern. Am Himmel schienen sich die Elemente auszutoben, und ein titanischer Donnerschlag ließ das ganze Hügelland erbeben.
Ein gezackter Blitz sauste herab und überzog den stehenden Stein mit Rauch und Funken.
Kate zog den Kopf ein und kreischte.

Der Arzt wappnete sich in Erwartung von Rafes Schmerzen.
»O mein Gott!« Er riss entsetzt die Augen auf, weil er mit einem solchen Ansturm nicht gerechnet hat. Eine Woge von Schmerzen überspülte ihn. Doch keine körperlichen Schmerzen, die er womöglich noch ertragen hätte, sondern etwas anderes, etwas Hässliches und Erschreckendes.
Eine Welle voller hässlicher Gefühle – Zorn, Verbitterung und Verzweiflung. Ächzend und keuchend versuchte Valentine, die Oberhand zurückzugewinnen und den Strom zu kappen …
Aber er bekam seine Hand nicht frei. Rafe hing an ihr wie ein Ertrinkender und drohte den Arzt mit sich hinunter in seine schwarzen Fluten zu ziehen.
Alles in seinem Kopf schien zu schwimmen. Er zerrte an Rafes Hand und schlug mit seiner anderen Hand darauf.

Durch die Anstrengung schossen Funken aus dem Splitter an der Halskette.
Ein roter Schleier legte sich vor seine Augen. Offenbar drohte auch er das Bewusstsein zu verlieren. Mit der Kraft der Verzweiflung kämpfte er dagegen an und wurde doch von Moment zu Moment schwächer.
Eine gewaltige Explosion betäubte seine Ohren, der ein blendender Blitz folgte. Rafes Hand entglitt seiner, und er sank zurück und ließ sich in die Dunkelheit fallen.

Der Regen prasselte zu Boden und erstickte die letzten Flammen in einem verärgerten Zischen. Kate kroch aus dem Heidekraut, unter dem sie sich versteckt hatte und wo sie bis auf die Haut durchnäßt worden war. Taumelnd stolperte sie ein paar Schritte weit und fühlte sich vollkommen ausgelaugt und zerschlagen.
Wie benommen starrte sie auf die Reste ihres Feuers, von dem nicht mehr als ein schwarzer Kreis auf dem Boden übrig geblieben war. Immer noch zogen schwarze Wolken über den Himmel, aber Blitz und Donner schienen an einen anderen Ort gewandert zu sein.
Die junge Frau stand zitternd da. Was hatte sie getan? Ihre Erinnerung war etwas verschwommen. Sie wusste nur noch, dass sie etwas Dunkles und Gefährliches auf die Erde losgelassen hatte.
Kate presste Prosperos durchnässtes Buch an sich und rannte, so schnell sie nur konnte, nach Hause.

Jem Sparkins erreichte das Schieferhaus in dem Moment, in dem der große Regen einsetzte. Er sprang in die Diele und traf dort gleich hinter der Tür seinen Herrn auf dem Boden an.
»Doktor St. Leger! Sir! Master Valentine!«

Er erhielt keine Antwort. Die Gesichtszüge des Arztes sahen so verzerrt und unbeweglich aus, dass Jem das Schlimmste befürchtete.
Er kniete sich neben seinen Herrn. Die Gesichtshaut war weiß und eiskalt …
Der Diener musste an sich halten, um seiner aufsteigenden Panik nicht nachzugeben. Was konnte er tun? Jem rief sich das Wenige ins Gedächtnis zurück, was er als Diener eines Arztes aufgeschnappt hatte …
Frisches Wasser holen? Ihm einen Brandy unter die Nase halten? Ihm die Handgelenke reiben? Den Puls messen? Ja, das war's.
Er hob Valentines Hand, presste Zeige- und Mittelfinger auf das Handgelenk und dachte schon, seine schlimmsten Befürchtungen bestätigt zu bekommen …
Aber nein. Der Arzt hatte einen kräftigen, regelmäßigen und gesunden Puls.
Warum lag er dann so steif und kalt da? War er gestürzt? In Ohnmacht gefallen? Von einem Einbrecher niedergeschlagen worden?
Jem sah sich rasch um. Auf den ersten Blick ließ sich hier nichts entdecken, was auf ein gewaltsames Eindringen hinwies. Womöglich hatte das kranke Knie nachgegeben, und der junge Herr hatte sich beim Sturz den Kopf angeschlagen.
Himmel und Hölle! Der Diener hatte so etwas schon seit langem kommen sehen. Vielleicht hatte in den vielen Jahren seines Dienstes für diese Familie einiges von deren besonderen Gaben auf ihn abgefärbt.
Jem fuhr sich durchs Haar und überlegte fieberhaft, was er jetzt tun könnte oder musste. Da schlug Valentine die Augen auf.
Der Diener beugte sich aufgeregt über ihn.

»Dr. St. Leger? Könnt Ihr mich hören? Wie schlimm seid Ihr verletzt? Was ist geschehen? Seid Ihr gestürzt?«
Valentine starrte ihn verständnislos an, und Jem befürchtete schon, sein Master wisse nicht mehr, wer er war. Doch da murmelte der Arzt: »Ich bin nicht gefallen ... sondern von einem Blitz getroffen worden.«
Nun blickte der Diener verständnislos drein. »Hier im Haus, Sir? Äh, Ihr liegt hier in der Diele.«
»Ja, ich weiß. Eigenartig, nicht wahr?«
Ein schrecklicher Verdacht kam Jem. Der alte Mr. Peters hatte einen Schlaganfall erlitten und war seitdem nicht mehr ganz richtig im Kopf.
Der Arzt richtete sich ein Stück auf, bis er sitzen konnte.
»Nein, Sir, bitte, Ihr müsst liegen bleiben«, warnte der Diener.
Aber der junge St. Leger hörte nicht auf ihn und schien unbedingt wieder auf den Beinen stehen zu wollen. Jem machte sich sofort auf die Suche nach dem Gehstock. Als er ihn fand und aufhob, stand sein Herr bereits.
»Euer – Euer Stock, Master«, stammelte der Diener.
Valentine sah ihn fragend an und näherte sich ihm – auf zwei *gesunden* Beinen.
»Euer Knie ... Sir ... Ihr humpelt ja gar nicht mehr ... Was ist geschehen?«
»Keine Ahnung. Vielleicht ein Wunder ...« Der Arzt lief in der Diele auf und ab und betrachtete sich dann im Spiegel, als habe er sich noch nie richtig gesehen.
»Ein verdammtes Wunder!«, rief Valentine und brach in lautes Lachen aus.
Jem zuckte zusammen. Wenn sein Herr so unerwartet gesund geworden war, müsste er sich doch eigentlich auch darüber freuen. Doch stattdessen kam der Diener sich wie in einem unverständlichen Traum vor.

Valentine bewegte sich mit immer größeren und kräftigeren Schritten. Dann blieb er vor der Tür stehen und trat mit voller Wucht dagegen.
Mit dem kaputten Bein.
»Was haltet Ihr davon, Jem?« Der Arzt lachte wieder aus vollem Hals.
»Das – das ist wunderbar, Sir. A-aber vielleicht solltet Ihr es etwas langsamer angehen. Ihr seid nicht mehr ganz der Alte, Master.«
»Ja, ich bin wirklich ein anderer geworden, was?«
Valentine beugte sich vor und studierte sein Spiegelbild mit großem Interesse. Als sich seine Lippen höhnisch zurückzogen, lief es Jem eiskalt den Rücken hinunter.

6

Das ganze Dorf stand in Flammen.

Strohgedeckte Dächer brannten lichterloh, Balken knickten ein, und der Turm der Kirche St. Gothian krachte mit lautem Getöse zusammen.

Kate presste immer noch das Zauberbuch an sich, und der Himmel schleuderte Hagelsalven um sich. Sie versuchte verzweifelt, das Bändchen zu öffnen, und wollte einen Spruch finden, mit dem sich dieser Weltuntergang umkehren ließ. Aber die Seiten schienen zusammenzukleben.

So blieb der jungen Frau nichts anderes übrig, als fort zu rennen.

Auf der Straße waberte der Rauch so dicht, dass sie kaum erkennen konnte, wohin sie lief. Dafür hörte sie umso deutlicher die wütenden Rufe der Dörfler hinter sich.

»Da ist sie!«

»Sie hat uns das hier angetan!«

»Hexe! Schwarzmagierin!«

»Hängt sie auf!«

»Verbrennt sie auf dem Scheiterhaufen!«

Kate sah sich verzweifelt nach einem Fluchtweg oder einem Versteck um. Aber sie entdeckte weder das eine noch das andere, und die Verfolger kamen immer näher. Trotz des dichten Rauchs konnte die junge Frau bereits das Weiße in den Augen der Dörfler erkennen.

Sie stolperte, schlug lang hin und bekam im Fallen den

Saum eines Umhangs zu fassen. Kate schaute nach oben und erkannte Prospero, der auf sie herabstarrte.
Die Menge war bei ihr und fiel über sie her. Man packte sie an den Armen, um sie fortzuschleppen.
»Prospero!«, schrie die junge Frau.
Aber der großmächtige Zauberer krümmte keinen Finger für sie: »Ihr hättet meine Warnung beachten sollen – dass es nämlich stets große Gefahren in sich birgt, in Herzensangelegenheiten –«
»Nein!«
Kate schlug und trat nach den Händen, die sie packten, kämpfte um ihr Leben und erreichte doch nicht mehr, als sich immer tiefer in der Bettdecke zu verheddern.
Sie riss die Augen auf und brauchte einen Moment, um sich zurechtzufinden. Dann erkannte sie, dass Feuer, Rauch und Nacht verschwunden waren und die Sonne in ihr kleines Gemach strömte.
Die junge Frau rollte sich auf den Rücken und wartete, bis ihr Herz langsamer schlug. Nur ein dummer Traum. Noch einer von der Sorte, die sie plagten, seit sie eingeschlafen war. Die verdrehten Laken legten beredtes Zeugnis davon ab, wie viele Dämonen und wütende Dorfbewohner sie in der zurückliegenden Nacht abgewehrt hatte.
Kate befreite sich von den Decken, schwang die Beine über die Bettkante, stand auf und spürte sofort am ganzen Körper und im Kopf heftige Schmerzen. So als … so als ob – *sie von einem Blitz getroffen, einen Hügel hinuntergerollt und durch strömenden Regen nach Hause gerannt wäre!*
Die junge Frau verzog das Gesicht und versuchte, sich gerade aufzurichten. Sie rieb sich die müden Augen und stapfte über einen Haufen verdreckter und durchnässter Kleidungsstücke, die sie letzte Nacht ausgezogen und einfach fallen lassen hatte.

Vor dem Fenster zögerte sie und wusste nicht, ob sie hinausschauen sollte. Wenn nun wirklich das ganze Dorf abgebrannt wäre …

Doch Torrecombe breitete sich wie immer vor ihr aus und döste in der Herbstsonne. Strohdächer krönten die schmucken Häuschen. An den Sturm der letzten Nacht erinnerten nur ein paar abgerissene Zweige und die Pfützen auf den Straßen und Wegen.

Von den Freudenfeuern, den springenden Schemen und den zur Abwehr von vorbeifliegenden Hexen geschwungenen Mistgabeln war nichts mehr zu sehen.

Fast hätte man meinen können, gestern Nacht sei nicht der Vorabend von Allerheiligen gewesen.

Das Dorf stand noch. Die Blitze hatten das Land nicht aufgerissen.

Kate drückte die pochende Stirn an die kühle Scheibe. Andere Fragen beschäftigten sie jetzt. Die junge Frau hatte einige Mühe gehabt, die Hieroglyphen in Prosperos Bändchen zu entziffern. Was sie allerdings gelesen hatte, gab zu der Hoffnung Anlass, dass ihr Liebeszauber rasch wirkte. Gerade so wie bei einem einschlagenden Blitz.

Doch so lange sie auch hinausstarrte, da kam kein Val herangeritten, um ihr seine Liebe und Leidenschaft zu gestehen und zu beweisen. Um die Tür aufzubrechen, Kate in die Arme zu nehmen und sie in ein besseres Leben zu entführen.

Die Straße blieb ebenso friedvoll und leer, mochte sie auch noch sooft hinschauen.

Ob sie den Zauber falsch aufgesagt hatte? Oder etwas falsch verstanden hatte. Womöglich bedeutete bei einem Zauber »rasch« nicht das Gleiche wie bei den Menschen. Womöglich hatte der Zauber auch gar nicht gewirkt.

Kate verließ das Fenster und trat zu dem Buch, das sie in der Nacht auf ihren Ankleidetisch gelegt hatte. Jetzt, im Tageslicht, wirkte das Bändchen recht unscheinbar. Wie ein Buch über keltische Sagen und Lieder.

Sie berührte das Bändchen mit den Fingerspitzen und spürte – nichts. Kate versuchte, das Prickeln, die angespannte Erwartung und selbst das furchtsame Beben wiederzubeleben, die das Buch letzte Nacht bei ihr ausgelöst hatte.

Aber sie fühlte nichts davon, als habe der eisige Regen nicht nur das Feuer, sondern auch alle Magie gelöscht. Mit schlechtem Gewissen betrachtete Kate die Seiten. Einige waren noch feucht, die meisten mit Wasserflecken, und an einigen Stellen war die Tinte verlaufen.

Prospero würde alle Albträume für sie wahr werden lassen und sie bei lebendigem Leib am Spieß braten … aber spielte das noch eine Rolle?

Eigentlich konnte kein Zweifel mehr bestehen: Sie hatte versagt. Kate befürchtete, ihre Zauberversuche hatten ihr nicht mehr eingebracht als Kopfschmerzen. Oder eine Erkältung, wie ein Niesreiz erahnen ließ.

Nach allem, was die junge Frau letzte Nacht durchgemacht hatte, wusste sie nur zu gut, dass sie nie wieder den Mut aufbringen würde, sich noch einmal an schwarzer Magie zu versuchen.

Wie kam sie überhaupt dazu, sich einzubilden, sich auf Zauberei verstehen zu können? Nur einer liebeskranken Närrin konnte solcher Unsinn einfallen.

Und wie ging es jetzt weiter? Sie sank auf den Hocker vor ihrem Ankleidetisch und legte den brennenden Kopf auf die Arme; sie war zu müde und zu entmutigt, um noch einen klaren Gedanken fassen zu können.

Da hämmerte es an ihrer Kammertür. Kate versuchte, die

Kraft für den Ruf aufzubringen, dass sie nicht gestört zu werden wünsche. Aber dafür war es schon zu spät.
Ihre Tür flog auf, und sie hatte gerade noch genügend Geistesgegenwart, sich hinzusetzen und Prosperos Buch unter einem leichten Sommerschal zu verstecken, der auf dem Ankleidetisch lag.
Doch das hätte sie sich sparen können. Der Magd wäre sicher selbst dann nichts aufgefallen, wenn sie Prosperos gesamte Bibliothek hier aufgebaut hätte.
»Ach, Miss Kate«, sprudelte es schon aus Nan heraus, »Ihr seid endlich wach, dem Himmel sei Dank. Ihr müsst sofort herunter in den Salon kommen. Miss Effie ruft die ganze Zeit nach Euch, und sie befindet sich wieder in einer ihrer Stimmungen.«
O nein! dachte die junge Frau. Bitte, bloß das nicht. »Worum geht es denn?«
»Mrs. Bell war heute Morgen hier und verlangte Miss Effie zu sprechen, noch bevor die Ärmste ihr Bett verlassen und ihre Morgenschokolade genossen hatte.«
Kate erstarrte, als sie den Namen Mrs. Bell hörte. Die war nicht nur Saumnäherin und Schneiderin, sondern auch die größte Klatschbase im ganzen Dorf.
»Die Schneiderin hat die ganze Zeit auf Euch herumgehackt, Miss Kate«, fuhr Nan empört fort. »Sie erklärte Miss Effie, man habe Euch letzte Nacht gesehen, wie Ihr aus dem Haus geschlichen wärt und Euer Ross aus dem Stall geführt hättet.«
»O Mist!«
»Das kann man wohl sagen«, meinte die Magd mitfühlend.
Kate musste sich sehr zurückhalten, um nicht eine Schimpfkanonade loszulassen, bei welcher Nan hören und sehen vergangen wäre.

Weil doch alle an Halloween um die Feuer herumtanzten, hatte die junge Frau gehofft, ihr Verschwinden würde unbemerkt bleiben. Vor allem von Effie, die dazu neigte, sich bereits bei nichtigsten Kleinigkeiten in hysterische Anfälle hineinzusteigern. Aus diesem Grund hatte das ältliche Fräulein es auch schon vor längerem aufgegeben, Kate in irgendeiner Weise Einschränkungen aufzuerlegen. Meist stellte sie sich taub und blind, wenn es um ihre Adoptivtochter ging. Aber was zu viel war, war selbst für Effie zu viel.

Verdammte Alice Bell. Kate hätte ihr liebend gern den Hals umgedreht. Wenn die Schneiderin die Nadel genauso fleißig und geschickt zu bedienen verstünde wie ihre Zunge, hätte Torrecombe längst Paris als Hauptstadt der Modewelt abgelöst.

Aber dieses böse Weib schien Vergnügen dabei zu empfinden, der armen Effie mit Neuigkeiten über Kates Treiben den Tag zu vergällen.

So müde, wie die junge Frau sich jetzt fühlte, und nachdem letzte Nacht alles schief gegangen war, konnte sie das jetzt nicht ertragen. Ihr Blick fiel auf das Fenster, und sie verspürte den starken Wunsch, die Eiche hinunterzuklettern und sich zu verdrücken. Wie sie das früher getan hatte, wenn Effie sie wieder einmal in den Wahnsinn trieb.

Die Adoptivmutter hatte sie mit Puppen, Haarbändern und Accessoires überschüttet. Oft betrachtete sie Kate mit großen Augen und brach sofort in Tränen aus, wenn das Mädchen ihr erklärte, sie wolle keine neue verdammte Puppe oder ein neues Kleidchen.

Kate hatte nämlich immer nur eines gewollt: in Ruhe gelassen zu werden, damit sie Zeit hatte, zu Val zu laufen.

Die junge Frau verdrehte bei der Erinnerung die Augen.

Effie konnte sich schon recht eigenartig aufführen. Aber sie hatte sich ihrer Adoptivtochter gegenüber stets als freundlich und großzügig erwiesen.

Kate befürchtete, sie habe der guten Frau im Lauf der Jahre mehr als genug Anlass zum Kummer gegeben. Sie warf einen letzten bedauernden Blick auf die Eiche und wandte sich dann an die Magd.

»Teile Miss Effie mit, dass ich sofort nach unten komme«, seufzte die junge Frau.

Fünfzehn Minuten später betrat Kate die Diele im Erdgeschoss. Sie trug ein einfaches graues Kleid, das zu ihrer gegenwärtigen Stimmung passte. Niemand hätte in ihr den Wildfang vermutet, der letzte Nacht um ein eigenes Feuer herumgesprungen war und Zaubersprüche gesungen hatte.

Kate hatte sich das schwarze Haar züchtig hochgesteckt. Damit sah sie vermutlich aus wie eine alte Jungfer. Aber wozu sich darüber aufregen – das würde ja wohl doch ihr Schicksal sein.

Sie schritt auf die Salontür zu und sammelte sich. Wenn Effie sie anbrüllen und ausschimpfen, wenn sie ihr ein paar Backpfeifen verabreichen würde. Das alles könnte die junge Frau ertragen, nicht aber die Tränen und Klagen.

Also biss sie die Zähne zusammen, drückte die Klinke nach unten und betrat das Heiligtum ihrer Adoptivmutter. Sofort drang ihr ein Hitzeschwall entgegen, da ein gewaltiges Feuer im offenen Kamin toste. In dem Raum hätte man Maronen braten können, ohne dem Kamin zu nahe kommen zu müssen.

Aber dazu hätte man ein wenig Platz gebraucht, und den fand man in diesem voll gestopften Raum nirgends. Chine-

sisches, ägyptisches und Hepplewhite-Mobiliar rangen mit französischem Empire um Beachtung.
Gar nicht zu reden von Effies Uhrensammlung. Dutzende standen in Regalen an der Wand, auf dem Kaminsims oder in der Étagère.
Als Kate hier eingezogen war, hatte sie befürchtet, das schreckliche Ticken – keine zwei Uhren gingen gleich – würde sie noch um den Verstand bringen, mittlerweile hatte sie sich daran gewöhnt. Nur nicht daran, dass sie zur vollen Stunde nacheinander die Zeit schlugen.
Einige der Uhren waren ein Geschenk von dankbaren St. Legers, denen sie eine Braut gefunden hatte. So wenig es Effie auch verstand, Ordnung in ihr Leben zu bringen, so sehr verwunderte einen ihre besondere Gabe, den St. Legers deren einzige und wahre Braut zu suchen.
Doch zurzeit lag die Brautsucherin hingestreckt auf der Chaiselongue und trug nicht mehr als ihr Nachthemd und ihre Nachtmütze. Auf einem Beistelltischchen lagen ihr Riechsalz und ein kleiner Hügel voll geweinter Taschentücher.
Trotz der tragischen Pose hatte sie die Vorhänge nicht zugezogen, um genau beobachten zu können, wer draußen auf der Dorfstraße vorbeilief. Und unter der Nachthaube zeigten sich die Ringellöckchen – perfekt frisiert wie immer.
Für jemand, der die vierzig, wenn auch erst kurz, überschritten hatte, zeigte Effie bemerkenswert wenig graue Haare. Kate vermutete, dass ihre Adoptivmutter sie sich regelmäßig auszupfte. Wenn Effie so weitermachte, wäre sie eines nicht zu fernen Tages kahl.
Solange Kate hier wohnte, kannte sie ihre Adoptivmutter nur als eine Frau, die den Ablauf der Jahre einfach

nicht zur Kenntnis nahm. Man sah sie nur in jugendlichen Kleidern, und über die für ihr Alter lächerlichen Ringellocken wollte man lieber gar nicht erst reden. Das Morgenlicht spielte ihr übel mit, indem es die viele Linien betonte, die sich um ihre Augen und Mundwinkel gegraben hatten.

Die junge Frau schloss leise die Tür hinter sich, und Effie seufzte tief, streckte eine Hand aus und klagte mit zitternder Stimme: »Kate, ach, Kate ...«

Das Mädchen hatte schon vor langem gelernt, dass man Effies Leidensphasen am besten mit einer gehörigen Portion guter Laune begegnete. Also schritt sie ins Zimmer, griff sich ein Kissen und schob es ihrer Adoptivmutter unter den Kopf.

»Na, was ist denn los?«, fragte das Mädchen.

»Ach, Kate, Kate, Mrs. Bell war heute Morgen hier und hat die allerfurchtbarsten Dinge über dich erzählt.«

»Mrs. Bell ist ein verdammtes – ist ein altes Klatschmaul. Du solltest Besseres mit deiner Zeit anfangen, als ihr zuzuhören.«

»Ja, aber sie hat ihre Neuigkeiten von Mr. Wentworth, und das ist ein so feiner Herr, auch wenn er nur ein Gasthaus führt. Nun, der Wirt hat behauptet –« Effie konnte nicht weitersprechen.

Kate reichte ihr rasch das Taschentuch, das am wenigsten benutzt aussah. Nachdem ihre Mutter sich geschnäuzt hatte, fuhr sie fort: »Nun, er sagt, du hättest mitten in der Nacht Willow gesattelt und seist davongeritten.«

»Von wegen mitten in der Nacht. Das war am frühen Abend.«

»Aber als wir Nacht hatten, warst du noch nicht wieder zurück. Wie konntest du nur, Kate? Nicht nur, dass sich so etwas überhaupt nicht schickt, es ist auch noch sehr ge-

fährlich. Nicht auszudenken, was dir alles hätte zustoßen können!«
»Mir ist aber nichts passiert«, erwiderte die junge Frau, zog ein gepolstertes Fußbänkchen heran und hockte sich darauf.
So leicht ließ sich Effie jedoch nicht beruhigen. »Schon schlimm genug, wenn du dich als Kind so benommen hast. Aber jetzt bist du eine junge Dame. Denkst du denn überhaupt nicht an deinen Ruf?«
»An welchen Ruf denn?«, entgegnete Kate spitzfindig. »Die meisten im Dorf halten mich doch sowieso für ein Teufelskind, das herumziehende Zigeuner ausgesetzt hätten.«
»Und du tust ja auch dein Möglichstes, sie in diesem Glauben zu belassen. Denk doch auch einmal an mich ...«, schluchzte Effie und bedurfte wieder eines Taschentuchs. »Jeder muss glauben, dass ich eine fürchterliche Mutter wäre!«
»Aber nein, Effie, niemand glaubt so etwas. Nur, dass du vielleicht bei deiner Tochter eine schlechte Wahl getroffen hast. Ich weiß sowieso nicht, warum du ausgerechnet mich adoptieren wolltest.«
»Weil du das hübscheste und süßeste Mädchen warst, das mir je untergekommen ist.«
»Ach, Effie! Ich war immer schon der Albtraum jeder Mutter. Und bin das auch heute noch.«
»Nein, nein, mein Schatz.« Sie streckte matt eine Hand aus und strich ihrer Adoptivtochter über die Wange. »Nur bist du manchmal etwas *lebhafter*, als man sich das wünscht.«
Kate verkniff sich ein Grinsen und drückte die Hand ihrer Mutter. »Es tut mir ja auch Leid, dass ich dir schon wieder Kummer bereitet habe. Aber ich musste letzte Nacht dringend fort.«

»Aber, Kind, was hattest du denn so Dringendes zu erledigen? Und das mitten in der Nacht?«
Die junge Frau wich dem traurigen Blick ihrer Mutter aus. Schon in frühesten Jahren hatte Kate sich zur Meisterlügnerin entwickelt, und Effie machte es einem wirklich nicht schwer. Sie war vertrauensselig wie ein Kind.
Natürlich konnte Kate ihr gerade jetzt die Wahrheit nicht eingestehen. Damit hätte sie bei Effie wahrscheinlich einen Schlaganfall verursacht.
Deswegen zuckte sie nur die Schultern: »Du kennst mich doch, Effie. Ich kann einfach nicht die ganze Zeit wie ein braves Fräulein herumsitzen und mich mit meinem Stickrahmen beschäftigen. Manchmal habe ich eben den Teufel im Leib, und dann muss ich ein Stück weit fortreiten, um allein zu sein.«
»Warst du denn allein, mein Schatz?«
»Aber gewiss, warum fragst du?«, wollte Kate ehrlich überrascht wissen. »Wer sollte denn so verrückt sein, mit mir an Halloween durch die Dunkelheit zu reiten?«
Effie senkte den Blick und spielte mit der Spitze an ihrem Taschentuch. »Nun ja, du bist jetzt eine junge Frau, und ein Ritt über den Strand bei Mondlicht kann sehr romantisch sein … Ich selbst habe das ja auch so empfunden und hatte zu meiner Zeit auch meinen eigenen Kopf. Deswegen verstehe ich gut, dass ein Mädchen manchmal versucht sein kann … äh, versucht sein kann …«
Kate starrte sie erst verständnislos an, und als ihr die Erkenntnis dämmerte, was ihre Adoptivmutter so umständlich zum Ausdruck zu bringen versuchte, brach sie in lautes Gelächter aus.
»Grundgütiger, Effie! Du glaubst doch wohl nicht ernsthaft, dass ich letzte Nacht mit jemandem ein Stelldichein hatte, oder? Es gibt nur einen Mann, bei dem ich im Mond-

schein schwach werden würde, aber leider ist der viel zu anständig, um das auch nur zu versuchen. Du weißt, von wem ich rede –«

»Sprich den Namen nicht aus!«, kreischte Effie und saß jetzt kerzengerade da.

Kate lächelte nachsichtig. »Seinen Namen nicht auszusprechen, das ändert überhaupt nichts daran, dass ich Val St. Leger immer schon geliebt habe und immer lieben werde.«

»Jesus, Maria und Josef!«, entfuhr es der Adoptivmutter. Sie erbleichte und griff nach ihrem Riechsalz. »Ich habe so sehr darum gebetet, dass du dir das endlich aus dem Kopf schlagen würdest. Immerhin hast du den guten Mann ja schon länger nicht mehr erwähnt.«

Kate hatte nur deswegen nicht mehr über Val gesprochen, weil das regelmäßig diese Reaktion bei Effie auslöste. Nachdem die ältere Frau sich an dem Salz gestärkt hatte, meinte sie mit flehentlichem Blick: »Was du für Valentine fühlst, ist nur eine vorübergehende Schwärmerei. Das vergeht, und am besten fängst du gleich damit an, ihn zu vergessen.«

»Das sagt mir jeder, und nur wegen dieser dummen Sage.« Kate zwang sich zu einem sehnsuchtsvollen Lächeln. »Du bist die geehrte und bewunderte Brautsucherin der St. Legers. Könntest du nicht einmal eine Ausnahme machen und mich zu Vals Auserwählter erklären?«

Effie wirkte ob eines solchen Ansinnens so entsetzt, dass die junge Frau rasch hinterherschickte: »War nur ein Spaß! Ich glaube ja nicht an die Sage. Und selbst wenn an dieser Geschichte wirklich etwas dran wäre, gilt sie nur für blonde Prinzessinnen wie Rosalind St. Leger. Nicht aber für ungewollte Früchtchen wie mich.«

»Kate, Kate, sag doch bitte so etwas nicht!« Effie brach in

Tränen aus, und die junge Frau wünschte, sie hätte den Mund gehalten. Kate wusste doch nur zu gut, dass ihre Adoptivmutter nicht damit zurechtkam, wenn auf die düstere Vergangenheit ihrer Tochter angespielt wurde. Manchmal konnte man den Eindruck gewinnen, Effie glaube, sie habe Kate wie weiland Moses in einem Weidenkörbchen gefunden.

Effie verbarg ihr Antlitz hinter dem Taschentuch, und Kate sah ihr traurig zu. An einem Morgen wie diesem war ihr selbst zum Weinen zumute, denn sie musste ständig an ihre vergebliche Liebe denken. Sie fragte sich, wie es wohl wäre, eine richtige Mutter zu haben, der sie ihr Herz ausschütten könnte, um sich dann von ihr festhalten und über das Haar streichen zu lassen.

Kate hatte schon früh festgestellt, wo die Stärken und Schwächen ihrer Adoptivmutter lagen. Effie mochte ihr noch so viele Sachen zum Anziehen besorgen, gewisse Dinge konnte sie ihr einfach nicht geben. Kate würde immer die Stärkere von ihnen beiden sein. Deswegen trat sie auch jetzt zu der älteren Frau und nahm sie in die Arme. Ihre eigenen Augen brannten, aber sie weinte nicht.

Schließlich hob Effie den Kopf und versuchte sich an einem Lächeln: »Ich weiß, woran es liegt. Du hast einfach noch nicht genug von der Welt gesehen. Wir sollten nach London reisen.«

»London?« Kate ließ ihre Pflegemutter los und starrte sie fassungslos an, während die schrecklichsten Erinnerungen in ihr hochkamen – an dreckige Straßen, Ratten in allen Ecken und hungernde Kinder.

»Effie, London ist die letzte Stadt der Erde, in die ich reisen möchte.«

»Ich meinte ja auch nicht, dass wir zu diesem … zu dieser furchtbaren …« Die ältere Frau hatte es noch nie über sich gebracht, den Namen des Waisenhauses oder seiner Leiterin auszusprechen. »Wir fahren zu den hübschen Stellen in der Stadt. Dort, wo meine Base lebt. Sie ist mit einem Baron verheiratet und verkehrt in den besten Kreisen.«

Die Vorstellung gefiel Effie so gut, dass sie in die Hände klatschte. »Denk dir nur, Kate, all die Theater, die Bälle, die Verehrer … Wir verbringen die Ballsaison in London, ganz so, wie wir es uns immer erträumt haben.«

»Wie *du* es dir immer erträumt hast«, stellte die junge Frau richtig, »ich aber nie.«

»Die Menschen können nicht immer das Gleiche träumen, Kate.« Ein merkwürdiger Zug huschte über Effies Miene – Trauer und Weisheit. So etwas hatte sie von ihrer Adoptivmutter nicht erwartet.

Der Moment verging jedoch rasch, und schon war Effie wieder ganz die Alte. Endlos plapperte sie über all die wunderbaren Dinge, die man in London unbedingt besuchen müsse.

Kate hatte nicht vor, sich so weit von Val zu entfernen. Aber wie hätte sie die Effie jetzt, da sie nicht mehr weinte, unterbrechen können? Außerdem schien Effie die Halloween-Eskapade ihrer Tochter bereits vergessen zu haben.

»Lauf bitte zu John, und sag ihm, dass er heute Nachmittag einen Brief für mich aufgeben soll. Und ich gehe zu Mrs. Bell. Wir brauchen für die große Fahrt Reisekleidung.«

Effie schwang die Beine von der Chaiselongue und machte Miene, sofort zu der Schneiderin aufzubrechen.

»Vielleicht solltest du dir erst etwas überziehen«, mahnte Kate.

Effie sah an sich herab. »Ach, herrje! Ich dummes Ding.

Kate, ruf doch bitte Nan, damit sie mir Toast und Tee zubereitet. Ich kann dringend eine Stärkung gebrauchen. Der Morgen mit Mrs. Bell war so anstrengend, die mir schlimme Geschichten über mein liebes kleines Mädchen und auch Victor St. Leger zumutete.«

»Victor? Hadrians Enkel? Was hat der denn schon wieder angestellt?«

»Ach, dieser furchtbare Mensch!«, jammerte Effie. »Der bringt mich noch vorzeitig ins Grab.«

»Aber was will er denn noch, du hast ihm doch seine Braut gefunden!«

»Ja, aber dieser undankbare Kerl ist mit meiner Wahl nicht einverstanden. Gestern Nacht hätte er Mollie Grey den Heiratsantrag machen sollen. Aber dieser unmögliche Bengel hat sich nicht bei ihr blicken lassen. Mollie ist natürlich am Boden zerstört, wie Mrs. Bell zu berichten wusste.«

»Die Schneiderin hat heute offensichtlich sehr viel zu tun gehabt«, murmelte Kate, »wenn auch nicht unbedingt in ihrem Beruf.« Sie zuckte die Schultern. »Was schert es dich, Effie? Du hast deinen Teil geleistet. Wenn Victor das Mädchen nicht haben will, geht das dich nichts mehr an. Und Mollie kann froh sein, nicht an ihn gebunden zu sein.«

Kate hatte nie viel von Victor gehalten, den sie für einen unreifen Bengel hielt. Der Jüngling hatte so gar nichts von seinem Großvater oder seinem Vater, die beide leidenschaftlich gern zur See gefahren waren und hundert Abenteuer und mehr erlebt hatten. Victor hingegen wurde angeblich schon seekrank, wenn er sich auf einem See in ein Ruderboot setzen musste.

Aber Effie ließ sich von Kates Einwänden nicht bremsen: »Manchmal weiß ich nicht mehr, warum ich mir eigentlich solche Mühe gebe. Ich rackere mich ab, bis mir das Blut unter den Fingernägeln hervorspritzt, um den St. Legers eine Braut zu finden, aber glaubst du, sie würden sich dafür jemals bei mir bedanken?«

»Dann stell deine Dienste doch ein.«

»Ach, mein Schatz, das verstehst du nicht, kannst du ja auch gar nicht. Ich wurde zur Brautsucherin geboren, genau wie vor mir mein Großvater …« Ihre Augen blickten jetzt sehr traurig drein: »Vom Schicksal auserkoren, anderen die Liebe zu finden, während ich selbst doch nie mehr als einen eigenen Bräutigam wollte.«

»Warum hast du denn nie geheiratet, Effie? Du warst doch bestimmt ein hübsches Mädchen –« Kate erkannte ihren Fehler sofort und fügte rasch hinzu: »Das bist du natürlich immer noch. Ich wette, die Verehrer haben bei dir Schlange gestanden.«

»Ja, das kann man so sagen«, bestätigte Effie allen Ernstes und spielte mit ihren Löckchen. »An Verehrern hat es nicht gemangelt. Nur vermochte keiner von ihnen jemals mein Herz zu erobern. Wenn ich doch nur nach Großvaters Tod nach London hätte ziehen können. Zu meiner Base. Dort hätte ich bestimmt den richtigen, gut aussehenden und flotten Jüngling gefunden …«

Ihre Miene verdüsterte sich wieder: »Aber dann musste ich ja Großvaters Erbe antreten und Brautsucherin werden. Und jetzt ist es natürlich zu spät …«

»Aber du hast doch immer noch einen Verehrer«, erinnerte Kate sie. »Reverend Trimble verehrt dich aus ganzem Herzen. Er kommt regelmäßig hier vorbei, und ich kann mir nicht vorstellen, dass es ihm nur darum geht, meine Seele zu retten.«

»Ach, dieser Schlawiner!« Effie errötete bis unter die Haarspitzen. Neuer Glanz trat in ihre Augen, aber dann schüttelte sie entschieden den Kopf. »Natürlich kommt er für mich niemals in Frage. Ein einfacher Vikar vom Lande, ich bitte dich.«

»Effie, bist du nicht selbst die Enkelin eines einfachen Vikars vom Lande?«

»Richtig. Doch wir Fitzlegers sind eine Nebenlinie eines vornehmen Geschlechts und vom selben Stammbaum wie die St. Legers.«

Na ja, dachte Kate. Die Fitzlegers waren einer der zahllosen Affären Prosperos entsprungen. Aber auf solche Einwände pflegte Effie nie zu hören. Und im Moment brauchte man ihr wohl auch nicht mit den Vorzügen von Mr. Trimble zu kommen.

»Nein, mein Schatz«, erklärte die ältere Frau ein wenig zu gelassen, »das spielt jetzt keine Rolle mehr. Ich habe gelernt, mit meinem Leben, so wie es ist, zufrieden zu sein.«

Was für ein frommer Selbstbetrug, sagte sich Kate. Ihre Adoptivmutter weinte sich immer noch bei jeder Hochzeit, an der sie teilnahm, die Augen aus. Sie hätte schon vor langem einem fröhlichen und einfühlsamen Mann wie dem Vikar ihr Jawort geben sollen. Dann hätte sie mittlerweile einen ganzen Stall von goldgelockten Töchtern, die nachts nicht aus dem Fenster kletterten.

Kate hatte nie darüber nachgedacht, aber in diesem Moment ging ihr auf, dass Effies Träume ebenso von der grässlichen St.-Leger-Tradition zunichte gemacht worden waren wie ihre eigenen. Als sie der Pflegemutter ins Gesicht sah, glaubte sie dort ihr eigenes Schicksal zu erkennen.

Ob sie auch irgendwann anfinge, Uhren zu sammeln? Ob Val sie auch sooft besuchen käme wie der Vikar Effie? Die Vorstellung, eine solche Zukunft zu haben, erschien ihr so schrecklich, dass sie nicht weiter darüber nachdenken wollte.

Plötzlich befiel sie der unbezähmbare Drang, aus diesem überladenen, überheizten Salon hinauszukommen. Sie sprang auf und küsste Effie auf die Stirn: »Ich sage Nan Bescheid.«
»Willst du nicht eine Tasse Tee mit mir trinken?«
»Nein, ich möchte ein wenig spazieren gehen.«
»Nach allem, was wir eben besprochen haben?«
»Aber, Effie, wir haben helllichten Tag.«
»Wo willst du denn überhaupt hin?«
Bis vor kurzem hätte es darauf nur eine Antwort gegeben. Aber jetzt …
»Weiß nicht«, antwortete die junge Dame und schob sich durch die Tür, bevor Effie sie mit noch mehr Fragen behelligen konnte.
Die ältere Frau presste sich die Hände an die Brust, denn ihr Herz zog sich aus alter Furcht zusammen. Vielleicht wusste das Mädchen wirklich noch nicht, wohin sie spazieren würde. Dafür wusste Effie es umso besser.
»Das dumme Ding wird wieder bei *ihm* landen, glaubt sie doch, dass er sie immer noch liebt.«
Seit frühester Kindheit war sie zu Valentine gelaufen. Aber heute war Kate kein kleines Mädchen mehr.
Das Mädchen hatte sie eben gefragt, ob sie die Regeln nicht einmal vergessen und ihre Adoptivtochter zu Valentines auserwählter Braut erklären könnte.
Danach hatte sie so getan, als sei das nur ein Scherz gewesen, aber der Blick in ihren Augen hatte sie Lügen gestraft.
»Was soll ich nur tun?«, fragte sich die Brautsucherin leise. Kates Blick hatte ihr beinahe das Herz gebrochen.
Eine Vermählung von Kate und Valentine stand natürlich außer Frage, und das wusste niemand besser als Effie.
Sie vergrub das Gesicht in den Händen und spürte, dass

sie das Mädchen irgendwie von Torrecombe und Valentine fortbringen musste, ehe alles zu spät wäre.

Kate zog sich die Kapuze tiefer ins Gesicht, um sich vor dem beißenden Wind zu schützen, der vom Meer heranwehte. Nach dem Sturm letzte Nacht plätscherten die Wellen heute friedlich an den Felsstrand. Die Sonne spiegelte sich auf dem Wasser und erweckte den Eindruck von Wärme. Aber davon ließ die junge Frau sich nicht täuschen.

Sie hielt sich vom Strand fern und betrachtete traurig das Cottage. Mit der niedrigen Mauer, die das Schieferhaus umgab, wirkte es wie eine Festung. Wie das einzige Anzeichen von Zivilisation in diesem einsamen Landstrich.

Aber das Gartentor stand offen, und der Weg schien Kate einladend zuzuwinken. Kate blieb stehen und faltete unter dem Umhang die Hände. Sie hatte nicht hierher kommen wollen. Wirklich nicht. Und sie glaubte auch nicht, dass das eine gute Idee war.

Denn nichts hatte sich geändert: Sie liebte Val immer noch über alle Maßen, und er würde sie niemals lieben. Weder ihre Gebete noch ihre dunklen Zaubersprüche hatten eine Wandlung bewirken können. Und jetzt vermisste sie ihn so sehr, dass es wehtat.

Kate biss sich auf die Unterlippe und traf eine folgenreiche Entscheidung. Wenn sie schon nicht seine Gemahlin oder seine Geliebte sein konnte, dann wollte sie alles tun, um wenigstens bei ihm sein zu können.

Sie würde zu Val gehen und ihm erklären, dass es sich um einen großen Irrtum gehandelt habe. Der sei aber behoben. Sie habe sich wie ein Schulmädchen in ihn verschossen gehabt und sei aber wieder zur Vernunft gekommen.

Die Sache sei erledigt, und sie könnten wieder gute Freunde sein.
Mit Lügen kannte sie sich aus, und bestimmt würde sie Val überzeugen können. Vielleicht gelang es ihr sogar, sich selbst ein wenig zu überzeugen.
Doch bevor sie ihr Vorhaben in die Tat umsetzen konnte, entdeckte sie einen Reiter, der aus der entgegengesetzten Richtung heranpreschte.
Der Hengst sah aus, als käme er auf geradem Wege aus dem Ozean. Sein Fell trug die Farbe von Schaumkronen, und als er am Wasserrand entlanggaloppierte, wirbelten seine kräftigen Vorderhufe Gischtwolken auf.
Kate sah genauer hin, aber die Sonne erschwerte ihr die Sicht. So erkannte sie von dem Reiter nicht mehr als dessen schwarze Haare. Aber hier in der Gegend kannte man nur einen Mann, der auf so halsbrecherische Weise zu reiten verstand – Lance St. Leger.
Vals Zwillingsbruder war Kate immer wie ihr eigener Bruder vorgekommen. Er hatte ihr Reiten und Fechten beigebracht und auch ihren Wagemut gefördert. Und noch vieles andere mit ihr angestellt: Erst hatte er ihr die Taschen mit Naschwerk vollgestopft und sie im nächsten Moment spielerisch gezwickt und an den Zöpfen gezogen.
Sosehr sie den jungen Mann auch mochte, in ihrer gegenwärtigen Stimmung hatte sie keine Lust, sich mit ihm zu balgen.
Doch verstecken konnte sie sich jetzt nicht mehr, er musste sie längst entdeckt haben. Aber was tat er da? Lance trieb sein Ross fort vom Wasser und – galoppierte geradewegs auf Kate zu!
Der Schreck lähmte sie für einen Moment. Dann drehte sie sich mit einem Schrei um, riss ihre Röcke hoch und versuchte zu fliehen.

Aber dafür war es längst zu spät. Sie hörte das Pferd hinter sich und spürte hochgeschleuderte Kiesel an ihrem Umhang. Jeden Moment würde sie zertrampelt werden …
Dann ging alles sehr schnell. Das Pferd raste vorbei, und Kate fühlte sich von einem starken Arm hochgerissen – wie von einem Barbarenkrieger, der eine Jungfrau raubt. Lance hob sie vor sich auf den Sattel, und die junge Frau krallte sich mit beiden Händen an seinem Mantel fest, um nicht herunterzufallen.
Sein Arm hielt sie wie ein Eisenband fest. Mit der anderen Hand zügelte er sein Pferd. Das weiße Tier jedoch drohte zu bocken. Lance gelang es aber ohne große Mühe, sein Ross zum Gehorsam zu zwingen.
Kaum war Kate wieder zu Atem gekommen, hob sie wütend den Kopf und herrschte ihn an: »Verdammt noch mal, Lance, du hättest mich umbringen können! Was fällt dir Mistkerl eigentlich ein –«
Ihre Stimme erstarb. Sie blickte nicht in Lance' grinsendes Gesicht, sondern in das eines Fremden, der ihr mit seiner dichten Mähne und seinem halben Grinsen entfernt bekannt vorkam.
»Val?«, krächzte sie nach einem Moment.

7

Der Arzt warf den Kopf in den Nacken und lachte so wild, dass nicht nur Kate, sondern auch der Hengst erschrak. Das Pferd drohte wieder auszureißen. Val griff um die junge Frau herum und packte die Zügel mit beiden Händen.

Erneut bezwang er das Tier, auch wenn Kate nicht wusste, wie er das zuwege gebracht hatte. Dazu müsste er nämlich beide Knie einsetzen, und wie er das mit seinem kaputten Bein bewirken wollte, war ihr ein Rätsel. Außerdem lächelte der Mann, schien also keine Schmerzen zu verspüren.

»Wen haben wir denn da? Miss Kate, meine lange vermisste Freundin. Und du hieltest mich für meinen Bruder. Kaum sehen wir uns mal drei Tage nicht, da hast du schon vollkommen vergessen, wie ich aussehe.«

»N-nein, natürlich nicht. Ich bin gekommen, dich zu besuchen.«

»Und warum bist du dann vor mir davongelaufen?«

»Warum?«, empörte sich die junge Frau. »Weil ich glaubte, du wolltest mich niederreiten!«

»Das hast du doch nicht wirklich geglaubt, oder? Wir haben dieses Spiel doch schon oft gespielt. Du läufst mir entgegen, um mich zu begrüßen, und ich ziehe dich zu mir aufs Pferd.«

»Ja, sicher, richtig, aber das hier ist nicht Vulkan.«

»Du bist ja eine ganz Blitzgescheite.«
Kate sah ihn unsicher an. Machte er sich etwa über sie lustig? Das würde er doch nie wagen!
»Wo hast du dieses wilde Ross denn her?«
»Habe ihn heute Morgen gekauft. Bei meinem Vetter Caleb. Gefällt er dir nicht?«
»Doch, er ist großartig. Aber hättest du dir das nicht besser überlegen sollen?«
»Warum?«
Warum? Die junge Frau starrte ihn an, weil sie nicht glauben konnte, dass sie ihm das erklären musste. Val war sich seiner Verletzung doch in jedem Moment bewusst gewesen.
»Du glaubst wohl, ich käme mit so einem Tier nicht zurecht, was. Meinst gar, so ein unbezähmbares Ross sei nur etwas für meinen Bruder, oder?«
»Na ja, ich –«
»Dann will ich dir mal was verraten: Früher verstand ich mich sogar sehr gut aufs Reiten, war im Sattel besser als Lance. Vielleicht möchtest du eine kleine Vorführung?«
»Nein, Val, bitte nicht. Du musst dich nicht vor mir beweisen – »Der Rest ihrer Worte ging in Hufedonnern unter. Der Arzt hatte dem Pferd die Sporen in die Flanken getreten.
Kate konnte sich nur noch verzweifelt an Val festhalten, denn schon ging es in wilder Jagd hinauf zum Schieferhaus. Der Hengst entpuppte sich immer mehr als ausgezeichnetes Tier. Unter anderen Umständen hätte ein solcher Ritt sie begeistert. Aber jetzt fürchtete sie um Vals kaputtes Knie.
Ihre Furcht wuchs zur Panik, als das Ross nicht das offene Tor, sondern die Gartenmauer ansteuerte. Da würden sie

nie hinüberkommen. Dafür waren Vals Knie zu schwach, der Hengst zu bockig und sie selbst ein zu großes zusätzliches Gewicht.
»Val, neiiiin!«, kreischte sie, aber er beugte sich mit der Miene eines Besessenen vor, und die Steinmauer raste auf sie zu.
Kate schlang die Arme um seinen Hals und schloss die Augen. Als das Pferd in die Luft sprang, machte ihr Magen einen Satz. Für einen Moment fühlte sie sich schwerelos, und dann ging es auch schon wieder nach unten.
Die Hufe landeten hart auf dem Boden, und Kate durchfuhr es von Kopf bis Fuß. Für einen Moment befürchtete sie, dass sie alle drei stürzen, übereinander rollen und sich Knochen und Genick brechen würden.
Aber irgendwie gelang es dem Arzt, sowohl das Pferd sicher aufkommen zu lassen als auch Kate festzuhalten. Die junge Frau öffnete die Augen und entdeckte, dass sie sich mitten auf dem Hof des Cottages befanden. Nur ihr rasend schlagendes Herz erinnerte noch an den mörderischen Ritt.
»Wie hat dir das gefallen?«, flüsterte Val ihr ins Ohr. »Möchtest du noch eine Runde?«
»Nein!«, krächzte die junge Frau. Sie löste die Arme von seinem Hals und richtete sich halbwegs auf, um ihn wütend anzustarren.
»Verdammt noch mal, Val! Was, zum Donnerwetter, ist bloß in dich gefahren? Wie konntest du nur – wir wären beinahe – du hättest –«
Kate ging auf, dass sie Val noch nie wegen so etwas Vorwürfe gemacht hatte. Üblicherweise tadelte er ihren Übermut. Deswegen fiel es ihr auch jetzt so schwer, die richtigen Worte zu finden. In ihrem Verdruss schlug sie ihm mit der Faust auf die Brust.

»Verdammt, setz mich ab! Lass mich einfach nur hinunter!«
Der Arzt zog belustigt die Brauen hoch, zuckte dann die Schultern und hob Kate schließlich aus seinem Sattel.
Die junge Frau atemte erleichtert aus, als sie wieder festen Grund unter den Füßen hatte. Sie fühlte sich verletzt und durcheinander – nicht so sehr von dem Ritt als vielmehr von Vals unerklärlichem Verhalten.
Kate schlang die Arme um sich, um ihr Zittern zu überspielen. Der Arzt sprang aus dem Sattel und trat zu ihr, hob mit zwei Fingern ihren Kopf an, und sie musste ihn ansehen. Doch als er dann sprach, hörte sie wieder seine freundliche Stimme. Und auch seine Augen strahlten warm wie früher.
»Verzeih mir, Kate. Ich wollte dir keinen Schrecken einjagen, obwohl ich gestehen muss, dass ich eine gewisse ausgleichende Gerechtigkeit darin erkenne. Wie oft hast du mich früher zu Tode erschreckt, mein wildes Mädchen?«
»Ja, aber –« Sie verstumme, als sie etwas Neues bemerkte. Und das, als habe jemand einen Eimer Wasser über ihr ausgekippt. »D-dein Bein …« brachte sie hervor.
»Ja, stell dir vor, ich habe zwei davon. Die beiden bilden ein hübsches Paar, was?«
Die junge Frau presste eine Hand an den Mund und konnte kaum glauben, was sie eben gesehen hatte.
»Lauf bitte noch einmal auf mich zu«, forderte sie ihn auf.
Val gehorchte lächelnd, entfernte sich von ihr und kehrte dann zu ihr zurück, mit gleichmäßigen und kräftigen Schritten.
»Val, bist du – hast du –«
»Ob ich nicht mehr wie ein alter Bär humpele, der einmal mit einer Tatze in eine Falle geraten ist? Stimmt. Anscheinend bin ich geheilt.«

»Aber wie ist das möglich?«
»Ich will verdammt sein, wenn ich auch nur eine Ahnung habe. Aber ehrlich gesagt, interessiert mich das auch nicht. Irgendwann während des Sturms letzte Nacht kam es dazu. Ein Blitz zuckte herab und hat mich furchtbar erschreckt. Ich bin auf den Kopf gefallen und war wohl für eine Weile ohne Bewusstsein. Als ich dann wieder zu mir kam, konnte ich das hier.«
Er führte mit seinem einst kaputten Bein ein paar flotte Tanzschritte vor.
Kate starrte ihn wie gelähmt an. *Irgendwann während des Sturms letzte Nacht ... Ein Blitz zuckte herab ...*
Erregung durchfuhr die junge Frau. Sie hatte das bewirkt. Mit ihrem Gehüpfe um das Feuer und mit ihrer unbeholfenen Zauberei. Eigentlich hatte sie Val mit einem Liebeszauber an sich binden wollen ... doch allem Anschein nach war ihr etwas wirklich Bedeutendes gelungen.
Sie hatte ihn geheilt!
»Ach, Val!« Sie fing vor Freude an zu schluchzen und umarmte ihn wieder. Lachend hob er sie hoch und tanzte mit ihr im Kreis herum.
Als sie schon befürchtete, er würde den Drehwurm bekommen und mit ihr stürzen, blieb er stehen und hob sie hoch, bis ihr Gesicht sich auf gleicher Höhe mit dem seinen befand.
»Weine doch nicht, mein wildes Mädchen. Du musst nie mehr wegen mir Tränen vergießen.«
»Es ist doch nur, weil ich mich so für dich freue«, schluchzte sie und lächelte.
Val zog sie näher an sich, bis ihre Brüste leicht an seine Brust drückten. Sein Lächeln erlosch und machte einem anderen Gesichtsausdruck Platz, den Kate hinter ihrem Tränenschleier nur undeutlich erkennen konnte.

Doch als sie ihn wieder richtig sah, entdeckte sie etwas Neues in den so vertrauten Zügen. Etwas Hartes und Eindringliches im Blick, das ihr den Atem nahm und ihr auch etwas Angst machte.
Doch dieser Ausdruck in den Augen verging so rasch wieder, dass Kate glaubte, einer Sinnestäuschung erlegen zu sein.
Val setzte sie ab, weil etwas anderes seine Aufmerksamkeit gefangen nahm.
Lucas, sein Stalljunge, näherte sich zögernd dem Riesenpferd. Das Ross spürte die Ängstlichkeit des Vierzehnjährigen und wehrte sich schnaubend gegen die Hand des Jungen auf den Zügeln.
»Nicht so, Bursche«, erklärte Val gereizt und trat dazwischen. »Das hier ist ein ausgesuchtes Rassetier und kein alter Klepper wie Vulkan. Du musst fest zupacken und ihm zeigen, wer hier der Herr ist. Und hör auf damit, dich vor ihm zu fürchten!«
Val nahm ihm die Zügel ab und flüsterte dem Ross streng etwas zu. Als Lukas sich immer noch nicht näher herantraute, schimpfte der junge St. Leger: »Verdammt noch mal, Bengel! Komm endlich her, und übernimm das Tier!«
Der Stallbursche trat Schrittchen für Schrittchen heran und schien nicht zu wissen, vor wem er mehr Angst haben sollte, vor dem Pferd oder vor seinem Herrn.
Kate hatte noch nie mitbekommen, dass Val einen seiner Bediensteten so anfuhr. Und ihm schien selbst bewusst zu werden, dass er sich nicht richtig verhalten hatte. Er lächelte und strich dem Jungen übers Haar.
»Wenn dir der Hengst Mühe macht, hol Jem zu Hilfe.«
Der Bursche nickte, wirkte aber immer noch etwas durcheinander. Vals Berührung hatte das Pferd aber so weit be-

ruhigt, dass es sich von Lukas zu dem kleinen Stall hinter dem Haus führen ließ.
Der Arzt schaute dem Jungen hinterher und wandte sich dann wieder an Kate. Als er ihre beunruhigte Miene sah, setzte er ein entschuldigendes Lächeln auf.
»Ich hätte wohl nicht so kurz angebunden mit dem Jungen sein dürfen. Aber ich bin letzte Nacht nur wenig zum Schlafen gekommen. Die Aufregung ... Als ich feststellte, dass mein Bein wieder heil ist, hielt mich natürlich nichts mehr im Haus. Noch vor dem ersten Büchsenlicht bin ich los zu Caleb, um dieses Pferd zu kaufen.«
Kate lächelte und nickte. Aber in ihrem Innern hatte es sie wie ein Stich getroffen. So etwas Wunderbares war Val widerfahren, und sein erster Gedanke galt einem Gaul? Aber dann sagte sie sich, dass der Ärmste sich vermutlich lange danach gesehnt hatte. In all den Jahren, in denen er humpelte und nur auf Pferden wie dem alten Vulkan reiten konnte.
Doch waren sie beide nicht seit vielen Jahren die besten Freunde? Auch wenn es in der letzten Zeit zu Unstimmigkeiten gekommen war? Warum war er nicht zu ihr gekommen, um die guten Neuigkeiten mit ihr zu teilen?
Doch durfte sie ihm deswegen wirklich Vorwürfe machen? In einem Moment wie diesem hatte sie kaum das Recht, in Selbstmitleid zu versinken. Val wirkte glücklich. Alle Anzeichen der tief sitzenden Traurigkeit waren aus seinen Zügen verschwunden.
Er stand breitbeinig da, schaute aufs Meer hinaus und genoss die salzige Brise.
»Ach, Kate«, sagte er, »du kannst dir nicht vorstellen, wie gut sich das anfühlt. Endlich von diesem teuflischen Humpeln befreit. Endlich wieder ein normaler Mann zu sein. Endlich wieder stark und vollständig zu

sein ... Ich kann mich kaum zurückhalten und will all die Dinge nachholen, die ich mir so viele Jahre lang versagen musste.«
Er wirbelte zu ihr herum und ergriff ihre Hand: »Ich will alles ausprobieren, bevor dieses Wunder endet und alles wieder so wird wie früher!«
Das wird es schon nicht!, wollte sie ihm zurufen, unterließ es aber lieber. Wie könnte sie ihm so etwas versprechen? Die junge Frau hatte nicht die geringste Vorstellung von dem Zauber, den sie ihm auferlegt hatte; gar nicht erst zu reden davon, wie lange er anhalten würde.
Vielleicht sollte sie ja reinen Tisch machen und ihm alles berichten, was sie getan hatte. Aber eigentlich schreckte sie davor zurück. Als ein St. Leger würde er niemals Hexerei und schwarze Magie gutheißen und wahrscheinlich so böse werden, dass ihre neu erstandene Freundschaft das kaum überleben konnte. Gut möglich auch, dass Val in seiner Rechtschaffenheit verlangte, dass der Zauber unbedingt rückgängig gemacht werden müsse, koste es, was es wolle.
Gerade das aber hätte Kate niemals übers Herz gebracht. Er wirkte jetzt so lebendig und so impulsiv, wie sie ihn noch nie erlebt hatte. Und das sollte sie ihm alles wieder nehmen?
Er ergriff ihre Hand und zog sie mit zum Haus. »Komm, Kate, wie beide müssen unbedingt feiern.«
»Was hast du dir denn vorgestellt?«, fragte sie neugierig und hatte Mühe, mit ihm Schritt zu halten.
»Hm, muss mal überlegen ...« Der Arzt blieb unvermittelt stehen und machte ein verdutztes Gesicht, so als sei ihm gerade ein toller Einfall gekommen. »Tanzen! Ich geleite dich zu einem Ball, und wir tanzen die ganze Nacht.«

Kate lachte. »Du weißt doch, dass ich dem Tanzlehrer nicht sehr gut zugehört habe, den Effie mir einmal besorgt hat.«

Die junge Frau hatte in jungen Jahren nie einen Sinn darin gesehen, die ziemlich vertrackten Schrittfolgen zu lernen.

»Dann bringe ich es dir eben bei«, lachte Val. Er schlang ihr einen Arm um die Hüften und drehte sich mit ihr, bis dem Mädchen schwindlig wurde. Vielleicht lag das aber auch an seiner Nähe und der neuen Zärtlichkeit in seinem Blick.

»Erinnerst du dich noch an die Feen, von denen ich dir erzählt habe? Mit denen tanzen wir im Mondlicht. Und trinken dazu Perlwein.«

»Perlwein?«, lachte sie atemlos. »Nein, lieber nicht. Ich erinnere mich zu gut daran, welche Wirkung der auf mich hatte, als ich vor zwei Sommern auf dem Verlöbnis deiner Schwester Mariah ein oder zwei Gläser davon zu mir genommen habe.«

»Da warst du ein wenig beschwipst, meine Liebe«, lächelte er und tänzelte mit ihr in Richtung Haus. »Du wolltest die ganze Gesellschaft mit einem der rauen Seemannslieder unterhalten, die dir mein verruchter Onkel Hadrian beigebracht hat.«

»Erinner mich bloß nicht daran«, stöhnte die junge Frau. »Damals hast du mich, Gott sei Dank, davon abgehalten, mich vor allen zur Närrin zu machen. Etwas später habe ich dir, glaube ich, die Schuhe beschmutzt, und du hast mich nicht einmal ausgeschimpft.«

»Wie könnte ich dir böse sein, Kate. Ich habe dich nach Hause gebracht, nach oben getragen und dich hingelegt in –« Er hielt inne, kam aus dem Takt und verstärkte den Griff um Kate. »In dein Bett«, beendete Val den Satz in ei-

genartigem Tonfall. Alle Sanftheit in seiner Miene verlor sich unter dem eindringlichen Blick seiner Augen.
Rasch senkte er die Lider und ließ die junge Frau so unerwartet los, dass die ein, zwei Schritt zurücktaumelte, bis sie ihr Gleichgewicht wiedergefunden hatte.
»Du hast sicher Recht«, erklärte der Arzt. »Keinen Sekt. Vielleicht besser Tee.«
Er marschierte ins Haus und schaute sich nicht einmal um, ob Kate ihn folgte.
Die junge Frau starrte ihm verwirrt hinterher, konnte seine Stimmungsschwankungen nicht verstehen und musste mit den Zweifeln fertig werden, die sie befallen hatten.
Wenn ihr Zauber bei ihm noch mehr bewirkt hatte, als nur das kranke Bein zu heilen? Was denn, zum Beispiel? Dass er sich unsterblich in sie verliebt hatte? Davon ließ sich noch nicht allzu viel feststellen. Aber Zauberei, und ganz besonders dunkle, besaß ein eigenes Wesen und ließ sich von einer Sterblichen nur selten durchschauen …
Kate wagte nicht, sich auszumalen, was sie alles bei ihm verändert haben mochte. Zu Hoffnungen schien jedenfalls noch keinerlei Anlass zu bestehen.
So blieb ihr im Moment wenig anderes zu tun übrig, als hinter ihm her ins Haus zu laufen.
Nach dem hellen Sonnenschein draußen wirkte es im Cottage recht düster. Kate hatte Val ohnehin lieber auf Burg Leger besucht als in diesem abgelegenen Schieferhaus am Rand des Meeres.
Die Wände schienen die Melancholie und Einsamkeit des Vorbewohners, Dr. Marius St. Leger, aufgesogen zu haben, und überall krochen Schatten über den Boden.
Kate wäre es lieber, wenn sie beide sich weiterhin draußen aufgehalten, gescherzt und über Feen geredet hätten.

Seit sie sich im Haus befanden, hatte sich alles verändert. Oder war ihre Welt bereits aus den Fugen geraten, seit Val sie im wilden Galopp hochgerissen und zu sich aufs Pferd gezogen hatte?
Sie folgte ihm in die Bibliothek, und er schloss hinter ihr die Tür. Langsam schlich Kate über den Teppich und versuchte, aus der vertrauten Umgebung Stärke zu beziehen. Ob auf der Burg oder hier im Schieferhaus, die Bibliothek war immer ihrer beider ganz besonderer Ort gewesen.
Und warum stand sie dann stocksteif da? Der Arzt kam zu ihr, um ihr aus dem Umhang zu helfen, wie er es schon seit ihrer Jungmädchenzeit tat.
Aber selbst das fühlte sich heute anders an. Seine Finger zögerten bei den Verschlüssen, und er zog ihr den Umhang ganz langsam von den Schultern – fast so wie ein Mann, der seine Liebste zärtlich entkleidet.
Die Vorstellung trieb ihr brennende Röte in die Wangen. Valentine hängte den Umhang ohne viel Aufhebens über die Rückenlehne eines Stuhls. Irgendwie hatte Kate das Gefühl, er habe ihre Gedanken gelesen und amüsiere sich über ihre Empfindungen …
Wie dem auch sei, er grinste und betrachtete sie eigenartig – aber eher wie ein Wolf seine Beute.
Was? Wie konnte sie ihren Freund nur als Raubtier sehen? Kate schüttelte den Kopf über eine so dumme Idee. Ausgerechnet Val, der ihr zeitlebens immer als »sanfter und vollkommener Ritter« erschienen war.
So war er, und so blieb er – und keine Macht der Welt, nicht einmal eine dunkle, würde ihn je ändern können. Was sie gelegentlich in seinem Blick oder in seiner Miene zu erkennen glaubte, entsprang wohl nur den Schatten und ihrer erhitzten Einbildungskraft.
Die junge Frau trat an dieses Regal und an jenes – in

dem Bemühen, sich zu beruhigen. Das Feuer im offenen Kamin war fast heruntergebrannt, und sie bückte sich, um ein paar Scheite nachzulegen. Der Arzt trat an einen Kabinettschrank und entnahm ihm eine Flasche Whiskey.

Kate beobachtete ihn aus dem Augenwinkel. Valentine war immer ein gemäßigter Mensch gewesen und hatte nur selten Alkohol zu sich genommen; erst recht nicht zu dieser Tageszeit.

Als er ihren Blick bemerkte, fragte er freundlich: »Soll ich dir auch ein Glas einschenken, meine Liebe?«

Die junge Frau wäre vor Schreck beinahe über die Schüreisen gefallen. Nach der Geschichte mit dem Sekt hatte Val geschworen, ihr nie wieder Alkohol anzubieten.

Wie betäubt schüttelte sie den Kopf.

Er zuckte nur die Schultern und wandte sich seinem Glas zu. »Würdest du dir dann bitte einen Trinkspruch auf mich ausdenken?«

»Einen Trinkspruch?«, konnte sie nur fassungslos wiederholen.

»Ewiges Unheil über alle Mortmains«, schlug sie in Ermangelung eines besseren Einfalls vor. Die St. Legers tranken schon seit Generationen auf das Unglück ihrer Erzfeinde.

Trotz seines sanften Wesens hasste auch Valentine die Mortmains aus ganzem Herzen. Er hatte besondere Gründe dafür, hatte er es sich doch zur Aufgabe gemachte, eine Familienchronik zu erstellen. Jeden Mord und jeden Überfall der Erzfeinde hatte er sorgfältig festgehalten – bis hin zum dunkeln Lebenswerk des letzten Überlebenden dieser Familie – Captain Raphael Mortmain.

»Der Wahnsinn scheint ihnen angeboren, und sie haben

das Böse im Blut«, hatte der Arzt ihr einmal erklärt. »Ich glaube nicht, dass Raphael das überwinden kann. Lance vertraut ihm viel zu sehr, und das lässt mich um das Leben meines Bruders fürchten.«

Damit hatte er nicht falsch gelegen. Beinahe wäre es Rafe gelungen, sowohl Lance als auch ihren geliebten Val zu vernichten. Kate wagte nicht, an die Zeit zurückzudenken, in der man davon ausgehen musste, dass der Arzt seinen Verletzungen erlegen sei.

Seit damals erhob Kate ihr Glas, auch wenn es nur Limonade enthielt, um auf den Untergang der Mortmains anzustoßen.

Doch heute schien Valentine sich nicht über ihren Vorschlag zu freuen. Mit gerunzelter Stirn meinte er: »Das ist doch eine ziemlich dumme und überflüssige Tradition, nicht wahr? Die Mortmains stellen nun wirklich keine Bedrohung mehr für uns dar. Jedenfalls keine, an die man einen Trinkspruch verschwenden müsste. Denk dir bitte etwas anderes aus, Liebes.«

»Meinetwegen«, entgegnete sie, ein wenig verärgert über diese Zurückweisung. »Dann eben auf deine wundersame Heilung und unsere Freundschaft«, schlug die junge Frau vor.

»Auf unsere Freundschaft!«, wiederholte er, schien aber von diesem Trinkspruch ebenso wenig begeistert zu sein wie von dem vorangegangenen. Mit bitterer Miene leerte er sein Glas und füllte es dann gleich wieder auf.

Kate beobachtete ihn beunruhigt, ehe sie sich erneut dem Feuer zuwandte. Sie bewegte die Scheite mit dem Eisen, legte die glühenden Stücke darunter frei und sah die Flammen auflodern. Das erinnerte sie unangenehm an ihr Feuer letzte Nacht. Fast wünschte sie, niemals das Zauberbüchlein Prosperos entdeckt zu haben.

»Bist du aus einem bestimmten Grund heute zu mir gekommen, Kate?«
Vals Stimme ertönte direkt neben ihrem Ohr. Sie fuhr vor Schreck zusammen und hätte beinahe das Schüreisen fallen lassen. Wie war es ihm nur möglich gewesen, sich hinter sie zu schleichen, ohne dass sie etwas davon mitbekommen hatte?
Kate sagte sich mit gemischten Gefühlen, dass sie sich an seine neue Bewegungsfreiheit erst noch gewöhnen müsse. Und an die anderen Dinge auch, die sich bei ihm gewandelt hatten.
Der Arzt stellte sich vor sie, lehnte sich mit einem Ellbogen auf den Kaminsims und ragte wie ein Turm vor ihr auf. Seit er den Stock abgelegt hatte, hatte er auch eine andere Körperhaltung.
Kate wurde in diesem Moment bewusst, dass sie sich vor ihm fürchtete ... vor Val, dem besten Freund ihres Lebens.
Obwohl das Feuer schon wieder munter brannte, hantierte sie weiterhin mit dem Eisen herum.
»Nun, meine Liebe?«, drängte der junge St. Leger, ihm eine Antwort zu geben.
Wenn es einen Moment gab, die vorbereiteten Lügen aufzutischen, dann war der jetzt gekommen. Sie würde ihre Entschuldigungen hervorstammeln, dass sie sich ihm neulich Nacht an den Hals geworfen hatte; würde versuchen, ihn davon zu überzeugen, dass die Freundschaft für sie das Allerwichtigste sei ...
Doch dann sagte sie: »Ich wollte dich einfach sehen ... weil ich dich ziemlich vermisst habe.«
»Vielleicht wäre es aber klüger gewesen, wenn du dich weiter von mir fern gehalten hättest.«
Die junge Frau lachte etwas zu schrill: »Hast du je erlebt,

dass ich klug gehandelt habe? Außerdem sind wir doch noch Freunde, oder?«

Da er nicht gleich antwortete, sah sie ihn vorsichtig an. Eine grüblerische Miene breitete sich auf seinen Zügen aus, die ihm so gar nicht ähnlich sah. Dabei spielte er mit den Erinnerungsstücken auf dem Sims – dem fadenscheinigen Handschuh, dem alten Fächer und dem Elfenbein-Medaillon mit dem Abbild von Dr. Marius St. Legers verlorener Liebe.

Kate legte das Schüreisen ab und stellte sich vor ihn. »Val?«

Er hörte sie gar nicht. Die junge Frau musste ihn noch einmal beim Namen rufen, ehe er wie aus weiter Ferne zu ihr zurückkehrte. Sofort breitete sich ein Grinsen auf seinem Gesicht aus.

»Tut mir Leid, ich habe gerade über etwas nachgedacht. Meinst du nicht auch, dass ich diesen ganzen Plunder zusammenpacken und Dr. Marius schicken soll? So bald kehrt er ja doch nicht zurück.«

Er tippte auf das Bildnis von Anne Syler. »Oder soll ich alles gleich ins Feuer werfen?«

Kate riss die Augen weit auf. Das konnte unmöglich sein Ernst sein.

»Aber Val, was redest du da, das sind doch die teuersten Erinnerungsstücke des Arztes. All das, was ihm von ihr geblieben ist –«

»Von einer Frau, die seit über dreißig Jahren tot ist. Mein Onkel sollte Anne endlich vergessen und sich oben in Schottland eine nette Witwe suchen.«

»Aber du hast mir doch immer gesagt, das ginge nicht. Anne war seine auserwählte Braut, und der Familiensage nach –«

»Verdammte Sage!«, knurrte der junge St. Leger und

schlug so fest mit der Faust auf den Sims, dass Kate erschrocken zurücksprang.
Doch dann bemühte er sich sichtlich, seine Fassung wiederzugewinnen.
»Mein ganzes Leben lang musste ich mich den Regeln und Beschränkungen dieser Tradition unterwerfen – auch wenn sie mich zu einer Ewigkeit in Einsamkeit verdammte. Dabei habe ich immer nur einfache Dinge vom Leben erwartet, wie Arzt zu werden, eine Frau zu heiraten und Kinder zu bekommen. Wie gern hätte ich Jahre auf meine auserwählte Braut gewartet … wenn ich denn eine haben dürfte …«
Er fuhr sich mit der Hand durchs Haar. »Aber nein, nicht Dr. Valentine St. Leger. Das Schicksal bestimmt, dass dieser Mann niemals seine Liebe finden, nicht einmal heiraten wird. Und wenn er dagegen verstoßen sollte, wäre er des Teufels. Der Fluch der St. Leger würde dann wie ein Blitz auf ihn und seine eigenmächtig gesuchte Braut niederfahren!«
Seine Züge verhärteten sich: »Ich bin diesen ganzen Unsinn endgültig Leid! Er steht mir bis hierher!«
Kate rang die Hände und wusste nicht, was sie sagen sollte. Natürlich hoffte sie schon seit langem, dass Val den Familientraditionen entsagen würde – aber nicht auf diese Weise. Nicht voller Wut und Verbitterung.
Er lief in der Kammer auf und ab, und sie trat einen Schritt zurück, um nicht von ihm über den Haufen gerannt zu werden.
»Ich bin das alles so satt – die Sage, die Familientradition, meine besonderen Fähigkeiten und sogar meinen verdammten Namen!«
»Ich liebe deinen Namen«, wandte sie leise ein, aber er hörte sie gar nicht.

»Valentine!« Er verzog das Gesicht. »Was soll das denn für ein Name für einen Mann sein?« Er fuhr herum und starrte sie an. »Weißt du, wie ich mir vorkomme?«
Früher hätte sie das sofort gewusst. Aber heute? »N-nein«, stammelte sie.
Val stampfte zum Tisch und nahm eine Figur von dem geschnitzten Elfenbein-Schachbrett. »Hier, ein dummer Bauer, der sich von allen bevormunden und herumschubsen lässt – von den Dörflern, von der Familie und auch noch von einem gottverfluchten Märchen ...« Er dachte einen Moment nach. »Weißt du, wer ich lieber sein möchte?«
»Der König?«, vermutete sie.
»Nein, eher der hier.« Er warf den Bauern in eine Ecke und nahm eine Figur mit einem schwarzen Pferdekopf vom Brett.
»Ein Pferd?«, rief die junge Frau. »Das ist aber doch wohl kaum die stärkste Figur im Spiel.«
»Der Springer besitzt aber genug Stärke, um alle anderen Figuren zu schlagen.« Er fuhr wie mit einer Sense mit seinem schwarzen Pferd durch die weißen Reihen, und seine Lippen zogen sich langsam von den Zähnen zurück. »Bis ich die Königin gefangen habe.«
Kate schluckte und verfolgte bestürzt, wie die Schachfiguren vom Tisch rollten und auf den Teppich fielen.
Nun war kein Zweifel mehr möglich. Was über Valentine hereingebrochen war, betraf weit mehr als nur sein Bein.
Was hatte sie ihm nur angetan?
Jetzt ließ er auch den Springer fallen und sah ihr ins Gesicht.
»Komm her.«
Als sie sich nicht bewegte, streckte er eine Hand nach ihr aus: »Komm her.«

Aber die junge Frau fürchtete sich vor ihm. Angst vor Val? Das war doch einfach lächerlich. Sie zwang ihre Füße, sich zu bewegen, und schob sie vorwärts, bis sie die ausgestreckte Hand berühren konnte.
Seine Finger schlossen sich um ihre Hand, und er zog sie näher zu sich heran, um sie kritisch zu betrachten. Dann schob er ihr eine Korkenzieherlocke aus dem Gesicht.
»Was ist nur in dich gefahren, dein Haar so zu verunstalten.«
Kate griff sich ans Haar und fühlte, dass sich die Hochsteckfrisur zur Hälfte gelöst hatte.
»Vorhin sah es noch ganz ordentlich aus, bis der Wind hineingefahren ist. Ich dachte, so eine Frisur ließe mich älter erscheinen.«
»Tut sie aber nicht, nur verletzlicher.« Val strich mit dem Fingerknöchel über ihren bloßen Hals, und das sandte Schauer durch ihren Körper. Dann fuhr er ihr durchs Haar und zog alle Haarnadeln heraus. Eine nach der anderen flog auf den Boden, bis ihr Haar lang über die Schultern fiel.
Er schob ihr eine Hand ins Haar und legte sie um ihren Nacken. Er zog sie zu sich heran, bis sie nur noch das Glitzern in seinen Augen vor sich sah. Ihr Herz klopfte so schnell, dass sie kaum noch atmen konnte. Seine Lippen legten sich auf die ihren, und sie riss die Augen weit auf, da sie einen so leidenschaftlichen Kuss nicht erwartet hatte.
Der Liebeszauber hat doch gewirkt! Er ist mir gelungen!
Das war ihr letzter zusammenhängender Gedanke, ehe Val sie fester an sich zog. Mit einem gedämpften Seufzer schloss sie die Augen und ergab sich seinem Kuss.
Am Abend ihres Geburtstages hatte sie ihn gebeten, ihr das Küssen beizubringen. Da hatte er noch nicht gewollt,

aber jetzt holte er das doppelt und dreifach nach. Sein Mund bewegte sich erfahren über den ihren, schmeckte sie, versuchte sie, verlangend und verschlingend.
Mit einem leisen Knurren durchbrach er die Barriere ihrer zusammengepressten Lippen. Zuerst erstarrte sie, als seine Zunge an die ihre stieß … dann erregte sie das auf merkwürdige Weise.
Kate hatte das immer schon rasch gelernt, was Val ihr beibringen wollte. Nun klammerte sie sich an seine Schultern und fing an, mit ihrer Zunge seinen Mund zu untersuchen. Das Herz schlug ihr bis zum Hals, und alles drehte sich in ihrem Kopf. Sie war noch nie in Ohnmacht gefallen, aber heute könnte es so weit sein.
Keuchend löste sich Val gerade lange genug von ihr, dass sie wieder zu Atem kommen konnte. Dann setzte er seine leidenschaftliche Attacke fort. Val ließ Küsse regnen: auf ihre Schläfen, ihre Lider, ihre Wangen und ihr Kinn. Als könne er überhaupt nicht genug von ihr bekommen.
»Kate, Kate, mein wildes Mädchen. Was war ich doch für ein Narr, dir so lange widerstanden zu haben!«
»Da gibt es nichts zu entschuldigen –,« brachte sie hervor, ehe er sie wieder an sich riss.
Val vergrub sein Gesicht in ihrem Haar und sagte heiser: »Ich liebe dich. Ich habe dich immer schon geliebt, und von jetzt an soll nichts mehr zwischen uns stehen. Das schwöre ich!«
Kates Herz zog sich zusammen, als sie endlich die Worte vernahm, nach denen sie sich schon ihr halbes Leben lang sehnte.
»O Val, ich liebe dich –« Ihre eigene Liebeserklärung wurde von seinen Lippen erstickt. Sein langer und leidenschaftlicher Kuss ließ sie in seinen Armen dahinschmel-

zen. Nie hätte sie erwartet, dass ihr Zauber so viel Begehren bei ihm auslösen könnte.
Ohne den Kuss zu unterbrechen, nahm Val Kate hoch und trug sie zum Sofa. Dort angekommen, löste er sich lange genug von ihr, um sich Jacke und Weste auszuziehen. Seine Brust hob und senkte sich heftig, und seine Miene drückte nur noch Verlangen aus.
Kate beobachtete alles wie in Trance. Irgendwann ertönte am Rande ihres Bewusstseins ein Warnruf, der aber ungehört verhallte. Erst recht, als Val sie wieder mit Küssen überschüttete, bis ihr Puls raste und das Blut durch ihre Adern rauschte.
Als seine Lippen an ihrer Kehle hinabwanderten, seufzte sie selig. Von so etwas hatte sie bislang immer nur geträumt.
Kate bekam kaum mit, wie er ihr das Kleid aufknöpfte und auch noch das Mieder öffnete. Sie trug nie ein Korsett, und so fiel es ihm leicht, die Bänder ihres Unterhemds aufzuknoten und endlich ihren Busen freizulegen.
Da schoss ihr die Röte in die Wangen, und sie versuchte hastig, ihre Blöße zu bedecken. Aber das wollte Val ihr nicht erlauben – er hielt ihre Hände fest.
»Kate, lass mich dich anschauen«, verlangte er und bedachte sie mit einem heißen, lustvollen Blick. »Du bist so unglaublich schön, und ich begehre dich so sehr, dass ich sterben könnte.«
Sein Kopf sank nach unten, und seine Lippen liebkosten das zarte Fleisch ihrer Brüste, bis sie sich hungrig auf ihre Brustwarzen legten.
»Oh, oh … oh«, stöhnte die junge Frau wegen der Hitze, welche sie erfasste.
Kate hatte sich eingebildet, alle Arten der Leidenschaft zwischen Mann und Frau zu kennen und zu verstehen.

Aber so etwas wie das hier hatte sie sich in ihren wildesten Träumen nicht vorgestellt.
Sie vergrub ihre Finger in seinem Haar und ließ sich von dem davontragen, was er in ihr auslöste. Alles an ihr verlangte danach, von ihm berührt zu werden – auch und vor allem an den unaussprechlichen Stellen.
Ein Teil ihres Bewusstseins bemerkte, dass alles viel zu schnell vonstatten ging und sich längst ihrer Kontrolle entzogen hatte.
Val hielt sie mit seinem Gewicht auf dem Sofa fest, und gerade fing seine Hand an, ihren Rock hochzuschieben. Kate verspürte einen leichten Anflug von Panik. Würde sie ihm Einhalt gebieten können … würde sie das überhaupt wollen?
Nein, ganz gewiss nicht. Erst recht nicht, als seine Lippen wieder die ihren fanden, ihr kein Pardon gewährten und sie bis an den Rand des Deliriums führten. Jetzt konnte sie ihm nicht mehr widerstehen.
Dies war Val, ihr Freund, der Mann, den sie vergötterte und den sie für immer haben wollte.
Er hob den Kopf, um sie anzusehen, und Leidenschaft ließ sein Gesicht glühen. Zitternd ob ihres eigenen Verlangens schob sie eine Hand zwischen sich und ihn und öffnete den obersten Knopf seines Hemds.
Aber seine Hand legte sich um die ihre und zwang sie, aufzuhören. Dann schob er sich hoch, stützte sich auf und starrte Kate an, als sehe er sie zum ersten Mal.
Das Glitzern in seinen Augen erlosch.
»Du lieber Himmel!«, sagte er heiser.
»Val?«, fragte sie bang und fürchtete, in ihrer Unerfahrenheit einen schlimmen Fehler begangen zu haben. Kate streckte eine Hand aus, um ihm über die Wange zu streichen, aber er wich voller Entsetzen vor ihr zurück.

Der Arzt verließ das Sofa, als könne er nicht rasch genug von Kate fortkommen. Als er den Kamin erreichte, musste er sich mit beiden Händen am Sims festhalten.
Kate spürte immer noch seine Lippen auf ihrem Mund, bebte noch unter seinen Berührungen und kam wesentlich langsamer hoch. Verwirrung und das Gefühl, beraubt zu sein, beherrschten sie. »Val, was ist mit dir –«
»Raus!«
Das harte Wort traf sie wie ein Peitschenhieb. »Wie … wie bitte?«
»Zieh dich an und verschwinde!«
»A-aber …«
»Bist du schwerhörig, Mädchen? Ich habe gesagt, du sollst dich anziehen und dann mein Haus verlassen. Sofort, ehe ich –« Er beendete den Satz nicht, sondern kehrte ihr den Rücken zu und ballte die Hände zu Fäusten.
Kate hatte das Gefühl, von ihm geschlagen worden zu sein. Sie warf ihm einen langen verletzten und verständnislosen Blick zu. Dann richtete sie ihre Kleider, und alle Leidenschaft erlosch in ihr. Wenig später begannen ihre Wangen wieder zu brennen, doch nicht aus neuer Begierde.
Die junge Frau kam sich wie ein dummes Ding vor, beschämt und wie ein Flittchen. Ob Zauber oder nicht, Val war auch jetzt noch Gentleman geblieben. Vermutlich stieß ihn ihr undamenhaftes Gebaren ab.
Als sie den letzten Knopf geschlossen hatte, sagte sie kläglich: »Tut … tut mir Leid, Val.«
»Dir tut es Leid?« Er drehte sich zu ihr um, sah sie aber mit gerunzelter Stirn an.
»Ja, denn was gerade geschehen ist, war alles meine Schuld, und –« Sie unterbrach sich, denn das Gelächter, welches er jetzt anstimmte, verletzte und verwirrte sie.

Und plötzlich sah er wieder aus wie ihr Val, ließ sich neben ihr auf dem Sofa nieder und ergriff ihre Hände.
»Meine wilde Kate«, murmelte er. »Du bist solch eine kleine Närrin. Wie kannst du annehmen, dass du etwas mit dem zu tun hättest, was eben zwischen uns geschehen ist.«
»Aber natürlich habe ich das.« Sie schob trotzig das Kinn vor, weil sie diesen nachsichtigen Tonfall heute mehr denn je hasste. »Du kannst mich doch nicht immer noch als kleines Mädchen ansehen, das von nichts eine Ahnung hat. Ich habe dir schon oft gesagt, dass ich nicht so unschuldig bin.«
»Du bist so ahnungslos wie ein Neugeborenes«, widersprach er und küsste ihr sanft die Fingerspitzen. »Ach, du begreifst ja nicht einmal, wie nahe ich davor stand, dich zu entehren.«
»Aber du könntest mich doch nie entehren!«
»Doch. Ich erhalte gerade eine Vorstellung davon, wozu ich in der Lage bin.« Er wurde ernst, ließ ihre Hände los, erhob sich und zog Kate hoch.
»Bitte, geh jetzt.«
Ihr blieb nichts anderes übrig, als zu gehorchen. Auch wenn sie ihm viel lieber über das Haar gestrichen und die ernsten Falten in seinem Gesicht zum Verschwinden gebracht hätte.
Als die junge Frau letzte Nacht ihren Zauber über dem Beschwörungsfeuer gesprochen hatte, hatte sie sich nur immer währendes Glück vorgestellt – und das Ende von Vals Einsamkeit und ihrer unerfüllten Sehnsucht.
Aber sie hätte nie geglaubt, was der Zauber für Erschütterungen in ihm auslösen würde. Wie sooft musste Kate sich eingestehen, dass sie wieder einmal überhaupt nicht nachgedacht hatte.

Voller Zerknirschung und Verdruss schlich sie an ihrem Freund vorbei zur Tür.
»So ganz ohne Kuss und Abschiedsgruß musst du dich nun auch nicht davonschleichen.«
Neue Hoffnung entstand in ihr, und sie konnte den Kopf wieder hoch tragen. Sie eilte zu ihm zurück, bereit, sich an seine Brust drücken zu lassen.
Aber Val legte ihr die Hände auf die Schultern und sorgte so für einigen Abstand. Züchtig küsste er sie auf Stirn und Nase. Flüchtig streiften seine Lippen dann über die ihren.
Kate seufzte und drängte sich an ihn. Und im nächsten Moment lag sie in seinen Armen und küsste ihn wie eine Verhungernde, während er sie hielt, als wolle er sie nie mehr loslassen.
»Nein!« Halb lachend stieß Val sie von sich. »Großer Gott, Kate, das ist doch der helle Wahnsinn!«
»Nein, Val, es ist wunderbar«, widersprach sie und versuchte, sich an ihm festzuhalten. »Ich habe dich immer geliebt, und jetzt liebst du mich auch. Was sollte daran falsch sein?«
»Nichts, nichts – alles, einfach alles.« Er packte ihre beiden Hände, und auf seiner Miene lagen Erschrecken und Verlangen. »Das alles ist mir viel zu schnell gekommen. So viele Veränderungen … Ich muss erst über alles nachdenken.«
Als sie widersprechen wollte, legte er ihr eine Hand auf den Mund. Und wenig später zog er mit der Fingerspitze die Linien ihre Lippen nach. Kate seufzte, als er die Hand zurückzog.
»Ich komme bald zu dir, mein Engel«, sagte Val leise. »Das verspreche ich dir.«
Bevor die junge Frau wusste, wie ihr geschah, hatte er ihr schon den Umhang um die Schultern gelegt und sie

durch die Diele nach draußen geschoben. Das Nächste, was Kate mitbekam, war, wie ihr die Tür vor der Nase zugeschlagen wurde. Noch halb benommen, stand sie da, als auch der Schlüssel im Schloss umgedreht wurde.
Grundgütiger! Glaubte Val etwa, er müsse sie aussperren? Vielleicht war es ja wirklich so, dachte sie traurig. Ihre Haut prickelte immer noch an den Stellen, an denen er sie berührt hatte. Trotz all ihrer Träume hatte sie nie geglaubt, dass Val sie wirklich einmal leidenschaftlich küssen würde.
Dieser Mann war einfach unglaublich, und sie hätte nichts lieber getan, als sich ihm noch einmal in die Arme zu werfen, damit er und sie dort weitermachen konnten, wo sie eben aufgehört hatten.
Eigentlich hatte sie ja noch großes Glück gehabt, dass Val selbst unter dem Einfluss ihres Liebeszaubers genug Verstand besaß, es nicht zu einem Skandal kommen zu lassen. Ja, jetzt verstand sie, warum er vorhin so merkwürdig reagiert hatte. Warum er sich in einer Minute so und in der Nächsten völlig anders benahm.
Ganz klar, der Zauber hatte ihn im Griff, aber sein vornehmer Charakter wehrte sich noch dagegen, hielt sich an seinen Skrupeln und seinen falsch verstandenen Vorstellungen über ihre Unschuld fest.
Aber am Ende würde der edle Teil Vals unterliegen müssen!
Das zeigte sich allein daran, dass er sie »Engel« nannte. Dabei war doch überhaupt nichts Himmlisches an ihr. Im Gegenteil, im Moment kam sie sich eher wie des Teufels Tochter vor.
Ich habe dich immer geliebt, und von nun an soll nichts mehr zwischen uns stehen, das verspreche ich …
Das waren seine Worte gewesen. Was für ein leidenschaft-

licher Schwur. Aber war der wirklich aus seinem Herzen gekommen, oder hatte nur der Zauber ihn so sprechen lassen?
O Gott! Wie hatte sie so etwas nur tun können? Schwarze Magie gegen ihren besten Freund einzusetzen und ihm seinen Willen zu rauben ... ihn in eine Falle zu locken?
Nein, nein, nein, redete sie sich mit der Kraft der Verzweiflung ein, ich habe ihn doch nicht in eine Falle gelockt!
Vielmehr hatte sie ihn von seinem verkrüppelten Bein befreit. Und von den unmenschlichen Einschränkungen der Familientradition.
Alles würde gut werden, wenn Val sich endlich dem Zauber ergab. Vielleicht brauchte er ja wirklich nur noch etwas Zeit, um sich an alles zu gewöhnen.
Immerhin hatte er ihr ja noch etwas versprochen:
Ich werde zu dir kommen, mein Engel ...
»Lass mich nicht zu lange warten, mein liebster Freund«, flüsterte Kate, legte eine Hand auf ihre Lippen und presste die Finger als Abschiedskuss an seine Tür.

Als sie das Dorf erreichte, hatte sie alle Zweifel und Sorgen in sich unterdrückt und malte sich ihre Zukunft mit Val in den rosigsten Farben aus.
Die St. Legers würden natürlich zuerst Einwände vorbringen, die aber rasch verstummten, wenn sie feststellten, wie glücklich die beiden miteinander waren. Dann würden auch sie einsehen, dass alte Familiensagen mitunter irren konnten.
Selbst Effie würde vor Stolz strahlen, wenn Kate mit Val in der St.-Gothian-Kirche vor dem Altar stand. Zusätzlich zu den Hochzeitsvorbereitungen wollte die junge Frau noch

ein wenig mehr tun, nämlich dafür sorgen, dass der Vikar und ihre Adoptivmutter mehr Zeit miteinander verbrachten. Dann wäre Effie nicht so allein, nachdem Kate ins Schieferhaus gezogen war.
Danach malte die junge Frau sich aus, was sie alles in und an diesem düsteren Cottage ändern würde. Die Fensterläden aufstoßen, die Spinnweben der Vergangenheit hinausfegen und alle Räume neu streichen und tapezieren – alles in hellen, freundlichen Farben.
Außerdem wollte sie Val in seiner Arztpraxis helfen, damit er sich nicht mehr überarbeitete und seine besonderen Fähigkeiten schonte.
An freundlichen Tagen würden sie beide am Strand entlangreiten oder sich endlich wieder im Fechtkampf üben. An Regentagen würde sie in der Bibliothek Tee servieren und sich zusammen mit Val ein hochinteressantes neues Buch ansehen.
Und in ihren Mußestunden würden sie sich auf dem Sofa lieben.
Als sie Effies Rosenbusch-Cottage erreichte, zeigte sie in Gedanken schon dem frisch gebackenen Vater seinen Erstgeborenen – und blieb von einer Sekunde auf die andere stehen.
Vor dem Tor stand ein glänzender neuer Zweispänner mit einem Paar Grauschimmel davor. Die elegante Equipage und der livrierte Diener, der die Pferde versorgte, wirkten in einem so abgelegenen Kaff wie Torrecombe unglaublich pompös und fehl am Platz.
Kate unterdrückte einen Fluch. Ihre Gedanken waren derart mit Val beschäftigt, dass sie jetzt weder Zeit noch Lust hatte, ihrer Adoptivmutter bei einem Klienten zu helfen.
Erst recht nicht bei diesem hier.

Victor St. Leger schritt gerade auf das Haus zu und achtete peinlich genau darauf, seine neuen und todschicken Hessians-Stiefel nicht zu beschmutzen.
Kate wusste, dass die anderen Mädchen im Dorf Victor unglaublich attraktiv fanden. Diese dummen Gänse konnten sich stundenlang über seine schmachtenden Blicke und den sinnlich geschwungenen Mund auslassen. Kate war der junge Mann dagegen immer schon zu glatt erschienen, und verglichen mit Val wirkte er wie ein grüner Junge.
Victor studierte in einer Regenpfütze seine Erscheinung, rückte seinen Biberpelzhut gerade und strich über die Falten seines Reisemantels.
Kate verzog verächtlich den Mund und bedauerte Mollie Grey. Solange Victor nur sein eigenes Spiegelbild liebte, würde er seiner auserwählten Braut niemals einen Antrag machen. Er pflegte nichts anderes als den Müßiggang, leistete nichts und lebte von den Vermögen, das er von seinem Großvater und seinem Vater geerbt hatte. Für gewöhnlich verbrachte er seine Zeit in Orten wie Penzance oder in großen Städten wie Plymouth, wo er Bälle, andere Lustbarkeiten und Pferderennen aufsuchte und dort mit ebenso einfältigen Damen flirtete.
Was wollte dieser Tunichtgut denn hier im Rosenbusch-Cottage? Vermutlich die arme Effie mit neuen Klagen über die Braut plagen, die sie für ihn ausgesucht hatte.
»Verdammter Kerl!«, murmelte die junge Frau. Sie raffte ihre Röcke, rannte los, überholte Victor und erreichte vor ihm die Haustür.
»Kate!«, rief er und hielt sofort inne, um zu überprüfen, ob seine Aufmachung keinen Schaden erlitten hatte.
Die junge Frau wusste nicht, ob er nur jetzt wütend auf sie war oder ob er sie im Allgemeinen nicht leiden konnte. Die

beiden hatten bislang kaum ein Wort miteinander gewechselt – außer bei dem Familienfest der St. Legers vor einem Jahr. Aber da hatte Kate sich Val zuliebe Mühe gegeben, wie eine Dame aufzutreten.

Victor hatte sie damals durch sein lachhaftes Monokel gemustert und dann erklärt, dass ihr neues Kleid mit zu vielen Bändchen ausgestattet sei. Sie hätte besser daran getan, einige abzunehmen und sich in den Mopp von Haar zu binden.

Kate hatte in süßlichem Tonfall entgegnet, er solle doch seinen Kragenknopf öffnen; der sei bestimmt Schuld an seinem geschwollenen Kopf.

Das hatte er mit der Bemerkung gekontert, dass sie immer noch den Charme eines Findelkindes besäße.

Eigentlich hätte es ihr gleichgültig sein können, von jemandem wie Victor beleidigt zu werden. Aber irgendwie schmerzte es doch. Kate beendete den Austausch von Nettigkeiten mit einem Hieb auf Victors Kopf.

Danach verlangte Effie nicht mehr von ihrer Adoptivtochter, mit einem Sonnenschirmchen herumzulaufen.

Die junge Frau baute sich vor Victor auf und stemmte die Fäuste in die Hüften.

»Was wollt Ihr hier?«, fragte sie und gab sich nicht einmal den Anschein von Höflichkeit.

Victor hielt eine Hand auf dem Rücken und tippte mit der anderen an seinen Hut. So viel Galanterie hätte sie nie von ihm erwartet.

»Ich bin gekommen, um –«

»Effie ist nicht zu Hause.«

»Aber –«

»Zumindest ist sie für Euch nicht zu sprechen. Meine Adoptivmutter hat schon genug für Euch getan, indem sie Euch eine Braut gefunden hat. Mollie ist ein liebes Mäd-

chen und viel zu gut für einen ausgemachten Trottel wie Euch. Ihr solltet Euch glücklich schätzen!«
»Aber das tue ich doch –«
»Und selbst wenn es Euch an ausreichend Verstand fehlt, Dankbarkeit zu empfinden, solltet Ihr doch mit den Traditionen Eurer Familie vertraut sein. Sobald die Brautsucherin sich erklärt hat, kann man die Wahl nicht mehr ändern. Und Effie zu umschmeicheln oder sie zu bedrohen, hat überhaupt keinen Zweck. Also könnt Ihr genauso gut gleich wieder nach Hause fahren!«
»Kate, Kate!«, unterbrach er sie lachend. »Ich versichere Euch, dass ich nicht gekommen bin, Effie zu plagen. Sondern um Euch zu sprechen.«
»Mich?«
Die Hand, die er hinter dem Rücken gehalten hatte, kam nun zum Vorschein. Er reichte ihr ein kleines Gebinde mit rosafarbenen Röschen.
Kate starrte auf die Blumen, als hielte er ihr eine Schlange hin.
»Für wen sind die denn?«, fragte sie misstrauisch.
»Für Euch, bitte sehr.« Er schenkte ihr das Lächeln, bei dem die Dorfschönen reihenweise in Ohnmacht gefallen wären.
Nach einem Moment der Verwirrung kam sie dahinter, was Victor mit diesem Sträußchen bezweckte. Kopfschüttelnd erklärte sie:
»Wenn Ihr glaubt, mich bestechen und auf Eure Seite ziehen zu können, dann habt Ihr Euch aber gewaltig geirrt. Ich mag ja die St.-Leger-Sage für blanken Unsinn halten, aber Mollie glaubt fest daran. Ihr habt das arme Mädchen die halbe Nacht lang warten lassen!«
Er zuckte zusammen, kannte offensichtlich so etwas wie ein schlechtes Gewissen, und entgegnete: »Ich hatte wirk-

lich vor, zu ihr zu gehen, war sogar schon auf dem Weg zu ihrem Haus, als mir klar wurde, dass ich Mollie niemals heiraten könnte, weil ich in eine andere verliebt bin.«
»Und wer ist dieses unglückselige Geschöpf?«
»Ihr!«
»Was?«
Victor nahm ihre Hand, und Kate war viel zu verdutzt, um ihm das zu verwehren. »Ich liebe Euch von ganzem Herzen, und ich verstehe kaum, warum mir das nicht schon früher aufgefallen ist.«
»O ja, natürlich. Die Erkenntnis muss Euch gekommen sein, als Euch mein Schirm auf den Kopf traf. Ich fürchte, ich habe etwas zu hart zugeschlagen.«
Der junge Mann ging auf diesen Spott nicht ein, sondern versuchte, ihre Finger an seine Lippen zu führen.
»Lasst das!«, fuhr sie ihn an und riss ihre Hand weg. »Habt Ihr denn vollkommen den Verstand verloren?«
»Nein, nur mein Herz. Aber ich will mich Euch nicht auf der Schwelle erklären. Sollen wir nicht ins Haus gehen?«
»Nein!«
»Dann bleibt mir wohl kein andere Wahl«, seufzte der Jüngling.
Zu Kates großer Bestürzung kniete er vor ihr nieder, mitten auf dem Gartenweg, wo das halbe Dorf ihn sehen konnte. Er legte den Strauß vor sie hin wie ein alter Römer, der seiner Göttin ein Opfer darbringt. Nun nahm er auch noch den Hut ab, hielt ihn sich vors Herz und säuselte:
»Kate Fitzleger, wollt Ihr mir die Ehre erweisen, meine Frau zu werden?«
»Nein, ganz gewiss nicht«, erwiderte sie und zog an den Falten seines Radmantels, um ihn wieder auf die Füße zu bekommen. »Nun steht schon auf, bevor Ihr Euch endgültig zum Esel macht und Euch die Hose beschmutzt.«

»Das ist mir egal.«
War das wirklich Victor St. Leger, der da zu ihr sprach?
Die junge Frau bedachte ihn mit einem finsteren Blick. »Wenn das irgendein dummer Scherz sein sollte, so finde ich den überhaupt nicht –«
»Das ist mein heiliger Ernst, Kate«, erwiderte er leicht beleidigt. Aber wenigstens erhob er sich wieder.
»Victor, vielleicht solltet Ihr nach Hause oder in einen Gasthof fahren und Euch hinlegen. Offensichtlich seid Ihr zu lange der Sonne und der frischen Luft ausgesetzt gewesen. Das bekommt Euch nicht.«
»Nein, mein Herz, es war nicht die Sonne, sondern der Sturm letzte Nacht. Der erinnerte mich nämlich an Eure wunderbaren blitzenden Augen, und ich begriff, wie sehr ich Euch anbete. Die Erkenntnis traf mich wie ein Blitz, wenn ich so kühn sein darf, das hinzuzufügen.«
»Das ist ja wohl die lächerlichste –«, entlud sich Kate, nur um erschrocken innezuhalten. Es hatte Victor wie ein Blitz getroffen? O nein, bitte nicht! Das konnte doch nicht wahr sein, oder?
Sie studierte seine Miene und suchte darin nach Anzeichen von Spott. Sonst neckte er sie doch auch so gerne … Aber in seinen Zügen war nur die übliche Arroganz zu entdecken. Und der Blick aus seinen Augen hatte so viel Ehrlichkeit in sich, dass es der jungen Frau ganz anders wurde.
Kate erstarrte. Sie konnte sich nicht mehr bewegen und keinen einzigen zusammenhängenden Gedanken fassen. Victor nutzte ihre Lage schamlos aus, legte einen Arm um ihre Hüfte und bereitete alles dafür vor, sie hier mitten auf der Türschwelle und vor allen Dorfbewohnern zu küssen!
Die junge Frau kam rechtzeitig zur Besinnung, und es ge-

lang ihr im letzten Moment, ihre Arme zwischen sich und ihn zu bringen. »Victor! Hört sofort auf damit!«
Aber in seinem Liebeswahn versuchte er, ihr noch näher zu kommen. »Mein Engel, meine Angebetete, meine Allerliebste! Sagt mir, dass Ihr die Meine werden wollt!«
»Nein! Habt Ihr denn völlig den Verstand verloren?« Sie hatte erhebliche Mühe damit, ihn abzuwehren. Kate hätte nie erwartet, dass er so stark sein könnte. »Was soll denn aus Eurer auserwählten Braut werden?«
Sie musste ihn unbedingt zur Besinnung bringen: »Wenn Ihr Mollie nicht heiratet, wird der Familienfluch über Euch hereinbrechen!«
»Solch Wagnis würde ich eingehen – für einen einzigen Kuss von Euch.« Er senkte den Kopf, bis sein Mund nur noch eine Winzigkeit von ihrem entfernt war. Kate drehte rasch den Kopf zur Seite, und so trafen seine gespitzten Lippen ihre Wange.
Wie konnte sie sich nur von ihm befreien? Jetzt, da er sie fast an die Haustür gedrückt hatte. »Victor, wenn Ihr mich nicht sofort freigebt, wird Euch das noch furchtbar Leid tun!«
»Kate«, stöhnte er nur und drückte feuchte Küsse auf ihre Schläfen, »Ihr brecht mir noch das Herz!«
»Nein, aber den Kopf!« Sie bekam eine Hand frei und versetzte ihm damit einen Kinnhaken. Kein wirklich harter Schlag, aber einer, der ausreichte, ihr etwas Luft zu verschaffen.
Dann schlug sie ihm noch mit beiden Fäusten an die Brust, sodass er ein Stück zurücktaumelte. Im selben Moment wirbelte sie herum und stürzte ins Cottage.
Sie warf die Tür hinter sich ins Schloss und lehnte sich dagegen. Doch zu ihrem Verdruss fing Victor an, gegen die Tür zu hämmern und um Einlass zu betteln.

»Kate, Kate, verzeiht mir. Ich wollte wirklich nicht derart über Euch herfallen. Dafür verehre ich Euch viel zu sehr. Nun lasst mich doch ein, auf dass ich Eure Vergebung erlangen kann!«

Kate verdrehte die Augen. »Ich vergebe Euch, Victor. Aber nur, wenn Ihr Euch auf der Stelle verzieht.«

»Wie könnte ich diesen Ort verlassen, ohne Euch vorher davon überzeugt zu haben, wie sehr ich Euch liebe und wie ich Euch zeitlebens verwöhnen will?«

Als sie darauf keine Antwort gab, hämmerte er noch lauter an die Tür. »Kate, bitte, lasst mich doch ein!«

Die junge Frau verzog das Gesicht und sah sich in der Diele um. Wenn Victor nicht mit seinem Gelärme aufhörte, würden die Diener herbeigelaufen kommen. Womöglich sogar Effie. Und wenn ihr Vormund erfuhr, worum es ging, würde sie auf der Stelle tot umfallen.

Kate schrie durch die Tür: »Geht endlich, Victor! Sonst muss ich Onkel Anatole rufen! Glaubt mir, das werde ich tun!«

Eine leere Drohung. Der gefürchtete Herr von Castle Leger hatte heute Morgen Torrecombe verlassen, um Dr. Marius zu besuchen.

Aber Victor hatte offenbar noch nichts davon gehört. Er stellte das Klopfen ein, und Kate hielt den Atem an. Nachdem sich eine ganze Weile nichts mehr getan hatte, schlich die junge Frau in den Salon und stellte sich hinter den Vorhang.

Ihr Verehrer trottete gerade zu seiner Kutsche zurück.

Bitte bitte bitte, flehte Kate, lass Victor jetzt lachen, seinen Diener in die Seite stoßen und ihm erzählen, welch famosen Streich er gerade Miss Fitzleger gespielt habe.

Aber der junge Mann zeigte keinerlei Anzeichen von Erheiterung. Er tänzelte auch nicht mehr beim Gehen, son-

dern schlich dahin. Sie hatte diesen arroganten jungen Burschen noch nie so niedergeschlagen erlebt.
Als die Kutsche anfuhr, warf er einen wehmütig sehnsuchtsvollen Blick auf das Cottage. Ob sie ihm wirklich das Herz gebrochen hatte?
Grundgütiger! Was hatte sie nur angerichtet?
Nichts! Nichts!, beruhigte sie sich grimmig. Was Victor befallen hatte, hatte sich bestimmt nicht so abgespielt, wie Kate befürchtete. Sein Gerede von einem Blitz, der ihn getroffen habe, war nur eine Redensart oder bloßer Zufall.
Sie hatte ihren Zauber auf Val gerichtet und nicht auf Victor. Seine Initialen hatte sie in das Stück Kohle geritzt: VS für Valentine St. Leger.
Oder für Victor St. Leger.
Nein, nein und nochmals nein! Das konnte einfach nicht sein. Außerdem hatte sie bei ihrem Ritual die ganze Zeit nur an Val gedacht. Und ein Liebeszauber konnte doch nicht zwei Männer treffen, oder?
Eigentlich war so etwas ausgeschlossen, aber zur Sicherheit wollte sie das noch mal im Zauberbuch nachlesen. Sie stürmte die Treppe hinauf und stieß beinahe mit Nan zusammen.
»Oh, Miss Kate! War da nicht gerade jemand an der Tür?«
»Nein!« Die junge Frau ließ die Magd einfach stehen, rannte in ihr Zimmer und schloss hinter sich ab. Sie stürmte auf den Ankleidetisch zu und riss den Schal hoch, unter dem sie das Bändchen versteckt hatte.
Oder glaubte, es dort verborgen zu haben. Kate versuchte angestrengt, sich zu erinnern. Dann riss sie die oberste Schublade auf, und die nächste, die dritte. Danach fiel sie über die Truhe, den Schrank und den Schreibtisch her.

Eine halbe Stunde später hatte sie in ihrer Kammer das Unterste zuoberst gekehrt. Völlig entmutigt ließ sie sich auf ihr Bett fallen. Das konnte doch nicht wahr sein. Prosperos Buch war verschwunden …

Val öffnete die Fensterläden. Vom Bibliotheksfenster aus konnte er den Sonnenuntergang auf dem Meer betrachten. Flammend versank der Himmelsstern und sandte rotgoldenes Licht aus, das sich wie Blut auf den Wogen ausbreitete.

Was geschah nur mit ihm?

Er hatte keine Ahnung. Nur dass es zum Abend hin schlimmer mit ihm wurde.

Seine Diener hielten längst Abstand zu ihm. Selbst Jem schien davor zurückzuschrecken, ihn noch einmal zu stören. Val konnte ihm daraus keinen Vorwurf machen. Den ganzen Nachmittag hindurch hatte er schon jeden angefahren, der sich der Bibliothek näherte.

Nein, er wolle keinen Tee! Nein, auch kein Abendessen …

Was wollte er denn wirklich?

Kate …

Und warum hast du Idiot sie dann gehen lassen?

Valentine hielt sich mit beiden Händen am Fensterbrett fest, um dem Drang zu widerstehen, zu Kate zu laufen, sie zu packen und hierher in sein Bett zu tragen.

Warum eigentlich nicht, verdammt noch mal? Kate würde bestimmt nichts dagegen haben. Sie hatte ihm mehr als einmal bewiesen, wie willig sie war und dass sie es kaum abwarten konnte …

Was, zum Henker, dachte er denn da?

Er presste die Hände gegen die Schläfen, so als könne er auf diese Weise die dunklen Begierden in ihm zerquetschen. Nach Kate gelüstete es ihn, seinem wilden Mäd-

chen, seiner besten Freundin. Heute Nachmittag hätte er sie beinahe auf dem Sofa vergewaltigt!
Erst recht erschreckte ihn, dass diese Gefahr noch nicht gebannt war. Er wollte Kate immer noch haben und scherte sich keinen Deut um die Folgen.
Er dachte an die Familientradition, nach der ein männlicher St. Leger genau spürte, wenn für ihn der Zeitpunkt kam, sich mit einer Frau zusammenzutun. Dann schien sich ein Fieber in seinem Blut auszubreiten. Der Arzt sagte sich, dass das nicht schlimmer sein konnte als das, was er jetzt durchmachte.
Aber Kate war ja nicht seine auserwählte Braut!
Ihm blieb nur eines zu tun übrig. Er musste sich von Kate fern halten. Valentine zog die Fensterläden wieder zu, um seinen Entschluss zu unterstreichen.
Nur half ihm das nicht im Mindesten. Er ertappte sich dabei, wie er die Haustür öffnen wollte. Was stimmte nicht mit ihm? Alle Skrupel und alle moralischen Grundsätze zerbröselten in ihm. Dafür drängten alle Arten von Leidenschaften nach oben.
Irgendwie schien das alles mit der letzten Nacht zu tun zu haben. Aber was genau war da eigentlich geschehen.
Er lachte humorlos. Seine Finger wanderten über seine Brust und spürten die Umrisse der Halskette mit dem Kristallsplitter. Bislang war Valentine noch nicht dazu gekommen, sich das Stück genauer anzusehen.
Der Arzt zog die Kette hervor und betrachtete sie. Nur ein kleines abgebrochenes Stück aus dem Kristall im Knauf des St.-Leger-Schwerts – und dennoch funkelte es mit hypnotischer Kraft.
Valentine konnte sich nicht darauf besinnen, wie er an diese Kette gelangt war. Nur einer konnte ihm eine Antwort darauf geben: Rafe Mortmain.

Aber musste er überhaupt die Hintergründe erfahren? Reichte es nicht, dass das Schwert nun wieder vollständig gemacht werden konnte?
Er strich über den Splitter, und der schien alles zu enthalten, was er sich immer gewünscht hatte …
Nein. Valentine blinzelte und schloss die Hand um den Kristall. Der Splitter übte einen starken Einfluss auf ihn aus. Er sollte ihn seinem rechtmäßigen Besitzer übergeben, seinem Bruder Lance, dem gegenwärtigen Träger des Familienschwerts.
Der Arzt nahm die Kette ab und wunderte sich darüber, wie schwer ihm das fiel. Dann steckte er sie in eine alte, leere Geldbörse, die er in der Schreibtischschublade aufbewahrte.
Kaum hatte er die Lade geschlossen und konnte den Splitter nicht mehr sehen, erhielt er die Quittung dafür.
Die Schmerzen in seinem Bein kehrten mit einer Macht zurück, als wollten sie sich an ihm rächen. Valentine musste die Zähne zusammenbeißen, um nicht laut zu schreien. Mühsam erreichte er das Sofa und ließ sich darauf fallen. Allem Anschein nach war dieses Wunder vorüber.
Er musste den Kristall wieder anlegen, dann vergingen die Schmerzen, fuhr es ihm durch den Sinn. Doch kaum hatte er sich aufgerappelt, warnte ihn eine innere Stimme.
Der Arzt ließ sich auf die Kissen fallen und massierte sein Knie. Es schmerzte wie damals, als er sich die Verletzung zugezogen hatte. An jenem Tag, an dem er seinen Bruder Lance verwundet auf dem Schlachtfeld in Spanien gefunden hatte.
Lance war ein Mal zu oft tollkühn gewesen. Valentine öffnete sich ihm und übernahm von ihm die Schmerzen …
Und irgendwie war alles furchtbar schief gelaufen …
Jetzt stand ihm bei der Erinnerung der Schweiß auf der

Stirn. Der Arzt hatte nie genau verstanden, was an jenem Tag passiert war. Offenbar hatte er von seinem Bruder viel mehr als nur die Wundschmerzen erhalten …

In dieser Sekunde tauchte eine neue Erinnerung in ihm auf:

Er kniete in der Diele, beugte sich über einen Mann, um ihm zu helfen …

Valentine versuchte angestrengt, mehr herauszufinden …

Ein Sturm hatte gewütet, vor ihm war die Halskette mit dem Splitter aufgetaucht, und etwas hatte seinen Unterarm umklammert …

Warum setzte sein Gedächtnis immer wieder aus? Doch gleichzeitig spürte er die Gewissheit, dass sein Leben davon abhinge, sich an alles zu erinnern.

Etwas Dunkles und Schreckliches hatte sich in der zurückliegenden Nacht ereignet. Etwas, das mit dem Sturm, dem Kristall und einer generationenalten Feindschaft zu tun hatte …

Rafe Mortmain!

8

Im Hafen herrschte die übliche Betriebsamkeit. Stauer trugen Kisten und Fässer die Gangways hinauf, alte Seemänner mit ihrem Seesack auf dem Rücken suchten nach einer neuen Heuer, Wagen fuhren so nah wie möglich an die Kaimauer heran, und Passagiere überwachten das Entladen ihres Gepäcks. Doch selbst in diesem Gewimmel fiel der Gentleman in dem marineblauen Reisemantel auf – vor allem den Damen. Eine straffe militärische Haltung war ihm eigen, und er strahlte eine ruhige Würde aus. Silberne Fäden durchzogen sein dunkles und gepflegtes Haar. Und seine Züge wirkten wie gemeißelt. Für einen Seemann sah er etwas blass aus, aber jedes weibliche Wesen, das seiner ansichtig wurde, hielt ihn sofort für den Kapitän eines der stolzen Schiffe im Hafen.

Dabei fühlte sich Rafe Mortmain im Moment nicht so recht wohl in seiner Haut. Er eilte an der Reihe der wartenden Kutschen entlang und hielt seinen Handkoffer besonders gut fest. Der Captain starrte stur geradeaus und nahm mit niemandem Augenkontakt auf – und das nicht nur deshalb, weil er immer noch glaubte, steckbrieflich gesucht zu werden.

Der Mann fühlte sich ungewohnt unsicher, wie jemand, der unerwartet dem Tod im letzten Moment von der Schippe gehüpft war.

Eigentlich hätte er nämlich längst tot sein müssen. Er verstand nicht, was ihn davor bewahrt hatte. Rafe atmete tief ein und genoss den Geschmack der würzigen Seeluft. Was für ein Wunder, immer noch am Leben zu sein.

Aber nur die eine Hälfte von ihm freute sich, während die andere zunehmend unruhiger wurde.

Am Abend vor Allerheiligen war ihm etwas höchst Sonderbares zugestoßen.

Wie viel Zeit war seitdem vergangen? Ein Tag oder deren drei? Sein Erinnerungsvermögen hatte ziemlich nachgelassen. Er wusste weder, wie er aus Torrecombe fortgekommen, noch, wie er nach Falmouth gelangt war – oder dort seine versteckte Kiste mit Kleidungsstücken und Geld wieder an sich gebracht hatte.

Als Rafe heute Morgen im Red Lion Inn erwacht war, hatte ihn jedoch weniger der Gedächtnisverlust als vielmehr sein ungepflegtes Äußeres erschreckt. Er war zwar kein besonders eitler Mann, aber ein Mindestmaß an Pflege war auch ihm wichtig.

Nachdem er sich von einem Barbier hatte herrichten lassen, fühlte er sich wieder halbwegs wie ein Mensch. Zum wiederholten Mal hob sich seine Hand an den Hals.

Die Kette war immer noch fort. Irgendwie war es ihm gelungen, das verdammte Ding endgültig loszuwerden. Wenn er nur wüsste, wie …

Rafe erinnerte sich dunkel an ein einsam gelegenes Haus am Meer … an Valentine St. Leger, der ihn im Stürzen aufgefangen hatte … an den Kristallsplitter … und danach an nichts mehr.

Ob der Arzt mit dem Kristall auch Rafes Krankheit übernommen hatte? Ob Valentine überhaupt noch lebte?

Aber vielleicht griff der Splitter einen St. Leger nicht an. Immerhin stammte er ja aus dem Familienschwert.

Außerdem war Valentine immer rechtschaffen gewesen. Gut möglich, dass das Böse, das dem Kristall innewohnte, einem solchen Menschen gar nichts anhaben konnte …

Mortmain hielt inne. Hatte er wirklich das gedacht? Man könnte glauben, er wolle nicht, dass es Valentine schlecht gehe. Dabei hatte er doch Monate damit verbracht, seine Rache an den St. Legers vorzubereiten. Lance' Bruder war immer schon sein erbittertster Feind gewesen …

Rafe rieb sich die Schläfen und versuchte, den alten Hass auf diese Familie in sich wiederzufinden. Doch all die dunklen Empfindungen, die ihn über Jahre begleitet hatten, schienen mit einem Mal zerstoben zu sein.

Er fühlte sich wie eine abgewischte Schiefertafel.

Schließlich zuckte er die Schultern. Solche Überlegungen führten zu nichts. Besser, er machte sich Gedanken um die Zukunft.

Mit einer Hand schirmte Rafe die Augen vor dem grellen Sonnenlicht ab und ließ den Blick über den Wald von Masten wandern, bis er die *Venturer* ausmachte, ein Handelsschiff, auf dem er eine Passage nach Malaysia gebucht hatte.

Im Grunde war ihm das Ziel gleichgültig, solange er nur Seegang unter den Füßen spürte und das Klatschen der Wellen an den Rumpf hörte. Das Wasser hier im Hafen schien ihm schon von fremden Ländern zu flüstern, von Freiheit und Abenteuer – und er verspürte eine Sehnsucht, wie er sie seit seinen Jünglingsjahren nicht mehr erlebt hatte.

Nichts hielt ihn mehr hier, und Cornwall hatte ihm ohnehin nie viel bedeutet. Wie allen Mortmains hatte dieser Landstrich auch ihm nur Unglück gebracht.

Wenn er es diesmal verließ, würde er keinen Blick mehr

zurückwerfen. Die *Venturer* würde heute Abend mit der Flut auslaufen, und bis dahin blieb ihm noch viel Zeit.

So betrat Rafe einen Gasthof in der Nähe des Hafens und nahm eine leichte Mahlzeit zu sich. Sicher wäre es klüger gewesen, wenn er bis zum Abend in einer dunklen Ecke des Schankraums sitzen geblieben wäre. Aber dann lockte ihn die See so stark, dass er wieder hinaustrat und die reine Meeresluft tief einsog.

Mortmain lief über das Kopfsteinpflaster und genoss es, wie scharf seine Sinne wieder arbeiteten. Er kam an einem Fass vorbei, das den Bewohnern eines Hauses als Regentonne diente. Hier fand er nach dem Barbierbesuch endlich Gelegenheit, sein »nacktes« Antlitz zu betrachten.

Wann war er nur so grau geworden? Sein einstmals volles schwarzes Haar zeigte sich nun von Silberfäden durchzogen. Für einen Mann, der die Vierzig überschritten hatte, sicher nichts Ungewöhnliches.

Aber warum wirkten seine Züge nicht ebenso alt? Mit dem Vollbart schien auch das Alter sein Gesicht verlassen zu haben.

»Mama! Mama! Lass mich nicht zurück!«

Der Schrei aus einem Kindermund durchfuhr ihn von Kopf bis Fuß. Halb fürchtete er schon, wieder von seinem Albtraum befallen zu werden.

»Mama, bitte!«

Als das Kind erneut schrie, drehte Rafe sich um. Nicht weit von ihm und vor den Häusern am Wasser versuchte eine Frau in einem Schal und einer Haube, sich von einem kleinen, schmächtigen Jungen zu befreien.

Die Nöte der beiden riefen bei den Vorübergehenden wenig Mitgefühl hervor. Rafe wusste auch nicht zu sagen, warum er selbst nicht weiterging. Nach allem, was ihm widerfahren war, ließ ihn das Leid der anderen kalt.

Nur waren diese beiden keine völlig Fremden, wie er beim genaueren Hinsehen feststellte. Er hatte die Frau und den Jungen erst kürzlich kennen gelernt – oder lag das schon eine halbe Ewigkeit zurück?
In einer Scheune auf einem heruntergekommenen alten Bauernhof außerhalb von Falmouth. Plötzlich sah er wieder Corrine Brewer vor sich, wie sie ihm zum Abschied alles Gute wünschte.
Ja, Corrine Brewer, die törichte und viel zu vertrauensselige Witwe, die ihn in ihrem Schuppen hatte übernachten lassen und ihm auch noch ihr einziges Pferd verkauft hatte. Und der Kleine musste ihr Sohn sein … Charley, ja richtig, das war sein Name.
Was wollten die beiden denn hier in der Stadt? Und warum sollten sie sich trennen? Doch natürlich hatte er damit herzlich wenig zu schaffen.
Rafe wollte schon weitergehen, als ihm eine andere Frau auffiel. Sie stand im Eingang des Hauses, vor dem sich Corrine und Charley aufhielten, und sie trug bessere Kleidung als die Bäuerin. Aber ihre weiße Haube wirkte so streng wie ihre Miene.
Corrine ging vor ihrem Sohn in die Hocke und versuchte vergeblich, ihn zu beruhigen.
»Bitte, Mama, geh nicht. Geh doch nicht!«
Sie strich dem Jungen durchs Haar und flüsterte ihm etwas zu.
Die andere Frau kam die Vortreppe herunter: »Um der Liebe Gottes willen, Corrine, lasst uns dem ein Ende machen. Gebt mir das Geld, und dann geht.«
Die Mutter richtete sich wieder auf, und Charley klammerte sich mit beiden Händen an den Saum ihrer Stola. Sie reichte der Frau eine kleine Geldbörse.
Was, zum Henker, ging dort vor?, fragte sich Rafe.

Corrine beugte sich hinab, um ihren Sohn zum Abschied zu küssen. Aber nun verlor die andere Frau jede Geduld und entriss den Knaben seiner Mutter. Corrines Wehklagen ging in Charleys Geschrei unter. Er streckte beide Hände nach ihr aus und wurde doch immer weiter von ihr fortgezogen.
Der schwarz gekleidete Drachen zerrte Corrines Sohn hinter sich her.
»Was geht das dich an?«, fragte sich Rafe murmelnd.
Doch er konnte sich einfach nicht abwenden und weitergehen. Corrine starrte ihrem Sohn hinterher. Doch mehr noch als ihre Miene wurde Rafe Charleys Gesichtsausdruck unerträglich: zu Tode geängstigt, verletzt und im Vertrauen zutiefst getäuscht.
Das Schluchzen des Knaben riss in Rafe Wunden auf, die er längst vernarbt geglaubt hatte. Noch ehe ihm bewusst wurde, was er tat, stürmte er los, an Corrine vorbei und auf die andere Frau zu.
»Lasst sofort den Jungen los!«
Sein Befehlston ließ beide Frauen zusammenfahren und stehen bleiben. Sogar Charley verstummte und starrte Mortmain an.
»Hä?«, machte die Alte.
»Ich habe gesagt, Ihr sollt den Jungen loslassen!«
Sie schaute ihn verwundert an, und Rafe bemerkte beim Näherkommen, dass diese Frau nur wenig Angenehmes an sich hatte. Früher mochte sie einmal ganz hübsch gewesen sein, aber das musste schon lange her sein. Mittlerweile waren ihr Blick und ihre Züge kalt und erbarmungslos – eine Miene, wie Rafe sie nur zu gut kannte.
Sie erholte sich rasch wieder von ihrem Schrecken und entgegnete: »Ihr seid wohl übergeschnappt, was?«
Gut möglich, sagte sich Rafe; denn sein merkwürdiges

Verhalten konnte er nun nicht mehr auf den Kristallsplitter zurückführen.

»Lasst den Jungen los, damit er wieder zu seiner Mutter kann.«

»Von allen unverschämten –«, fauchte die Alte, fuhr dann aber streng fort: »Verzieht Euch, Sir, sonst rufe ich den Schutzmann!«

Die Drohung mit der Polizei hätte Rafe zur Vernunft bringen sollen. Aber bevor er nachdenken konnte, tauchte Corrine schon neben ihm auf und zog ihn am Ärmel.

»Bitte, Sir. Vielen Dank für Euer Einschreiten, aber Ihr versteht nicht. Diese Lady dort stiehlt mir nicht meinen Sohn und tut auch nichts –«

»Himmel noch mal, Corrine!«, fuhr die Alte dazwischen. »Es besteht wohl kaum Anlass für Euch, dem da Eure Beweggründe zu erklären. Er ist doch nichts weiter als ein Fremder.«

»Nein, ist er nicht!«, rief Charley mit seiner hellen Stimme. Er riss sich von der Frau los, rannte zu seiner Mutter und sah sie mit tränenfeuchten Augen an: »Das ist doch Mr. Moore!«

Rafe fuhr zusammen, als er den Knaben seinen falschen Namen nennen hörte. Er hätte nie geglaubt, dass jemand ihn ohne Vollbart wiedererkannte.

Spätestens jetzt bereute er, sich eingemischt zu haben. Doch da sah ihn Corrine mit ihren großen, staunenden Augen an. »Mr. Moore?«

Nun schämte er sich dafür, in ihrer Scheune so schmutzig, zerlumpt und ungepflegt erschienen zu sein. Deswegen nickte er nur kurz zur Antwort.

»Es freut mich, Euch so wohlauf zu sehen, Sir. Als Ihr unsere Farm verlassen habt, wirktet Ihr so krank, dass ich mir große Sorgen um Euch machte.«

Sie hatte sich um ihn Sorgen gemacht? Sogar große? Er runzelte die Stirn und schämte sich noch mehr – weil er nach dem Fortritt keinen Gedanken mehr an sie verschwendet hatte.

»Und wer soll das sein, dieser Mr. Moore?«, verlangte die Alte argwöhnisch zu erfahren.

»Der Gentleman, der uns unseren Wallach abgekauft hat!«, strahlte Corrine.

»Er scheint sich ja wirklich sehr für Euch zu interessieren … ungewöhnlich bei einer so kurzen Bekanntschaft.«

»Etwas mehr Interesse an Eurer Umwelt könnte Euch auch nicht schaden. Darf ich fragen, wer, zum Donnerwetter, Ihr seid?«

Die Alte keuchte empört, und so übernahm Corrine rasch das Antworten: »Eine Base zweiten Grades, Mrs. Olivia Macauley. Ich habe eine Stellung als Kindermädchen bei einer Kaufmannsfamilie hier in Falmouth angenommen. Die erlaubt mir aber natürlich nicht, auch Charley mitzubringen. Olivia hat sich freundlicherweise bereit erklärt, den Jungen bei sich aufzunehmen, und ich bin mir sicher, dass sie ihn mit Liebe und Wärme behandeln wird.«

»Den Teufel wird sie tun. Ich habe in den Gesichtern einiger Geier mehr Mitgefühl gesehen als in ihrem.«

Die Alte stand kurz vor einem Erstickungsanfall: »W-wie könnt Ihr es wagen …«

»Wenn diese Base zweiten Grades so freundlich ist, wie Ihr meint«, fuhr Rafe aber schon fort, »warum verlangt sie dann Geld dafür, Euren Sohn zu nehmen?

»Na ja, nun, ich konnte doch wohl schlecht … erwarten …«, stammelte Corrine.

»Und warum nicht?«, entgegnete Mortmain. »Sie scheint doch ein deutlich besseres Auskommen zu haben als Ihr.«

»Ich bin nicht so reich«, plusterte sich Mrs. Macauley jetzt auf, »um jedem dahergelaufenen, bedürftigen Verwandten Großzügigkeit erweisen zu können. Kleine Jungen können nämlich sehr teuer sein!«
»Das deckt sich leider nicht mit meiner Erfahrung«, gab Rafe giftig zurück. »Eigentlich scheinen sie sehr, sehr billig zu sein, sonst würden sie nicht von so vielen für entbehrlich gehalten werden.«
Er bereute seine bitteren Worte sogleich, denn darunter zuckte nicht etwa der alte Drache zusammen, sondern nur Corrine.
Mit hängendem Kopf sagte die Mutter: »Ich wollte meinen Sohn nicht loswerden, Mr. Moore. Aber mir blieb leider keine andere Wahl.«
»Jetzt reicht's mir aber endgültig, Corrine!«, schimpfte Mrs. Macauley. »Ich habe nicht den ganzen Tag Zeit, hier herumzustehen, während Ihr mit diesem sauberen Mr. Moore ein Schwätzchen haltet. Entscheidet Euch: Soll ich den Knaben für Euch übernehmen oder nicht?«
»Ja«, antwortete Corrine.
»Nein«, entgegnete Mortmain.
Die Mutter starrte ihn an, weil sie nicht wusste, was der Mann mit seiner ständigen Einmischung bezweckte.
Mrs. Macauley faltete die Arme vor der mageren Brust. »Ich verstehe allmählich, Corrine. Eure Vermählung mit diesem dahergelaufenen Seemann war schon schlimm genug. Aber jetzt scheint Ihr einen weiteren Mann von solch niederer Güte gefunden zu haben.«
»N-nein!«, stammelte Corinne Brewer und lief rot an. »Mr. Moore ist nicht … ich versichere Euch …«
»Nun, meine Liebe, diesmal braucht Ihr nicht mit meinem Mitgefühl zu rechnen.«
»Gern, solange Ihr nicht mit Corrines Geld rechnet«, ent-

gegnete Rafe und riss der Frau rasch die kleine Börse aus der Hand.

Mrs. Macauley schoss Mortmain einen vernichtenden Blick zu, stürmte ins Haus zurück und warf hinter sich die Tür ins Schloss.

Alle Befriedigung darüber, der bösartigen alten Vettel die Suppe versalzen zu haben, verging Rafe, als er Corrines Gesicht sah. Sie drohte jeden Moment in Ohnmacht zu fallen.

»Ach, Mr. Moore, was habt Ihr mir da nur angetan?«

»Nichts«, antwortete er knurriger als beabsichtigt. »Euch davor bewahrt, einen schlimmen Fehler zu begehen.«

»Aber Olivia ist meine einzige Verwandte! Bei wem soll ich Charley denn jetzt unterbringen?«

Darüber hatte Mortmain noch nicht nachgedacht. Da schob sich eine kleine, warme Hand in die seine. Charley strahlte ihn wie einen Helden an. Rafe wusste nicht, wie viel der kleine Junge von dem verstanden hatte, was hier gerade vor sich gegangen war. Aber zumindest hatte er begriffen, dass er nicht bei Mrs. Macauley bleiben musste.

»Wie geht es Rufus, Sir?«, fragte der Knabe und wischte sich die letzten Tränen von den sommersprossigen Wangen.

Rafe konnte sich nicht entsinnen, wo er den Klepper gelassen hatte. Vermutlich einem Pferdemetzger verkauft.

»Äh, dem geht es gut. Er steht im Stall, bei … bei …« In seiner Not drückte er die Hand des Kleinen in die seiner Mutter. »Bitte sehr, Euer Sohn.«

»Und wohin soll ich ihn bringen?« Corrine lachte schrill. »Den Hof besitze ich nicht länger. Den haben nun die Gläubiger meines Mannes … Ach, ich hatte es alles so gut vorbereitet. Olivia mag ja nicht die Güte in Person sein, aber sie wohnt in einem schönen Haus. In meiner neuen Stellung bekomme ich gutes Geld, und ich brauche selbst nur wenig. Da hätte ich etwas beiseite legen können. Damit Charley einmal in die Schule kann … damit eines Tages aus ihm ein Gentleman werden wird … Vielleicht sogar ein Arzt oder ein Anwalt …«

Mortmain sah die Mutter ernst an: »Glaubt Ihr, Euren Charley dränge es nach einem schönen Haus, einer Schule oder Euren ehrgeizigen Plänen. Glaubt Ihr wirklich, etwas davon könne das wettmachen, was ihm –«

Er unterbrach sich, weil ihm rechtzeitig eingefallen war, dass er nicht seine eigene Mutter vor sich hatte. Mit seinem Ausbruch erreichte er nicht mehr, als Charley zu ängstigen und Corrine in neue Tränenausbrüche zu treiben.

So beendete er den Satz versöhnlicher: »Alles, was der Junge will, ist, mit Euch zusammen zu sein.«

»Wo denn? Im Armenhaus? Oder im Schuldturm?« Sie sank auf die erste Stufe und ließ den Kopf hängen. Rafe erkannte an ihren Schultern, dass sie schluchzte.

Das erschreckte den Knaben, und er schlang seiner Mutter die dünnen Arme um den Hals.

»Weine doch nicht, Mama, alles wird gut werden. Ich kümmere mich um dich, denn ich kann fest arbeiten!«

Doch die Worte ihres Sohnes lösten nur noch mehr Tränen bei der jungen Frau aus, und bald weinten beide gemeinsam.

Rafe wich einen Schritt zurück. Er hatte noch nie gewusst, wie er mit einer heulenden Frau umzugehen hatte, und sie deshalb stets fortgeschickt.

Aber jetzt sollte wohl besser er von hier verschwinden. Hatte er denn noch nicht genug Schaden angerichtet? Und schlimmer noch, er konnte sich nicht erklären, was ihn überhaupt zum Eingreifen bewogen hatte. Seit wann spielte er sich zum Beschützer von Witwen und Waisen auf? So etwas hatte er bislang lieber solchen Trotteln wie Valentine St. Leger überlassen. Der würde ja selbst noch seinem schlimmsten Feind beistehen ...

Rafe erhielt eine neue Erinnerung: Er lag auf dem Boden eines Hauses und litt Todesschmerzen. Dr. St. Leger beugte sich über ihn und tat irgendetwas ...

Mortmain wusste, dass Valentine besondere Heilkräfte nachgesagt wurden. Offenbar hatte Lance' Bruder ihm in jener Nacht nicht nur die Krankheit, sondern auch all das Gift aus der Seele genommen.

Erschüttert wollte Rafe nur noch davonlaufen. Er murmelte eine Entschuldigung, aber Corrine hörte ihn kaum.

Der Captain rannte los und fand den Handkoffer, den er bei seinem Anfall von Menschlichkeit vorhin fallen lassen hatte. Was für ein Glück, dass man ihn noch nicht gestohlen hatte. Und nun nichts wie fort zum Hafen und zur geistigen Gesundheit.

Corrine würde sich und ihren Sohn schon irgendwie durchbringen. Vielleicht versöhnte sie sich ja mit Olivia wieder. Wie dem auch sei, das Ganze ging Rafe nichts mehr an.

Aber während er tüchtig ausschritt, überkam ihn immer stärker der Drang, sich noch einmal nach den beiden umzusehen. Und sei es nur ein flüchtiger Blick über die Schulter.

Verdammt, die beiden hockten immer noch wie zwei Häufchen Elend auf der untersten Stufe. Und auf der würden sie auch im übertragenen Sinn landen, wie Rafe aus eigener Erfahrung nur zu gut wusste.

Seine Schritte wurden langsamer. Er warf einen verzweifelten Blick auf den Hafen, wo Schiffsmasten, Meer und

die Ferne lockten – das Leben, das er sich immer gewünscht hatte.
Er wäre ein Narr, wenn er auf all das verzichten und zu der Mutter und ihrem Sohn zurückkehren würde.
»Ach, zur Hölle!« Rafe musste vollkommen den Verstand verloren haben. Oder Valentine hatte ihn in jener Nacht verzaubert und der Besessenheit übergeben.
Ein letzter Blick zum Hafen, zu Freiheit und Abenteuer …
»Hört auf zu weinen!«, raunzte er Corrine in dem rauen Tonfall an, mit dem er an Bord eines Schiffes Befehle gab. »Solche Katzenmusik hilft nämlich nie weiter.«
Die Mutter schien zu derselben Schlussfolgerung gelangt zu sein. Sie blickte zu Rafe auf, hatte einen Arm um ihren Sohn gelegt und wischte sich mit der freien Hand die Tränen fort.
Warum haben weinende Frauen eigentlich nie ein Taschentuch dabei?, fragte er sich, als sie sich die Augen mit einem Stolaende abtupfte. Aber dann reichte er ihr das seine, das sie auch dankbar entgegennahm.
Der Captain nahm ihre Reisetasche und seinen Handkoffer und sagte: »Dann los, wir gehen.«
»Gehen? Wohin denn?«
»Ihr könnt doch nicht bis zum Sankt Nimmerleinstag auf der Treppe Eurer Base zweiten Grades hocken bleiben.«
Damit setzte er sich in Bewegung, und diesmal sah er sich nicht um, ob sie ihm folgten. Dafür hörte er bald, wie Corrine, den Jungen an der Hand, herangelaufen kam.
»Mr. Moore, wartet bitte. Ich verstehe nicht so recht, was Ihr vorhabt.«
»Dann macht Euch auf eine Überraschung gefasst: Ich auch nicht!«
»Wohin führt Ihr uns denn?«
»Das wüsste ich auch gern.«

»Ich soll mich heute noch im Haus von Mr. Robbins melden, um meinen Dienst antreten zu können.«

»Vergesst das mal ganz schnell. Das war sowieso keine gute Idee von Euch, den eigenen Sohn wegzugeben und sich stattdessen um die missratene Brut von jemand anderem zu kümmern. Wir werden uns etwas Neues für Euch einfallen lassen.«

»Aber was denn?«

»Keine Ahnung. Und jetzt hört damit auf, mich mit Fragen zu löchern.«

Rafe drehte sich zu den beiden um. Ursprünglich wollte er die Mutter mit einem strengen Blick zum Schweigen bringen. Aber die schien am Ende ihrer Kräfte zu sein und hielt sich nur noch wegen ihres Sohnes aufrecht.

Auch Charley schleppte sich ermattet dahin. Rafe brauchte ihm nur ins Gesicht zu schauen, um sofort zu wissen, wie es dem Kleinen ging.

So etwas, ging ihm durch den Kopf, hatte er noch nie getan …

Nach kurzem Zögern nahm er beide Reisetaschen in den einen Arm und zog mit dem anderen den Knaben zu sich hoch. Wie leicht der Junge doch war. Und wie vollkommen vertrauensselig. Er schmiegte sich sofort an Rafe.

Der Captain spürte seltsame, bislang unbekannte Gefühle in sich aufwallen. Als er bemerkte, dass Corrine ihn ansah, fühlte er sich unbehaglich.

»Mr. Moore, erlaubt mir wenigstens, Euch noch eine Frage zu stellen.« Sie sah ihn ruhig an, und er betrachtete sie. Corrine war gewiss keine strahlende Schönheit, aber sie hatte interessante Augen. Und sie wirkte grundehrlich.

Als er nickte, fuhr sie fort: »Ich finde es unbeschreiblich nett von Euch, dass Ihr mir und Charley helfen wollt.

Aber ich verstehe Eure Beweggründe nicht. Warum habt Ihr Euch überhaupt veranlasst gesehen, vorhin einzugreifen?«
Tja, wenn er das wüsste. Er verdrehte die Augen, aber die junge Frau machte den Eindruck, als wolle sie nicht lockerlassen, bis sie eine Antwort erhalten hatte.
»Nun, weil ... na ja, eben weil ... Ach, verdammt, weil ein Kind niemals von seiner Mutter verlassen werden darf, ganz gleich, aus welchem Grund!«
Was hatte er da gesagt? War das wirklich aus seinem Mund gekommen? Mit diesen Worten hatte er Corrine Brewer mehr von sich preisgegeben als jedem anderen Menschen auf der Welt.
Ihr Blick zeigte ihm, dass sie ihn verstand, und ihre Miene drückte Mitgefühl aus. Sie streckte eine Hand aus, um ihn zu berühren, aber nach all den neuen und ungewohnten Erfahrungen des heutigen Tages konnte er nichts mehr verkraften.
So kehrte Captain Rafe Mortmain ihr abrupt den Rücken zu, setzte sich mit den Koffern in dem einen und Charley auf dem anderen Arm in Bewegung und ließ Corrine Brewer keine andere Wahl, als ihm zu folgen.

9

Valentine stieg langsam aus dem Zweispänner und stützte sich schwer auf den Gehstock. Einer der Stallknechte von Burg Leger eilte herbei und kümmerte sich um Vulkan. Das alte Ross war es nicht gewöhnt, angebunden an einen Wagen hinterherzulaufen. Aber Valentine hatte sich heute Morgen nicht in der Lage gesehen, selbst bei seinem alten Reittier aufzusitzen.

Was für ein trauriger Unterschied zum gestrigen Tag, als er auf dem feurigen Hengst über den Strand galoppiert war. Er würde Sturm wohl nie wieder besteigen können.

Das Wunder hatte sein Ende gefunden, die Magie war vorüber. In den langen Nachtstunden hatte er sich das klar gemacht und sich damit abgefunden. Nur eine Schwierigkeit blieb ihm noch: Wie sollte er das Kate beibringen?

Aber warum denn? So muss es nicht sein, du kannst alle Wunder zurückhaben. Leg nur die Kette mit dem Kristallsplitter wieder an …

Die Stimme redete mit viel Überzeugungskraft auf ihn ein. Der Splitter ruhte in seiner Westentasche – dort, wo sich eigentlich die Uhr befinden sollte.

Ja, es wäre wirklich ganz einfach.

Nein! Der Arzt zog die Hand zurück, die sich schon auf halbem Weg zur Westentasche befunden hatte. Die ganze

Nacht hindurch hatte der Splitter ihn zu locken versucht. Und jetzt schien er schon wieder damit zu beginnen …

Der Kristall konnte einen süchtig machen – fast so stark wie Opium. Je eher er ihn dem rechtmäßigen Besitzer, seinem Bruder Lance, zurückgab, desto besser.

Valentine humpelte auf das neue Areal des Anwesens zu. Normalerweise hatte ihn dieser Anblick von fünfhundert Jahren Geschichte stets mit Stolz erfüllt.

Aber heute bedrückte ihn die Historie dieses Ortes. Er eilte, so gut es ging, durch den Garten und entdeckte seine Mutter Madeline, die trotz der frühen Stunde bereits in den Blumenbeeten arbeitete.

Madeline St. Leger hatte noch nie zu den Frauen gehört, die den lieben langen Tag auf einem Diwan ruhten und alle Arbeiten dem Dienstpersonal überließen. Besonders um den Garten hatte sie sich immer selbst gekümmert.

Sie trug den gewohnten blauen Kittel und den Strohhut, den sie sich mit einem Schal am Kopf festgebunden hatte. Das flammende Rot ihres Haars war in den letzten Jahrzehnten verblasst, hatte aber nichts von seiner Ausstrahlung verloren.

Madelines Schönheit würde niemals vergehen, und ihre Augen strahlten immer noch mit ihrer eigenen Kraft. Als sie ihren Sohn kommen sah, richtete sie sich auf.

»Valentine!«

Obwohl sein Bein das sofort mit Schmerzen quittierte, vollführte er eine höfische Verbeugung. So hielten er und Lance es schon seit der Kindheit, als sie Ritter der Tafelrunde gespielt hatten und natürlich allen Damen mit ausgesuchter Höflichkeit begegnet waren.

»Gott zum Gruße, Euer Hoheit!«

»Auch Euch, Sir Galahad.« Madeline ließ sich sofort auf

das Spiel ein, nannte ihn bei seinem Ritternamen und grüßte ihn mit einem Hofknicks. Doch als Valentine ihre Hand an seine Lippen führen wollte, zog sie die rasch zurück und wischte sie sich an der Schürze ab.

»O nein, mein Lieber, wie dein Vater sich auszudrücken beliebt, habe ich den ganzen Morgen im Dreck herumgewühlt.«

Doch dann stellte sie sich auf die Zehenspitzen und küsste ihn auf die Wange. Dabei betrachtete sie ihn genau.

Eigentlich war sein Vater Anatole derjenige, der mit seinen besonderen St.-Leger-Gaben den Menschen ins Herz schauen konnte. Aber seine Mutter hatte einen verteufelt guten Blick und bemerkte oft genug einiges, das Val lieber für sich behalten hätte.

Er entzog sich ihren prüfenden Blicken, indem er ihren Korb hochhob. Auch das bestrafte sein Knie sofort. Verdammt, mit dem Bein wurde es immer schlimmer.

Mit zusammengebissenen Zähnen reichte er Madeline den Korb. Ob sie das bemerkte oder nicht, sie war auf jeden Fall klug genug, keine Bemerkung darüber zu machen.

»Wie schön, dich wiederzusehen, Valentine. Dein Vater hat sich erst gestern beschwert, dass du überhaupt nicht mehr herkommst, weil du so weit fortgezogen bist.«

Der Arzt seufzte. Er hatte die ganze Nacht nicht geschlafen, und sein Bein schmerzte wie die Hölle. Da bedurfte es all seiner Kraft, geduldig zu bleiben: »So weit fort, Mutter? Aber ich bin doch nur ans andere Ende des Dorfes gezogen!«

»Nun, mein Lieber, du kennst doch deinen Vater.«

»Ja. Wenn es nach ihm gegangen wäre, hätte er seine ganze Familie auf Burg Leger eingesperrt und wie ein grimmiger Drache bewacht. Deswegen ist er auch nach

Norden gereist, um nämlich Feuer auf Marius zu spucken, bis dieser hierher zurückkehrt.«

»Das könnte durchaus sein. Die beiden sind immer schon wie Brüder gewesen. Marius freut sich bestimmt, ihn wiederzusehen, auch wenn er faucht und Feuer spuckt.« Das Kichern erstarb auf ihren Lippen und machte einer sehnsuchtsvollen Miene Platz.

»Dein Vater ist erst einen Tag fort, und schon vermisse ich ihn fürchterlich.«

Valentine wusste, wie nahe die beiden sich auch noch nach einunddreißig Ehejahren standen. Sie lebten die Sage der St. Legers und hatten nur Augen füreinander. Der Weiseste aller neueren Brautsucher, Septimus Fitzleger, hatte hier wirklich eine hervorragende Wahl getroffen.

Das Gleiche konnte man auch von Valentines Zwillingsbruder Lance und seiner Rosalind sagen. Oder von Vetter Caleb und dessen Braut. Und von den vielen weiteren glücklichen St. Legers ...

Verstörende Gedanken befielen ihn, und er rieb sich die müden Augen.

»Valentine? Was ist mit dir, mein Lieber. Irgendetwas stimmt doch nicht.« Seine Mutter sah ihn besorgt an.

»Nein, es ist nichts«, antwortete er etwas zu rasch und fügte hinzu: »Ich bin heute nur etwas müde und noch nicht richtig wach.«

Aber seine Gedanken nahmen eine so schwarze Färbung an, dass er selbst darüber erschreckte. Fast glaubte er, den Steinsplitter zu spüren, der ihn mit unterdrückter Wut erfüllte. Er musste das verdammte Ding so schnell wie möglich loswerden.

»Mama, weilt Lance heute auf der Burg?«

»Ja, er müsste in seinem Arbeitszimmer sein.«

»Fein, ich will nämlich etwas mit ihm bereden.« Er küsste

seine Mutter auf die Stirn und humpelte dann eilig davon, ehe sie all die Fragen stellen konnte, die sich bereits hinter ihrer Stirn zusammenballten.
Madeline sah ihm lange hinterher. Für eine Mutter ist es nicht recht, ein Kind den anderen vorzuziehen. Und sie liebte ihren wilden Sohn Lance und ihre drei Töchter abgöttisch. Aber für den ruhigen Valentine hatte sie immer besonders viel übrig gehabt. Vielleicht, weil er schon seit frühester Jugend die Liebe zu den Büchern mit ihr geteilt hatte, vielleicht auch wegen seiner Sanftheit und seinem grenzenlosen Mitgefühl.
Sie beide hatten sich immer sehr nahe gestanden. Und heute hatte er sie zum ersten Mal angelogen.

Der Arzt reichte einem Diener seinen Mantel und begab sich zum Arbeitszimmer im hinteren Teil des Hauses. Heute fiel ihm das Laufen noch schwerer als gewöhnlich. Und mit jedem Schritt schien auch der Kristallsplitter an Gewicht zu gewinnen. Ist doch lachhaft, sagte er sich. Nur ein dummes Stück Gestein, und seine Phantasie spielte verrückt.
Doch als er die Tür erreichte, musste er erst einen Moment verschnaufen. Dann klopfte er matt an und erhielt keine Antwort. Leise öffnete Valentine und trat ein.
Das Arbeitszimmer strahlte eine sehr männliche Atmosphäre aus. Eichenholztäfelung bedeckte die Wände, an denen Drucke mit Jagdszenen hingen.
Sein Bruder hockte vornübergebeugt an seinem Schreibtisch, der sich am Ende des Raumes befand. Er hatte die Jacke abgelegt, die Hemdsärmel hochgekrempelt und einen entnervten Gesichtsausdruck. Vielleicht weil er sich mit einem Brief abplagen musste, was noch nie zu seinen Lieblingsbeschäftigungen gehört hatte.

Früher war Lance ein ungestümer Bursche gewesen, und erst Ehe und Vaterschaft hatten ihn gezähmt. Das Lächeln, das so viele weibliche Herzen betört hatte, schenkte er heute ausschließlich seiner Frau Rosalind.
Valentine bemerkte, dass sein Bruder sich in den letzten Jahren überhaupt nicht verändert zu haben schien. Der jüngere Zwillingsbruder spürte oft genug jedes Einzelne seiner mittlerweile zweiunddreißig Jahre. Aber Lance sah man dieses Alter gewiss nicht an. Das blasse Morgenlicht, das durch die Fenster einfiel, betonte seine breiten Schultern und kräftigen bloßen Arme.
Die beiden hatten das gleiche Haar, die gleiche Hakennase und die gleichen Augen. Aber darüber hinaus ähnelten sie sich wenig. Lance war der Ältere von ihnen und hatte an einem kalten dreizehnten Februar kurz vor Mitternacht das Licht der Welt erblickt. Valentine war wie immer seinem Bruder hinterhergelaufen und ihm erst in den frühen Morgenstunden gefolgt.
Der Arzt betastete die Umrisse des Splitters in seiner Westentasche.
Wenn Lance an jenem Tag in Spanien nicht so rücksichtslos gegen sich selbst gewesen wäre, hättest du niemals deine Fähigkeiten zu seiner Rettung einsetzen müssen. Dein Bruder hätte an deiner Stelle das lahme Bein verdient …
Aber Lance hatte nie ein solches Opfer gewünscht. Valentine hatte das freiwillig und gern getan – und er würde es jederzeit wieder tun. Denn er liebte und bewunderte seinen Bruder.
Verstört darüber, so etwas überhaupt zu denken, klopfte er fester an.
Lance hob den Kopf und drehte sich um. Ein breites Grinsen zeigte sich auf seinem Gesicht.
»Val! Na, das ist ja mal eine gelungene Überraschung!«

Die Brüder gaben sich die Hand und klopften sich auf die Schulter. Der Arzt spürte, dass er seinen Bruder tatsächlich über alles liebte, aber es gab Tage wie den heutigen, da Lance ihm doch etwas zu stürmisch war.
»Du bist der Mann, mit dem ich dringend reden muss«, begann Lance, und dann platzte es schon aus ihm heraus: »Herrgott, was hast du denn angestellt? Du siehst ja zum Fürchten aus!«
»Danke«, entgegnete Valentine. »Du hast dich auch gut gehalten.«
Er suchte sich einen freien Stuhl und ließ sich auf dem Kissen nieder.
»Verdammt, Val«, tadelte sein Bruder, »du bist wieder die ganze Nacht aufgeblieben, nicht wahr? Und hast bedenkenlos deine besonderen Fähigkeiten eingesetzt, gib es zu!«
»Nein, habe ich nicht, verdammt noch mal!«, fiel Valentine ihm ins Wort, ehe Lance seinen üblichen Vortrag halten konnte, den der Arzt heute nicht ertragen hätte. Doch ein Gedanke hielt sich hartnäckig in seinem Kopf.
Wann hatte er seine besondere Gabe zum letzten Mal eingesetzt?
Bei Rafe Mortmain … Der Mann hatte ihn verzweifelt angesehen und sich in seinem Ärmel festgekrallt …
Das Bild verschwand ebenso rasch, wie es gekommen war.
»Ich habe mich nicht um Patienten gekümmert, sondern …«
Sollte er ihm davon berichten, wie der »heilige« Valentine beinahe über ein junges Mädchen hergefallen wäre? »Ich hatte nur wieder eine meiner schlimmen Nächte.«
Eigentlich hätte er es dabei bewenden lassen sollen, aber irgendetwas bohrte und drängte in ihm.

Lance nahm ihm die Entscheidung ab: »Man hört ja Erstaunliches von dir. Caleb erzählte, du hättest seinen weißen Hengst gekauft.«
»Stimmt. Ja und?«
»Val, dieses Ross hat den Teufel im Leib!«
»Und du glaubst, mit so etwas käme ich nicht zurecht?«
»Nein, so habe ich das nicht gemeint.«
Aber Valentine spürte, dass sein älterer Bruder genau das zum Ausdruck hatte bringen wollen. Und ihn ärgerte vor allem, dass Lance damit mehr Recht hatte, als er vermutlich ahnte. »Du brauchst dir keine Sorgen mehr zu machen, denn ich bin inzwischen zu Verstand gekommen. Würdest du so freundlich sein, mir den Hengst abzunehmen?«
Der Arzt erschrak beinahe darüber, wie unwillig er dieses Angebot machte …
Weil Lance immer alles in den Schoss gefallen ist. Er ist der älteste Sohn und damit der Erbe der Burg. Er hat eine wunderschöne Frau und einen kleinen Sohn … Wozu braucht er da noch diesen Prachthengst?
Valentine legte die Hand auf den Splitter und glaubte, ihn pochen zu spüren. Nie zuvor hatte er seinen Bruder beneidet. Dennoch hörte er es mit Erleichterung, dass Lance das Tier ablehnte.
»Warum gibst du Caleb nicht einfach den Hengst zurück. Ich habe mehr als genug Pferde, und meine Frau würde sich nicht über einen so ungestümen Zuwachs freuen.« Ein Strahlen trat in seine Augen. »Rosalind ist nämlich schon wieder guter Hoffnung.«
»Oh … meinen herzlichen Glückwunsch.« Warum fiel es ihm so schwer, sich für seinen Bruder zu freuen? Vielleicht, weil er auch diesmal wieder zu Rosalind musste, um ihr die Wehenschmerzen zu nehmen. Und wenn alles vo-

rüber wäre, wäre Valentine vollkommen erschöpft, während Lance stolz seinen Nachwuchs hielte.
Rosalind und Lance würden sich dann glücklich anschauen, und Valentine sich leise humpelnd aus dem Raum entfernen …
Er musste den Splitter sofort loswerden!
Der Arzt zog den kleinen Beutel aus seiner Westentasche und legte die Halskette auf seinen Handteller, ohne einen Blick auf den Anhänger zu werfen. Doch das kostete ihn ungeheure Überwindung.
Schweißperlen traten ihm auf die Stirn, als er seinem Bruder den Stein reichte. Wie sollte er ihm das erklären?
Vor allem das von Rafe Mortmain, dem Mann, wegen dem sie sich beinahe entzweit hätten. Vielleicht sollte er lieber damit warten, bis ihm die Geschehnisse jener Nacht wieder einfielen.
Vielleicht suchte er aber auch nur nach einer Entschuldigung, diesen Stein nicht aushändigen zu müssen.
Der Arzt atmete tief durch: »Lance, es gibt da etwas, das ich dringend mit dir –«
Sein Bruder hörte ihm gar nicht zu. Er hatte wieder hinter seinem Schreibtisch Platz genommen und zog den noch nicht fertig gestellten Brief zu sich heran. »Ich muss etwas mit dir besprechen.«
»Gern, Lance, nur wenn du mir einen Moment –«
»Victor ist heute Morgen bei mir gewesen.«
Valentine seufzte ungeduldig. Ihm fiel es schon schwer genug, sich von dem Stein zu trennen, da musste er sich nicht auch irgendeine Belanglosigkeit über Victor anhören. Aber dann fragte er verdrossen: »Und was wollte der junge Mann?«
»Stell dir nur vor, er will Kate heiraten!«
»Was? Du treibst wohl Scherze!«

»Ich wünschte, es verhielte sich so.«
»Aber Victor soll doch Mollie Grey heiraten, seine auserwählte Braut!«
»Offenbar ist ihm das im Eifer des Gefechts entfallen. Nun ja, verstehen kann man es schon. Mollie ist zwar lieb, aber ein sehr einfaches Mädchen. Und ob es dir schon aufgefallen ist oder nicht, unser alter Wildfang Kate hat sich zu einer ansehnlichen jungen Dame gemausert.«
Als wenn ihm das entgangen wäre. Kates Entwicklung war seine Freude und seine Folter zugleich.
»Nun, Victor stand im Morgengrauen auf der Schwelle«, fuhr Lance fort, »und hat mir die sprichwörtliche Pistole auf die Brust gesetzt. Ich als Familienoberhaupt, zumindest während der Abwesenheit unseres Vaters, möge gefälligst zur Kenntnis nehmen, dass ihm die ganze Familientradition gestohlen bleiben könne. Unser Vetter ist ganz besessen von Kate und will keine andere haben.«
Der Arzt musste sich am Stuhl festhalten. Nach diesen Worten drehte sich alles in seinem Kopf. Unter anderen Umständen hätte er vielleicht Victors Mut bewundert, aber hier ging es um Kate.
Um seine Kate.
Seine Linke umschloss den Kristallsplitter, und das erste Rinnsal der Eifersucht entwickelte sich zu einem Sturzbach … Aber dann atmete Valentine tief durch und erinnerte sich mit aller Kraft daran, dass das Mädchen ihm nicht gehörte.
Aber auch nicht Victor. Warum regte er sich überhaupt auf. »Ob unser Vetter nun verliebt ist oder nicht, Kate wird ihm die nötige Abfuhr verpassen.«
Er rechnete fest damit, dass sein Bruder ihm sofort zustimmte. Doch Lance schwieg nur und machte eine bekümmerte Miene.

»Grundgütiger, Lance, du glaubst doch wohl nicht ernsthaft, dass unsere Freundin überhaupt einen zweiten Gedanken an den Heiratsantrag von einem solchen Luftikus verschwendet!«
»Ehrlich gesagt, ich weiß es nicht.«
»Kate verachtet Victor. Oder hast du schon vergessen, wie sie ihm immer damit gedroht hat, ihn eines Tages auf ein Schiff seines Großvaters zu zwingen, damit er dort nach Piratenart über die Planke gehen müsse?«
»Nein, habe ich nicht, und auch nicht, dass sie dich heiraten wollte. Gott sei Dank ist sie solchen kindischen Vorstellungen mittlerweile entwachsen.«
Kindisch? Lance hielt es also für kindisch, dass das Mädchen sich in Valentine verliebt hatte? Aber er konnte sich recht gut vorstellen, dass aus ihr und diesem Holzkopf Victor ein Paar würde?
Der Arzt musste an sich halten, als sein Bruder dann auch noch meinte: »Außerdem sieht Victor ganz gut aus und zeigt bei Damen ein angenehmes Auftreten. Er kann bei den Dorfschönen schon auf erstaunlich viele Eroberungen verweisen.«
»Aber nicht Kate. Bei ihr kann er niemals landen.«
»Dein Wort in Gottes Ohr.« Das amtierende Familienoberhaupt ergriff wieder die Feder und machte Anstalten, den Brief zu Ende zu bringen. »Bis dahin erscheint es mir klüger, Kate fortzuschicken, weit genug, um vor aller Versuchung gefeit zu sein.«
»Was denn für eine Versuchung?« Valentine wusste nicht, ob er lachen oder fluchen sollte.
Dann ging ihm mit einiger Verspätung auf, was sein Bruder mit diesen Worten andeutete. »Sie soll fort? Wohin denn?«
Seine Geduld wurde auf eine harte Probe gestellt, als

Lance erst noch eine Zeile auf das Blatt schrieb, ehe er sich zu einer Antwort bequemte.

»Nach London. Du weißt, dass Effie immer schon mit ihr dorthin reisen wollte. Sie hat eine Base in Mayfair und hofft wohl, dass diese Kate in die Gesellschaft einführen kann.«

»Das ist doch nur eine von Effies versponnenen Ideen. Kate wollte noch nie eine Ballsaison in London mitmachen, und davon abgesehen hat ihre Adoptivmutter doch gar nicht die nötigen Mittel, um sich so etwas leisten zu können.«

»Deswegen schreibe ich ihr ja auch diesen Kreditbrief. So stelle ich ihr gewisse Summen zur Verfügung, die sie überall abheben kann.«

Valentine starrte seinen Bruder verständnislos an. Das konnte doch unmöglich Lance' Ernst sein. Er erhob sich ruckartig, ohne die Schmerzen in seinem Bein zu beachten. Dann starrte er auf seinen Bruder, der eben seine Unterschrift auf den Brief setzte, der Kate auf immer aus seinem Leben zu entfernen drohte.

»Verdammt, Lance, das geht nicht! Du kannst Effie doch nicht dabei helfen, Kate wegzunehmen von –«

Er unterbrach sich im letzten Moment, sonst hatte er *von mir* gesagt.

Der Arzt umschloss mit beiden Händen den Gehstock, um sich wieder in den Griff zu bekommen. »Von Torrecombe. Kate wird sich in London niemals wohl fühlen. Nicht auszudenken, was geschieht, wenn sie den Ort wiedersieht, an dem sie ihre Kindheit verbringen musste.«

»Niemand will Kate ins Waisenhaus zurückbringen. Im Gegenteil, man bringt sie in einer der besten Gegenden Londons unter, und sie besucht Bälle, Gesellschaftsessen und Theateraufführungen.«

»Als wenn Kate so etwas Freude machen würde. Sie wird sich wie eine Verbannte vorkommen, die man von zu Hause vertrieben hat. Sie wird glauben, schon wieder unerwünscht zu sein. Und das alles nur wegen eines Klotzkopfes, der sich einbildet, in sie verliebt zu sein!«

Lance blickte Val angesichts seines heftigen Tonfalls erstaunt an. Daraufhin senkte Valentine den Blick und schämte sich dafür, seine eigenen Wünsche über das Wohl von Kate gestellt zu haben.

Er besaß keinerlei Rechte auf die junge Frau, aber er konnte es ebenso wenig ertragen, sie zu verlieren.

Der Burgherr betrachtete ihn jetzt ernst: »Schau nur, es geht doch nicht nur um Victor. Wir müssen auch an die Zukunft des Mädchens denken. Hier in Torrecombe kann nicht sehr viel aus ihr werden. London wäre da deutlich idealer, um eine gute Partie zu machen. Und genau das wünschst du ihr doch auch, oder, Val?«

»Selbstverständlich«, murmelte der Arzt. Bis gestern hatte er das tatsächlich gedacht. Aber dann hatte er Kate in den Armen gehalten und geküsst …

Valentine lief trotz der Schmerzen einige Schritte auf und ab. Er schloss die Linke so fest um den Splitter, dass dieser ihn in die Handfläche stach.

So vieles hatte er in seinem Leben schon aufgeben und opfern müssen. Jetzt nicht auch noch Kate. Er liebte sie schließlich, und –

Nein, das kam nur von diesem verdammten Kristall, der seine Gedanken verwirrte.

Er zwang seine Linke, sich zu öffnen und den Splitter loszulassen. Doch das nutzte ihm wenig. Der Kristall hatte sein Werk bereits erledigt – und den Schild durchstoßen, den Valentine vor sein Herz gestellt hatte, um die Wahrheit nicht sehen zu müssen.

Dass er nämlich Kate über alles liebte.
Trotz der Familiensage.
Am liebsten hätte er seinem Bruder den Brief weggenommen und zerrissen.
Valentine musste sich abwenden und zum Kamin humpeln, um diesem Drang nicht nachzugeben. Er lehnte sich an den Sims und bekam nur am Rande mit, wie ein Diener anklopfte und Lance eine Nachricht überbrachte.
Danach zog Lance sich die Jacke wieder an und sagte: »Tut mir Leid, aber ich habe ganz vergessen, dass ich Vaters Verwalter versprochen habe, heute Morgen mit ihm auszureiten und die Sturmschäden bei unseren Pächtern in Augenschein zu nehmen.«
Dann stand sein älterer Bruder plötzlich hinter ihm: »Mach dir mal um unsere Kate keine so großen Sorgen, alter Junge. Ich bin fest davon überzeugt, dass Victor in absehbarer Zeit wieder zu Verstand kommt. Und Kate wird sicher eine prächtige Zeit in London haben. Da wäre allerdings eine Kleinigkeit, die du übernehmen könntest.«
»Und welche?« Valentine wagte es nicht, sich zu seinem Bruder umzudrehen.
»Sprich du mit Kate. Überzeug sie davon, dass die Reise nach London in ihrem Sinn ist. Auf dich hat sie doch immer gehört.«
Valentine erstarrte und konnte es einfach nicht fassen. In diesem Moment hasste er seinen Bruder. Aber er entgegnete: »Ich will sehen, was sich machen lässt.«
Erst als sein Bruder den Raum verlassen hatte, konnte Valentine wieder ausatmen. Vorher hätte nicht viel gefehlt, und er hätte Lance ins Gesicht geschlagen.
Doch Lance war auf der Schwelle stehen geblieben und drehte sich zu ihm um: »Ach, Val, verzeih bitte, dass ich es

beinahe vergessen habe – du hattest doch etwas auf dem Herzen, oder?«
Der Arzt erstickte beinahe vor Wut. Das sah seinem Bruder mal wieder ähnlich. Erst wenn es schon viel zu spät war, ging ihm auf, dass Val auch Bedürfnisse hatte …
In diesem Moment erkannte der Arzt, dass er den Kristall nicht mehr herausgeben konnte. Genauso gut hätte er sich den rechten Arm abschneiden können.
»Ach, war nicht so wichtig.«
Diesmal wartete Valentine, bis die Tür sich hinter seinem Bruder geschlossen hatte. Dann zog er den Splitter aus der Westentasche und betrachtete ihn.
Die Schönheit des Kristalls durchdrang seine Seele … und erzeugte schreckliche Bilder in seinem Herzen.
Von Kate, wie sie eine Kutsche bestieg … wie sie mit ihr davonrollte … wie sie sich kein einziges Mal mehr umdrehte …
Oder wie sie in Victors Armen lag!
Nein, das würde sie niemals tun. Erst gestern noch hatte sie ihm bewiesen, wie sehr sie ihn liebte.
Gestern …
Gestern hatte er es ja auch noch in jeder Beziehung mit Victor aufnehmen können. Doch heute ging er wieder am Stock und wirkte noch bemitleidenswerter als vorher.
Dabei hielt er das Mittel in der Hand, sich wieder in den kraftstrotzenden Valentine zu verwandeln.
Er ließ die Kette hin und her schwingen. Der Stein drehte sich, glitzerte … verwirrte seine Gedanken … und in diesem Moment begriff der Arzt, dass er die Kette nie mehr würde abnehmen können, wenn er sie jetzt anlegte.
Aber wenn er sie nicht anlegte, würde er Kate auf immer und ewig verlieren.

Der Stein leuchtete stärker, und der Moment der Besonnenheit verging.
Valentine zog die Kette über seinen Kopf und schob den Splitter unter sein Hemd. Der Kristall kam über seinem Herzen zu liegen – erzeugte ein Brennen und ein Frösteln.
Der Arzt keuchte und knickte unter dem Ansturm der Macht ein, die ihn durchfuhr. Alles verschwamm vor seinen Augen, und er musste sich wieder am Sims festhalten.
Dann war alles so schnell vorbei, wie es gekommen war.
Er atmete tief ein, öffnete die Augen und konnte das Bein wieder bewegen.
Er nahm seinen Gehstock und schlug damit so lange auf die Kaminsteine, bis er zerbrach. Dann nahm er Lance' Brief, zerriss ihn und warf die Fetzen ins Feuer.
Niemand würde ihm seine Kate wegnehmen.
Und um diesen Victor würde er sich noch kümmern.

10

Eingewickelt in ihren Umhang, huschte Kate durch die Küchentür nach draußen. Leise schlich sie über den Gartenweg. Hier im Rosenstrauch-Cottage hatte man den Garten anders angelegt als auf Castle Leger. Schmucke Beete wurden von ordentlichen Wegen getrennt, und in der Mitte befand sich eine kleiner Karpfenteich.
Hier konnte man sich nur schlecht zurückziehen beziehungsweise verstecken. Außer vielleicht unter dem Apfelbaum oder hinten im Sommerhaus.
Die junge Dame entschied sich für den Obstbaum. Mit einem hastigen Blick nach links und nach rechts zog sie das heraus, was sie unter dem Umhang verborgen hielt.
Der grässliche Victor hatte ihr ein weiteres Gebinde geschickt. Kate betrachtete die Blumen mit einem angewiderten Blick und schleuderte das Bouquet über die Gartenmauer. Erleichtert vernahm sie das neugierige Meckern der Ziege von Witwe Thomas. Das Haustier der Nachbarin fraß wirklich alles.
Victor hatte sich erstaunlich gut von seiner gestrigen Abfuhr erholt. Seitdem plagte er sie mit allem, was ihm in den Sinn kam. Er schrieb ihr peinliche Liebesbriefe, verfasste entsetzliche Gedichte und legte ihr Blumensträuße auf die Schwelle.
Bislang hatte die junge Frau Briefe wie Gedichte in den

Ofen werfen und die Gebinde über die Gartenmauer werfen können, ehe jemand anderer etwas davon mitbekam. Aber wenn ihr nicht möglichst rasch ein Weg einfiel, Victor von seiner Liebe zu kurieren, würde sich bald das ganze Dorf über sie und ihren ungewollten Verehrer lustig machen.
Was für eine Ironie des Schicksals: Der Mann, den sie nicht wollte, verfolgte sie auf Schritt und Tritt, wohingegen derjenige, für den ihr Herz schlug, selbst ihrem Liebeszauber zu widerstehen schien.
Val hatte sie seit dem letzten Treffen nicht mehr aufgesucht, war nicht einmal mehr in ihre Nähe gekommen. Aber solange sie Victor nicht losgeworden war, konnte Val genauso gut noch warten.
Aber wie sollte ihr das ohne Zauberbuch gelingen? Letzte Nacht hatte sie das Bändchen Stunde um Stunde gesucht. Sorge und Verzweiflung beherrschten sie seitdem. Kate hatte die Macht selbst gespürt, die in Prosperos Zauberkraft steckte. Deswegen durfte dieses Werk nicht in die falschen Hände geraten!
Aber vielleicht war gerade das längst geschehen …
Kate blieb beinahe das Herz stehen, bis ihr einfiel, dass ein Dieb wohl kaum die altägyptische Bilderschrift lesen konnte.
Und wenn ein Bediensteter des Hauses es fortgeräumt hatte? Sie hatte alle gefragt, und sie antworteten mit einer Ehrlichkeit, die an Selbstverleugnung grenzte, dass sie ein so beschriebenes Buch noch nie zu Gesicht bekommen hätten.
Bei Effie hatte sie sich nicht erkundigt. Das Einzige, was ihre Adoptivmutter jemals las, waren die neuesten Mode-Journale.
Aber wenn das Buch nun nicht gestohlen oder verlegt

worden war? So ein Bändchen konnte sich doch nicht einfach Beinchen wachsen lassen und davonlaufen.
Ach, wenn es doch nur so wäre, seufzte Kate im Stillen. Denn dann hätte sie die einzige andere Möglichkeit, die noch blieb, gar nicht erst in Betracht ziehen müssen.
Wenn sie das Buch nicht mehr fand, musste sie vor Prospero treten und ihm gestehen, dass sie ihn nicht nur bestohlen, sondern das Diebesgut auch noch verloren hatte!
Was würde der zornbebende Zauberer dann mit ihr anfangen? Sie mit dem Kopf nach unten über dem Burggraben aufhängen? Sie ins allertiefste Verlies werfen? Sie in eine Kröte verwandeln?
Vielleicht wäre Letzteres gar nicht so schlimm, wenn sie bedachte, was für eine Bescherung sie angerichtet hatte.
Auf dem Weg zurück ins Haus schaute sie hinter jedem Strauch nach und hörte nicht, wie sich ihr Schritte näherten – und wie sich dann zwei Hände vor ihre Augen legten.
»Dreimal dürft Ihr raten«, verkündete eine verzückte Männerstimme.
So viele Male brauchte sie gar nicht.
»Victor!«, presste die junge Frau hervor. Nach dem ersten Schrecken schob sie ärgerlich seine Hände fort, drehte sich zu ihm um und fuhr ihn an: »Was, zum Teufel, habt Ihr denn hier verloren?«
Er nahm seinen Biberfellhut ab und begrüßte sie mit einer vollendeten Verbeugung.
»Ich bin gekommen, meine Herzensprinzessin, mich Euch zu Füßen zu werfen«, eröffnete Victor ihr. Worte allerdings, die ihre Wirkung auf Kate völlig verfehlten, da sie nach dem Haus spähte, weil sie befürchtete, jeden Moment könne eine Magd oder ein Knecht herauskommen und Zeuge dieser peinlichen Szene werden.
Oder gar Effie selbst zeigte sich!

Also griff sie beherzt zu und zog Victor an einer seiner unzähligen Radmantelfalten zum Sommerhaus, die Nachbildung eines altgriechischen Tempels. Der bot zwar entschieden zu wenig Versteckmöglichkeiten, aber wenigstens konnte man sich hinter eine der Säulen stellen.
Zu ihrem großen Pech verstand Victor dieses Manöver so ganz anders, als von ihr beabsichtigt.
»Kate«, hauchte er heiser, legte seine Arme um ihre Hüfte und schob die gespitzten Lippen vor.
Mit einem gefährlichen Knurren stieß die Herzensprinzessin ihn hart von sich, sodass er ein paar Schritte zurücktaumelte. »Wenn Ihr noch einmal wagen solltet, zu versuchen, mich zu küssen, werde ich Euch –«
»Aber meine teuerste Kate –«
»Ich bin nicht Eure teuerste Kate, und deswegen haltet hübsch Abstand zu mir. Himmel noch mal, versteht Ihr denn nicht, dass mein Vormund gern im Salon im hinteren Teil des Hauses sitzt. Sie muss nur einmal aus dem Fenster schauen, dann würde sie uns sofort entdecken.«
Victor seufzte, verschränkte die Arme vor der Brust und lehnte sich an eine Säule. Dann meinte er: »Ich habe größtes Verständnis für Eure Skrupel, meine Liebe. Aber mir scheint, Effie wird über kurz oder lang sowieso alles über uns erfahren.«
»Was soll das heißen?«
»Nicht mehr und nicht weniger, als dass ich heute Morgen Lance St. Leger aufgesucht und ihn davon in Kenntnis gesetzt habe, dass ich Euch zu ehelichen gedenke.«
»Was?«
»Ich hielt es für geboten, aus meinen Absichten keinen Hehl zu machen und sie offen zu erklären.«
»Ihr vollkommen verblödeter Idiot!«, zischte sie und machte Miene, sich auf ihn zu stürzen. Victor brachte si-

cherheitshalber ein paar Schritte Abstand zwischen sie und sich.
»Aber, meine Liebe, nach all dem, was Ihr gestern sagtet, durfte ich doch nicht zulassen, dass Ihr mich für einen Feigling haltet, der sich davor fürchtet, seine eigene Familie von seinen Herzensangelegenheiten zu unterrichten.«
»Ihr sollt nicht Eure Familie fürchten, sondern mich!«, herrschte sie ihn, mit geballten Fäusten, an.
Victor zuckte zusammen, dachte aber nicht im Traum daran, sich gegen eine solche Behandlung zu wehren. »Dann schlagt mich eben. Jede Art von Berührung durch meine Kate soll meinem Herzen lieb und wert sein.«
Die junge Frau holte schon mit einer Faust aus und hätte nichts lieber getan, als ihn auf die Nase zu boxen. Sie hatte gehofft, seinen Liebeswahn geheim halten zu können, doch da ging dieser Einfaltspinsel zu Lance, um ihm alles zu berichten.
Eine Katastrophe!
Aber dann erkannte sie, dass sie genauso gut den Dorftrottel hätte schlagen können. Dieser Mann war nicht mehr bei Verstand, und daran trug vor allem sie die Schuld.
»Bitte, Victor«, sagte sie nun schon deutlich ruhiger, »geht nach Hause, und gebt mir ein paar Tage. Ich verspreche Euch, bis dahin eine Regelung für alles gefunden zu haben.«
»Das heißt, dann heiratet Ihr mich?«, fragte er mit neu erwachter Hoffnung in den Augen.
»Nein!« Sie rannte, so schnell sie konnte, von ihm fort und ins Haus zurück. Ihr blieb keine Zeit mehr. Lance befand sich vermutlich bereits auf dem Weg hierher. Kate musste vorher Effie finden und ihr irgendeine Erklärung auftischen, bei der sie keinen hysterischen Anfall erlitt.

Aber sie kam nicht weit, da hielt sie schon Victors Hand an ihrem Arm zurück. »Bitte, flieht mich nicht.«
Sie kam nicht von ihm los und drehte sich zu ihm um, damit sie ihn wütend anstarren konnte.
Doch da erwartete sie nicht der aufgeputzte und arrogante Victor, den sie erwartet hatte, sondern ein schüchterner junger Mann, der so unsicher wirkte wie jeder Jüngling bei seiner ersten großen Liebe.
Und das machte für Kate alles nur noch viel schlimmer.
»Bitte«, sagte er, »ich weiß, dass ich einen miserablen Start hatte. Aber gestattet mir wenigstens, mit Euch zu reden. Nur für einige wenige Momente.«
Wenn sie jetzt mit ihm redete, würde ihn das nur wieder ermutigen. Aber schließlich hatte sie ihn in diese Patsche gebracht, da schuldete sie ihm wenigstens, ein paar Momente zuzuhören.
Zögernd folgte sie ihm zurück in den Pavillon. Wenigstens kam er ihr nicht wieder zu nahe. Er blieb stehen, räusperte sich und lächelte verlegen.
»Kate, ich weiß, dass Ihr wenig Grund habt, mich zu mögen. In der Vergangenheit habe ich Euch nie besonders nett behandelt.«
»Ach«, entgegnete die junge Frau, »wenn es weiter nichts ist, ich war auch nicht –«
»Nein, bitte, lasst mich zu Ende sprechen. Es war falsch von mir, Euch wegen Eurer Herkunft zu hänseln. Als Gentleman hätte mir so etwas nicht unterlaufen dürfen. Vielleicht lag es auch daran, dass Ihr mich immer so voller Verachtung angesehen habt –«
»Victor!«
»Und die habe ich auch sicher verdient; denn ich bin mir der Tatsache bewusst, dass ich kein tollkühner Held wie zum Beispiel mein Großvater bin. Ein Mann, in den Ihr

Euch sofort verlieben könntet. Aber ich kann mich ändern, Kate. Das verspreche ich Euch. Denn um Euretwillen würde ich alles tun.«
»Ach, Victor, bitte«, stöhnte die junge Frau. Sie hätte nicht gedacht, sich wegen ihm noch schlechter fühlen zu können. Aber der Mann zeigte ihr jetzt, was richtige Schuldgefühle waren.
Seine Augen blickten zum Herzzerreißen ernst drein, als er fortfuhr: »Ich weiß auch, wie sehr Ihr das Meer mögt. Nun, meine Familie besitzt viele Schiffe. Ich könnte mit Euch also die ganze Welt umsegeln.«
»Nein, das könntet Ihr nicht. Schon wenn Ihr in ein Ruderboot steigt, werdet Ihr seekrank.«
Victor erbleichte, straffte dann aber mannhaft die Schultern. »Ich habe gehört, dass selbst Britanniens großer Seeheld, Lord Nelson, gelegentlich unter Seekrankheit litt. Trotzdem hat er vor Trafalgar den Sieg errungen. Aber was ist so ein schnöder Krieg im Vergleich zu meiner Liebe für Euch. Sie verleiht mir die Kraft, alles zu erreichen. Für Euch würde ich sogar meine besonderen St.-Leger-Fähigkeiten einsetzen.«
Als sie ihn verständnislos anstarrte, strahlte er: »Seht Ihr, das habt Ihr nicht gewusst, oder?«
Sie schüttelte den Kopf.
»Nun, ich muss ein wenig beschämt gestehen, dass ich stets großen Wert darauf gelegt habe, diese Gabe für mich zu behalten. Wohl aus selbstsüchtigen Beweggründen, um nicht von Hinz und Kunz belästigt zu werden. Nun denn, ich besitze das seltene Talent, voraussagen zu können, was aus vermissten Menschen geworden ist. Und zu Eurem Nutzen würde ich diese Befähigung gern einsetzen.«
»Vielen Dank, Victor, aber im Moment vermisse ich niemanden.«

»Nicht einmal Eure Mutter?«
»Effie sitzt gerade im Haus und nimmt wohl ihren Nachmittagstee ein.«
»Nein, ich meine Eure leibliche Mutter.«
»Wollt Ihr damit etwa andeuten … Ihr könntet …«
»Ganz recht.« Er nahm ihre beiden Hände. »Dazu müsstet Ihr mir nur tief in die Augen blicken, damit ich tief genug in Euer Gedächtnis eindringen kann, bis zum Zeitpunkt Eurer Geburt, um das Gesicht Eurer Mutter zu erblicken. Nach einem Moment geistiger Anstrengung bin ich dann durchaus in der Lage, Euch zu sagen, wo sich Eure Mutter gerade befindet – oder auch, wo ihr Grab ist.«
Kate zog sich von ihm zurück, denn dieses Angebot brachte sie völlig durcheinander. Victor hatte sich das alles doch sicher nur ausgedacht, um sie zu beeindrucken.
Aber sie hatte auch die Redlichkeit in seinen Augen gesehen – und immerhin gehörte er zu den St. Legers.
Nach all den Jahren von ihrer richtigen Mutter zu hören? Früher hatte sie sich immer gesagt, dass sie eigentlich von dieser Frau nichts mehr wissen wollte.
Damit hatte sie sich nur selbst etwas vorgemacht, gemäß ihrer Art, all das beiseite zu schieben, was ihr wehtun könnte. In Wahrheit hatte Kate immer gehofft, eines Tages zu entdecken, dass ihre Mutter triftige Gründe dafür gehabt hatte, ihre Tochter auszusetzen …
Und jetzt stand ausgerechnet Victor hier und bot ihr an, endlich die Wahrheit zu erfahren.
»N-nein«, erklärte sie mit einem unsicheren Lächeln. »Ich will das gar nicht wissen. Meine Mutter war bestimmt kein sehr angenehmer Mensch.«
»Eure Mutter, Kate, muss ein Engel gewesen sein.«
»Engel verlassen aber nicht kleine Mädchen. Und sie bringen auch keine schlechten Mädchen wie mich zur Welt.«

»Ihr seid doch nicht schlecht, sondern vollkommen wunderbar!« Er lächelte sie so verzückt an, dass sie nicht mehr anders konnte, als ihm die Wahrheit zu gestehen, gleichgültig, was das für Folgen haben würde.
»Victor, in Wirklichkeit liebt Ihr mich gar nicht.«
»Oho, das kann ich Euch aber versichern.«
»Nein, denn … denn ich habe Euch mit einem Zauber belegt.«
»Selbstverständlich habt Ihr das. Ihr habt mich verhext, verzaubert, unter Euren Bann gestellt.«
»Ohhhh!«, seufzte Kate und hätte am liebsten mit dem Fuß aufgestampft.
Bevor sie ihn aufhalten konnte, legte er seine Arme um sie und zog sie ganz nahe an sich heran. »Ich bete Euch an, Kate. Bitte, lasst mich beweisen, wie groß meine Liebe für Euch ist. Für Euch würde ich sogar mein Leben geben.«
»Das lässt sich bewerkstelligen!«
Die eisige Stimme erscholl wie aus dem Nichts und erschreckte beide. Kate drehte sich herum und erschrak beim Anblick des dunkelhaarigen Mannes am Eingang des griechischen Tempels. Sein Schatten breitete sich über den Steinboden und die beiden jungen Leute aus.
»Val«, murmelte Kate ergriffen. Ihr war noch nie aufgefallen, wie großartig und überwältigend er erscheinen konnte. Er näherte sich ihnen wie ein Raubtier und wirkte beinahe gefährlich. Kate erschauerte.
»Was für eine Überraschung, Val, ich habe dich gar nicht erwartet.«
»Das sehe ich sehr deutlich.«
Die junge Frau lief rot an, und erst jetzt fiel ihr auf, dass der Jüngling immer noch seinen Arm um sie gelegt hatte. Sie befreite sich von ihm. »Victor hat nur … er wollte gerade nur …«

»Ich vermag durchaus zu schließen, was er *nur* wollte.« Er bedachte seinen Vetter mit einem bedrohlichen Blick.
Der Jüngling starrte ihn mit offenem Mund an und schien noch nicht so recht begriffen zu haben, wie sehr Valentine sich verändert hatte. Aber er besaß die Geistesgegenwart, sich vor dem Arzt zu verbeugen.
»Hallo, Valentine, Ihr seht ja bemerkenswert gut aus. Was habt Ihr denn mit Eurem Gehstock angestellt?«
»Ihn in tausend Stücke zerschlagen«, entgegnete der Arzt und machte Miene, das Gleiche jetzt auch bei seinem Vetter in Angriff zu nehmen.
Victor lachte unsicher, weil er glaubte, dass Valentine zu scherzen beliebte. Kate hingegen beschlich das Gefühl, dass es Val durchaus ernst damit war.
»Victor wollte gerade gehen«, warf sie jetzt rasch ein.
»Nein, wollte ich nicht.«
Sie bedeutete dem Trottel mit einem Blick, zu schweigen. Doch der beachtete sie nicht, sondern baute sich mannhaft vor seinem Vetter auf.
»Ich kann mir vorstellen, aus welchem Grund Ihr gekommen seid, Valentine. Sicher hat Lance Euch hergeschickt, um mir die Sache auszureden. Aber es ist mein fester Wille, Kate zu heiraten, und nichts, was Ihr vorbringt, kann mich davon abbringen –«
Seine Stimme erstickte, als Val ihn am Kragen packte.
»Also gut, reden wir darüber«, krächzte der Jüngling.
Kate starrte fassungslos, als der Arzt Victor gegen eine Säule schleuderte.
»Ich habe in meinem Leben viel zu viel Zeit damit verschwendet, auf Idioten wie Euch einzureden. Also sage ich es jetzt mit einfachen Worten: *Ihr haltet Euch von Kate fern.*«
»A-aber«, stammelte der Jüngling. »Ich versichere Euch

bei allem, was mir heilig ist, bei Kate nur die ehrenhaftesten Absichten zu verfolgen.«
»Wen scheren schon Eure Absichten?« Val stieß Victor wieder, sodass dieser mit dem Kopf gegen eine der Säulen prallte. »Wenn Ihr Kate noch einmal anfasst, bringe ich Euch um.«
Er sah so aus, als wolle er das jetzt schon tun.
»Val, hör auf!«, rief Kate. »Lass ihn gehen!« Niemals hatte sie sich vorgestellt, einmal jemanden vor diesem so sanften Arzt beschützen zu müssen.
»Bitte!« Sie fiel ihm in den Arm. Er sah sie wütend an, ließ dann aber von seinem Vetter ab. Victor stolperte ein paar Schritte von ihm fort, rieb sich den Hinterkopf und betrachtete den Arzt verletzt und verwirrt.
»Zur Hölle, Valentine, was ist bloß in Euch gefahren?«
»Das fragt Ihr mich? Was ist nur über Euch gekommen, Knabe? Habt Ihr Euch etwa eingebildet, ich würde tatenlos zusehen, wie Ihr Euch an Kate vergreift?«
»Nein, Val, bitte, Ihr versteht nicht. Victor meint das alles nicht wirklich so –«
»O doch!«, rief der Jüngling. »Ich liebe Euch von ganzem Herzen, und ich verstehe nicht, warum er sich in dieser Weise einmischt.«
»Weil sie zu mir gehört!«, erwiderte der Arzt. »Sie war immer mein und wird das auch immer sein.«
»Ihr seid in Kate verliebt?«, entfuhr es Victor, und unter anderen Umständen wäre er wohl in lautes Gelächter ausgebrochen. »Aber Ihr – Ihr seid doch viel zu *alt* für sie!«
»Ihr haltet mich für zu alt, Ihr aufgeblasener Welpe? Wollt Ihr es vielleicht auf eine Probe zwischen uns ankommen lassen?« Er trat bedrohlich auf den Jüngling zu.
»Valentine, ich warne Euch! Gebt Ruhe. Ich will Euch nicht wehtun.«

»Ach, macht Euch mal um meine alten Knochen keine Sorgen.« Er versetzte Victor einen Stoß.
»Lasst das, Valentine, sonst –«
»Sonst was?« Der Jüngling erhielt einen zweiten, derberen Stoß.
Kate wollte ihren Augen nicht trauen. Val schien allen Ernstes Victor zu einer Prügelei herausfordern zu wollen.
»Aufhören!,« schrie sie ihn an und fiel ihm in den Arm.
Aber ihr Eingreifen hatte die gegenteilige Wirkung. Der Arzt schüttelte die junge Frau ab und schlug dem Jüngling ins Gesicht.
Victor ging sofort zu Boden und blieb ausgestreckt liegen. Benommen betastete er schließlich sein Auge. Mit einem Schreckensschrei eilte Kate an seine Seite.
»Victor? Geht es Euch gut?« Sie wollte ihm aufhelfen, aber er schob sie nur ärgerlich fort.
Der Jüngling sprang auf die Beine, denn er war jetzt mindestens genauso wütend wie Valentine. »Verdammt, wenn Ihr nicht mein Vetter wärt, würde ich Euch jetzt fordern!«
»Tut Euch keinen Zwang an.«
»Gut. Dann nennt Eure Sekundanten, und wählt die Waffen. Pistolen oder Degen?«
»Mir egal. Entscheidet Ihr, auf welche Weise Ihr sterben wollt.«
»Aufhören! Alle beide!«, schrie Kate und warf sich mit klopfendem Herzen zwischen die beiden. Ihr Zauber lief mehr und mehr aus der Bahn und drohte ihr Leben in einen Albtraum zu verwandeln.
»Geht nach Hause!«, befahl sie Victor und zeigte auf das Gartentor. »Sofort!«
Der Jüngling starrte sie ungläubig an. »Ihr wollt, dass *ich* mich zurückziehe? Aber *er* hat doch angefangen.«
»Das spielt jetzt keine Rolle. Ich möchte, dass Ihr geht.«

»Dann entscheidet Ihr Euch für ihn und gegen mich?«
»Ja, selbstverständlich.«
Victor erbleichte und wirkte noch verletzter als nach dem Fausthieb. Man sah ihm förmlich an, wie alle seine Träume vor seinen Augen zerbrachen. Kate hatte nicht so hart zu ihm sein wollen, aber sie musste ihn unbedingt loswerden, bevor sich noch Schlimmeres ereignete.
Sie reichte ihm seinen Hut und fügte freundlicher hinzu: »Bitte, geht nach Hause und legt Euch rohes Fleisch auf das Auge. Ich verspreche Euch, dass Ihr morgen alles vergessen haben werdet.«
Er betrachtete sie mit einem langen, leidenden Blick. »Wenn ich Euch nicht haben kann, schert mich kein Morgen mehr.«
Victor setzte sich den Hut auf und verließ grußlos den Garten. Er hielt sich kerzengerade, um wenigstens etwas von seiner Würde zu bewahren. Aber damit erschien er nur noch jugendlicher und verletzter.
Kate versetzte es einen Stich, ihn so zu sehen, aber nur kurz, denn dann sagte sie sich, dass Victor darüber hinwegkommen würde.
Sie musste nur eine Möglichkeit finden, den Zauber wieder aufzuheben. Im Moment interessierte sie auch viel mehr der Mann hinter ihr im Sommerhaus.
Gestern war Val ihr schon eigenartig erschienen, aber heute war es kaum zum Aushalten mit ihm. Er lief auf und ab und schloss und ballte die Fäuste.
Erst jetzt wurde der jungen Frau bewusst, wie sehr sie sich stets auf seine ruhige Stärke gestützt hatte. Normalerweise war sie es, die die Beherrschung verlor und irgendetwas Schlimmes anstellte.
Wenn sie ihn nun so sah, bekam sie es mit der Angst zu tun und fühlte sich verloren. Sie hielt sich am Eingang des

Pavillons fest, bis Val stehen blieb und sie mit einem finsteren Blick bedachte.
»Starr mich nicht so an, als sei mir ein zweiter Kopf gewachsen!«
»Tut mir Leid. Nur ... nur habe ich dich noch nie so gesehen. So ... so ...«
»So wütend, meinst du? Aber natürlich, der Himmel möge verhüten, dass der heilige St. Valentine jemals die Beherrschung verliert. Nicht einmal dann, wenn er seine Liebste dabei entdeckt, wie sie mit Victor liebäugelt.«
»Du verstehst nicht. Ich habe wirklich nicht –«
»Verrate es mir, Kate: Bist du gleich aus meinen Armen in die seinen gelaufen? Habe ich dich deswegen seit gestern nicht mehr zu sehen bekommen?«
»Nein!«, schrie die junge Frau verletzt und wütend über die Ungerechtigkeit seiner Anschuldigung. »Hast du das denn schon vergessen? Du hast mir gesagt, ich solle gehen und warten, bis du zu mir kämst!«
»Seit wann tust du denn, was ich dir sage?«, gab er ebenso laut zurück und packte sie grob an den Armen. »Ich warne dich, Mädchen, wenn ich dich jemals wieder in der Nähe dieses jungen Narren vorfinden sollte, schieße ich ihm ein Loch zwischen die Augen!«
»Das glaubst du ja wohl selbst nicht! Erstens verabscheust du Pistolen, und zweitens darf ein St. Leger nicht das Blut eines Familienmitglieds vergießen. Sogar ich weiß das!«
Der Arzt lachte rau. »Indem ich dich liebe, lade ich bereits einen Familienfluch auf mich. Was bedeutet mir da schon ein zweiter?«
Er zog sie hart an sich und drückte seine Lippen auf die ihren.
Kate hatte sich danach gesehnt, wieder von seinen starken

Armen gehalten und von ihm geküsst zu werden. Aber nicht so. Sein Kuss drückte mehr Besitzansprüche als Liebe aus. Ohne Rücksicht drang seine Zunge zwischen ihre Lippen und mit der ganzen Hitze seiner Leidenschaft in sie ein.

Wenn ein anderer Mann das bei ihr getan hätte, hätte sie ihm eine Ohrfeige verpasst und ihn gegen das Schienbein getreten.

Aber von Val hätte sie so etwas niemals erwartet und war deshalb viel zu schockiert, um Widerstand zu leisten.

Als er endlich von ihr abließ, brannte die Lust in seinen Augen. Kate schlug das Herz bis zum Hals, und sie fürchtete sich vor dem, was er als Nächstes mit ihr anstellen würde.

Doch da blinzelte er und schaute wie jemand, der gerade aus einer Trance erwacht ist.

Val ließ sie mit erschrockenem Blick los. »Es tut mir so Leid, Kate. Ich hoffe … hoffe … ich habe dir nicht wehgetan …«

»Nein, hast du nicht«, stammelte die junge Frau, obwohl sie sich in Wahrheit völlig durcheinander fühlte. »Ich bin doch nicht aus Zucker.«

Er streckte vorsichtig eine Hand nach ihr aus, zog sie aber auf halbem Weg wieder zurück. »Ich habe geglaubt, ich könnte es beherrschen.«

Was meinte Val damit? Etwa seine Wutausbrüche? Oder seine Leidenschaft für sie? Am unerträglichsten war jedoch seine zerknirschte Miene.

»Ist schon gut«, murmelte die junge Frau.

»Nein, nichts ist gut.« Er wehrte ihre Hand ab, die ihn trösten wollte. »Ich habe dich verletzt. Und Victor. Grundgütiger, ich hätte ihn umbringen können. Als ich euch beide hier draußen einander in den Armen liegend ange-

troffen habe, vernebelte mir schwärzeste Eifersucht die Sinne.«
»Ach, Val, du hast nicht den geringsten Grund, auf deinen Vetter eifersüchtig zu sein. Wie kannst du so etwas auch nur für einen Moment annehmen? Du weißt doch, dass ich immer nur dich geliebt habe.«
»Ja, aber er sieht ziemlich gut aus und ist bedeutend jünger als ich. Vom Alter her würdet ihr beiden gut zusammenpassen.«
»Pah! Ich bin viel älter als Victor. Vom Gefühl her bin ich mindestens sechsundzwanzig.«
»Vom Kalender her aber kaum älter als sechzehn.«
Wenigstens hatte sie ihn zum Lächeln gebracht. Jetzt sah er wieder ganz wie früher aus, und Kate schmolz dahin.
»Wie konntest du nur so ein Narr sein?«, tadelte sie ihn nun. »Als ob die Jahre, die zwischen uns stehen, jemals etwas ausgemacht hätten. Ich bin nie ein törichtes junges Ding gewesen. Manchmal glaube ich, ich bin schon als erwachsene Frau auf die Welt gekommen.«
»Ich weiß, mein Herz, und genau das wollte ich immer ändern, indem ich all die Schatten und schlimmen Gedanken an deine Jugend im furchtbaren London verbannte.«
Er küsste sie auf den Scheitel. »Ach, Kate, das Letzte, was ich möchte, ist, dir noch mehr Albträume zu machen.«
»Das kannst du doch gar nicht.«
»Ich wünschte, ich wäre mir so sicher wie du.« Er sah sie nachdenklich an. »Kate, ich liebe dich wirklich und wahrhaftig, aber wenn du nur etwas Grips im Kopf hättest, müsstest du schreiend vor mir davonlaufen.«
Aber da er sie bei diesen Worten im Arm hielt, machte die junge Frau sich nicht allzu viel aus dieser Warnung, sondern kuschelte sich noch mehr an ihn und genoss seinen Geruch.

»Warum sollte ich vor dir davonlaufen«, meinte sie, »wo ich doch mein halbes Leben zu dir hingelaufen bin. Schamlos habe ich dir den Hof gemacht und sogar ...«
»Sogar was?«
Hexenkünste dazu eingesetzt, dich für mich zu gewinnen.
Die junge Frau schluckte; denn sie wusste, dass sie ihm jetzt eigentlich alles gestehen müsste. Wenn man an Victor dachte und welche Wendungen die ganze Geschichte mittlerweile genommen hatte ...
Aber als sie den Kopf hob, um ihn anzusehen, leuchtete so viel Liebe aus seinem Blick, dass es ihr die Kehle zuschnürte. Alles, was Kate sich je von ihm gewünscht hatte, stand nun in seinen Augen.
Und mehr noch, Val war es gewesen, der als Erster an sie geglaubt, der das Gute in ihr erkannt hatte.
Das alles ließ es ihr geboten erscheinen, den Mund zu halten. Wenn Val erführe, wie selbstsüchtig und dem Bösen verfallen sie wirklich war, würde er jede Achtung vor ihr verlieren.
Also schluckte die junge Frau noch einmal, ließ seine Frage unbeantwortet und küsste ihn stattdessen. Ihre Münder verschmolzen, und er küsste sie mit einer Leidenschaft, die schon an Verzweiflung grenzte. Kate erging es kaum besser. All ihre Ängste und Zweifel flossen in die Hitze ihrer Umarmung ein.
Sie klammerte sich an ihn und fühlte sich wie jemand, der kurz davor steht, in einen wilden, alles verzehrenden Sturm zu geraten.
Die Liebe zwischen ihnen galt als etwas Unrechtes, etwas Verbotenes. Aber warum fühlte sie sich dann so gut an?
Seine Hände wanderten ruhelos über ihren Rücken und erkundeten ihre Hüfte und die Rundungen ihres Hinterteils. Er zog sie noch näher an sich, und die vielen Schich-

ten Kleidung, die beide am Leib trugen, erwiesen sich zunehmend als hinderlich.
Als Kate seine Leidenschaft körperlich spürte, erfüllte sie eine dunkle Erregung.
Sie stöhnte leise, als seine Zunge sich wild mit der ihren vereinte. Wenn er sie jetzt auf den Boden des Pavillons gelegt und ihr seine ganze Liebe gezeigt hätte, hätte sie sich nie und nimmer dagegen wehren können.
Der jungen Frau war es gleichgültig, ob jemand aus dem Haus sie entdecken konnte. Mochte doch die ganze Welt zuschauen, wenn nur Val nicht damit aufhörte, sie so zu küssen und zu halten.
Sie protestierte leise, als er sich ein Stück von ihr löste. Nur sein heißer Atem blieb ihr noch.
»Was für ein verrücktes, wildes Mädchen du doch bist, Kate Fitzleger!«, lachte er heiser. »Wenn du schon bereit bist, dich für einen St. Leger mit einem Fluch einzulassen, dann kann das genauso gut auch ich sein.«
»Es gibt keinen Fluch. Und selbst wenn, würde er mich auch nicht abschrecken. Um mit dir zusammen zu sein, würde ich alles wagen, sogar mein Leben.«
»Sag so etwas bitte nicht. Wenn dir etwas zustieße, würde ich den Verstand verlieren. Und wenn ich dich verlieren sollte –«
»Das wirst du nie.«
»Ach … du verstehst nicht, was dieser dumme Victor angerichtet hat. Er trat vor Lance und verkündete ihm, er beabsichtige, dich vor den Traualtar zu führen. Jetzt will dich mein Bruder weit fortschicken. Nach London.«
»Oh, da will Effie schon seit Jahren mit mir hin.«
»Aber diesmal könnte sie damit Erfolg haben … Lance will ihr das Geld dafür zur Verfügung stellen.«
Die junge Frau riss überrascht die Augen auf. Sie hatte

Lance St. Leger immer als ihren Freund angesehen. Mehr noch als den großen Bruder, den sie nie gehabt hatte. Und jetzt wollte eben dieser Lance dafür bezahlen, sie loszuwerden.
»Warum sollte dein Bruder denn so etwas tun wollen?«
»Um dich vor Schaden zu bewahren. Um Victor und dich vor dem Familienfluch zu schützen.«
Schon wieder dieser verwünschte Fluch. Kate fragte sich, ob sie je davon freikommen könnte.
»Soll er doch planen, was er will, ich gehe jedenfalls nicht fort.«
»Du weißt nicht, was für einen starken Willen Lance hat.«
Doch, das wusste Kate nur zu gut. Lance konnte der beste Spielkamerad und der angenehmste Gesellschafter sein, aber wenn er sich etwas in den Kopf gesetzt hatte, konnte ihn nichts und niemand aufhalten. Die junge Frau stellte sich vor, wie er sie im Fall ihrer hartnäckigen Weigerung packte und auf dem Rücken nach London trug.
»Was soll ich denn deiner Meinung nach tun?«, fragte sie Val ängstlich.
»Wenn du nicht nach London willst, gibt es wohl nur eine Lösung: Ich muss dich so rasch wie möglich heiraten.«
Kates Herz schlug schneller. Er wollte sie heiraten? Wie viele Jahre wartete sie schon auf diese Worte von ihm? Eigentlich hätte sie jetzt überglücklich sein müssen. Doch die schlimme Lage, in die sie sich gebracht hatte, ernüchterte sie eher.
»Dann müssten wir wohl durchbrennen, was?«
»Warum denn? Du hast eine richtige Hochzeit verdient, mein Schatz. Mit Brautjungfern, Brautkranz und einem wunderschönen Brautkleid.«
»Ach, Val, du weißt doch, dass mir so etwas nie wirklich wichtig gewesen ist.«

»Aber mir sind sie für meine Braut wichtig.« Diese Worte sprach er voller Zärtlichkeit, und in seinen Augen lag eine unglaubliche Entschlossenheit. Er war bereit, es mit seiner Familie und notfalls auch mit dem ganzen Dorf aufzunehmen, um seine Braut vor den Altar von St. Gothian zu führen.

»Die Hochzeit hier in Torrecombe könnte aber schwierig werden. Wir brauchen die Zustimmung deiner Familie und natürlich die meines Vormunds. Ich weiß nicht einmal, ob wir Reverend Trimble dazu bewegen könnten, die Zeremonie durchzuführen.«

»Ach, der lässt sich immer überreden.«

Sein Tonfall ließ sie zusammenzucken. »Du willst ihm doch wohl nicht auch ein blaues Auge verpassen, oder?«

»Nur, wenn der Mann sich vernünftigen Gründen verschlossen zeigt.«

Kate war noch längst nicht überzeugt und auch überhaupt nicht beruhigt. Aber da nahm Val sie an die Hand und zog sie mit zum Haus. »Komm, wir suchen Effie und trotzen ihr die Zustimmung ab.«

»Nein, Val bitte …« Ihre arme Adoptivmutter würde vor Schreck in Ohnmacht fallen. »Lass es mich ihr allein sagen. Du weißt doch, wie sie ist.«

»Ja, eine dumme Närrin, die ihre Nase überall hineinsteckt.«

Die junge Frau erschrak zutiefst. Val hatte sicher ausreichende Gründe, nicht gut auf Effie zu sprechen zu sein. Als Brautsucherin hatte sie bei ihm vollkommen versagt. Aber solche Verbitterung kannte sie nicht bei ihm … nicht einmal Rafe Mortmain gegenüber.

»Ich weiß, Effie kann sehr, äh, ermüdend sein, aber sie ist auch die netteste und herzensgute Frau, die man sich nur denken kann. Ich habe ihr schon genug Verdruss bereitet, da will ich ihr nicht auch noch unvorbereitet mit so etwas kommen.«

Der Arzt sah sie dünnlippig an, zuckte dann aber die Schultern. »Meinetwegen. Dann rede mit Effie. Aber nur, wenn du mir versprichst, dass wir uns heute noch treffen.«

»Wo denn?«

»An der Kirche. Damit wir mit dem Vikar sprechen können. Ist doch egal, wenn Effie ihre Einwilligung verweigert. Schließlich bist du mehr als alt genug für den Ehebund. Was hast du eben gesagt, wie alt du wärst? Knapp dreißig?«

Normalerweise hätte Kate über seine Neckerei gelacht. Aber irgendwie ging ihr plötzlich alles viel zu schnell. Sie brauchte dringend Ruhe, um ihre Gedanken zu ordnen und …

Moment mal, Kate Fitzleger verhielt sich einmal nicht impulsiv? Val ließ aber nicht locker, und so entgegnete sie schließlich, den Kopf voller Gedanken an den Zauberspruch: »Da sind noch ein oder zwei Angelegenheiten, die ich vorher erledigen möchte.«

»Einverstanden. Dann treffen wir uns heute Abend an der Kirche. Komm aber bitte nicht zu spät. Die Sonne geht früh unter, und ich möchte nicht, dass du in der Dunkelheit zu mir kommst.«

»Ach, halb so wild, hier in Torrecombe droht einem kaum Gefahr –«

»Ich habe Nein gesagt.« Er ergriff ihre Hände. »Jetzt hör mir bitte genau zu: Unter keinen Umständen darfst du dich mir nach Einbruch der Dunkelheit nähern.«

»Wie bitte?«, fragte sie verdutzt. »Verwandelst du dich dann vielleicht in ein wildes Tier, oder was?«

Aber er lachte nicht. »Kate, mir ist es damit sehr ernst. Halte dich von mir fern … bis wir verheiratet sind.«

»Wie … was …«
»Verdammt noch mal, Mädchen, tu wenigstens ein Mal das, was man von dir verlangt. Versprich es mir.«
»Also gut, ich gebe dir mein Wort.«
»Gut.« Er küsste sie, drückte sie noch einmal und verschwand dann.
Kate stand noch lange zitternd am Gartentor. In ihrem Herzen herrschte der größte Aufruhr.
Sie war verlobt!
Mit Val St. Leger!
Ihre Lippen spürten noch den Druck der seinen, und in ihrem Körper strömte noch die angenehme Wärme, die er in ihr erzeugt hatte.
Aber ein anderer Teil von ihr spürte nur Kälte und sogar Angst.
Val benahm sich höchst eigenartig, und dafür konnte nicht allein ihr Zauberspruch verantwortlich sein. Seine Leidenschaft regte sich rasch und explosiv … ebenso wie seine Wutausbrüche oder seine Verbitterung.
Vielleicht sollte sie nicht nur Victor vom Zauberbann befreien.
Aber ihn wieder verlieren …
Sie musste unbedingt versuchen, die Verheerung zu beheben, die sie angerichtet hatte. Aber da das Zauberbuch offenbar nicht mehr zur Verfügung stand, musste sie sich wohl an jemand Bestimmten wenden, um Hilfe zu erhalten.
Wenn er sie nur nicht gleich in Asche verwandelte …

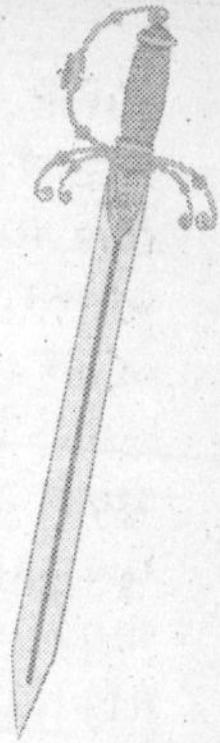

11

Dunkle Wolken hingen über dem uralten Turm. Ein Unwetter kündigte sich an. Selbst die Sonne schien sich zurückzuziehen, als Kate die steinerne Wendeltreppe bestieg. Vielleicht hatte sie ja Glück, und Prospero hatte sich wieder in die Unterwelt zurückgezogen …

Die junge Frau verachtete sich für so feige Wünsche. Sie musste den alten Zauberer unbedingt sprechen. Nur, wie wollte sie ihn um Hilfe bitten?

»Erinnert Ihr Euch an das Zauberbüchlein, das ich nicht anfassen durfte? Nun, irgendwie habe ich es mir ausgeborgt und, na ja, dann ist es mir irgendwie verloren gegangen …«

Ach, weshalb sich den Kopf zerbrechen? Wenn sie vor Prospero stünde, würde sie ja doch keinen zusammenhängenden Satz mehr herausbringen.

Sie zwang sich weiter hinauf. Als sie auf dem Absatz angelangt war, spähte sie vorsichtig über die Schwelle.

Ein Feuer brannte unheimlich in dem großen offenen Kamin, das keine Wärme zu verbreiten schien. Kate zitterte vor feuchter Kälte.

Die merkwürdigen Flammen erzeugten aber ausreichend Licht, das in jede Ecke der Kammer strahlte. Kate erkannte alles wieder, das riesige Bett, die Regale mit den Fläschchen, die vielen Bücher und den kleinen Schreibtisch.

Dann entdeckte sie den alten Zauberer, und ihr stockte der Atem. Der Feuerschein badete ihn in goldenen Schein, während er irgendeinen uralten Text studierte. Er wirkte wie ein gelehrter Ritter, der Erfüllung in der Entzifferung alter Schriften fand. Auch ließen ihn die breiten Schultern, die dunkle Haut und die stämmigen Beine durchaus wirklich erscheinen.
Bis auf einen kleinen Schönheitsfehler: Ritter und Buch schwebten in der Luft.
Als Kate eintrat, hob er nicht einmal den Blick. Schritt für Schritt schlich sie auf ihn zu und kam sich wie ein kleines Bettelmädchen vor, das sich einem großen König näherte.
»P-prospero … Herr …«
Jetzt hob der Vorfahr den Kopf und betrachtete sie durch seine dichten Wimpern. »Ah, Fräulein Kate.«
Sie beschlich das eigenartige Gefühl, dass er sie erwartet hatte. Und offenbar versetzte ihr Anblick ihn nicht in unbändigen Zorn.
Aber das würde sich sicher gleich ändern, wenn sie ihm den Grund ihres Kommens erläuterte.
»Und was verschafft mir die Ehre und das Vergnügen Eures Besuchs? Seid Ihr gar wegen weiteren Unterrichts in Fragen der richtigen Körperhaltung erschienen?«
»Nein, das nicht, ich … nur … ich muss Euch etwas sagen …«
Sie konnte nicht weitersprechen, denn ihr Blick fiel auf das Buch, in dem er bis eben gelesen hatte. In Leder gebunden und mit einem Drachenemblem verziert …
Das fehlende Zauberbuch? Offenbar hatte es Flügel bekommen und war zu seinem Meister zurückgeflogen.
Kate fühlte sich so erleichtert, dass ihr ganz schwindlig wurde. Doch das verwandelte sich rasch in Empörung: »Ihr habt das Buch aus meiner Kammer entwendet!«

Prospero nickte höflich.
»Davon hättet Ihr mich aber in Kenntnis setzen müssen. Stattdessen ließet Ihr mich in dem Glauben, ich hätte das Bändchen verlegt!«
Er sah sie erschrocken an: »Was habe ich getan? Mein gestohlenes Eigentum zurückerlangt und dann auch noch versäumt, Euch davon in Kenntnis zu setzen? Wie unentschuldbar von mir. Edelste Dame, ich erflehe Eure Vergebung!«
»Habt Ihr auch nur eine Ahnung, welche Sorgen ich mir gemacht habe seit Halloween?«
»In der Tat, eine verdrießliche Nacht. Merkwürdige Nachrichten drangen an mein Ohr. Von einem halb wilden Zigeunermädchen, das vor dem alten stehenden Stein ein Feuer entzündet haben sollte. Und dann kam auch noch der grässliche Sturm hinzu. Das alles dürfte ausreichen, einem Albträume zu verschaffen ... von einschlagenden Blitzen, von einem brennenden Dorf und von den Bewohnern, die einen durch die Straßen jagen ... Brrr!« Prospero schüttelte sich.
Kate starrte ihn mit offenem Mund an. Woher wusste er von ihren schlimmen Träumen. Darauf gab es nur eine Antwort: »Ihr habt mir diese Nachtmahr eingegeben!«
Der Vorfahr rieb sich die Nägel der linken Hand am Hemd, ehe er antwortete: »Nur eine meiner bescheidenen kleinen Begabungen.«
»Wie konntet Ihr mir so etwas antun!«, schrie Kate. »Dieser Traum war einfach schrecklich!«
»Nun, ich hoffte, ich könnte Euch eine Lektion darüber erteilen, was es heißt, sich mit schwarzer Magie zu befassen. Aber offenbar hat das nicht viel gefruchtet, denn Ihr seid ja schon wieder hier.«
Er verdrehte die Augen wie jemand, der viel zu erdulden

hat, und hielt sein Buch so weit wie möglich fern von ihr. Ihm war nämlich nicht entgangen, dass Ihr Blick immer wieder zu dem Bändchen wanderte.
»Bitte, bitte, bitte«, flehte die junge Frau. »Ich brauche das Buch, und ich brauche Eure Hilfe. Ganz dringend.«
»Ich fürchte, mich zu wiederholen, denn meines Wissens habe ich Euch bereits davon in Kenntnis gesetzt, dass ich mich grundsätzlich nicht in die Angelegenheiten der Sterblichen einmische.«
»Von wegen, Ihr tut doch nichts anderes. Wann immer es Euch gefällt, mengt Ihr Euch ein!« Die Worte waren über ihre Lippen auf und davon, ehe sie darüber nachdenken konnte. Dabei wollte sie ihn vor allen Dingen nicht verärgern.
Prospero erstarrte für einen Moment und gestattete sich dann ein Lächeln. »Das könnte man so sagen. Aber aus Herzensangelegenheiten halte ich mich wirklich heraus. Wenn Ihr also vor mich getreten seid, um mich wieder mit Eurem dämlichen Liebeszauber zu plagen –«
»Nein, im Gegenteil! Ich will einen Zauber aufheben. Einen, den ich selbst gewoben habe!«
»Ihr habt einen Zauber bewirkt? Ich fürchte, mein Fräulein, Ihr seid da einem Anflug von Größenwahn erlegen.«
»Ich habe es aber doch vermocht. Mit der Hilfe Eures Buches.«
»Unmöglich. Ihr seid gar nicht in der Lage, meine Geheimschrift zu entziffern.«
»Von wegen Eure Geheimschrift! Das sind altägyptische Hieroglyphen, und ich versichere Euch, viele Gelehrte sehen sich in der Lage, solche Texte zu lesen und zu übersetzen.«
Das schien dem alten Zauberer überhaupt nicht zu gefallen. »Dann vermochtet Ihr also in meinem Buch zu lesen?«

»Och, das war ganz leicht … Na ja, nicht ganz. Irgendwas muss ich wohl gründlich missverstanden haben, sonst wäre die Beschwörung nicht so fürchterlich schief gegangen. Ich habe nämlich den Liebeszauber nicht nur auf einen Mann gelegt, sondern auf deren zwei.«

Der Vorfahr starrte sie für einen Moment an und brach dann in schallendes Gelächter aus. »Euch ist eine Doublette gelungen? Zwei Männer mit einem Zauber? Und das schon beim ersten Versuch? Mein Kompliment, Mylady.«

»Ich bin aber nicht gekommen, um mir gratulieren zu lassen. Ihr könnt Euch ja gar nicht vorstellen, wie schrecklich es ist, von zwei Männern bedrängt zu werden, die dann auch noch im Duell gegeneinander antreten wollen!«

»Die meisten Frauen würden so etwas aber als angenehm aufregend empfinden.«

»Ich bin aber nicht wie die meisten Frauen.«

»Ja, zu der Erkenntnis gelange ich auch gerade.«

Kate glaubte tatsächlich so etwas wie Bewunderung in seinem Blick zu erkennen.

»Nun, der Mann, den ich liebe, ist eifersüchtig. Und dem anderen habe ich mit meiner Zurückweisung das Herz gebrochen. Dabei wollte ich doch nie jemandem wehtun.«

»Meine liebe Kate«, sprach Prospero, »gut möglich, dass Ihr Euch wegen nichts besorgt. Einen solchen Liebeszauber zu bewirken, erweist sich als höchst schwierig, selbst mit der Hilfe meines Buches. Könnte es nicht sein, dass sich Eure beiden Verehrer auch ohne Nachhilfe durch Zauberkünste in Euch verliebt haben?«

Kate seufzte. Wie gern hätte sie das geglaubt. Weniger im Falle Victor, dafür aber umso mehr bei Val. Wenn man sich vorstellte, dass er sich wirklich unsterblich in sie verliebt hatte, sodass er seiner Familie und deren Fluch trotzen wollte …

Aber leider wusste sie es besser. »Ich fürchte, so liebreizend bin ich nicht. Selbst meine Mutter wollte mich nicht haben und gab mich fort …«

»Das erging mir bei meiner ebenso.«

»Wie, dann seid Ihr auch ein Bastard?«

»Ja, und das in des Wortes mehrfacher Bedeutung. So würden meine Geliebten nicht anstehen, mich Euch zu beschreiben.«

Kate hielt den Atem an. Er wollte sie nicht in eine Kröte verwandeln und schien sogar gewillt zu sein, ihr beizustehen. Jetzt bloß nichts kaputtmachen.

»Was verlangt Ihr denn nun genau von mir?«, fragte Prospero schließlich.

»Oh, nichts Besonderes. Nur den Zauber wieder rückgängig machen.«

»Mehr nicht?« Prospero lachte trocken. »Damit wir uns richtig verstehen: Bei beiden Männern oder nur bei einem?«

»Natürlich nur bei dem, den ich aus Versehen mit verzaubert habe.«

»Dann scheint Euch der Erstere aber sehr wichtig zu sein.«

»Ich würde alles auf mich nehmen, um mit ihm zusammen sein zu können.«

»Also gut«, seufzte er, »dann will ich mal sehen, was sich machen lässt.«

»Danke, vielen, vielen Dank!« Sie stürmte auf ihn zu, um ihn zu küssen – was natürlich unmöglich war.

»Eine zauberhafte Vorstellung, mein Fräulein. Vergesst trotzdem nicht, dass ich Euch nichts versprechen kann.

Ich will es lediglich versuchen.« Er öffnet sein Bändchen und blätterte darin.
Die junge Frau stellte sich neben ihn. Einerseits erfüllte sie Hoffnung, andererseits aber auch Furcht. Er würde bestimmt von ihr die Namen der beiden Verehrer erfahren wollen.
Prospero zog die Stirn in immer tiefere Falten. Dann meinte er: »Ja, so könnte es gehen. Kommt in einem Monat wieder zu mir.«
»In einem Monat?«, rief die junge Frau. »Ich hatte gehofft, Ihr könntet gleich etwas bewirken. Vermögt Ihr nicht, den Vorgang etwas zu beschleunigen?«
Der Vorfahr zog die Brauen hoch und höher. »Selbst ich kann nicht die Bewegung des Himmels beeinflussen. Wenn man überhaupt etwas an Eurem Zauber ändern kann, dann nur in der gleichen Mondphase, in der Ihr ihn ursprünglich gewoben habt.«
»Oh.« Kate konnte ihre Enttäuschung kaum verbergen. »Ich dürfte mich wohl schon glücklich preisen, wenn meine beiden Galane sich bis dahin nicht umgebracht haben.«
»Dann solltet Ihr dafür sorgen, dass sie sich nicht in die Quere kommen.«
»In einem so kleinen Dorf? Wie sollte das denn gehen?«
»Ich bin mir sicher, dass jemandem wie Euch das eine oder andere einfallen wird.«
Die junge Frau wollte widersprechen, aber Prospero brachte mit einer Handbewegung das Feuer im Kamin zum Erlöschen. Jetzt erkannte sie, dass sie nur das Funkeln der vielen Facetten eines Kristalls erlebt hatte.
Neugierig folgte Kate dem Zauberer zum Kamin. »Was ist das für ein wunderliches Ding?«
»Das Ergebnis eines Versuchs, den ich zu meinen Lebzei-

ten durchführte. Da hatte ich mich nämlich der Alchemie zugewandt.«
Er nahm den Stein in die Hand. Sein Licht brannte so hell, dass Kate ihre Augen abschirmen musste.
»Dieser Kristall gehörte zu einem viel größeren Stein, den ich selbst geschaffen habe. Aber dann ist leider etwas furchtbar schief gegangen. Es gab eine Explosion, und als der Rauch sich verzogen hatte, waren nur noch ein paar Teile übrig. Eines davon findet sich im Knauf des Familienschwerts. Und dieses hier habe ich behalten.«
Er hielt ihr den Stein hin, aber als Kate ihn berühren wollte, riss er den Kristall zurück. »Dieser Stein birgt große Gefahren, besonders wenn er hinfällt und ein Stück von ihm abbricht. Dieser Splitter entwickelt nämlich, weil er vom Ganzen getrennt ist, die merkwürdigsten Eigenschaften und kann sogar den Tod bringen. Wer ihn berührt, der reagiert unvorhersehbar und schwankt in seinen Stimmungen von Minute zu Minute.«
»Warum habt Ihr so etwas Gefährliches denn überhaupt erfunden?«, wollte die junge Frau wissen. »Ich wette, als Alchimist wart Ihr vor allem darauf aus, Blei in Gold zu verwandeln, nicht wahr?«
»Nein, an Gold war mir nicht gelegen. Ich war schon vermögend genug. Ich erstrebte vielmehr die Unsterblichkeit.« Er lächelte sie spöttisch an. »Deswegen Obacht, mein Fräulein, wenn Ihr schwarze Magie einsetzt. Am Ende werden Eure Wünsche nämlich wahr. Doch nicht unbedingt so, wie Ihr Euch das vorgestellt habt.«
Kate schüttelte sich und runzelte die Stirn. Aber sie kam nicht mehr dazu, ihn weiter zu befragen, denn er kehrte ihr den Rücken zu und schloss den Kristall wieder weg.
Die einsetzende Dunkelheit erinnerte die junge Frau daran, dass sie sich mit Val an der Kirche treffen wollte. Was

hatte er noch gesagt? Sie dürfe unter gar keinen Umständen nach Einbruch der Dunkelheit zu ihm kommen?
Sie machte sich rasch auf den Weg und konnte Castle Leger verlassen, ohne jemandem zu begegnen. Doch hoch über ihr schwebte ein Gespenst über den Zinnen. Prospero verfolgte Kates weiteres Treiben und fragte sich, welcher Teufel ihn ritt, dass er sich gegen seine Gewohnheit wieder in die Angelegenheiten der Sterblichen einmischte.
Warum ausgerechnet dieses Mädchen? Ihm fiel darauf nur eine Antwort ein: »Ich muss den Verstand verloren haben.« Schließlich hatte er sich auch noch um andere Dinge zu kümmern.
Das Gefühl, das sich etwas Bedrohliches Castle Leger näherte, hatte sich noch nicht legen wollen. Prospero war auch noch nicht dahinter gekommen, was es sein könnte. Nur dass Kate irgendwie darin verstrickt war und in höchster Gefahr schwebte.

12

Der Arzt schritt an der niedrigen Mauer entlang, die den Kirchhof umgab. Der Wind wehte ihm das schwarze Haar ins Gesicht.
Er schob es immer wieder zurück und ließ dabei den Weg nicht aus den Augen, der mittlerweile fast ganz von der Abenddämmerung verschluckt worden war.
Verdammte Kate, wo blieb sie bloß?
Um sich zu beruhigen, betrachtete er die Kirche St. Gothian, die ihm seit Kindertagen immer Trost und Frieden geschenkt hatte.
Man hatte die Kirche auf einem alten Druiden-Altar errichtet, und dieser älteste Teil des Landes schien heute Abend mit Valentine in Verbindung treten zu wollen.
Der Wind erzählte ihm Geschichten von wilden Barbaren, die das Dorf heimgesucht und die Frauen geraubt hatten. Der Arzt spürte, wie ihm das Blut durch die Adern rauschte.
Wozu sich mit einem Priester abmühen, die Wikinger hatten für ihr Treiben auch nicht erst einen Vikar gefragt.
Valentine wollte nur noch das Mädchen mit dem pechschwarzen Haar und den flinken grauen Augen, den festen Brüsten und den einladenden weichen Hüften. Er würde sie sich über die Schulter werfen und dann davontragen nach –
Der Arzt presste sich die Hände an die Schläfen, um diese

Bilder aus seinem Kopf zu zwingen. Er spürte die Halskette überdeutlich. Der Splitter rief Lust und Begierden in ihm hervor.
Der Kristall schwächte seine Abwehrkräfte immer mehr und zerstörte seinen Charakter, seine Würde und seine Ehre.
Doch als er eine Hand unter den Umhang schob und nach der Kette griff, schien diese sich nicht vom Fleck rühren zu wollen. Sich den rechten Arm auszureißen, wäre einfacher gewesen –
Und überhaupt war der Stein sein Freund, schwächte ihn nicht, sondern machte ihn immer stärker und stärker. Die Magie des Kristalls stand ihm nun zur freien Verfügung.
Aber nur, solange noch Tageslicht herrschte. Er leckte sich über die Lippen. Vielleicht sollte er nicht länger auf die junge Frau warten.
Am besten suchte er den Vikar sofort auf und besprach alles mit ihm, solange er sich noch halbwegs auf die Hochzeit konzentrieren konnte und nicht nur daran dachte, Kate ins Bett zu bekommen.
Das Pfarrhaus befand sich hinter der Kirche, und Valentine lief quer über den Friedhof darauf zu.
Viele Dörfler fürchteten sich selbst bei hellem Tageslicht vor dem Kirchhof. Aber Valentine arbeitete schon zu lange als Arzt, um sich noch vor dem Tod zu fürchten … bis ihn der erste eisige Hauch umwehte. Wie frostkalte Finger, die ihm über den Nacken strichen.
Er bekam eine Gänsehaut, blieb stehen und sah sich um. Valentine war auf den ältesten Teil des Friedhofs gelangt. Viele Grabsteine waren umgefallen oder zerbrochen, und wirkten wie das Gebiss eines Drachens.
Der Arzt konnte die meisten der verwitterten Inschriften nicht mehr entziffern. Aber das musste er auch nicht,

denn er wusste, wer hier beerdigt lag und warum ihm das Stück Land feindlich gesonnen zu sein schien.
In dieser Ecke lagen die Mortmains, die Todfeinde der St. Legers.
Valentine fuhr zurück, um dem Bösen zu entgehen, das hier fast körperlich spürbar nach ihm griff. Dabei prallte er gegen einen Grabstein, der neuer aussah als die anderen.

Evelyn Mortmain
1761–1789

Valentine erinnerte sich, wie sehr es ihn als Kind empört hatte, dass diese durch und durch böse Frau, die versucht hatte, seine Eltern zu ermorden, auf dem geweihten Boden von St. Gothian beigesetzt werden sollte. Evelyn hatte ein gewaltsames Ende gefunden – wie fast alle Mortmains vor ihr.
Er wollte diesen Teil des Friedhofs verlassen und wie gewohnt umgehen. Aber irgendetwas hielt ihn zurück. Und er konnte den Blick nicht von dem Grabstein wenden.
Zum ersten Mal ging ihm auf, wie jung Evelyn gestorben war. Nicht einmal dreißig war sie geworden und hatte ihr Leben mit Rache und Hass vergeudet.
Verbitterung und Kummer befielen ihn, und seine Augen brannten, bis die Tränen kamen. Er weinte um Evelyn Mortmain, betrauerte sie wie seine eigene Mutter!
Wie, zur Hölle, war es möglich, dass er wie Rafe Mortmain empfand?
Endlich konnte er sich lösen, und prallte gegen eine alte Eiche. Er wischte sich über das Gesicht und versuchte noch einmal angestrengt, sich an die Ereignisse am Vorabend von Allerheiligen zu erinnern.
Ein Abend wie dieser, mit wilden Windböen und einem Gewitter, das sich in der Ferne zusammenbraute …

Rafe war, dem Sterben nahe, zu ihm gekommen … Valentine hatte versucht, ihm zu helfen, ihm die Schmerzen zu nehmen … und dabei war es zwischen ihnen zu einem Austausch gekommen … Nicht nur der Kristallsplitter hatte den Besitzer gewechselt.
Valentine hatte das ungute Gefühl, dass seine Seele nicht mehr ihm allein gehörte!

Val war nicht da.
Kate lief mit klopfendem Herzen den Weg hinunter und versuchte, keine Panik zu bekommen. Sein Hengst war am Friedhofstor angebunden und stampfte unruhig mit den Hufen.
Der Arzt würde sein Pferd nie so zurücklassen, erst recht nicht, wenn sich ein Unwetter ankündigte. In ihrer Not war Kate zum Pfarrhaus gelaufen, aber Mr. Trimble hatte sich über ihre Frage sehr erstaunt gezeigt.
Dr. St. Leger, nein, den habe er den ganzen Tag noch nicht zu Gesicht bekommen.
Auch im Dragon's Fire wusste niemand Bescheid. Genauso wenig wie in Effies Cottage.
Wo mochte Val bloß stecken?
Als sie sich auf den Weg zum Schieferhaus machte, kam ihr Jem Sparkins entgegen, der ebenfalls nach seinem Herrn suchte.
»Das sieht dem Doktor gar nicht ähnlich, nein, tut es nicht, den ganzen Tag zu verschwinden, ohne jemandem nie nicht Bescheid zu sagen«, teilte Jem ihr mit sorgenzerfurchter Stirn mit. »Bei allem, was recht ist, Miss, Master Valentine benimmt sich die ganze Zeit nicht so, wie man ihn kennt, nee nicht.«
Kate konnte ihm nicht in die Augen sehen, weil sie genau zu wissen glaubte, wer für diesen Wandel verantwortlich

war. Ihre Wege trennten sich. Während Jem die Straßen außerhalb des Dorfes absuchen wollte, kehrte die junge Frau zur Kirche zurück.
Dort angekommen, fiel ihr ein, dass sie noch gar nicht im Gotteshaus nachgesehen hatte. Das kleine Steingebäude wirkte aber viel zu düster und still, als dass sich jemand darin aufhalten mochte.
Wollte sie denn lieber hier draußen stehen und Däumchen drehen?
Kate lief die wenigen Stufen zu dem kleinen Portal hinauf. Sie öffnete die schwere Tür. Das Innere der Kirche wirkte nicht sehr einladend auf sie.
An einem Abend mit Unwetterwarnung sah die Kirche ganz anders aus als an einem Sonntagmorgen, wenn sich hier die ganze Gemeinde versammelte. Altar, Kanzel, Taufbecken und sogar das prachtvolle Relief an der gegenüberliegenden Wand verloren sich in den Schatten.
»Val?«, rief Kate leise.
Sie erhielt nur schwer lastendes Schweigen zur Antwort. Die junge Frau wollte schon wieder gehen, als ein Blitz über den Himmel zuckte und sie in dessen Licht Val entdeckte.
Er kniete mit gesenktem Kopf in der ersten Bankreihe. Sie glaubte, er bete dort, und eilte zu ihm, doch im Näherkommen entdeckte sie, dass ihr Liebster die Fäuste gegeneinander presste und am ganzen Körper zitterte.
»Val?« Sie berührte ihn leicht an der Schulter. Er zuckte zurück, als hätte sie ihn ins Gesicht geschlagen.
Mit seiner bleichen Gesichtsfarbe und den tief in den Höhlen liegenden Augen wirkte er wie jemand, der große Angst litt. Dabei war gerade er immer so mutig und auch in der größten Gefahr ruhig geblieben.
»Was ist mit dir?«, fragte sie besorgt. »Fehlt dir etwas?«

Er murmelte kaum hörbar ihren Namen, schlang die Arme um ihre Hüfte und vergrub sein Gesicht in ihrem Umhang. Val hielt sie so fest, als stellte sie seinen einzigen Halt in einer Welt des Wahnsinns dar.

Kate strich ihm übers Haar und versuchte ihn zu beruhigen, auch wenn sie keine Ahnung hatte, was ihm eigentlich widerfahren war.

Endlich ließ er sie wieder los, und Kate setzte sich neben ihn auf die Bank. Sie strich ihm die Strähnen aus dem Gesicht und beobachtete seine Miene genau.

»Mein Gott, Val, bist du krank?«

»Nein.«

Sie betastete seine Stirn. Sie fühlte sich feucht und kalt an. Aber er schob ihre Hand beiseite. »Ich bin von uns beiden der Arzt und sollte eigentlich wissen, ob mir etwas fehlt oder nicht.«

»Dann sag mir, was geschehen ist. Du siehst nämlich aus, als sei dir ein Gespenst begegnet.«

Er lachte zu laut. »Vielleicht ist das ja auch so. Aber dieser Geist gehört nicht zu mir.«

Diese Antwort ergab nun überhaupt keinen Sinn. Val beunruhigte sie immer mehr, auch als er sich erhob und tief durchatmete.

Danach schien er wieder der Alte zu sein und brachte sogar ein Lächeln zustande.

»Nun schau mich nicht so an, Kate. Ich war es lediglich müde, noch länger auf dich zu warten, und bin in die Kirche gegangen. Wo bist du denn so lange geblieben?«

»Tut mir Leid, aber das, was ich für Effie erledigen musste, hat doch länger als erwartet gedauert.«

Was war ihr denn da über die Lippen gekommen? Sie hasste es, Val belügen zu müssen.

Aber er hob mit zwei Fingern ihr Gesicht und sah sie

streng an: »Du warst doch hoffentlich nicht schon wieder mit *ihm* zusammen, oder?«
»W-wen meinst du?«, stammelte sie. Wie hatte Val denn von ihrem Treffen mit Prospero erfahren?
»Mit diesem Trottel Victor. Wen sollte ich denn sonst meinen?«
»Ach so. Nein, natürlich war ich nicht mit ihm zusammen.« Kate entspannte sich. Sie war erleichtert, dass ihr Geheimnis gewahrt blieb. Auf der anderen Seite verdross es sie doch, dass er immer noch glaubte, sie habe etwas mit einem anderen Mann.
Wenn Val seine Eifersucht nicht im Zaum hielt, stand ihr ein langer und schwieriger Monat bevor, bis sie endlich den Zauberbann von Victor nehmen konnte. Sie wollte ihn auf andere Gedanken bringen, legte ihm die Arme um den Hals und wollte ihn küssen.
Doch er schob sie von sich. »Du solltest besser gehen, ehe der Sturm losbricht.«
Dabei wäre sie viel lieber bei ihm geblieben. Und sei es nur, um herauszufinden, warum so vieles zwischen ihnen schief zu laufen schien.
»Du solltest auch gehen«, entgegnete die junge Frau. »Jem sucht dich nämlich schon überall. Mrs. McGintys Enkel ist ins Schieferhaus gekommen. Der Zustand seiner Großmutter hat sich wohl ziemlich verschlechtert.«
Kate erhob sich, denn sicher würde Val jetzt gleich aufbrechen – wie er es immer tat, wenn jemand in Not seine Dienste benötigte.
Doch zu ihrer Verwunderung blieb er einfach stehen.
Als er bemerkte, wie sie ihn anstarrte, zuckte er die Schultern. »Mrs. McGinty geht es doch andauernd schlechter. Der Frau fehlt aber nicht wirklich etwas. Sie leidet an Rheuma und seit dem Tod ihres Mannes an Einsamkeit.

Und ich vermag weder das eine noch das andere zu heilen.«

»Aber du fährst doch trotzdem immer wieder zu ihr und leistest ihr Gesellschaft.«

»Ach, auf meine Gesellschaft ist sie gar nicht so scharf. Sie will nur das, was alle anderen auch von mir erwarten: meine verdammte Gabe!«

»A-aber … So habe ich dich noch nie reden hören. Du hast deine Fähigkeit immer anders bezeichnet … als …«

»Als Segen? Als wunderbare Gabe? Vielleicht habe ich sie ja wirklich einmal so gesehen, aber das war …« Er sprach nicht weiter, sondern schritt durch die Bankreihen und fuhr mit den Händen über das abgegriffene Holz.

»Weißt du eigentlich, wann ich zum ersten Mal entdeckt habe, über welche Fähigkeiten ich verfüge?«

»Nein.« Kate hatte immer geglaubt, wirklich alles über ihn zu wissen. Aber jetzt ging ihr auf, dass sie offenbar niemals über dieses Thema geredet hatten.

»Ich war damals sechs, und Lance und ich spielten im Burggarten Verstecken. Leider konnte ich meinen Bruder nicht finden, dafür aber eines der Kinder unseres Butlers.

Sally Sparkins hatte sich unter einen Azaleenstrauch verzogen und heulte wie ein Schlosshund. Irgendwie hatte sie sich den Ellbogen aufgeschürft.

Immerzu liefen bei ihr die Tränen, und ich wollte sie beruhigen. Also legte ich meine Hand auf die ihre. Aber die kleine Sally hörte nicht auf.

Ich umschloss ihre Hand fester und wünschte mir mit aller Kraft, ihr den Schmerz zu nehmen. Wenig später prickelte es in meiner Handfläche, und Energie durchströmte mich.

Irgendwann ging mir dann auf, dass Sally nicht mehr

weinte. Zwar brannte dafür mein eigener Ellbogen wie Feuer, aber das spielte keine Rolle.
Das Mädchens starrte mich voller Dankbarkeit an, und ich erkannte, dass ich über eine besondere Fähigkeit verfügte. Nämlich anderen die Schmerzen zu nehmen ...«
Glück und Staunen erfüllten seinen Blick, doch das verging rasch.
»Ich weiß nicht, was aus mir geworden ist. Vielleicht besitze ich nicht mehr die Kraft, oder mir sind zu viele Butler-Töchter begegnet. Sie verlangen alle das Gleiche von mir ...«
Er hielt sich eine Hand vor die Augen. »Ich bin es so Leid, Kate, der Einzige zu sein, der ihnen helfen kann.«
Die junge Frau wollte zu ihm und ihn trösten, aber sie spürte, dass er noch mehr zu sagen hatte.
»Ich habe das noch nie jemandem gegenüber eingestanden. Nicht einmal mir selbst ... Jetzt bin ich natürlich nicht mehr der Held, den du immer in mir gesehen hast.«
Kate hielt es nicht länger an ihrem Platz. Sie rannte zu ihm und umarmte ihn. »Ach, Val, wie kannst du denn so etwas sagen?«
Er umarmte sie ebenfalls fest und murmelte in ihr Haar: »In der letzten Zeit fühle ich mich nicht so gut. Irgendetwas tut sich in mir. Etwas Furchtbares ist mir widerfahren, und ich weiß nicht, worum es sich dabei handelt.«
Kate wusste es dafür umso besser. Wie rücksichtslos sie gehandelt hatte. Nicht ein Mal hatte sie sich gefragt, was der Zauberbann Val abverlangen könnte.
Nein, sie musste ihn loslassen, durfte ihn nicht länger an sich fesseln, sosehr das ihrem Herzen auch einen Stich versetzen mochte.
»Val, wie ... wie wäre es denn, wenn sich alles wieder in den früheren Zustand zurückversetzen ließe?«

»Was meinst du damit?«
»Wie wäre es, wenn man die Zeit vor Halloween zurückdrehen könnte, als wir beide nur gute Freunde waren?«
Er verzog das Gesicht. »Du meinst, zurück zu meinem Dasein als Krüppel, der sich dafür aufreibt, anderen zu helfen, und nicht hoffen darf, dich jemals zu lieben? Nein, da wäre ich lieber tot.«
Sie hielten sich aneinander fest, und draußen begann das Gewitter.

13

Rafe wollte rasch weiter, weil der Himmel jeden Moment seine Schleusen öffnen konnte. Aber der graue Wallach ließ sich einfach nicht zur Eile antreiben..

Mortmain hatte es längst aufgegeben, auf dem Tier zu reiten, und fragte sich zum wiederholten Mal, warum er so viel Geld für den Wallach ausgegeben hatte.

Ein St. Leger war dafür verantwortlich. Valentine hatte irgendetwas mit ihm angestellt, und seitdem tat Rafe absonderliche Dinge, wie diesen Klepper zu kaufen und so vor dem Abdecker zu bewahren oder einer Witwe und ihrem kleinen Sohn zu helfen.

Der Wind heulte durch die engen Straßen und ließ die Schilder an den Häusern knarzen. Männer und Frauen hasteten über die Straßen, um sich in Sicherheit zu bringen. Sein Pferd scheute. Zwar war es zu alt, um sich auf die Hinterbeine zu stellen, aber es fing an zu wiehern und weigerte sich wie ein störrischer Esel, weiterzugehen.

Rafe wollte das Tier schlagen, aber dann schaute er ihm in die Augen und konnte es nicht tun. Stattdessen streichelte Mortmain dem Gaul über die Nüstern und redete beruhigend auf ihn ein.

»Alles ist gut, Rufus. Du brauchst keine Angst zu haben. Dieses kleine Sturmwindchen ist doch gar nichts. Soll ich dir mal von den Unwettern erzählen, durch die ich gesegelt bin …«

Rafe konnte nicht glauben, dass er es war, der so zu einem Tier sprach. Doch nun trottete der Klepper bis zum Gasthof gehorsam hinter ihm her.

Eigentlich hatte er Rufus längst zum Schlachter bringen wollen, aber das schob er immer weiter auf. Zunächst wollte er dem Tier hier einen guten Platz zu verschaffen. Er rieb den Gaul ab und gab ihm eine zusätzliche Portion Futter. Als er dem Pferd dann einen Klaps gab und sich umdrehte, hätte er schwören können, tiefste Dankbarkeit in den Tieraugen zu sehen.

Was war nur mit ihm geschehen? Noch nie hatte er das Vertrauen eines Rosses gewinnen können. Und erst recht nicht das von einer Witwe und ihrem minderjährigen Sohn.

Er begab sich zu Corrine und Charley, die ein Zimmer im obersten Stockwerk des Gasthofs bewohnten. Nicht gerade das erste Haus am Platz, aber er war schon schlimmer abgestiegen.

Im Innenhof blickte er nach oben und sah den Schein einer Kerze hinter dem Fenster. Wie der Lichtstrahl eines Leuchtturms, der ihn nach Hause leitete.

Zuhause … Rafe wunderte sich, dass ihm ein solches Wort überhaupt in den Sinn kam. Nie zuvor hatte er so etwas wie ein Heim gekannt. Warum sollte ihm dann ausgerechnet eine Kammer in einem heruntergekommenen Hotel als Heimstatt erscheinen?

Er nahm auf dem Weg nach oben zwei Stufen auf einmal und versuchte sich einzureden, dass er nur dem einsetzenden Regen entkommen wollte.

Rafe stieß, ohne anzuklopfen, die Tür auf, und im nächsten Moment erkannte er, dass die Witwe nicht abgeschlossen hatte, obwohl er ihr das fest aufgetragen hatte.

Er sah sich rasch um. Ein munteres Feuer brannte im Kamin und erfüllte die Kammer mit Wärme. Von Corrine war nichts zu sehen, aber der Junge hatte sich im Sessel zusammengerollt.

»Charley, ich habe Rufus in den Stall gebracht und versorgt –« Der Knabe hörte ihn nicht, denn er schlief tief und fest.

Zu seiner eigenen Überraschung war Rafe enttäuscht. Er rüttelte Charley ohne Erfolg an der Schulter und hörte dann ein leises Kichern.

Als er sich umdrehte, sah er in der Tür zum Schlafzimmer Corrine stehen. »Ich fürchte, nur ein Kanonenschuss könnte Charley wecken. Den ganzen Tag hat er am Fenster gesessen und auf Eure Rückkehr gewartet. Wir haben uns Sorgen gemacht, dass Ihr in den Sturm geraten könntet.«

»Tut mir Leid«, hörte er sich zu seiner eigenen Verwunderung entgegnen, »aber was ich zu erledigen hatte, zog sich doch länger hin, und …«

Seine Stimme erstarb, als die Witwe auf ihn zukam. Sie hatte sich die Haare gewaschen, und sie fielen ihr feucht über die Schultern.

Bislang hatte er sie nur in Haube gesehen und sich deswegen nie vorstellen können, ihr Haar könne so lang und seidig sein.

Rafe hatte weit verführerische Frauen als Corrine erlebt. Warum aber versetzte ihn ihr Anblick in solche Erregung, dass er sogar den Blick abwandte?

»Wenn der Junge so erschöpft ist, sollten wir ihn ins Bett tragen.«

Seine Mutter nickte und wollte ihn aus dem Sessel heben. Das aber ließ Rafe nicht zu. Außerdem hatte er so wenigstens etwas anderes zu tun, als Corrine anzustarren.

Der Junge war federleicht und wachte auch nicht auf, als

Rafe ihn auf die Arme nahm. Er beneidete Charley. Wann hatte er selbst jemals so tief, fest und angstfrei schlafen können?
Er hielt den Knaben schützend fest, als er ihn auf das Bett hinabließ und zudecken wollte. Corrine folgte den beiden mit einer Kerze.
Sie hielt ihn zurück und bedeutete ihm, dass der Knabe erst umgezogen werden müsse. Er trat zurück und überließ der Mutter die Tätigkeit, die er selbst noch nie ausgeführt hatte.
Doch als Rafe den Raum verlassen wollte, hielt die Witwe ihn zurück. »Bitte, Mr. Moore, Charley hat sich gewünscht, dass Ihr ihn heute Nacht zudeckt.«
»Aber er schläft doch tief und fest. Wie sollte er den Unterschied merken?«
»Er wird mich morgen fragen, und ich kann ihn doch nicht anlügen.«
Natürlich nicht. Rafe bezweifelte, dass Corrine je in ihrem Leben die Unwahrheit gesagt hatte.
Er tat ihr den Gefallen und bemerkte, dass sie ihn im Auge behielt. Für seinen Geschmack beobachtete sie ihn überhaupt viel zu häufig.
Als er Charley zugedeckt hatte, zog er sich in den anderen Raum zurück. Der Regen bildete auf der Fensterscheibe Flüsse, Blitze zerteilten den Nachthimmel, und Bäume schwangen ihre Wipfel wie ausgelassen Feiernde.
Rafe stand am Fenster und war sich der Anwesenheit Corrines hinter ihm durchaus bewusst. Er wartete darauf, dass die alte Verbitterung sich wieder bei ihm einstellte. Aber die blieb wider Erwarten aus.
Er wusste, wem er das zu verdanken hatte.
Valentine St. Leger hatte ihm offenbar nicht nur das Leben, sondern auch die Seele gerettet.

Wer, zum Henker, hatte ihn darum gebeten? Doch Rafe gelang es nicht einmal, sich darüber zu ärgern.
»Mr. Moore?« Corrine riss ihn aus seinen beunruhigenden Gedanken.
Er drehte sich um und sah sie unsicher dastehen. Seit sie dieses Zimmer bezogen hatten, hatte sie sich stets zur Nacht diskret in den Schlafraum zurückgezogen und Rafe das andere Zimmer überlassen.
So wie sie jetzt, nur im Nachthemd und mit schimmerndem Haar, vor ihm stand, beunruhigte ihn das noch viel mehr.
»Es ist schon spät. Ihr solltet zu Bett gehen.«
»Ich weiß, aber vorher wollte ich Euch noch danken. Dafür, dass Ihr Rufus zurückgebracht habt.«
»Ich brauchte ein Ross.«
»Aber nicht gerade Rufus. Und ich weiß, Mr. Moore, dass Ihr Pferde nicht sonderlich mögt.«
Wie war sie bloß dahinter gekommen? Die Witwe beschäftigte sich eindeutig viel zu viel mit ihm. Manchmal hatte er das Gefühl, sie könne ihm bis in die Seele hineinschauen.
»Ich weiß auch, warum Ihr losgezogen seid, Rufus zu holen – nämlich für Charley.«
Rafe wollte sofort widersprechen, aber selbst diese Fähigkeit ging ihm ab. »Er ist … ist ja auch ein guter Junge.«
»Und Ihr seid ein guter Mann.«
»Meine Liebe, ich fürchte, an mir ist nur wenig Gutes. Haltet mich ja nicht für etwas Besonderes, bloß weil ich Euch aus einer Laune heraus geholfen habe. Wenn Ihr mich für freundlich haltet, dann liegt das nur daran, dass …«
Wie sollte er ihr von den St. Legers berichten oder der wundersamen Heilung, die einer von ihnen an ihm bewirkt hatte? Rafe drehte sich wieder dem Fenster zu und hoffte, die Witwe würde sich endlich zurückziehen.

Aber sie kam näher und meinte: »Ihr seid ein ganz besonderer Mann, Mr. Moore. Nur Wenige hätten es auf sich genommen, einer Witwe und ihrem kleinen Sohn zu helfen, der noch nicht einmal der eigene ist.«
»Ich habe Euch meine Beweggründe dafür genannt.«
»Ja, weil Ihr nicht wollt, dass ein kleiner Junge von seiner Mutter verlassen wird. Nun, wann hat Euch Eure Mutter verstoßen?«
Das hatte sie also auch schon erraten. Normalerweise sprach er nie über Evelyn Mortmain. Doch entgegen seiner Gewohnheit fing er jetzt an, Corrine alles zu erzählen, zunächst zögernd, doch dann immer flüssiger.
Wie sie ihn im Kloster abgegeben hatte. Wie das Volk während der Französischen Revolution das Kloster gestürmt und niedergebrannt hatte …
Corrine strich ihm über das Haar. Seine Mutter hatte das nie bei ihm getan. Er starrte die Witwe an und stellte zu seiner Überraschung fest, dass sie sogar hübsch war.
Wie bitte, er verspürte körperliche Gelüste auf Corrine Brewer? Das war doch vollkommen lachhaft. Doch als ihre Finger nun über seine Wange strichen, wurde ihm ganz anders.
Er schob ihre Hand fort. Verdammt, die Frau war alt genug, um zu wissen, was sie damit anrichtete.
»Ich habe versucht, Euch begreiflich zu machen, dass ich kein guter Mensch bin, nicht einmal ein ehrenhafter. Ihr solltet nicht allein mit mir sein. In diesem dünnen Nachthemd und mit Euren Berührungen wollt Ihr mich in Versuchung führen –«
Er unterbrach sich, als er sah, wie sie rot anlief. »Ihr meint, ich … ich wollte Euch …«
»Erregen? Ja!«
Sie senkte den Kopf, damit man ihre roten Wangen nicht

mehr sehen konnte. »Mr. Moore, Ihr wart so überaus nett zu mir und Charley … und da wusste ich nicht, wie ich Euch das wieder gutmachen sollte … Mir fiel nur ein, dass Ihr doch sicher … dass Ihr ein Mann seid …«
Sie sprach so leise und so wirr, dass Mortmain einen Moment brauchte, bis er verstand, worauf sie hinauswollte. Sie bot sich selbst als Bezahlung an. Früher hätte er darüber gelacht, aber jetzt verspürte er keinerlei Belustigung. Die Witwe ließ jetzt auch noch den Schal fallen, den sie über den Schultern getragen hatte, und ihr Körper war unter dem dünnen Stoff deutlich zu erkennen.
Rafe schluckte und wollte in eine andere Richtung schauen. Aber Corrine legte ihm die Arme um den Hals und löste damit bei ihm ein Stöhnen aus.

Wind und Regen wetteiferten darum, auf das Schieferhaus zu prasseln. Kate kam sich vor wie im Mittelpunkt des Unwetters.
Als ein Blitz die Nacht erhellte, sah sie das riesige Bett. Kate hatte noch nie Vals Schlafzimmer betreten. Was hatte er mit ihr vor?
Er bewegte sich durch das Gemach, und sie erkannte von ihm nicht mehr als eine Silhouette. Dann entzündete er eine Kerze, und sie sah sein Gesicht, die Haare, die ihm in die Stirn fielen, und den eindringlichen Blick in seinen Augen.
Val legte Mantel und Jacke ab, dann folgten Weste und Hemd. Dieser Mann, der sie auf sein Pferd gehoben hatte und mit ihr im wilden Ritt hierher gelangt war, kam ihr wie ein Fremder vor.
Aber ein sehr verführerischer Fremder …
Sie spürte, dass er sie heute, hier und jetzt, lieben wollte. Und dieses Mal würde es keinen Weg zurück geben.

Auf diesen Moment wartete die junge Frau schon lange. Doch als er jetzt auf sie zukam, fühlte sie sich unsicher. All seine unverständlichen Stimmungsschwankungen fielen ihr wieder ein – und auch das, was sie ihm durch ihren Zauberspruch angetan hatte.
Val stand hinter ihr und legte ihr die Hände auf die Schultern. »Wir sollten uns von den nassen Sachen befreien.«
Kates Herz hämmerte so schnell, dass sie kaum atmen konnte, geschweige denn etwas sagen. Ihr Herz klopfte noch lauter, als seine Hände vor sie griffen und den Verschluss ihres Umhangs öffneten.
Dann fuhren seine Hände leicht über ihre Arme, was ein Prickeln in ihr auslöste. Die Wärme seiner Haut drang durch den dünnen Stoff ihrer Bluse.
Val legte die Arme um ihre Hüfte und zog Kate hart an sich heran. Mit den Lippen schob er die nassen Strähnen beiseite und küsste ihren Hals. Ein bebendes Seufzen entrang sich der jungen Frau. Aber sie fand doch die Kraft, zu widerstehen, entfernte sich von ihm und blieb zitternd am Bett stehen. Er folgte ihr und drehte sie zu sich um.
»Was ist mit dir? Hast du plötzlich Angst vor mir?«
Kate schüttelte über eine so dumme Frage den Kopf. Aber wie sollte sie ihm erklären, dass sie vor sich selbst immer mehr Angst bekam – vor allem vor dem, was sie ihm angetan, wie sehr sie ihn verändert hatte.
Er strich ihr übers Haar, doch seine Bewegungen waren schon unsicherer. Zwar brannte noch das Begehren in seinen Augen, aber dazwischen konnte man auch den alten Val erkennen. Wie lange würde er sich gegen den Wahnsinn behaupten können, den sie um ihn gewoben hatte?
»Du kannst gehen, wann immer du willst«, versicherte er ihr. »Geh nach unten zu Jem, er wird dir dabei helfen, dich heute Nacht vor mir zu schützen.«

»Ach, Val, ich will nicht vor dir geschützt werden.« In Wahrheit verhielt es sich ja wohl anders. »Ich liebe dich doch.«

»Und ich begehre dich so sehr, dass ich darüber den Verstand verliere«, entgegnete er heiser und zog sie hart an sich.

Kate spürte wieder seine Hitze, und sein Kuss erfüllte sie ebenso mit Verlangen wie mit Verzweiflung. *Den Verstand verlieren*, ja das hatte sie wohl mit ihrem Zauberritual ausgelöst.

»Aber wenn es mit Eurer Familiensage nun doch etwas auf sich hat? Wenn wir beide nicht füreinander bestimmt sind?«

»Kate, du warst immer mein Engel und wirst das auch ewig sein.«

Sie errötete vor Scham.

»Früher wusstest du, wann ich dich am dringendsten brauchte. Deshalb wirst du auch jetzt spüren, wie sehr ich dich heute Nacht brauche. Sei noch einmal mein Engel.«

Wie hätte sie ihm widerstehen können? Und was wäre so falsch daran, sich ihm hinzugeben? Nur eine einzige Nacht konnte doch wohl keine so furchtbaren Folgen haben, oder?

Er küsste sie wieder und wieder, und sie half ihm dabei, ihre Sachen zu öffnen, bis sie nackt vor ihm stand. Val betrachtete sie mit so eindeutigen Blicken, dass sie errötete. Sie schüttelte ihr Haar zurück, um ihm die volle Pracht ihrer Brüste zu zeigen.

»Du hast dich zu einer wunderschönen Frau entwickelt, Kate«, sagte er rau.

Ach, wenn das alles doch aus seinem Herzen gekommen wäre und nicht von ihrem Liebeszauber.

Val begann ihren Rücken und ihre Hüfte zu streicheln.

Dann legte er seine Hände auf ihre Pobacken und ließ sie spüren, wie hart er geworden war.
Kate stockte der Atem, weil dieses neue Gefühl die unterschiedlichsten Regungen in ihr auslöste. Er hob sie hoch und trug sie aufs Bett. Dort legte er sich neben sie und bedeckte sie mit den aufregendsten Küssen. Sie schlang die Arme um ihn und wollte ihn ebenso verwöhnen, aber er hielt sie zurück.
»Nein, Kate, ich bin so bereit für dich, dass eine Berührung zuviel mich über die Schwelle tragen wird. Bleib nur still liegen und lass mich dich erregen.«
Sie stellte rasch fest, dass das mit dem Ruhigbleiben leichter gesagt als getan war. Jede seiner Berührungen schien allein dazu dazusein, sie mit Rastlosigkeit anzufüllen und den Druck in ihr immer weiter zu erhöhen.
Willig öffnete sie ihm die Schenkel, als er sich schließlich auf sie legte.
Er stützte sich auf die Arme, küsste sie heiß und stieß in sie hinein. Beim ersten Mal verspürte sie einen stechenden Schmerz, doch danach nur noch das wunderbarste aller Gefühle.
Kate konnte sich ihm nicht sofort vollkommen hingeben. Wenn der Zauber aufgehoben wäre, würde Val sich wieder von ihr fern halten.
Aber damit würde sie sich beschäftigen, wenn es so weit war. Jetzt wollte sie ihren Liebsten genießen.
Und sei es nur für eine einzige Nacht.

Rafe drückte Corrine an sich und genoss die Berührung ihres Körpers. Doch die Witwe war etwas verkrampft, war es offensichtlich nicht gewohnt, ihre Dankbarkeit auf diese Weise zu zeigen.
Er war allerdings erfahren darin, zögernde Frauen zu ver-

führen. Er küsste sie, seine Hände berührten jeden Teil ihres Körpers.
Als ihre Lippen endlich für einen Moment voneinander ablassen konnten, machte er sich daran, ihr Nachthemd aufzuknoten. Sie zitterte und errötete leicht, als er ihr den Stoff herunterzog, hielt ihn aber nicht auf.
Sie sah ihn mit einem verletzlichen, flehentlichen Blick an. Ohne sich selbst verstehen zu können, hörte er mit seinen Bemühungen auf, obwohl sein Körper mehr als bereit für sie war.
Verdammt, sie hatte doch damit angefangen und sich ihm angeboten.
Er biss die Zähne zusammen und wollte weiter an dem Stoff ziehen, um ihre Brüste freizulegen. Doch das brachte er nicht über sich. Stattdessen zog er das Nachthemd wieder hoch und wandte ihr den Rücken zu.
Als er sich nach einer Weile wieder zu ihr umdrehte, stand Corrine immer noch so da. Sie wirkte verwirrt und wollte sich ihm wieder nähern.
Aber Rafe wehrte sie mit einer Hand ab. »Nein, bleibt mir vom Leib, verdammt noch mal!«
»Dann wollt Ihr mich also nicht?«
Er wusste nicht, was er in diesem Moment mehr gewollt hätte. Doch er erwiderte: »Nein, zur Hölle. Begebt Euch zu Bett, und lasst mich in Ruhe.«
Wenn er vernünftig gewesen wäre, hätte er sie gehen lassen. Aber als er die Witwe sah, wie sie mit hängenden Schultern und gesenktem Haupt zum Schlafzimmer schlich, holte er sie mit drei großen Schritten ein und stellte sich vor sie.
»Verdammt, Corrine, natürlich habt Ihr mich in große Versuchung geführt.«
»Aber warum schickt Ihr mich dann fort?«

»Weil Ihr nicht zu den Frauen gehört, die für eine flüchtige Nacht in den Armen eines Mannes geschaffen sind. Und ich will Euch nicht ausnutzen, bloß weil Ihr glaubt, mir unbedingt Dankbarkeit beweisen zu müssen. Auch wenn ich schon zu lange allein bin.«
»Meint Ihr, ich nicht, Mr. Moore? Mein Mann ist seit einem Jahr tot und vorher lange zur See gefahren …«
Sie errötete und schämte sich ihrer Worte. Und er nahm sie in die Arme, genoss den Duft ihres Haares und spürte, dass sie ihn genauso wollte wie er sie.
Aber er hielt sie nur fest. Und um nicht doch noch in Versuchung zu geraten, schickte er sie ins Nebenzimmer.
»Gute Nacht, Mr. Moore«, nickte sie.
»Rafe, nennt mich Rafe.« Vielleicht beging er damit die größte Dummheit seines Lebens. Aber die Verwirrung und Trauer, die er verspürte, als Corrine ihn allein gelassen hatte, rührten nicht daher, dass er etwas von sich preisgegeben hatte.
Er wusste, dass er die halbe Nacht wach liegen und seine Entscheidung bedauern würde. Doch einen Moment später erkannte er, dass er zum ersten Mal in seinem Leben wie ein Ehrenmann gehandelt hatte.
Und das fühlte sich ziemlich gut an.
Rafe erlebte zum ersten Mal das Gefühl der Zufriedenheit, und für die waren nicht nur Corrine, sondern auch ihr Sohn verantwortlich.
Er hoffte, dass es Valentine St. Leger in diesem Moment ähnlich erging.

Der Arzt warf sich in seinem Bett hin und her; denn der schlimmste Albtraum seit langem hielt ihn in seinen Klauen.
Er war ein kleiner Junge in Paris, und vor ihm lief seine

Mutter. Doch so sehr er sich auch abmühte, er konnte sie nie einholen.
Wenn er nach ihr rief, schaute Madeline St. Leger ihn nur kalt über die Schulter an und verschwand in der nächsten Seitengasse.
Als der Knabe um die Ecke lief, bot sich ihm ein schrecklicher Anblick: Eine Kirche stand in hellen Flammen. Höllischer Feuerschein beleuchtete die Straße, und Teufel mit roten Mützen hieben mit ihren Waffen auf alles ein, was sich bewegte. Die Schreie der Getroffenen erfüllten die Luft, und Blut strömte Valentine entgegen.
Helft uns, Dr. St. Leger, helft uns!
Verzweifelt sah er sich um. Wie sollte er diesen vielen Menschen helfen?
Dann fiel ihm eine junge Frau mit rabenschwarzem Haar auf, die auf den Kirchenstufen kauerte.
Kate!
Er rannte zu ihr und hob sie auf die Arme. Doch sie hatte die Augen geschlossen, und ihr Körper fühlte sich kalt und leblos an.
Im nächsten Moment stand Effie Fitzleger mit vorwurfsvoller Miene vor ihm.
»Der Familienfluch!«, schimpfte sie. »Ihr hättet ihr niemals zu nahe kommen dürfen. Kate war nicht Eure auserwählte Braut.«
»Nein!«, entgegnete er heftig und wandte sich wieder der jungen Frau zu. Wenn er ihr doch nur ihr Leiden nehmen könnte. Er ergriff ihre Hand und versuchte mit aller Kraft, seine besondere Gabe zu wecken.
Doch seine Macht war vergangen, er konnte nichts mehr für sie tun –
»Nein!«, schrie der Arzt und zwang sich, wach zu werden. Mit geöffneten Augen befreite er sich von Kissen und De-

cke, so als würden die ihn unweigerlich zurück in den Albtraum ziehen.
Nach einer Weile fuhr er sich mit der Hand durchs Haar. Nur ein böser Traum … aber einer, der nicht von ihm stammte. Rafes Kindheitserlebnisse hatten sich mit seinen Ängsten um Kate vermengt.
Kate – hoffentlich ging es ihr gut.
Aber das konnte er ja leicht feststellen, lag die doch in seinem Bett. Zitternd streckte er eine Hand nach ihr aus und spürte zu seiner großen Erleichterung, wie sich ihr Oberkörper sanft hob und senkte.
Alles wäre gut … bis auf den dunklen Fleck auf ihrer Schulter.
Was hatte er ihr angetan?
Val erstarrte, als ihm einfiel, was er der jungen Frau angetan hatte. Er hatte sie hart genommen, auch wenn sie sich ihm ziemlich willig gezeigt hatte.
Nein, so durfte er nicht denken. Kate hatte ihm immer das allergrößte Vertrauen entgegengebracht, und das hatte er schamlos ausgenutzt, um sie zu entehren.
Daran war einzig und allein dieser Kristallsplitter schuld. Seine Hand schloss sich so fest um den Stein, dass er in seine Handfläche stach. Doch er brachte einfach nicht die Kraft auf, sich die Halskette abzureißen.
»Val?«, ertönte Kates schläfrige Stimme neben ihm. »Was treibst du da?«
Er ließ den Kristall unter sein Hemd verschwinden. Niemals durfte Kate ihn zu sehen bekommen oder davon erfahren. Val wollte aufstehen, um Abstand zwischen sich und sie zu bringen. Aber dann warf er einen Blick auf sie, und sie richtete sich mit verwirrter Miene auf.
Das lange Haar hing wild wie bei einer Meerjungfrau über ihre Schultern, und ihr Körper wirkte von den langen Bei-

nen bis zu den runden Brüsten geschmeidig wie Schilfrohr.
Er hatte kein Recht, sie jemals wieder zu berühren, mochte es ihn auch noch so sehr nach ihr verlangen. Doch der Kristall pochte über seinem Herzen und erfüllte ihn mit neuem heißem Verlangen. Val wusste, dass er verloren war. Ihm blieb nichts anderes übrig, als Kate wieder in seine Arme zu ziehen und sie ein weiteres Mal zu lieben.

14

Während der folgenden Wochen versank das Rosenstrauch-Cottage im Chaos. Halb gefüllte Reisetruhen und Handkoffer verbreiteten sich wie Pilze nach einem Regenguss, und Effie hielt mit ihren Vorbereitungen für die Reise nach London den ganzen Haushalt auf Trab.

Hutschachteln stapelten sich im Salon, Handschuhe, Fächer und andere unabdingbare Reiseutensilien türmten sich auf den Tischen.

Die Hausherrin lief unentschlossen auf und ab, nahm bald diese Uhr in die Hand und bald jene.

»Ach, herrje, ach, herrje!«, jammerte sie in einem fort und wandte sich dann an ihre Adoptivtochter, die still auf der Fensterbank saß.

»Kate, mein Liebes, du musst mir unbedingt einen Rat geben. Welche meiner kostbaren Uhren soll ich denn mitnehmen?«

Aber die junge Frau starrte nur aus dem Fenster und war in ihre eigenen Gedanken versunken. Und die waren alles andere als angenehm. »Gar keine«, antwortete sie nach einem Moment. »Ich glaube, in London ist man ausreichend mit Zeitmessern versorgt.«

»Aber es geht nichts über den Komfort, eine eigene Uhr zu haben. Ich habe einmal von einer Herzogin gehört, die ohne ihre eigenen Bettlaken nirgendwohin reisen konnte. Siehst du, mit meinen Uhren ergeht es mir ähnlich.«

Effie entschied sich endlich für eine Uhr aus Messing, nur um sie nach einem Moment wieder auf ihren Platz zurückzustellen.

Kate seufzte und wünschte Effie und ihre verdammten Uhren dorthin, wo der Pfeffer wächst. Sie schämte sich dieses unfreundlichen Gedankens, aber die letzten Wochen waren für sie wirklich sehr anstrengend gewesen.

Seit Tagen herrschte grauer Himmel, und es regnete in Strömen. Manchmal befürchtete die junge Frau, sie könne mit ihrem Zauber die Sonne vertrieben haben.

Oder hatte sie nur dem Mann, welchen sie liebte, das Licht genommen?

Val veränderte sich mit jedem Tag mehr, unterlag Stimmungsschwankungen und wirkte zunehmend unnahbarer. Die Dörfler tuschelten schon, der gute Doktor sei verrückt geworden oder verflucht.

Da war leider etwas dran, wie Kate zugeben musste. Ihr Liebster vernachlässigte seine Patienten, ging seiner Familie aus dem Weg und ritt stundenlang auf seinem infernalischen Hengst.

Die einzigen Male, bei denen Kate ihn noch zu sehen bekam, war dann, wenn ... Die junge Frau errötete bis unter die Haarwurzeln.

Und eigentlich sahen sie sich dabei nicht wirklich, denn sie trafen sich nur im Schutz der Dunkelheit. Aus der einen gestohlenen Nacht waren längst zwei, drei, vier geworden ...

Kate befürchtete, dass alle Leute mittlerweile über ihr Treiben Bescheid wussten. Dabei störte es sie nicht so sehr, was man hinter ihrem Rücken flüsterte, aber es schmerzte sie, wenn man Vals guten Ruf in Frage stellte.

Mittlerweile erhielt sie von ihm all die Leidenschaft, die sie sich immer gewünscht hatte, aber irgendwie hatte sie ihren Freund verloren. Manchmal fühlte sie sich in diesen Tagen wirklich einsam, so sehr, dass sie schon versucht gewesen war, den alten Prospero noch einmal in seinem Turm aufzusuchen.
Aber heute Nacht würde alles sein Ende finden. Genau ein Mondzyklus war seit der Nacht zu Allerheiligen vergangen. Die Vorstellung, den Zauber endlich zurücknehmen zu können, erfüllte Kate mit Erleichterung und auch Furcht …
»Mein Liebes?« Effie legte ihr eine Hand auf die Schulter. Kate wischte sich rasch eine Träne aus dem Auge, bevor sie sich zu ihrem Vormund umdrehte.
Effie stand mit zwei Uhren vor ihr. »Ich kann mich einfach nicht entscheiden. Welche von beiden findest du besser?«
Kate musste lachen, konnte sich einfach nicht dagegen wehren. Ihr Herz stand kurz davor, zu zerbrechen, und Effie verlangte von ihr, eine Uhr auszusuchen.
Um der Adoptivmutter nicht beide Zeitmesser zu entreißen und auf den Boden zu werfen, stand sie rasch auf und entgegnete: »Himmel noch mal, Effie, nimm doch beide mit, wenn du dich nicht von einer trennen kannst!«
Die ältere Frau prallte zurück und wirkte verletzt wie ein Kind, dem man ungerechterweise eine Ohrfeige verpasst hat.
»Tut mir Leid«, sagte Kate sogleich. »Nimm die vergoldete mit, die ist sowieso die schönste in deiner Sammlung.«
Aber damit hatte sie sich auf ein Gespräch eingelassen und bekam sofort die Rechnung präsentiert. »Freust du dich denn gar nicht auf die Reise, mein Kind? Ein bisschen aufgeregt bist du schon, was?«

Nein, wollte Kate erwidern, beherrschte sich aber. Wenn diese Nacht vorüber wäre, würde es keine Rolle mehr spielen, wo sie sich gerade aufhielt. Denn dann würde Val wieder ganz der Alte sein und sich furchtbar über das entsetzen, was sie während ihrer Schäferstündchen angestellt hatten.

Er würde Kate nie wiedersehen wollen, und damit hätte sie nicht nur ihren Liebhaber, sondern auch ihren Freund verloren.

Nach dieser Nacht erwartete sie nur noch ein schwarzer Abgrund.

Die junge Frau zwang sich zu einem Lächeln: »Ich glaube, London wird sicher ganz famos.«

Aber statt beruhigt zu sein, brach Effie in Tränen aus. Sie warf sich Kate in die Arme und schluchzte hemmungslos.

»Aber, Effie, was hast du denn jetzt schon wieder?«

»I-ich kann es einfach nicht ertragen, dich so unglücklich zu sehen!«

Was sollte sie ihrer Adoptivmutter nur sagen? Wie üblich schluckte sie ihren eigenen Kummer hinunter und versuchte, Effie zu trösten.

»Aber ich bin doch gar nicht unglücklich, sondern nur etwas müde. Und die Vorbereitungen für die Reise sind wirklich anstrengend.«

»J-ja, hast ja Recht.« Effie suchte nach ihrem Taschentuch. »Glaub nur nicht, mein Liebes, ich wüsste nicht, wie es in deinem Innern aussieht. Du bist traurig, weil du all deine Freunde und Freundinnen für eine Weile nicht mehr sehen kannst. Ehrlich gesagt, ich werde diesen alten Trottel, Mr. Trimble, auch ein wenig vermissen. Aber denk doch lieber an all die schönen Dinge, die wir in London zu sehen bekommen.«

All das, was Effie sich immer gewünscht hat, sagte sich

Kate und versuchte, etwas mehr Begeisterung in ihre Stimme zu legen.

»Ja, wir werden bestimmt viel Zerstreuung finden.«

»Gewiss, gewiss, und wir werden glücklich sein, das verspreche ich dir. Und ich mache auch alles wieder gut.«

Wovon redete Effie denn da? Sie hatte ihr doch kein Leid zugefügt. Doch bevor sie ihre Adoptivmutter befragen konnte, erschien Nan im Salon.

»Verzeiht bitte die Störung, Miss Effie. Ich weiß, dass Ihr gesagt habt, Ihr wollt keine Kundschaft sehen. Aber da ist diese Mollie Grey wieder an der Tür und will Euch unbedingt sprechen.«

»Ach, das arme Mädchen!«, rief Effie. »Sie will bestimmt von mir hören, was sie noch tun kann, um diesen Schurken Victor St. Leger dazu zu bringen, sie zu heiraten. Ich weiß nicht, was diesen Elenden davon abhält. Wo steckt er überhaupt. Weißt du das vielleicht, mein Liebes?«

»Äh, woher denn?« Kate erschrak und schämte sich ein wenig dafür, überhaupt nicht mehr an ihren zweiten Verehrer gedacht zu haben. »Ich bin mir sicher, dass Victor über kurz oder lang vor Mollie treten und ihr einen Antrag machen wird.«

»So? Dann sag du ihr das, denn ich spüre, wie ich wieder meine Kopfschmerzen bekomme.«

»Nein, Effie, nicht jetzt, bitte!« Kate hatte nicht die geringste Lust, der Frau gegenüberzutreten, der sie unfreiwillig den Bräutigam gestohlen hatte. Aber Effie hatte sich erstaunlich flink aus dem Salon entfernt, wie es ihr stets gelang, wenn etwas Unerfreuliches auf sie wartete.

»Dann führt unseren Besuch herein!«, befahl sie Nan notgedrungen.

Das Mädchen schlich unsicher herein und wirkte genauso wenig begeistert, hier nur Kate anzutreffen, wie Kate es

war, weil nicht Effie sondern sie mit der jungen Frau reden musste.
Kate hatte nie Freundinnen gehabt. Und selbst wenn es anders gewesen wäre, hätte sie sich wohl kaum Mollie ausgesucht. Mit ihrem weißblonden Haar und den stumpfen Augen erschien Mollie ihr zu fade.
Viele Leute im Dorf meinten, das Mädchen, eine von fünf Töchtern eines reichen Bauern, heirate über ihrem Stand, wenn sie mit einem St. Leger vor den Traualtar trete. Aber Effie hatte gesprochen, und an den Entscheidungen der Brautsucherin gab es nichts zu deuteln.
Kate, die am Kamin stand, setzte ein steifes Lächeln auf. »Hallo, Mollie, wie schön, Euch wiederzusehen. Miss Effie ist leider indisponiert. Tretet doch ein, und nehmt Platz.«
»Danke.« Die Stimme klang genauso glanzlos, wie der Rest der Erscheinung war. »Mir ist durchaus bewusst, dass Ihr mitten in den Reisevorbereitungen steckt, und ich wollte auch wirklich nicht lange stören. Aber ich dachte mir, ich sollte das hier Miss Effie vor der Abreise wiedergeben.«
Sie reichte der Adoptivtochter ein silberbeschlagenes Kästchen. Kate erkannte es sofort wieder: Das war die Schmuckschatulle, in der Effie ihre Perlen aufbewahrte. Die hatte sie von ihrem Großvater, Septimus Fitzleger, zu ihrem einundzwanzigsten Geburtstag geschenkt bekommen.
Wie kam Mollie dazu? Kate sah sie fragend an.
Das Mädchen senkte den Blick. »Miss Fitzleger ist überaus großzügig. Sie hat mir diese Perlen geliehen. Aber ich habe keine Gelegenheit mehr, sie zu tragen.«
»Aber wolltet Ihr denn nicht morgen Abend den Maskenball auf Castle Leger besuchen?«

»Nein, ich habe nicht vor, daran teilzunehmen. Außerdem sollte ich die Perlen zu einer ganz besonderen Gelegenheit tragen.«
Kate wurde das Herz schwer, als sie Mollies trauriges Gesicht sah. Was sollte sie nur mit ihr anfangen. In Ermangelung einer besseren Eingebung gab Kate ihr das Kästchen zurück.
»Mollie, ich glaube, Ihr solltet diese besondere Gelegenheit noch nicht abtun. Victor könnte doch noch zu Euch kommen, und das eher, als Ihr glaubt.«
Das Mädchen errötete ein wenig, schüttelte aber den Kopf. »Nein, ich habe ihn seit Wochen nicht mehr zu Gesicht bekommen. Er arbeitet sehr hart und kümmert sich um das Familienunternehmen. Wie ich hörte, soll er viel Zeit im Hafen von Penryn verbringen und dort lernen, wie man segelt und eine Mannschaft befehligt, und sogar in der Takelage herumklettern.«
»Na bitte, das hört sich doch gut an. Kann es ein besseres Anzeichen geben, dass ein Mann es ernst meint?«
»Mag sein, aber das tut er nicht für mich, sondern für Euch!«
»Großer Gott, das … das tut mir wirklich Leid, Mollie.«
»Muss es nicht. Ich glaube, Ihr könnt überhaupt nichts dafür.«
Kate fühlte sich mit einem Mal elend.
»Ich mag nicht die Schönste im Land sein«, sagte Mollie, »aber früher war Victor immer nett zu mir. Wir waren einmal alle auf einer Kirchweih. Meine Schwestern tanzten vergnügt, aber ich stand wie üblich als Mauerblümchen abseits. Das hat Victor bemerkt und mich zum Tanz gebeten.«
Kate bemerkte das Leuchten in Mollies Augen, als sie an jenen Abend zurückdachte. Wenn Victor sie jetzt hätte sehen können …

»Damals habe ich mich Hals über Kopf in ihn verliebt, aber ich hätte nie zu träumen gewagt, ihn wirklich für mich gewinnen zu können. Doch dann hat Effie erklärt, ich sei seine auserwählte Braut. Ein Traum schien wahr zu werden, doch es bedarf wohl mehr als eines Traums, um Victor St. Leger mit einem Bauernmädchen zusammenzubringen.«

»Ach, Mollie, wenn Ihr doch nur noch ein wenig warten könntet ...«

»Nein, ich bin zu der festen Überzeugung gelangt, dass Miss Effie diesmal ein Fehler unterlaufen sein muss. Aber wenn Ihr mir einen Gefallen tun wollt, dann prüft doch bitte Euer Herz, ob Ihr nicht doch seine Zuneigung erwidern könnt. Ich möchte ihn glücklich sehen.«

Kate konnte sie nur anstarren. Wenn eine andere Frau versucht hätte, ihr Val wegzunehmen, hätte sie sie auf der Stelle erschossen!

Schon wieder gehst du leichtfertig über das hinweg, was Val wirklich will, meldete sich ihr Gewissen zu Wort. Kate senkte beschämt den Kopf. Dieses einfache Bauernmädchen hatte ihr gerade eine Lektion erteilt.

»Hört mir zu!«, redete Kate auf Mollie ein. »Gebt Victor noch nicht auf. Heute Nacht wird etwas passieren, nach dem sich alles ändert. Das verspreche ich Euch! Geht morgen auf den Ball. Victor wird auch da sein – und Euch mit anderen Augen sehen!«

»Nein, Kate, niemals könnte ich –«

»Verdammt, Mollie! Tut, was ich Euch sage, sonst schleife ich Euch persönlich an den Haaren auf die Burg!«

Das Mädchen wollte fliehen, aber Kate hielt sie an den Händen fest. Und schließlich gab Mollie nach.

»Also gut, Kate, ich gehe zu dem Ball, wenn Ihr wirklich glaubt, dass mir das etwas einbringt.«

Als die Besucherin gegangen war, hoffte Kate inständig, nicht den Mund zu voll genommen zu haben.
Ihr Blick fiel auf Effies unzählige Uhren, die langsam vor sich hin tickten. Noch so viele Stunden, bis sie Prospero am stehenden Stein treffen würde.
Kate betete darum, dass bis dahin nicht noch etwas dazwischenkäme.
Sie wollte sich auf ihre Kammer begeben und hatte schon die halbe Treppe hinter sich gebracht, als Nan die Haustür öffnete und einen atemlosen Jem Sparkins einließ.
»Miss Kate, Ihr müsst sofort kommen, denn Ihr seid anscheinend die Einzige, die noch Einfluss auf Master Valentine hat. Ihr müsst ihn unbedingt zurückhalten, denn er ist auf dem Weg, Reeve Trewithan zu töten!«

15

Reeve Trewithan flog durch die Tür der Schänke und landete im Dreck des Stallhofs. Blutend und benommen blieb er liegen. Die Gäste im Dragon's Fire hingen an den Fenstern, und die Dörfler, die vorbeikamen, blieben neugierig stehen. Zwar hatten alle schon einmal eine Wirtshausschlägerei gesehen, aber keine, an der der sanfte Dr. St. Leger beteiligt war.

Schon kam Valentine herausgestürmt, um sich erneut auf seinen Gegner zu stürzen. Der hatte sich inzwischen wieder aufrappeln können, holte mit einer Faust umständlich nach Val aus und traf ihn nicht.

Dafür verpasste der Arzt ihm eine harte Gerade ans Kinn, und der folgte ein linker Schwinger in den Bauch des Mannes.

Stöhnend brach Reeve zusammen, aber Valentine wollte noch nicht von ihm ablassen. Wieder und wieder hieb er auf den Gegner ein.

»Val! Sofort aufhören! Hör auf! Der Mann hat mehr als genug!«

Die Stimme ertönte wie aus sehr weiter Ferne, und der Arzt ließ sich nicht aufhalten.

»Val, es ist genug!«

Zwei starke Arme legten sich von hinten um ihn und rissen ihn von Reeve fort. Val befreite sich mit einem tiefen

Knurren aus dem Griff und wirbelte zu seinem neuen Gegner herum.

»Val!«

Endlich drang die Stimme in sein Bewusstsein, und Valentine sah sich seinem Bruder gegenüber. Lance' Blick wirkte auf den Arzt wie ein Eimer Wasser ins Gesicht. Vals Wut verflog, und er ließ den Arm sinken. Als Lance ihn losließ, zitterten ihm die Knie. Er musste husten, und ein brennender Schmerz breitete sich in seiner Brust aus, Der Arzt schloss die Augen, bis das merkwürdige Stechen vergangen war.

Als er sich wieder im Griff hatte, starrte er voller Abscheu auf das, was er angerichtet hatte.

Reeve lag ausgestreckt vor ihm, und sein Gesicht war vor lauter blutenden und blutunterlaufenen Stellen kaum wiederzuerkennen. Sofort entstand in ihm der dringende Wunsch, dem Verletzten auf seine besondere Weise zu helfen.

Doch noch ehe er sich in Bewegung setzte, erhielt er einen Stoß, und Carrie Trewithan stürmte an ihm vorbei. Sie fiel mit einem schrillen Schrei vor ihrem Mann auf die Knie und hob seinen Kopf.

»Ganz ruhig«, beruhigte sie Reeve. »Alles wird wieder gut.« Sie drückte sein Gesicht an ihre Brust und fing an zu weinen.

Als Valentine zu ihr ging und ihr eine Hand auf die Schulter legte, zuckte sie vor ihm zurück und starrte ihn an wie einen Fremden.

»Dr. St. Leger, wie konntet Ihr das tun?«

Er hatte ihr doch nur helfen wollen. Als Dank starrte sie ihn an, als sei er der Leibhaftige. Als Val sich umsah, bemerkte er, dass auch die anderen ihn anstarrten, bestenfalls mit gemischten Gefühlen, meist aber mit Unverständnis. Sogar sein eigener Zwillingsbruder bildete keine Ausnahme.

Doch Lance reagierte als Erster. »Das war's, alles ist vorbei«, wandte er sich an die Gaffer. »Du da, komm her, und hilf Mrs. Trewithan, ihren Mann nach Hause zu schaffen.«

Die Menge zerstreute sich auf Befehl des Burgherrn von Castle Leger. Val stand da, fühlte sich erschöpft und ärgerte sich. Der Splitter an seiner Brust pochte wieder.

Die Menschen hier hatten Lance immer schon gehorcht. Wenn sein Bruder Reeve Trewithan zusammengeschlagen hätte, hätten sie ihm bestimmt Beifall geklatscht. Ja, wo der gnädige Herr hinlangte, wuchs kein Gras mehr. Aber wenn der heilige Valentine sich so etwas erlaubte, löste er damit nur Ekel und Empörung aus. Die Menschen, die ihn sonst um Hilfe anflehten, wandten sich nun angewidert von ihm ab.

Sollte sie doch alle der Teufel holen!

Val wollte höhnisch lächeln, aber seine Kehle zog sich vor Schmerzen zusammen. Er machte auf dem Absatz kehrt und eilte davon, um so viel Entfernung wie möglich zwischen sich und dieses elende Dorf zu bringen.

»Warte!«

Aber er hörte nicht auf seinen Bruder. Der Letzte, mit dem er jetzt reden wollte, war Lance. Der hielt ja doch nur ein Dutzend oder mehr Fragen für ihn bereit.

Der Arzt lief in Richtung Strand und wollte nur noch fort. Burg Leger war genauso wenig sein Heim wie das Schieferhaus. Er warf einen Blick auf die Klippen, auf das Land, das er einmal so sehr geliebt hatte …

Nein, hier gehörte er nicht mehr hin. Hier war er immer nur ein Außenseiter gewesen, und –

»Val!« Sein Bruder befand sich direkt hinter ihm. »Bitte, so warte doch einen Moment. Erklär mir bitte, was sich dort abgespielt hat.«
»Wonach hat es denn ausgesehen? Ich habe ein wenig die Beherrschung verloren.«
»Was, du? Der Heilige St. Valentine?«
»Nenn mich nie wieder so! Nie wieder! Ich finde diesen Scherz schon lange nicht mehr komisch.«
»Val, fühlst du dich noch gut?«
»Ja, bestens! Und hör auf, mich anzustarren, als wüsstest du nicht, wer ich bin.«
»Vielleicht weiß ich das ja auch nicht mehr. Womit hat Reeve dich denn so wütend gemacht?«
»Mit nichts.« Der Mann hatte tatsächlich nichts Ungewöhnliches getan, sondern nur wieder in der Schänke herumgehangen. Aber mit einem Mal hatte Val in ihm einen jener brutalen Kerle gesehen, gegen die er sich früher nie zur Wehr gesetzt hatte, die seine Geduld auf eine harte Probe gestellt hatten …
Etwas hatte angefangen sich mit Macht in ihm zu regen, wie ein Raubtier, das aus seinem Käfig will …
Der Arzt musste husten. Dann sagte er: »Bei Trewithan hat mich einfach die Wut gepackt. Aber immerhin habe ich ihn nicht totgeschlagen, also vergessen wir das Ganze, ja?«
»Verdammt, Val, du solltest aber mit jemandem darüber reden. Seit Wochen bist du ein ganz anderer. Du gehst uns aus dem Weg, und wir machen uns langsam Sorgen um dich.«
Früher hätte das Mitgefühl in Lance' Augen ihm Trost geschenkt, doch heute ärgerte es ihn zusätzlich.
»Du hättest dir besser Sorgen um mich gemacht, als ich noch ein Krüppel war.«

»Verzeih, natürlich habe ich mich gefreut, als ich sehen durfte, wie gut du wieder laufen kannst, aber –«
»Das glaube ich gern, warst du damit doch auch dein altes schlechtes Gewissen los, was, Bruderherz?«
Lance zuckte zusammen und erbleichte. Val wusste, wie sehr er seinem Bruder wehtat, aber nun, da seine Verbitterung sich einmal Bahn geschaffen hatte, sollte alles gesagt werden.
»Deinem dummköpfigen Wagemut in der Schlacht hatte ich es zu verdanken, nicht mehr laufen zu können. Ja, Lance, du hast wirklich Grund, dich darüber zu freuen, mich wieder wohlauf zu sehen.«
Wie gut es tat, seinem Zwillingsbruder alles heimzuzahlen, und –
Nein! Der Kristall zwang ihn dazu. Val schloss eine Hand um den Splitter, so als wolle er ihn sich von der Brust reißen. Aber die dazu nötige Kraft hatte er nicht.
»Geh weg, Lance. Lass mich einfach in Ruhe!«
»Ich lasse dich nicht allein, und zwar aus dem gleichen Grund, aus dem du mir damals auf dem spanischen Schlachtfeld beigestanden hast: Weil ich dein Bruder bin!«
Der Arzt schüttelte nur den Kopf und setzte sich wieder in Bewegung. Zu seinem Verdruss hielt Lance mit ihm Schritt und ließ sich nicht abschütteln. Eine ganze Weile liefen sie schweigend nebeneinander her.
»Val«, meinte Lance dann zögernd, »auch wenn du nicht mit mir reden willst, es gibt da eine Angelegenheit, über die ich mit dir sprechen muss.«
»Tatsächlich?«, fragte der jüngere Zwillingsbruder unwillig.
»Ich weiß nicht recht, wie ich beginnen soll, aber mir kommen immer häufiger dumme Gerüchte über dich und Kate zu Ohren. Natürlich gebe ich nichts darauf, doch –«

»Das solltest du aber. Jedes Wort ist wahr.«
»Du wirst doch wohl das Mädchen nicht verführt haben. Niemals!«
»Dazu bedurfte es auch keiner großen Verführungskunst. Sie begehrte mich genauso sehr wie ich sie.«
Lance geriet aus dem Tritt und starrte ihn so fassungslos an, dass sein Bruder ebenfalls stehen blieb. Am liebsten hätte Val Lance ins Gesicht geschlagen.
»Jetzt schaust du dumm, was, Bruderherz? Du warst ja so überzeugt davon, dass Kate etwas mit diesem Trottel Victor anfangen würde; dass sie vielleicht an mir Gefallen finden könnte, kam dir nie in den Sinn, nicht wahr?«
»Nein, Val, so habe ich nicht gedacht. Ich glaubte nur, dass du … meinte, dass du …«
»Dass ich mit meinem verkrüppelten Bein kein richtiger Mann mehr wäre, was?«
»Warum gerade Kate? Ich weiß natürlich, dass sie in dich verschossen war. Aber sie ist ja noch recht jung, und du bist alt genug, um es besser zu wissen, dass –«
»Kate nicht meine erwählte Braut ist, nicht wahr? Ich will kein Wort mehr über unsere Tradition und die Familiensage hören. Wäre ich doch nur nie als St. Leger geboren worden!«
»Val, das kannst du unmöglich ernst meinen!«
»Doch, noch nie ist mir etwas so ernst gewesen. Du hast deine große Liebe gefunden und kannst bis ans Ende aller Zeiten deine große Romanze genießen. Aber was wird aus mir? Was habe ich eigentlich verbrochen, um zu einem solchen Schicksal verurteilt zu werden? Bis an mein Ende unverheiratet bleiben zu müssen?«
»Nichts, Val. Ehrlich gesagt habe ich Effies Weigerung, dir eine Braut zu suchen, auch nie verstanden. Aber du wirktest immer so, als hättest du dich damit abgefunden.«

»Dann hättest du vielleicht mal genauer hinsehen müssen.«
»Ja, das hätte ich tun sollen. Mein Versäumnis tut mir Leid.«
Val wollte weggehen, aber Lance stellte sich ihm in den Weg. Der Kristallsplitter pochte heftig.
»Jetzt hör mir gut zu. Ich gehe auf der Stelle zu Effie und verlange von ihr –«
»Verstehst du denn nicht?«, unterbrach ihn sein Bruder. »Dafür ist es schon zu spät! Selbst wenn Effie mir eine Braut fände, wollte ich sie nicht haben, denn ich liebe Kate und will keine andere.«
»Dann kann dir nur noch Gott helfen. Du hast die Familienchronik lange genug studiert, um zu wissen, was dir bei einer Weigerung blüht.«
»Ich fühle mich bereits wie ein Verdammter.«
»Und ich werde nicht untätig daneben stehen, wenn es dich und Kate in den Untergang zieht.«
Der Arzt erkannte, wie ernst es seinem Bruder war. »Verdammt, hast du dich noch nicht genug eingemischt, indem du Effie dabei geholfen hast, diese verwünschte Reise nach London zu machen? Aber Kate wird keinen Fuß in die Kutsche setzen, sondern hier bleiben.«
»Val, nun lass doch einmal vernünftig mit dir reden –«
Der Arzt packte ihn am Kragen. »Ich habe dir einmal das Leben gerettet, Lance. Zwing mich nicht, das zu bereuen. Ich schwöre, dass ich jeden vernichten werde, der sich zwischen mich und Kate stellen will. Das gilt auch für dich!«
Lance wehrte sich nicht gegen den Griff. »Val, du bist nicht mehr ganz bei dir. Bitte, lass mich dir helfen.«
Er spricht mit mir, als hätte ich den Verstand verloren, dachte Val, und schwärzester Zorn brandete in ihm auf – wie ein Ungeheuer, das man von der Kette lässt.

»Du kannst nur eines für mich tun: Halte dich von mir fern!«
Der Arzt kehrte seinem Bruder den Rücken zu und lief den Strand hinunter. Er hoffte, dass Lance genug Einsicht hatte, ihm diesmal nicht zu folgen.
Als er sich eine Minute später umdrehte, zog sein Bruder gerade mit hängenden Schultern ab.
Val fühlte gewaltigen Triumph in sich und hätte am liebsten laut gelacht …
Doch da mischte sich Bestürzung in seine unbändige Freude. Was hatte er nur getan? Sich seinem Bruder noch mehr entfremdet.
Er sah Lance hinterher und wäre am liebsten zu ihm gelaufen, um ihm alles zu erzählen. Das, was sich an Halloween zugetragen hatte, was zwischen Rafe Mortmain und ihm geschehen war, und von dem Kristallsplitter. Schließlich war Lance sein Bruder.
Und als Erstes nimmt Lance dir dann die Halskette ab. Er nimmt dir deine Macht und deine Gesundheit. Und zum Schluss nimmt er dir auch noch Kate weg. Willst du das?
»Nein!«, schwor sich Valentine und umschloss besitzergreifend den Stein an seinem Hals. Mit einem Gefühl der Verlorenheit lief er weiter.
Als er das Schieferhaus erreichte, war er vollkommen durchgefroren. Er musste sich am Gartentor festhalten, da ihn schon wieder ein Hustenanfall schüttelte.
Was fehlte ihm bloß? Bei jedem anderen hätte er Schwindsucht diagnostiziert. Aber bei dem Husten handelte es sich um etwas anderes.
Die gleiche Schwärze breitete sich in seinem Innern aus, die schon Rafe gespürt hatte.
»Val!«
Ein Ruf aus einiger Entfernung. Im ersten Moment hoffte

der Arzt, sein Bruder sei gekommen. Doch als er sich umdrehte, sah er Kate herbeirennen und den alten Jem Sparkins weit hinter sich lassen.
Erleichtert ließ der Arzt das Gartentor los und breitete die Arme weit aus. Sie warf sich hinein, und beide bedeckten einander mit Küssen.
»Val, ist mit dir alles in Ordnung? Jem berichtete mir, du hättest dich mit Reeve geschlagen … Was ist denn mit deinen Händen?«
Zum ersten Mal entdeckte er seine geschwollenen Knöchel und das Blut, das von Trewithan stammen musste.
Etwas Nasses fiel auf eine seiner Wunden und brannte darin. Kate hielt seine Hand und weinte um ihn.
Valentine wäre einen Moment später zusammengebrochen, wenn Kate und Sparkins, der gerade hinzutrat, ihn nicht aufgefangen hätten.

Der Arzt ließ sich zum Sessel in seiner Bibliothek bringen und weigerte sich, ins Bett getragen zu werden.
Kate wagte nicht, ihm zu widersprechen. Zum ersten Mal spürte sie, dass sie Angst vor Val hatte. So sanft wie möglich rieb sie seine Hände mit einer Salbe ein. Aber er schien überhaupt nichts zu spüren. Und wenn man ihm in die Augen sah, konnte man den Eindruck gewinnen, er glitte in eine andere, eine dunkle Welt hinüber.
Jem erschien mit der Brandyflasche, und die junge Frau hielt Val ein gefülltes Glas an die Lippen.
»Trink das.«
Er nahm nur einen winzigen Schluck und betrachtete dann mit einem Lächeln seine verbundene Hand. Aber der gequälte Ausdruck in seinen Augen brachte Kate beinahe um den Verstand.
Als sie ihm ein paar Haare aus der Stirn strich, zog er sie

auf seinen Schoss. Kate schmiegte sich an ihn und hoffte, einen der guten Momente von früher zu erleben, wenn sie sich in seinen starken Armen geborgen gefühlt hatte.
Aber das schien in einem anderen Leben gewesen zu sein. So viel war in der letzten Zeit geschehen – und für alles war sie verantwortlich.
Höchste Zeit, dass sie den Zauberbann aufhob und Val freigab.
»Val, du siehst so erschöpft aus. Den ganzen Tag bist du herumgeritten. Ich weiß nicht einmal, wo du gewesen bist.«
»Im verlorenen Land.«
»Auf dem Besitz der Mortmains? Val, du hast mir immer aufgetragen, mich von dort fern zu halten. Was hat dich denn dorthin geführt?«
»Das weiß ich jetzt auch nicht mehr so genau. Wahrscheinlich habe ich nach Antworten gesucht.«
»Aber du weißt doch schon alles über diese Sippschaft! Vor allem über Rafe Mortmain, den Schlimmsten von allen. Erst stiehlt er euer Familienschwert, und dann bringt er dich auch noch fast um!«
»Vielleicht litt er solche Schmerzen, dass er gar nicht anders konnte … weil er furchtbar krank war.«
Kate sah ihn irritiert an und fühlte ihm die Stirn.
Val lachte rau. »Du glaubst, ich spreche im Fieberwahn? Womöglich hast du Recht. Aber in letzter Zeit stelle ich alles in Frage.«
Er wirkte so gehetzt und traurig, dass sie ihn einfach in die Arme nehmen musste. »Ach, mein Liebster, bald wird alles wieder gut. Warte nur den morgigen Tag ab. Am besten legst du dich bis dahin ins Bett.«
»Mit dir?«, fragte er, hob ihre Fingerspitzen an seine Lippen und sah sie mit dem Blick an, den sie nur zu gut

kannte. Bevor sie antworten konnte, zog er schon ihr Gesicht an das seine heran, um sie zu küssen.
Kate versuchte, sich aus seinen Armen zu befreien, aber er hielt sie nur noch fester und küsste sie noch leidenschaftlicher.
»Val, bitte«, murmelte sie, als seine Lippen über ihren Hals wanderten und erneut das Beben in ihr erzeugten. Als seine Hand sich auf ihre Brust legte, zitterte sie ...
Mit letzter Kraft riss sie sich von ihm los. »Nein ...« stammelte sie mit wenig Überzeugungskraft und zog sich noch einen Schritt von ihm zurück.
Seine Hände umklammerten die Sessellehnen, und sie fürchtete schon, er wolle aufspringen und zu ihr stürzen. Aber dann sah die junge Frau die unendliche Trauer in seinem Blick.
»Auch du, Kate? Auch du willst mich verlassen und dich gegen mich stellen – wie jeder andere im Dorf?«
»Aber nein, Val, wie kommst du nur auf so etwas?«, entgegnete sie und fürchtete, er könne das wirklich ernst meinen. »Niemand wendet sich gegen dich, die Menschen in Torrecombe ehren und bewundern dich!«
»Ja, früher einmal. Aber ich kann nicht mehr ihr Arzt sein. Ich bin müde, so müde, Kate.«
Er versuchte, sie noch einmal an sich zu ziehen. Die junge Frau musste alle Willenskraft aufbieten, um ihm zu widerstehen.
»Kate, willst du mich denn nicht mehr?«
Ach, wenn er wüsste. »Natürlich will ich dich noch, aber ich habe solche Angst.«
»Wovor denn?«
»D-dass wir zu unbesonnen sind ... und ich von dir ein Kind bekomme ...«
»Und von mir willst du kein Kind?«

Es gab wohl nichts auf der Welt, was sie lieber wollte. »Wir sind nicht verheiratet, und nach allem, was ich in meinem Leben durchgemacht habe, möchte ich nicht, dass mein Kind unehelich zur Welt kommt.«
»Glaubst du denn, das würde ich zulassen? Aber du warst doch bislang immer dagegen, mit mir vor den Altar zu treten.«
Aber nur, weil er sie nicht mehr haben wollte, wenn der Zauber erst einmal aufgehoben wäre.
»Nun, ich hoffe immer noch, dass wir erst den Segen deiner Familie bekommen können.«
»Das solltest du rasch vergessen. Mein Bruder schmiedet bereits Pläne, dich mir wegzunehmen. Wir hätten uns heute beinahe deswegen geschlagen.«
Die beiden Brüder wollten mit den Fäusten aufeinander losgehen? Daran war nur ihr verwünschter Zauberspruch schuld!
»Vergiss die St. Legers, die waren immer schon ein Haufen Narren. Wenn sie uns weiterhin Scherereien machen, vernichte ich die ganze Familie –« Er schwieg von einem Moment auf den anderen, als er Kates entsetzte Miene sah. »Nein, nein, so habe ich das nicht gemeint. Mir widerstrebt es zutiefst, gegen meinen Bruder oder meinen Vater kämpfen zu müssen. Oder gegen sonst jemanden … Aber Anatole St. Leger wird bald zurückerwartet, und dann setzt er Himmel und Hölle in Bewegung, um uns zu trennen … Ich weiß nicht, was ich dann tun werde … Tod und Verdammnis! Wir müssen hier fort. Jetzt, auf der Stelle!«
»Noch heute Abend?«, fragte Kate überflüssigerweise.
»Ja, sag Jem Bescheid, dass er eine Kutsche vorbereiten soll.«
Die junge Frau starrte ihn an, denn sie glaubte, ihren Oh-

ren nicht trauen zu dürfen. Doch Val war es ernst mit seinen Fluchtplänen.
Als sie wie erstarrt stehen blieb, sprang er auf, lief zur Tür und rief selbst nach Jem.
»Val, bitte …«
»Die Zeit für Ausflüchte ist vorüber, Kate.«
»Du musst mir noch ein wenig Zeit lassen.«
»Wozu denn? Damit du es dir wieder anders überlegen kannst? Du gehörst jetzt mir, und ich werde dich nie mehr loslassen.«
War das eine Drohung? Von Val? Erneut bekam sie Angst vor ihm. Wenn ihr nicht bald etwas einfiel, würde er sie zwingen, mit ihm durchzubrennen.
»Nein, Val, ich brauche Zeit, um meine Sachen zusammenzupacken. All die Dinge, die mir lieb und teuer sind. Gib mir nur einen Tag, Val.«
Tatsächlich entspannte sich in diesem Moment seine grimmig entschlossene Miene.
»Aber gern, mein Schatz. Noch einen Tag, aber danach gibt's keine Verzögerung mehr. Morgen Abend verlassen wir diesen Ort.«
»Aber morgen Abend findet der Maskenball der St. Legers statt.«
»Umso besser. Bei all der Aufregung wird einige Zeit vergehen, ehe man uns vermisst. Ich komme mit der Kutsche zur Kreuzung auf der Burgstraße. Dort treffen wir uns. Erscheine bitte nicht später als acht Uhr abends.«
Sie nickte nur.
»Du lässt mich doch nicht im Stich?«
»N-nein!«
»Dann versprich es mir.«
Sie gab ihm ihr Wort, aber nur, weil er morgen darauf bestimmt keinen Wert mehr legen würde.

16

Ein sternenklarer Himmel erhellte die Nacht, und das ruhige Meer wisperte in einem verführerischen Rhythmus.

Aber Kate war nicht unterwegs, sich mit ihrem Liebsten zu treffen, sondern um einen Zauber rückgängig zu machen; und das würde ihr ihren Schatz auf immer nehmen.

Ängstlich näherte sie sich dem stehenden Stein. Der große Stein ragte vor ihr auf und wirkte noch gebieterischer als sonst.

Allein hätte sie sich nie wieder hierher gewagt.

Aber sie wollte hier jemanden treffen.

Prospero stand schon am Fuß des Steins. Heute Nacht wirkte er mehr als bei früheren Begegnungen wie der Geist, als der er sein Dasein fristete.

Ein Schaudern überlief sie bei seinem unheimlichen Anblick. Als sie ihn mit einem Knicks begrüßte, umwehte sie eine eisige Brise und zwang sie, den Kopf zu heben und das Gespenst anzuschauen.

»Da seid Ihr ja endlich, mein Fräulein. Ich hatte schon befürchtet, Ihr könntet es Euch anders überlegt haben.«

»Nein, habe ich nicht. Ihr hoffentlich auch nicht … oder?«

»Bin ich hier erschienen oder nicht?« Er verbeugte sich vor ihr. »Ich stehe Euch zur Verfügung, auch wenn ich nicht weiß, ob Ihr mich wirklich braucht. Mir scheint etwas von einer Hexe in Euch zu stecken.«

»Wie kommt Ihr denn auf so was?«, fragte sie.
»Nun, weil Ihr es immer wieder schafft, mich zu verhexen und ich Dinge tue, die ich noch nie für einen Sterblichen vollbrachte. Wie zum Beispiel die Burg zu verlassen und mich aufs offene Land hinauszuwagen.«
Da bemerkte Kate, mit wie viel Sehnsucht er den Blick über diese Gegend schweifen ließ. Nie hätte sie gedacht, dass sie ihm mit ihrer Bitte so viel Kummer bereiten könnte.
»So lasst uns denn beginnen«, sagte der Vorfahr.
Kate nickte und zog sich die Kapuze ihres Umhangs über den Kopf.
»Äh, verzeiht, mein Fräulein. Mir ist zwar durchaus bewusst, dass man mit allerlei Zierrat und Symbolen in die rechte Stimmung für eine solche Beschwörung kommen kann, die wir heute Abend beabsichtigen, aber Ihr müsst Euch nicht gleich in einen Mönch verwandeln.«
»Das tue ich doch auch gar nicht. Ich will mich lediglich vor dem Sturm schützen.«
»Was denn für ein Sturm? Ich sehe keine einzige Wolke am Himmel.«
»Ja, aber an Halloween hat es geblitzt und gedonnert. Und da habe ich gedacht, Ihr würdet heute ein Unwetter heraufbeschwören, um den Zauber rückgängig zu machen.«
Prospero lachte gut gelaunt. »Bei allem, was recht ist, Kate, Ihr habt eine noch übersteigertere Meinung von meinen Fähigkeiten als ich selbst. Das Wetter vermag ich nun wirklich nicht zu ändern.«
»Aber in der Nacht zu Allerheiligen hat es doch gewittert«, beharrte die junge Frau.
»Richtig, und deswegen gibt es das heute nicht. Habe ich Euch nicht gesagt, dass man alles ins Gegenteil verkehren muss, um einen Zauber rückgängig zu machen?«

»Ach so.« Kate zog die Kapuze vom Kopf und kam sich ein wenig töricht vor.
Aber da meinte Prospero: »Na ja, ein Feuer bräuchten wir schon.«
Kate wollte schon loslaufen und Holz sammeln, als er sie zurückhielt. »Meine Liebe, ein Feuer zu erschaffen, ist nun wirklich keine große Kunst.«
Er zog seinen geheimnisvollen Kristall aus einer Tasche, und in dessen Facetten spiegelte sich das Mondlicht wieder. Prospero stellte den Stein auf den Boden, und schon schossen an ihm Flammen empor. Prospero wurde in höllisches Glühen gebadet, und das schien ihm zu gefallen.
»Ihr habt mitgebracht, was ich von Euch verlangte?«
Kate nickte und zog ein Stück Kohle aus den Falten ihres Umhangs, reichte es dem Zauberer, und der las, was sie darauf eingeritzt hatte.
»S und V. Ihr habt die Buchstaben doch hoffentlich umgetauscht. Somit lauteten die Initialen der beiden von Euch verhexten Männer also VS.«
Kate nickte und wich seinem Blick aus.
»Wohlan denn, mein Fräulein, ich will mein Bestes versuchen. Aber ich sage Euch gleich, dass es nicht leicht werden wird, nur einen halben Zauber aufzuheben und –«
»Aber nein, ich habe meine Meinung geändert. Hebt bitte den ganzen Zauberbann auf. Von beiden Männern.«
»Dann habt Ihr also beschlossen, auf den Mann zu verzichten, den Ihr liebt.«
»Ja«, antwortete sie leise und wusste, dass der gefürchtete Moment unweigerlich gekommen war. »Da gibt es nämlich noch etwas, was ich Euch noch nicht erzählt habe. Der Mann, den ich liebe, heißt Val, Val St. Leger.«
Kate zog den Kopf ein, weil jetzt unweigerlich ein Donnerwetter über sie hereinbrechen würde.

Aber Prospero lächelte nur belustigt: »Das weiß ich doch längst, meine Liebe. Wenn Ihr mich in meinem Turm aufgesucht habt und wir ins Plaudern gerieten, spracht Ihr kaum einen Satz, der nicht mit *Val hat gesagt* oder *Val meint* begann. Nur eine sehr verliebte Frau versteht es, ihre Zuhörerschaft derart zu ermüden.«
Kate verzog das Gesicht. Da hatte sie geglaubt, sich so geschickt angestellt zu haben. Wenigstens war Prospero nicht böse geworden. Aber vielleicht verstand er nicht so recht …
»Ihr müsst aber wissen, dass ich nicht Vals auserwählte Braut bin.«
»Verzeiht, meine Liebe, aber auch diese Schlussfolgerung eröffnete sich mir. Wenn Ihr nämlich die auserwählte Braut wärt, hättet Ihr kaum auf schwarze Magie zurückgreifen müssen.«
»Und Ihr seid mir nicht böse, weil ich der Familiensage trotze?«
Der Geist zuckte die Schultern. »Na ja, meine Sage ist es nicht. Zu meiner Zeit gab es noch keinen Brautsucher.«
»Und wie seid Ihr an Eure Braut gelangt?«
»Nun, auf viel weltlichere und praktischere Weise. Ich suchte mir die Frau mit der größten Mitgift und den besten Familienverbindungen und habe sie auf der Stelle geheiratet. Wie ich Euch bereits einmal anvertraute, haben mich damals Dinge wie die wahre Liebe und ähnliches in meiner Vorgehensweise nicht beeinträchtigt.«
»Und heute?«
»Im Lauf der Jahrhunderte erhielt ich reichlich Gelegenheit, das Glück der Nachfahren mitzuerleben, die sich ihre Braut vom Brautsucher finden ließen. Und natürlich das Unglück derjenigen, welche sich nicht daran hielten.«
»So wie bei Val und mir.«

»Ja, so wie bei Euch und Eurem zurückhaltenden Gelehrten … Ich muss allerdings gestehen, dass ich nie eine Frau erlebt habe, die sich mit solch unangreifbarer Entschlossenheit für einen bestimmten Mann entschieden hat.«

»Es ist wohl eher die reine Selbstsucht«, sagte Kate traurig. »Ich habe sogar schwarze Magie eingesetzt, um ihn für mich zu bekommen, und nicht einen Gedanken daran verschwendet, ob das auch für ihn das Beste wäre …

Mein Zauber aber zerstört ihn. Er liebt mich, ja, doch entgegen seiner Ehre und seiner Überzeugung … In manchen Momenten erkenne ich ihn nicht mehr wieder, und …«

Ihre Kehle zog sich zusammen, ehe sie hinzufügte: »Ich habe Angst, dass ich ihn mit meinem Zauber umbringe.«

»Und das alles von einem kleinen Liebeszauber, meine Beste?« Prospero legte die Stirn in Falten. »Das kommt mir doch alles recht eigenartig vor. Der Zauber ist nicht mehr als eine Spielerei, auf die ich während meiner Reisen stieß. Mich wundert schon, dass sie überhaupt einen Erfolg zeitigte. Nun grämt Euch nicht, ich will es trotzdem versuchen. Doch sagt mir noch, was wird aus Euch, sobald der Zauber aufgehoben ist?«

»Ach, das soll unsere geringste Sorge sein. Alle sagen mir, meine Gefühle für Val seien nur eine Jungmädchenschwärmerei, die rasch vorübergehe.«

»Und so etwas glaubt Ihr? Ich meine, es muss schon eine ganz besondere Liebe sein, wenn Ihr sogar bereit seid, auf ihn zu verzichten.«

»Mag sein, aber das spielt jetzt keine Rolle. Ich möchte nur, dass Val wieder so wird wie vorher.« Eine Träne stahl sich über ihre Wange. »Können wir bitte anfangen, damit wir die Sache bald hinter uns haben?«

»Sehr wohl, Verehrteste. Eines würde mich aber wirklich noch interessieren. Um wen handelt es sich denn bei dem anderen Mann, der Eurem Zauber zum Opfer fiel?«

»Victor St. Leger.«

»Oho, noch ein St. Leger. Teuerste, wenn Ihr schon ein Desaster heraufbeschwört, gebt Ihr Euch aber nicht mit halben Sachen zufrieden.«

»Wahrscheinlich nicht«, gab sie zerknirscht zu.

»Keine Sorge, Kate, wir werden das Kind schon schaukeln.«

Der Zauberer baute sich vor dem Feuer auf, und die junge Frau wahrte vorsichtshalber einen Sicherheitsabstand. Sie fühlte sich elend, und daran konnte die eigenartige Atmosphäre dieses Ortes auch nichts ändern.

Prospero warf natürlich keinen Schatten, und dennoch schien er mit seiner reinen Gegenwart den ganzen Ort zu beherrschen. Er hob die Arme und legte den Kopf in den Nacken.

Leise Worte kamen aus seiner Kehle, unverständliches Gemurmel. Er redete immer schneller, so als versetze er sich in einen Rausch, um alle Dämonen der Hölle heraufzubeschwören.

Dann schleuderte der Urahn das Kohlestück in das Feuer. Die Flammen schossen mit ohrenbetäubendem Tosen in den Himmel, und Kate fiel schreiend auf die Knie.

Sie bedeckte die Augen und hörte nur die furchtbare Explosion, als würde die Erde entzweigerissen.

Und dann trat mit einem Mal vollkommene Stille ein, in der man nur das leise Rauschen der Brandung vernahm.

Kate hob den Kopf und öffnete die Augen. Das Feuer erlosch … und von Prospero war nichts mehr zu sehen.

Ihr drohte das Herz stehen zu bleiben, als sie ihn schließlich auf der anderen Seite des Steins entdeckte.

Zitternd erhob Kate sich und sagte sich, dass sie nun bis ans Ende ihrer Tage von der Magie genug habe.
»Hat es geklappt?«, fragte sie flüsternd.
»Ich glaube, ja. Was immer Ihr mit dem Zauberspruch bewirkt haben mögt, ist nun ungeschehen gemacht …«
Kate störte sich in diesem Moment weder an seiner verdrehten Formulierung noch an dem Zögern in seiner Stimme. Sie konnte sich nur darüber freuen, dass Val jetzt wieder ganz der Alte sein würde.
»Danke, danke, seid tausendfach bedankt«, schluchzte sie ergriffen.
Prospero nickte nur; denn im Gegensatz zu ihr verspürte er wenig Erleichterung. Das Böse, das er schon vor Wochen entdeckt hatte, war durch den heutigen Zauber nicht zurückgedrängt worden.
»Gehabt Euch wohl«, wünschte Kate ihm zum Abschied.
Diese Worte trafen ihn tiefer, als er gedacht hatte. Aber natürlich, sagte Prospero sich dann, nun, nachdem ihre Geschäfte erledigt waren, sah die junge Dame keine Veranlassung mehr, ihn wiederzusehen.
Schade, er hatte sich an sie gewöhnt.
»Ich verreise nämlich in Kürze nach London«, erklärte sie.
»Das ist aber weit weg.«
Sie versuchte, tapfer zu lächeln, und das machte es für den Urahn nur noch schlimmer.

17

Die große Halle von Burg St. Leger sah aus, als hätte der Zauberer Merlin sie in die Zeit von Camelot zurückversetzt.
Ein großes Feuer prasselte im offenen Kamin, und die langen Tische bogen sich unter den Platten mit dampfenden Speisen. Spielleute und Minnesänger spielten auf, und die Herren und die Damen bewegten sich zu mittelalterlicher Tanzmusik.
Fackeln und Kerzen beleuchteten die Halle, an deren Ende man einen Steinblock aufgestellt hatte, in dem Artus' königliches Schwert Excalibur darauf wartete, herausgezogen zu werden.
Einem kritischen Beobachter wäre gleich aufgefallen, dass man hier alles nur nachgemacht hatte. Aber Effie Fitzleger klatschte vor Begeisterung in die Hände. Ihr doppelhörniger Kopfputz hätte beinahe einem Umstehenden ein Auge ausgestochen, als sie sich verzückt zu ihrer Begleiterin umdrehte.
»Kate, ist das nicht wirklich allerliebst?«
»Ja, wirklich wunderbar«, bestätigte die junge Frau gehorsam.
»Aber wart's nur ab, das hier ist nichts gegen die Bälle, die wir in London besuchen werden. Stell dir das nur mal vor.«
Gerade das wollte Kate nicht tun. Ihr Herz weilte ohnehin nicht hier, sondern im Schieferhaus. Effie fiel schon wie-

der über sie her, zupfte hier etwas zurecht und zog da etwas gerade.
»Mein Liebes, du hast mir versprochen, dass du heute Abend wenigstens versuchen wolltest, dich zu amüsieren.«
»Ich gebe mir alle Mühe«, entgegnete sie. Ihre Adoptivmutter hatte aber auch nicht das geringste Gespür für die Spannungen, die hier trotz aller Lustbarkeiten die Stimmung trübten.
Alle Gäste, die von nah und fern angereist waren, spürten, dass bei den St. Legers etwas in der Luft lag und dass Kate die Ursache dafür sein musste.
Immer wieder musterten sie verstohlene Blicke, und sie wünschte sich, einen Migräneanfall vorgetäuscht zu haben und im Bett geblieben zu sein.
Kate spürte Erleichterung, als sich Mr. Trimble näherte und ihre Adoptivmutter mit Beschlag belegte. Effie betrachtete ihn nur über den Rand ihres Fächers, fand sich jedoch bald im züchtigen Flirten mit ihm wieder.
So konnte sich Kate unbemerkt davonschleichen. Sie lehnte sich an eine Wand und betrachtete den Wandteppich an der gegenüberliegenden, der den Eingang zu Prosperos Turm verbarg.
Sie beneidete den Urahn, denn der musste nicht die merkwürdigen Blicke der Gäste ertragen. Aber schlimmer war die freundliche Behandlung vieler St. Legers und ganz besonders die von Madeline.
Die Mutter von Valentine und Lance hatte sie warmherzig begrüßt. Dennoch waren Kate die Sorgenfalten an ihren Augen nicht entgangen. Wie gern hätte sie Madeline versichert, dass sich alles zum Guten gewendet habe.
Heute Morgen war sie als Allererstes zum Schieferhaus gelaufen. Aber vor der Tür hatte Jem Sparkins sie

abgefangen und ihr mitgeteilt, dass Master Valentine eine schlimme Nacht hinter sich habe und noch ruhe. Auch schien ihn sein Bein wieder zu plagen, denn er habe ihn losgeschickt, den in der Burg zurückgelassenen Gehstock zu holen.

Mehr hatte Kate gar nicht hören müssen. Der Zauber war aufgehoben, und frohen Herzens war sie nach Hause zurückgekehrt. Doch bald kamen ihr Bedenken.

Val würde sich kaum heute Abend auf dem Maskenball seiner Familie blicken lassen. Und daran wäre nicht nur sein kaputtes Knie schuld. Sobald er sich bewusst würde, was er in den letzten Wochen mit Kate angestellt hatte, würde er sich vor Scham und Selbstekel verkriechen wollen.

Kate würde ihm alles eingestehen müssen, und hoffentlich würde er ihr vergeben können …

»Ihr tanzt wohl nicht, oder, Mylady?«

Als sie sich umdrehte, blieb ihm im ersten Moment das Herz stehen. Doch dort an der Säule stand nicht Val, sondern sein Zwillingsbruder Lance. Der ältere der beiden hatte seines Namensvetters gedacht und sich als prachtvoller Ritter herausgeputzt.

Er verbeugte sich nach höfischer Art vor ihr: »Herrin, wollt Ihr mir die Ehre erweisen?«

Also wollte er den Gerüchten keinen Glauben schenken und sie mit mehr Freundlichkeit behandeln, als sie eigentlich verdient hatte. Obwohl ihr nach Weinen zu Mute war, brachte sie ein Lächeln zustande. »Vielen Dank, edler Herr, aber würde es sich für einen so edlen Ritter nicht geziemen, seiner liebsten Guinevere den Hof zu machen?«

»Äh, die scheint zurzeit anderweitig beschäftigt zu sein.« Er nickte in Richtung der Tanzfläche zwischen den im of-

fenen Viereck aufgestellten Tischen, wo am anderen Ende Rosalind tanzte.
Nachdem er bei dem Anblick seiner Frau gelächelt hatte, wandte er sich wieder Kate zu, aber die entzog sich seinem Angebot. »Du würdest dir doch nur von mir die Füße zertrampeln lassen müssen.«
»Da hast du vermutlich sogar Recht. Wenn ich mich richtig erinnere, hast du den Schwertkampf immer dem Tanzvergnügen vorgezogen.«
»O ja, ich habe noch sehr gut im Gedächtnis, wie ich an manch verregnetem Nachmittag dem edlen Sir Lancelot eine tüchtige Abreibung verpasst habe.«
»Nur weil ich das zugelassen habe.«
»Pah! Aber ich muss gestehen, dass Val mir gern die eine oder andere Finte zuflüsterte, mit der ich dich bezwingen konnte, und …«
Nach der Nennung seines Namens verging ihr die Heiterkeit gleich wieder.
Lance verfiel ebenfalls in Schweigen, brach es aber als Erster: »Kate, ich hoffe, du weißt, dass ich immer dein Freund war und sein werde, und deswegen … deshalb …«
»Ist schon gut, Lance. Ich weiß, was du sagen willst, und du hast damit vollkommen Recht. Es war zu töricht von mir, zu hoffen, eines Tages mit Val zusammen sein und eure Familientradition umgehen zu können … Aus diesem Grund werde ich auch nach London reisen, wie du es wünschst. Noch vor Weihnachten bist du uns los.«
Zu ihrer Verwunderung machte Lance ein bekümmertes Gesicht. »Verdammte Sage«, murmelte er. »Ich verstehe auch nicht, warum Effie für Val keine Braut findet … oder warum du das nicht sein kannst.«
»Ich?«, entfuhr es Kate.
»Nun, du hast viel Gutes für ihn bewirkt.«

»Wie bitte? Ich war ihm eine größere Last als jeder andere.«
»Nein, du hast ihn aus seiner Studierstube gelockt und ihm das Lachen beigebracht.«
Er wollte sie aufmuntern, aber seine eigene Traurigkeit stand ihm dabei im Wege: »Ach, Kate, ich wünschte, für euch beide könnte es eine Lösung geben.«
Lance wollte noch mehr sagen, aber neue Gäste trafen ein, und als Gastgeber sah er sich verpflichtet, diese auf der Burg willkommen zu heißen.
Als ihr Freund gegangen war, fühlte Kate sich noch einsamer als vorher. Sie fragte sich schon, wie lange sie noch bleiben musste, um einem Mindestmaß an Höflichkeit Genüge zu tun, als sie plötzlich Mollie Grey entdeckte.
Wie üblich stand sie allein an einer Wand. Sie hatte sich ein Schäferinnenkostüm angezogen, doch sie wirkte nicht im Mindesten bäuerisch, sondern eher wie eine Porzellanfigur. Dazu trug auch das Leuchten auf ihren Wangen und in ihren Augen bei, denn sie schaute voller Hoffnung und Erwartung in die Menge.
Kate begab sich zu ihr, und Mollie erschrak bei ihrem Anblick. Doch die junge Frau ließ sich davon nicht abhalten, nahm das Mädchen bei der Hand und zog sie weg. »Kommt mit mir.«
»Nein, Kate, bitte, ich fürchte, ich bin noch nicht so weit ...«
»Doch, natürlich seid Ihr das. Ihr seid Victors auserwählte Braut, aber er wird Euch niemals bemerken, wenn Ihr Euch immer irgendwo versteckt. Selbst das Schicksal braucht hin und wieder einen Schubs.«
Kate hatte Victor schon vor einer Weile entdeckt. Er trug eine Ritterrüstung. Victor musste sie auch bemerkt ha-

ben, hatte bislang aber noch keine Anstrengungen unternommen, sich ihr zu nähern.
Der Zauber war wirklich und wahrhaftig vorüber.
Jetzt musste man ihn nur noch mit der Nase auf sein wahres Glück stoßen.
Kate zog Mollie hinter sich her und beachtete deren Einwände nicht.
Dazu hatte sie auch allen Grund, denn Victor war es offensichtlich zu langweilig geworden, und er beabsichtigte, das Fest zu verlassen.
Kate strengte sich an, um ihn noch vor der Zugbrücke zu überholen. Als er diese beinahe erreicht hatte, rief sie:
»Victor, wartet!«
Mollie errötete und wäre am liebsten auf der Stelle im Erdboden versunken. Victor drehte sich zu ihnen um, beachtete Kate kaum und sah Mollie an ... als bemerke er sie zum ersten Mal!
Kate eilte auf ihn zu, und Mollie sperrte sich immer mehr.
»Victor«, ächzte Kate, »Ihr wollt uns doch nicht schon verlassen, oder?«
»Nun ja, ich ... nein, jetzt nicht mehr.«
Kate bedachte ihn erleichtert mit einem Hofknicks: »Edler Ritter, darf ich mir die Kühnheit gestatten, Euch eine Jungfer vorzustellen, deren größtes Vergnügen darin besteht, mit Euch zu tanzen?«
Ein breites Lächeln verzauberte Victors Gesicht. »Aber natürlich dürft Ihr das, höchst gern sogar.«
Kate versetzte Mollie einen Stoß, der sie in Victors Arme fliegen ließ, und zog sich dann rasch zurück.
Die junge Frau war noch keine zehn Schritte weit gekommen, als Mollie an ihr vorbeilief und sich nicht aufhalten ließ.

Kate kehrte zu Victor zurück: »Was habt Ihr Klotzkopf denn nun wieder angerichtet?«
»Ihr gesagt, dass meine Rüstung viel zu schwer und unbequem sei, um damit zu tanzen.«
»Wie bitte –«
»Kate«, entgegnete er mit so schneidender Stimme, dass sie für einen Moment verstummte, »Ihr müsst meine Gefühle nicht erwidern. Aber Ihr müsst mir auch nicht irgendeine Dorfschöne in die Arme werfen.«
Kate starrte ihn wie gelähmt an. Wovon redete er da.
»A-aber das ist doch unmöglich! Ihr könnt nicht mehr in mich verliebt sein!«
»Glaubt Ihr etwa, meine Gefühle für Euch vergehen einfach wie der abnehmende Mond? Es trifft mich tief, wenn Ihr mir so viel Charakterlosigkeit zutraut. Deswegen seid versichert, dass ich Euch noch so liebe wie am ersten Tag.«
»Nein!« Kate stampfte mit dem Fuß auf.
»Ich habe mich heldenhaft zurückgehalten, mich von Euch fern gehalten und Euch nicht mit meiner Zuneigung belästigt. Nun besitzt wenigstens die Freundlichkeit, mir nicht vorschreiben zu wollen, welche Gefühle ich haben darf.«
Sprach's und ließ sie stehen.
Kate zitterte von Kopf bis Fuß. Wenn Victor noch unter dem Zauberbann stand, dann auch Val, oder …
Aber nein, Prospero war ein erfahrener und mächtiger Zauberer. Er würde doch bei einer solchen Aufgabe nicht versagen, oder? Ihr fiel wieder ein, dass er sich merkwürdig geäußert hatte.
Und wenn nun doch etwas schief gegangen war?
Nur einer konnte ihr darauf eine Antwort geben – der Urahn selbst.

Sie eilte durch die Halle und hoffte, Prospero habe sich nicht wegen des Lärms dieses Balls in den hintersten Winkel verzogen.
Kate hatte den Wandvorhang vor dem Eingang fast erreicht, als sich eine Hand auf ihre Schulter legte.
»Wohin denn so eilig?«
Ihr lief es eiskalt den Rücken hinunter. Mit hämmerndem Herzen drehte sie sich zu Val um. Ein Blick in seine Miene verriet ihr, dass Prospero nicht einmal einen Teilerfolg erzielt hatte.
Seine Haut war totenbleich, und seine Augen blickten wie im Fieberwahn. Der Arzt wirkte noch verlorener als zuvor. In der einen Hand trug er den Gehstock, doch für den hatte er offensichtlich wenig Verwendung.
Kate prallte vor ihm zurück, bis sie die Mauer im Rücken hatte.
»Ich habe Stunden auf dich gewartet.« Wut stand in seinen Augen. »Wir waren an der Kreuzung miteinander verabredet.«
»Nun, ich, also ...« Jetzt fiel ihr auf, dass er kein Kostüm, sondern Reisekleidung trug.
»Du brauchst nicht länger nach Ausreden zu suchen. Ich habe dich nämlich eben gesehen, wie du wieder um diesen jungen Tölpel herumscharwenzelt bist.«
»Nein, Val, das hast du völlig falsch verstanden!«
Doch er legte ihr eine Hand auf den Mund. »Keine Lügen mehr, Kate. Komm mit mir. Jetzt sofort.«
Ohne ihre Antwort abzuwarten, packte er sie am Handgelenk und zog sie mit sich zu einer Seitentür. Kate entdeckte an ihm keine Spur mehr von der Freundlichkeit, für die sie ihn immer geliebt hatte.
Er schob sie durch die Tür und schloss diese hinter sich. Kate schien in eine andere Welt gelangt zu sein. Von der

Musik und dem Lachen war nichts mehr zu hören, und hier fiel nur noch Mondlicht durch die Fenster.
Val stieß sie weiter voran, aber diesmal drehte sie sich um und blieb vor ihm stehen.
»Du musst mir zuhören!«, rief sie und legte ihm eine Hand auf die Wange – nur um sie sofort zurückzuziehen. »Mein Gott, Val, du verbrennst ja innerlich!«
»Mir geht es gut«, erwiderte er knurrig, ehe er einen Hustenanfall bekam. Er musste die junge Frau loslassen, und auch der Gehstock fiel zu Boden.
Der Arzt lehnte sich an die Wand, und Kate stellte sich zu ihm. Sie rieb seine Brust, aber dann hielt er ihre Hand fest und presste sie auf sein Herz. Kate spürte es schrecklich schnell schlagen.
»Val, dir geht es wirklich nicht gut.«
»Ich werde schon wieder, wenn wir erst einmal von hier fort sind.«
»Nein, wirst du nicht … denn du hast keine Ahnung, was ich dir angetan habe.« Nun war es heraus, doch da musste Kate erkennen, dass er ihr überhaupt nicht zuhörte. Stattdessen strich er unsicher über ihr Haar.
»Du siehst heute wunderschön aus, Kate«, krächzte er. »Als was hast du dich denn verkleidet? Vielleicht als Morgan Le Fey, die liebliche Zauberin, die den armen Merlin zu Grunde richtete?«
Ja, sagte sie sich, so ähnlich konnte man das beschreiben.
»Nein, ich bin keine liebliche Zauberin, sondern eher eine böse Hexe.« Kate ergriff seine Hand und drückte sie. »Val, bitte, du musst mir zuhören!«
Dann erzählte sie ihm die ganze Geschichte.
»Du hast einen Zauber auf mich gelegt?« Er lachte so laut, dass sie vor ihm zurückwich.
»Dann glaubst du mir also nicht?«

»Doch, doch, natürlich. So etwas sieht dir wirklich ähnlich.«
Aber warum war er dann nicht wütend auf sie? Vermutlich war ihr Geständnis zu spät erfolgt, um den Wahnsinn noch aufzuhalten, der ihn erfasst hatte.
»Arme Kate«, sagte er dann, »du machst dir wieder einmal um nichts Sorgen. Dein Zaubererfreund und Geisterurahn nebst seinem so genannten Zauberbuch sind nichts als ein einziger Schwindel.«
»W-wie meinst du das?«
»Dass du nicht die Einzige warst, die am Vorabend zu Allerheiligen Magie bewirkt hat. Auch ich habe ein kleines Geheimnis. Und da du meine Frau wirst, werde ich es wohl mit dir teilen müssen.«
Er lächelte sie eigenartig an und winkte sie mit einem Finger näher heran. Obwohl Val ihr mehr Angst einflößte als je zuvor, trat sie zaudernd näher.
Val öffnete seinen Mantel und zog eine silberne Halskette heraus.
Kate hatte sie bereits bemerkt, als sie sich geliebt hatten, aber erst jetzt erkannte sie, dass etwas daran hing. Ein Stück Glas? Als der Gegenstand dann aber das Mondlicht widerspiegelte, leuchtete er in blendender Pracht auf.
Prosperos Kristall!, schoss es der jungen Frau durch den Kopf! »Wo hast du das her?«
»Von einem alten Freund – Rafe Mortmain.«
»A-aber der gilt doch schon seit Jahren als vermisst. Wo bist du ihm denn begegnet?«
»Er hat mich gefunden, stand an Halloween vor meiner Haustür und hat mir das hier gegeben.«
Val hielt ihr den Kristall vors Gesicht. Dessen Widerschein ängstigte sie, und sie wandte den Blick ab.

»Rafe hat diesen Splitter vom Familienschwert abgeschlagen.«
»Aber warum ist er dann zurückgekehrt? Nur um dir den Kristall zurückzugeben?«
»Er brach auf meiner Schwelle zusammen und lag im Sterben. Ich konnte nicht anders, ich musste ihm helfen. Also nahm ich seine Hand, konzentrierte mich auf ihn und … und …«
Er schien nicht weiterreden zu können. Aber Kate ahnte, was weiter geschehen war.
»Val, was hat dir dieser schreckliche Kerl nur angetan?«
»Das weiß ich nicht mehr so genau. Ein Gewitter tobte, Rafe ließ meine Hand nicht los, und ungeheure Schmerzen strömten in mich. So etwas habe ich noch nie erlebt, aber er ließ mich noch nicht los … dieser Kristallsplitter hier leuchtete auf, und dann übernahm ich nach Rafes Schmerzen auch noch dessen Seelenpein.«
Val zitterte jetzt so sehr, dass Kate ihn mit beiden Armen festhielt. »Ganz ruhig, Liebster, alles wird gut. Das verspreche ich dir.«
Der Arzt klammerte sich so fest an sie, dass sie kaum noch Luft bekam.
Also hatten ihr Zauber und sein Zustand nichts miteinander zu tun. Doch zur Erleichterung bestand für sie kein Anlass. Während sie sich wie eine Idiotin mit irgendwelchem magischen Firlefanz befasst hatte, war Val in tödliche Gefahr geraten. Kate hätte an seiner Seite sein und ihn beschützen müssen.
Kate griff nach der Halskette, aber er wich vor ihr zurück.
»Val, bitte, du musst dieses Ding dringend loswerden.«
»Nein, der Stein gehört mir. Rafe hat ihn mir geschenkt!«
»Sicher nicht aus reiner Herzensgüte, sondern um dich zu

vernichten! Er ist wieder fort und lässt den Kristall für ihn die Arbeit erledigen.«

»Der Stein mag für einen Mortmain gefährlich sein, aber nicht für einen St. Leger. Ich vermag ihn und seine Macht zu beherrschen und zu steuern.«

»Nein, das kannst du nicht. Prospero hat mit erzählt, wie unberechenbar sich der Stein verhält. Der Kristall ist Bestandteil eines Versuchs deines Vorfahren. Doch der ging leider schief, und der Stein explodierte. Der Zaubermeister hat ein Bruchstück aufbewahrt und ein anderes in den Griff des Familienschwerts eingefasst. Wenn man ein Stück von den Bruchteilen abbricht, entwickelt das unkontrollierbare Kräfte ... Mit anderen Worten, niemand weiß, was dieser Splitter bei dir anrichtet.«

»Das kann ich dir aber genau sagen: Er hat mein Bein geheilt und mich von allem befreit, sodass ich dich endlich lieben kann.«

»Nein, Liebster, der Stein vernebelt dir nur die Sinne. Gib ihn mir bitte.«

Kate schritt langsam auf ihn zu und sah ihn flehentlich an. Val starrte sie an, und Schweißperlen traten auf seine Stirn. Etwas flackerte in seinem Blick, so als ringe die Vernunft mit dem Wahnsinn.

Und dann zog er sich die Kette langsam über den Kopf. Kate atmete befreit durch und hielt ihre Hand hin.

Zu früh gefreut. Denn schon kehrte die Dunkelheit in seine Züge zurück, und er schloss die Hand fest um den Stein. »Nein, nein, du willst mich nur reinlegen. Mir den Kristall abnehmen, damit ich keine Macht mehr besitze und du dich ungestört mit Victor vergnügen kannst.«

»Val!«

»Das ist dir aber nicht gelungen. Der Stein bleibt in meinem Besitz. Ebenso wie du!«

Er ließ den Splitter erneut unter dem Hemd verschwinden, hob den Stock auf und packte Kate wieder am Handgelenk. Während er sie hinter sich herzog, überlegte sie fieberhaft, was sie tun könnte, um ihm zu helfen. Val war offensichtlich schwer krank, und doch hatte er immer noch eine unglaubliche Kraft. Selbst wenn er wieder husten musste, lockerte sich sein Griff um ihr Handgelenk nicht.

In diesem Teil des Gebäudes hielt sich nicht einmal ein Bediensteter auf, den sie um Hilfe bitten könnte. Und sie hatte noch immer keine Ahnung, wohin er mit ihr wollte.

Dann erreichten sie das Esszimmer, und sie erhielt ihre Antwort. Im dahinter liegenden Garten war Vals weißer Hengst angebunden.

Kate sank der Mut. Wenn Val sie mit auf sein Ross zog und sie davonpreschten, würde sie ihm nicht mehr helfen können.

In ihrer Verzweiflung ballte sie eine Hand zur Faust und hieb ihm aufs Ohr. Immerhin stockte er für einen Moment, und sein Griff lockerte sich.

Kate riss sich los und rannte davon. Aber er war zu schnell für sie.

Fluchend packte er sie an der Hüfte und wollte sie hochreißen –

»Sofort aufhören!«

Jemand näherte sich ihnen. Kate betete darum, es möge Lance sein. Der schien ihr als Einziger in der Lage zu sein, seinen Bruder aufzuhalten.

Doch ihre Hoffnung wurde getrogen.

Victor. O Gott!

Je näher der Vetter kam, desto mehr umklammerten Vals Arme Kate.

»Was ist hier los?«, verlangte Victor zu erfahren. »Kate, geht es Euch gut?«
»Ihr geht es gut«, antwortete Val an ihrer Stelle, »und alles andere geht Euch nichts an. Wir wollten gerade fort.«
»Mir kommt es aber nicht so vor, als verließe Kate freiwillig das Haus.«
»Mit mir ist alles in Ordnung!«, rief Kate rasch. »Eilt Ihr bitte in die Halle und holt Lance!«
Aber ihr zweiter Verehrer schien nicht zugehört zu haben. »Kate, Ihr glaubt, Ihr wärt in Val verliebt. Aber dieser Mann ist nicht mehr derselbe. Einige behaupten sogar, er sei –«
»Verrückt geworden?«, rief Val und lachte grimmig. Unvermittelt ließ er Kate los. »Wartet, Bürschchen, Euch werde ich Wahnsinn lehren!«
Er packte den Stock mit der Linken und zog mit der Rechten den Griff heraus – an dem sich eine lange, dünne Klinge befand.
»Val, nein!«, schrie die junge Frau und fiel ihm in den Arm. Aber er schüttelte sie ab und schritt zielsicher auf Victor zu.
Der Jüngling ruderte mit den Armen und wich zurück. »Wie Ihr feststellen könnt, bin ich unbewaffnet.«
»Na, ist das nicht wirklich zu blöd? Da verkleidet Ihr Euch als Ritter und vergesst dann, Euch ein Schwert umzugürten.«
»Ich habe schließlich nicht mit einem Duell gerechnet.«
»Das ist ja auch kein Duell – sondern eine Hinrichtung!«
»Val!«, kreischte Kate. »Hör auf damit!«
Als der Arzt zustach, warf sie sich vor Victor und stieß ihn beiseite.
Sie spürte einen brennenden Schmerz am Arm, und wie

betäubt verfolgte sie die rote Spur, die sich über ihren Ärmel zog. Erschrocken sah sie Val an.
Die Erkenntnis seiner Tat riss ihn aus dem Wahnsinn. Entsetzt ließ er die Klinge fallen.
»Kate!«, rief er.
Sie wollte ihm entgegeneilen, aber da gaben ihre Knie nach.
Schon war Val bei ihr, fing sie auf und ergriff ihre Hand.
Doch statt der vertrauten Wärme strömte Schmerz aus seinen Fingern. Schwarzes Gift breitete sich in ihren Adern aus …
Als sie es nicht mehr aushalten konnte, schrie sie auf.
»Was treibt Ihr da?«, knurrte Victor. »Lasst sie los!«
Doch Val hatte seine Hand schon zurückgezogen. Victor stieß ihn beiseite und kümmerte sich selbst um die junge Frau.
Kraftlos ließ Val es geschehen. Nach einem Moment brach er zusammen und lag neben Kate.

18

Val St. Leger lag im Sterben.

Gedämpftes, betretenes Schweigen herrschte über Castle Leger, und Kummer und Furcht zogen in Torrecombe ein.

Val war nicht der Burgherr oder sein Nachfolger, sondern nur der Arzt. Aber als solcher hatte er alle mit Freundlichkeit behandelt und die Schmerzen des ganzen Ortes auf sich genommen.

Allem Anschein nach hatte er seine besondere Gabe einmal zu oft eingesetzt und drohte dem nun zu erliegen.

Kate lief in seinem Gemach auf und ab und wachte über den Mann, den sie liebte. Niemand hielt ihr vor, sie sei nicht Vals auserwählte Braut, und nicht einmal Lance schickte sie fort.

Seine Mutter Madeline hatte sich schon vor Stunden erschöpft ins Bett zurückgezogen, und Lance hatte die Untätigkeit nicht länger ausgehalten. Er war nach Norden zu Marius geritten, um seinen Vater abzuholen und den Heiler gleich mitzubringen.

Marius war ein erfahrener Arzt. Wenn jemand Val helfen konnte, dann er. Allerdings durfte Marius nicht zu spät eintreffen.

Kate wagte nicht, daran zu denken.

Seit zwei Tagen schon fiel Val von einer Bewusstlosigkeit in die nächste. Warum erholte er sich nicht mehr?

Man hatte ihm den Splitter abgenommen und weggesperrt.
Was hatte der teuflische Mortmain ihm noch angetan?
Als sie ihm über die stoppelige Wange strich, regte er sich plötzlich, schlug dann die Augen auf und rief: »Großer Gott!«
Kate konnte ihn nur mit Mühe unten halten. »Bitte, Val, du musst still liegen bleiben.«
Nach dem ersten Aufbegehren erfolgte kein zweiter Versuch. Dafür fehlten Val die Kräfte. »Wo bin ich?«
»Zu Hause. In deinem alten Zimmer auf der Burg.« Sie erhob sich, um die Vorhänge zu schließen.
»Nein, nein, verlass mich nicht … Ich hatte einen schrecklichen Traum. In dem habe ich dich verletzt … und ich habe …«
Er bemerkte den Verband an ihrem Arm. »Grundgütiger, das war gar kein Traum!«
»Ganz ruhig, mein Lieber, es ist kaum mehr als ein Kratzer. Deine Mutter hat mich gleich verbunden. Sieh nur, wie hübsch es geworden ist.«
»Ja, Mama kennt sich mit so etwas aus. Wie oft hat sie unsere Beulen und Schrammen gepflegt. Eigentlich hätte ich das bei dir tun sollen.«
»Bald bist du wieder auf den Beinen und kannst alles nachholen.«
Aber der Arzt schüttelte nur traurig und verzweifelt den Kopf. »Nein, nie mehr, Kate. Ich habe meine Heilkräfte verloren. Ich vermag keine Schmerzen mehr zu nehmen, sondern nur noch zu geben.«
»Das haben dir der elende Mortmain und dieser verwünschte Kristallsplitter angetan!«
»Aber eines ist dennoch geblieben.« Matt hob er die Hand und strich ihr über die Wange. »Ich liebe dich, und das

hat nichts mit irgendwelchem Zauber zu tun. Vergiss das nie … und weine nicht um mich.«

Diese Worte erschreckten sie. »Du wirst wieder gesund und ganz der Alte. Schließlich bist du den verdammten Splitter losgeworden.«

»Zu spät, Kate, die Finsternis ist in mir … war die ganze Zeit dort.«

Das ergab überhaupt keinen Sinn für sie. Val schloss die Augen, und sie erkannte, dass er wieder abdriftete. Wahrscheinlich brauchte er nur Ruhe. Viel Ruhe.

Sie betastete seine Stirn und freute sich, dass sie nicht mehr glühte. Dann fühlte sie seinen Puls … und fand keinen. In ihrer Sorge legte sie noch einmal die Hand auf seine Stirn. Vals Haut war noch weiter abgekühlt!

Keine Panik, sagte sie sich, so etwas hatte Val schon einmal gemacht, damals, als ihm die Pistolenkugel im Rücken steckte.

Der Arzt hatte sich selbst in eine todesähnliche Erstarrung versetzt, in der er sich nicht regte und kaum noch atmete. Auf diese geheimnisvolle Weise war er in der Lage, sich selbst zu heilen.

Kate erhob sich, um Madeline St. Leger Bescheid zu geben – und wäre beinahe in ein Gespenst hineingerannt. Erst als ihr Herz wieder langsamer schlug, konnte sie sich über sein Erscheinen freuen.

»Dem Himmel sei Dank, Ihr seid gekommen.«

»Ich fürchte, der Himmel hat damit wenig zu tun. Vielmehr scheint Ihr, mein Fräulein, es darauf abgesehen zu haben, mir keine ruhige Minute zu gönnen.«

Doch dazu lächelte der Vorfahr und schwebte dann zu dem Liegenden auf dem Bett.

»Das ist Val. Er ist sehr krank«, erklärte Kate ihm, als ob er keine Augen im Kopf hätte.

»Er liegt im Sterben, meine Liebe«, verbesserte er sie leise.
»Nein!«
»Leider vermag ich vorauszusehen, wenn ein St. Leger von dieser Erde geht. Ein dunkles Gefühl der Leere, das mich mit unwiderstehlicher Macht zur Burg zurückzieht.«
»Aber Ihr wisst nicht, wie stark Val ist. Er hat sich schon einmal in eine solche Starre versetzt, um sich selbst zu heilen.«
»Kate, es tut mir sehr Leid, aber diesmal will er sterben.«
»Um die zu schützen, die er liebt«, ging es der jungen Frau durch den Kopf. »Verdammter Kerl.« Sie beugte sich über ihn. »Das darfst du nicht tun!«
Aber ihre Bemühungen fruchteten nichts, und sie wandte sich an Prospero: »Holt Ihr ihn aus seiner Trance!«
Der Geist sah seinen Nachfahren durchdringend an, und Kate wartete mit angehaltenem Atem. Bis er schließlich den Kopf schüttelte: »Es geht nicht. Val besitzt einen so eisenharten Willen, dass nicht einmal ich ihn durchdringen kann.«
»Was könnt Ihr denn dann überhaupt?«, explodierte die junge Frau. »Genau wie neulich Nacht. Ihr und Eure beeindruckenden Zauber! Pah, fauler Zauber! Nichts steckte dahinter! Ihr habt überhaupt keinen Zauber aufgehoben!«
»Weil Ihr vorher keinen bewirkt hattet, den man aufheben konnte.«
»Weil der ja auch von Euch und Eurem verdammten Kristall stammte!«
In ihrer Wut rannte sie zu Lances' Truhe, holte den Splitter heraus und warf ihn dem Gespenst zu.
»Das vermisste Teil«, murmelte Prospero überrascht.

»Ich habe Lance schon vor Jahren gewarnt, er möge ihn zurückholen, sonst drohe großes Unheil.«
»Und genau so ist es ja auch gekommen ...«, sagte Kate und seufzte. Nun berichtete sie dem Zaubermeister alles, was sie in Erfahrung gebracht hatte, zumindest das, was sie verstand.
»Rafe Mortmains schwarze Seele übertrug sich also auf Val«, überlegte Prospero laut. »Ich hatte so eine Vorahnung. Aber ich konnte nicht genau erkennen, welche Gefahr uns drohte. Daran sind nur die Kristallteile schuld. Sie haben immer schon mein Urteilsvermögen beeinträchtigt.«
»Warum habt Ihr überhaupt einen so teuflischen Stein entwickelt?«, wollte Kate wissen.
»Weil es mir um Macht und Unsterblichkeit ging. Was für ein Narr ich doch gewesen bin. Ich musste einen sehr teuren Preis für meinen Hochmut bezahlen.«
»Und jetzt bezahlt auch noch Val dafür.«
»Nicht unbedingt. Wenn ich die Ursache erkannt habe, kann man ihn noch retten. Offenbar wirkt dieser Splitter wie eine Lupe. Zuerst verstärkt er die guten Kräfte, sodass Valentine plötzlich sein kaputtes Bein wieder bewegen konnte. Aber insgeheim verstärkt der Splitter auch die dunklen Eigenschaften, die einem innewohnen. Und Val hat einen zusätzlichen Schub erhalten, indem er Rafes schwarze Energien in sich aufsaugte – die durch den Kristall um das Zehnfache verstärkt wurden. Und damit hätten wir auch schon die Lösung. Mortmain muss herbeigeschafft werden, damit der Prozess rückgängig gemacht werden kann.«
»Gut. Ich suche und finde den Mann. Und ich schleife ihn, wenn nötig, an den Haaren hierher!«
»Kate, du verstehst offensichtlich nicht. Das alles hat nur

Aussicht auf Erfolg, wenn Rafe sich freiwillig bereit erklärt, den Splitter wieder anzulegen.«

Kate sprang die Stufen zur Bibliothek hinunter, und traf dort jedoch nicht wie gewohnt Val an, sondern Victor St. Leger. Er lag halb in dem Sessel vor dem Kamin und schlief den Schlaf des Gerechten.
Die meisten Gäste waren einige Tage nach dem Maskenball wieder abgereist. Aber Victor nicht. Wie ein geprügelter Hund schlich er durch die Burg, suchte ständig Kates Nähe und sprach sie doch nicht an.
Aber jetzt musste sie mit ihm reden, denn sie benötigte seine Hilfe.
Kate betrachtete ihn kurz, stellte fest, dass er durch seinen Kummer etwas vernachlässigt wirkte, und verdrängte die in ihr aufkeimenden mütterlichen Gefühle, die sich bei ihr einstellten.
»Victor?«
»Hm … Oh, Kate! Wie spät ist es denn?«
»Keine Ahnung, Victor, aber bitte wach auf, ich brauche Eure Hilfe. Ihr müsst mir einen großen Gefallen tun, etwas sehr Wichtiges!«
Victor war jetzt hellwach. »Nennt Euren Wunsch, und schon ist er erfüllt!«
»Ihr sagtet doch einmal, Ich könnt vermisste Menschen aufspüren.«
»Sagt mir nur den Namen des oder der Betreffenden!«
»Es geht um einen Mann, der einmal in diesem Dorf gelebt hat – Rafe Mortmain.«
»Ha! Als St. Leger ist mir dieser Name natürlich unangenehm vertraut!«
»Fein, dann sucht ihn. Ich muss ihn finden, denn nur er kann uns dabei helfen, Val zu retten.«

»Ihr wollt einen Mortmain aufsuchen? Das ist der helle Wahnsinn … Sagt bloß, dass Ihr Val so sehr liebt.«
»Für ihn würde ich mein Leben geben.«
Victor zuckte zusammen.
»Tut mir Leid«, sprudelte es über ihre Lippen, als sie den Schmerz in seinen Augen sah. Sie wollte seine Hand ergreifen, aber er wehrte ab.
»Kein Wort mehr darüber. Mir scheint endlich zu Bewusstsein gekommen zu sein, zu was für einem Narren ich mich wegen Euch gemacht habe.«
»Vielleicht konntet Ihr gar nichts dafür«, gestand sie ihm zerknirscht ein und berichtete ihm von dem mehr oder weniger schief gegangenen Liebeszauber.
Victor lachte nur auf. »Eure Erklärung hat einen kleinen Schönheitsfehler, Kate. Ich habe nämlich schon vor Halloween beschlossen, mich in Euch zu verlieben.«
Was für eine sonderbare Formulierung. »Ja, glaubt Ihr denn, ein so starkes Gefühl ließe sich mit dem Verstand steuern?«
Victor starrte sie verständnislos an. Dann entgegnete er: »Nun, ich habe mich in Euch verliebt, weil Ihr so schön seid.«
»Das sind aber eine ganze Reihe anderer Frauen auch.«
»Hinzu kommt wohl, dass Ihr einen so starken Willen habt und Euch auch sonst von mir unterscheidet. Meine Vettern und sogar mein Großvater haben mich wegen meiner dandyhaften Art verachtet … und da hoffte ich, mit Euch …«
»Aber Victor, begreift Ihr denn nicht, dass es eine Frau gibt, die Euch so will, wie Ihr seid? Mollie Grey nämlich!«
»Ach, die Familientradition hängt mir wie ein Mühlstein am Hals. Man sagt mir, wen ich zu heiraten habe, und dem muss ich mich fügen. Wann immer ich Mollie sehe, fällt

mir das wieder ein, und dann möchte ich am liebsten die Beine in die Hand nehmen und davonrennen.«

»Victor, dank Val kenne ich mich ein wenig in der Geschichte Eurer Familie aus. Den meisten St.-Leger-Männern ergeht es so, wenn sie mit dem Umstand konfrontiert werden, dass für sie eine Braut gefunden wurde. Als Anatole Madeline zum ersten Mal begegnete, wollte er sie sofort zurück nach London schicken. Und Lance hat es Rosalind am Anfang ziemlich schwer gemacht, ihn zu mögen.«

Der Jüngling runzelte die Stirn. »Und ich dachte immer, wenn ein St.-Leger-Mann zum ersten Mal vor seiner Auserwählten stünde, würde ihm sofort das Herz entflammen.«

»Leider verhält es sich nicht unbedingt so. Der Brautsucher kann ihn nur auf die Richtige hinweisen. Was er und sie dann daraus machen, bleibt ihnen selbst überlassen … Aber ich glaube, Ihr solltet Euch und Mollie eine zweite Chance geben.«

»Einverstanden, Kate. Und ich will auch Rafe Mortmain finden. Aber nur unter einer Bedingung: Ich werde derjenige sein, der ihn holt.«

Als er ihren entsetzten Gesichtsausdruck sah, fügte er grinsend hinzu: »Keine Sorge, ich gehe nicht allein, sondern nehme Caleb und ein paar weitere von meinen Vettern mit. Zusammen werden wir ihn schon aufspüren. Aber nur, wenn Ihr mir versprecht, hier zu bleiben.«

»Also schön, meinetwegen. Doch Ihr müsst Euch sputen.«

Nach wenigen Minuten hatte Victor Rafe in dem Hafenstädtchen Falmouth ausgemacht, wo er in einem Gasthof untergekommen sei.

Victor bestand aber darauf, dass Kate bei Val bleibe. »Versprecht es mir.«

»Ja, natürlich, selbstverständlich.« Sie sah ihn dabei nicht an. Val hätte sie nichts vormachen können, aber Victor ließ sich täuschen.
Bevor der Jüngling die anderen versammelt hatte, wollte sie schon in Falmouth sein …

19

Kate kramte in ihren Kleidertruhen, bis sie das Gewünschte gefunden hatte: eine Männerhose, einen Frack und ein paar Männerreitstiefel.

Als sie alles angezogen hatte, bewaffnete sie sich auch noch mit der Pistole, die Lance ihr zum Geburtstag geschenkt hatte.

Gerade als sie sich im Spiegel betrachtete, klopfte es an die Tür, und Effie trat ein, im Nachtzeug und mit verschlafenen Augen.

»Ich habe zuerst gar nicht bemerkt, dass du heimgekehrt bist. Aber dann hast du angefangen, so laut in deinem Zimmer zu rumoren, dass ich davon einfach wach werden musste.«

Die ältliche Frau hielt die Kerze hoch und entdeckte Kates Pistole. »Was hast du denn damit vor?«, kreischte die Adoptivmutter.

»Tut mir Leid, Effie, ich hätte dir bestimmt eine Nachricht hinterlassen. Mach dir keine Sorgen. Vergiss, dass du mich gesehen hast, und geh wieder zu Bett.«

Effie ließ sich auch wirklich zur Tür führen – doch nur einige wenige Schritte weit.

»Wo willst du hin?«, wollte sie erfahren.

»Effie, das hört sich schlimmer an, als es ist, aber ich muss für eine Weile fort. Ich muss den Mann finden, der

Val in einen solchen Zustand versetzt hat – Rafe Mortmain.«
»Mortmain?« Effie klang, als würde sie ersticken, und sie wurde weiß wie eine Wand. Doch nur für einen Moment. »Niemals, Kate, das verbiete ich dir!«
Im ersten Moment war die junge Frau verwirrt. Ihr Vormund hatte ihr noch nie etwas verboten.
»Du darfst nicht einmal in die Nähe dieses gefährlichen Menschen kommen«, verlangte Effie. »Versprich mir das!«
»Ich verspreche dir, dass ich vorsichtig sein werde. Aber wenn jemand diesen Mann zu etwas bewegen kann, dann ich. Denn ein Gutteil dieses ganzen Unglücks muss ich auf meine Kappe nehmen. Ich habe finstere Pläne geschmiedet gegen die Brautsuchertradition, um Val dazu zu zwingen, mich zu heiraten. Dadurch habe ich jetzt vermutlich den St.-Leger-Fluch auf sein Haupt geladen.«
»Kate, du hast doch nicht, du kannst doch nicht …« stammelte Effie, stöhnte leise und rang die Hände. »Ach, wenn überhaupt jemand Schuld hat, dann wohl ich.«
»Sei nicht närrisch, gerade du hast mich doch davor gewarnt, hinter Val her zu sein, weil ich nicht seine auserwählte Braut sei.«
»Ja, habe ich.« Effie stöhnte noch einmal. »Aber da habe ich gelogen.«
»Wie bitte?«
»Ich habe schon beim ersten Mal, als ich euch zusammen sah, erkannt, dass ihr füreinander bestimmt seid.«
»Soll das etwa heißen, ich bin Vals auserwählte Braut?«
Effie starrte zu Boden und nickte.
Kate stand wie erstarrt da, ein seliges Lächeln lag auf ihren Lippen. Also hatte sie Recht gehabt. Ihr Gespür hatte sie nicht getrogen.

Aber dann wallte die Wut in ihr auf: »Du hast es all die Jahre gewusst und trotzdem alles unternommen, Val und mich voneinander fern zu halten? Du hast ihn glauben gemacht, er müsse sein Leben allein fristen … und du hast zugesehen, wie es mir das Herz gebrochen hat … Verdammt, Effie, wie konntest du das nur tun?«
»Ich glaubte, ich hätte mich geirrt«, antwortete sie kleinlaut.
»O, ich verstehe!«, rief die junge Frau aufgebracht. »Ich bin ja nur ein Findelkind und nicht würdig, einen hochwohlgeborenen St. Leger zu freien. Ich kenne ja nicht einmal meine Mutter, diese schlechte –«
»Diese schlechte und böse Frau bin ich. Ja, Kate, ich bin deine richtige Mutter.« Effie sank aufs Bett, presste die Hände ans Gesicht und weinte hemmungslos.
Kate starrte sie an und rechnete damit, dass ihre Adoptivmutter, oder wer auch immer, wieder einen ihrer theatralischen Auftritte hatte. Aber als Effie die Hände wieder sinken ließ, erkannte Kate echte Verzweiflung in ihren Zügen.
Effie Fitzleger – ihre Mutter? Kate schluckte und versuchte, damit fertig zu werden. Mit so etwas hatte sie nun wirklich nicht gerechnet.
»Bitte, sag doch etwas«, flehte Effie schließlich.
»Was soll ich denn sagen? Erst erfahre ich, dass du mich jahrelang wegen Val belogen hast, und jetzt stellt sich auch noch heraus, dass du meine leibliche Mutter bist. Du bist die schreckliche Frau, die mich in dem Waisenhaus hat verrotten lassen!«
»Nein, nein, das habe ich nie so gewollt. Ich gab dich in die Obhut einer Base, die mir versprach, dich bei einer guten und anständigen Familie unterzubringen.«
»Die sollten mich wohl vor der Welt verstecken. Vermutlich

weil mein Vater wenig Neigung zeigte, dich zu heiraten. Wer ist denn überhaupt der Glückliche gewesen? Irgendein Stallbursche? Oder ein herumziehender Zigeuner?«
»Nein … noch viel schlimmer …«
»Was könnte denn schlimmer sein? Hast wohl gar mit dem Teufel persönlich geschlafen, was?«
Effie zuckte so heftig zusammen, als verberge sich in dieser Anschuldigung ein Körnchen Wahrheit. Kate fiel nur ein Mann ein, auf den eine solche Beschreibung zutraf: Rafe Mortmain.
Aber das war doch ausgeschlossen. Kate betrachtete ihre Mutter genauer. Effie hatte erst angefangen, ihr all das einzugestehen, nachdem Kate verkündet hatte, sie wolle zu Rafe Mortmain … Sie verdrängte diesen Gedanken, aber der Verdacht wollte einfach nicht vergehen.
»Wer war es, Effie? Sag mir seinen Namen!
Die Frau machte sich so klein wie möglich: »Rafe Mortmain …«
»Nein!«, keuchte Kate, und ihr drehte sich der Magen um. Sie hielt sich eine Hand an den Mund und würgte. Ihr Leben lang hatte sie befürchtet, böses Blut zu haben, aber das übertraf ihr schlimmsten Albträume.
Sie war eine Mortmain!
»Niemals! Rafe mein Vater? Nie und nimmer!«
»Ich wünschte, es verhielte sich anders …«, schluchzte Effie.
Kate stürmte auf ihre Mutter zu: »Er hat dich vergewaltigt, nicht wahr?«
Effie schüttelte den Kopf.
»Du bist freiwillig in sein Bett gestiegen?«
»Ich glaubte, in ihn verliebt zu sein.«
»In einen Mortmain? Warst du denn vollkommen von Sinnen?«

Die Mutter sah aus, als würde sie jeden Moment auseinander fallen.

Kate packte sie an den Schultern und schüttelte sie: »Nein, Effie, Schluss mit dem Theater. Du hörst jetzt auf zu schniefen und erzählst mir alles. Keine Lügen mehr, verstanden?«

Effie tupfte sich die Augen mit dem Taschentuch ab und erzählte dann ihre Geschichte.

»Alles begann, als Rafe nach Torrecombe kam. Seine Mutter, eine wirklich schlechte Frau, hatte ihn in Paris zurückgelassen, um Anatole St. Leger zu ermorden. Der Plan scheiterte, und Anatole und Madeline nahmen den Waisenjungen bei sich auf. Der Junge, mittlerweile sechzehn, tat ihnen Leid, und sie holten ihn auf ihre Burg –«

»Das weiß ich doch alles längst«, unterbrach Kate sie ungeduldig, »Val hat mir genug von der Familiengeschichte erzählt.«

»Aber Val weiß auch nicht alles. Er war damals erst acht und bekam so nicht mit, welchen Eindruck Rafe auf die Mädchen im Dorf machte. Alle jungen Dinger, darunter auch ich, gerieten ins Schwärmen. Ich war in seinem Alter, und so einen jungen Burschen wie ihn hatte ich noch nie kennen gelernt – so dunkel, so gut aussehend und so wild.

Nach einer Weile kam es zu einem schrecklichen Zwischenfall. Lance wäre beinahe ertrunken, und viele argwöhnten, Rafe habe dabei nachgeholfen. Anatole, damals schon der Burgherr, entschied, dass es wohl besser wäre, wenn Rafe ging. Man besorgte ihm eine Heuer als Schiffsjunge auf einem Handelsschiff, das in die Karibik auslief. Damit hätte er aus meinem Leben verschwinden sollen, aber fünf Jahre später kreuzten sich unsere Wege erneut. Ich war schon über zwanzig und noch immer unverheira-

tet. Mein Großvater drängte mich, einen Burschen aus dem Dorf zu nehmen und in Torrecombe zu bleiben. Schließlich sollte ich ja seine Nachfolgerin bei der Brautsuche werden.
Aber ich hatte eigene Vorstellungen und sehnte mich nach Romantik, Abenteuer und Aufregung. Ich wollte unbedingt zur Ballsaison nach London, aber das ließ Großvater nicht zu. Allerdings erklärte er sich einverstanden, mit mir die große Hafenstadt Portsmouth zu besuchen.
Portsmouth, pah! Eine große Stadt, zugegeben, aber doch kein Vergleich mit London. Wir kamen bei einer Tante unter, und schon nach kurzer Zeit langweilte ich mich dort tödlich.
Dann lief eines Tages Rafes Schiff im Hafen ein, und er kehrte in mein Leben zurück. Hatte er mit sechzehn schon gut ausgesehen, so wurden einem bei seinem Anblick jetzt erst recht die Knie weich. Eine Aura des Geheimnisvollen umgab ihn, und selbst mein Verstand warnte mich, ich sollte mich von ihm fern halten.
Wir trafen uns zufällig auf der Straße, und noch am selben Abend habe ich mich davongeschlichen, um mich heimlich mit ihm zu treffen. Ich war hin und weg von ihm, sah in ihm den einsamen Helden, dem man übel mitgespielt hatte, von allen missverstanden. In seiner Nähe vergaß ich all meine Träume von der Londoner Ballsaison und bildete mir sogar ein, er würde mich heiraten …
Das Ende vom Lied kam rasch. Eines Morgens wachte ich auf und musste entdecken, dass sein Schiff ausgelaufen war. Er hatte sich nicht einmal von mir verabschiedet. Wenig später stellte ich fest, dass ich schwanger war.
Das konnte ich meinem Großvater natürlich nicht zumuten. Ich bedrängte ihn so lange, bis er mir erlaubte, meine Base in London aufzusuchen. Der habe ich mich dann an-

vertraut. Sie erwies sich als sehr hilfsbereit und hat sich um alles gekümmert.«

»Ich nehme an, mit ›alles‹ bin ich gemeint?«, warf Kate bitter ein.

»Ja. Ich dachte, weil es sein Kind war und er mich so schnöde im Stich gelassen hatte, würde ich dich ohnehin nicht lieben. Als ich dich dann aber sah, brach es mir das Herz, dich hergeben zu müssen. Nur ein paar Stunden durfte ich dich halten, dann hat man dich fortgebracht …«

»Ja, in ein Waisenhaus, und zwar in eines der schlimmsten in ganz London!«

»Davon habe ich nichts gewusst, das musst du mir glauben. Bitte …«

»Du hättest wenigstens …« Kate ließ den Satz unbeendet. Was hätte Effie denn, jung, verlassen und unerfahren wie sie war, unternehmen sollen. »Erzähl weiter«, forderte sie ihre Mutter daher auf.

»Viel gibt es nicht mehr zu erzählen. Nach einiger Zeit kehrte ich nach Torrecombe zurück und fand mich in das Leben hier ein, und nach einer Weile genoss ich sogar die Aufmerksamkeiten meiner Verehrer, aber ich habe nie einen von ihnen geheiratet.«

»Weil dir keiner von ihnen gut genug war.«

»Ach, das ist nur eine Ausrede. In Wahrheit verhält es sich umgekehrt. Als gefallenes Mädchen fühlte ich mich für jeden anständigen Mann unwürdig.

Aber ich habe oft an dich gedacht, Kate. Nachdem Großvater gestorben war, wagte ich es, nach London zu reisen, um dich noch einmal zu sehen. Meine Base wollte zuerst nicht so recht mit der Sprache heraus. Aber ich habe sie bedrängt, und schließlich brachte sie mich zu dem Heim …

Du kannst dir gar nicht vorstellen, wie entsetzt ich über

die dortigen Zustände gewesen bin. Ich hatte nur einen Gedanken, dich so rasch wie möglich dort rauszuholen. In Torrecombe gab ich dich als Adoptivtochter aus, und alle dachten, die verrückte Effie hat sich eine neue Narretei einfallen lassen. Ich hatte dich wieder bei mir, und niemals ist jemand hinter die Wahrheit gekommen.
Alles hätte wunderbar sein können, bis ich entdeckte, was für dich und Valentine bestimmt ist. Von da an lebte ich in der ständigen Furcht, jemand könne herausfinden, dass du von einem Mortmain abstammst.«
Ja, das verstand Kate sehr gut. Zu gut sogar, denn nicht einmal der sanfte Val würde sich damit abfinden können.
»Alles wurde noch schlimmer, als Rafe wieder hier auftauchte, diesmal als königlicher Offizier vom Zoll. Er ritt hin und wieder an meinem Cottage vorbei, beachtete mich aber nicht. Und das war mir recht so. Als er wieder verschwand, war ich heilfroh …
Dafür musste ich aber feststellen, dass deine Liebe zu Val immer stärker wurde. Ich hätte dich fortschicken sollen, aber ich brachte es einfach nicht über mich, noch einmal von dir getrennt zu werden … Sicher verabscheust du mich jetzt …«
Ihre Mutter verabscheuen? Nein, das gelang Kate nicht. Ihre ganze Wut richtete sich auf den Schurken, der ihr und Effie all das angetan hatte. Sie ging zu ihr und nahm sie in die Arme. »Alles wird wieder gut, ganz bestimmt.«
»Es tut mir so furchtbar Leid, Kind, aber ich hoffe, du verstehst, dass du dich von diesem bösen Menschen fern halten musst.«
Die junge Frau senkte den Blick. Wie sollte sie ihrer Mutter nur beibringen, dass sie jetzt erst recht Mortmain finden wollte – um ihn für seine Verbrechen zur Verantwortung zu ziehen. Und selbst wenn Kate Rafe höchstpersön-

lich eine Kugel durch sein schwarzes Herz jagen sollte. Sei's drum!

Ein flüchtiger Gedanke kam ihr, und sie sprach ihn rasch aus: »Effie, wie alt bin ich denn wirklich?«

»Neunzehn, mein Schatz.«

Wie eigenartig. Sie hatte sich immer um einiges älter gefühlt.

20

Möwen segelten am Himmel, und die Sonne schien für einen Novembertag angenehm warm.

Rafe hockte auf einem Stück Treibholz und sog die salzige Meeresluft ein. Früher hätte das Geräusch der Wellen ihn mit Rastlosigkeit erfüllt. Aber wenn sein Blick jetzt auf den Jungen an seiner Seite und die Frau fiel, breitete sich in ihm nur Zufriedenheit aus.

Corrine spazierte am Strand entlang und schien die Weite zu genießen, die nach der Enge des Hotelzimmers eine echte Erholung darstellte.

Nach der Nacht, in der sie sich fast zu nahe gekommen wären, verstanden sie sich besser als je zuvor. Rafe ertappte sich immer öfter dabei, wie er Corinnes Züge betrachtete und dabei eine merkwürdige Sehnsucht verspürte. Überhaupt hatte er in den letzten vier Wochen gelernt, dass weibliche Gesellschaft einem auch andere Freuden als nur die fleischlichen schenken konnte.

»Wie ist das, Mr. Moore?« Charley zupfte ihn am Ärmel und zeigte ihm das verknotete Seil.

»Schon sehr gut, mein Junge, aber da ist dir ein kleiner Fehler unterlaufen.« Mit einer Geduld, die er sich selbst nicht zugetraut hatte, entwirrte er das Seil und zeigte dem Jungen, wie er es besser machte.

Und tatsächlich klappte es beim nächsten Mal. Rafe hatte

während seiner Seereisen etliche Schiffsjungen erlebt, einige auch jünger als Charley, die sich beim Knotenbinden geschickter anstellten. Aber der Eifer dieses Knaben erfüllte ihn mit einem Stolz, den Mortmain sich selbst nicht erklären konnte.

Plötzlich hielt der Junge mitten im Knoten inne. »Ich … würde es Euch etwas ausmachen, wenn ich Euch Onkel Rafe nenne?«

»Nur zu.«

»Und würde es Euch sehr stören, wenn ich Euch duze?«

»Du kannst mich nennen, wie immer du magst.«

»Am allerliebsten würde ich Papa zu dir sagen.«

Rafe zog es die Kehle zusammen, denn den sehnsüchtigen Blick des Jungen kannte er viel zu gut von sich selbst. Aber er wusste auch, dass er keine falschen Hoffnungen erwecken durfte.

»Das halte ich für keine gute Idee, Charley.«

»Mama hat gesagt, du bist Seemann und wirst bald wieder das Meer befahren.«

»Da hat sie wohl Recht.« Er selbst war noch trauriger als der Junge. »Aber wir wollen jetzt nicht Trübsal blasen und uns lieber weiter mit den Seemannsknoten beschäftigen, ja?«

Rafe hatte noch immer nichts für die beiden gefunden, wo sie in Zukunft Auskommen und Heimstatt haben würden. Und mit jedem neuen Tag fiel es ihm schwerer, sie zu verlassen.

Irgendwann hatte Charley genug davon, Knoten zu üben und lief über den Strand, um eine große Schildkröte zu beobachten. Der Junge trat das Tier nicht und stieß es auch nicht an, um es umzukippen, wie das andere Gleichaltrige getan hätten. Nein, Charley beobachtete die schwerfälligen Bewegungen des Tiers mit Neugier und Interesse.

Rafe lächelte und sagte sich, dass der Junge ihm ziemlich ans Herz gewachsen war.
Corrine kam auf ihn zugeschlendert, hob das Seil mit dem halb fertigen Knoten auf und fragte lachend: »Habt Ihr wieder versucht, einen Matrosen aus meinem Sohn zu machen?«
»Darüber braucht Ihr Euch keine Sorgen zu machen. Viel eher wird Charley Pferdeknecht oder etwas in der Art. Er liebt die Tiere wirklich sehr.«
»Das hat er wohl von mir. Ich könnte mich als Junge verkleiden und mit ihm zusammen in einem großen Stall arbeiten.«
Rafe wollte über ihre Bemerkung lachen, aber in der letzten Zeit spielte sie häufiger darauf an, sich eine Arbeit suchen zu wollen. Und das gefiel ihm überhaupt nicht.
»Wird langsam kalt. Vielleicht war es doch keine so gute Idee, an einem Tag wie heute ans Meer zu gehen.« Er legte die Arme auf den Rücken, weil er schon wieder Lust bekam, sie in den Arm zu nehmen.
»Oh, doch. Charley und ich haben ihn sehr genossen. Und wer weiß, wie viel Zeit uns noch bleibt, bis … bis …«
Sie musste den Satz nicht beenden. Mortmain wusste auch so, dass sie den unvermeidlichen Moment meinte, an dem sich ihre Wege trennen würden.
Corrine spürte, dass sie bei ihm Unbehagen ausgelöst hatte, und überspielte das mit der Ankündigung, Charley zu holen, der ziemlich weit hinter der Schildkröte hergelaufen war.
Rafe bot ihr seinen Arm an, und nach einem Moment hakte sie sich bei ihm ein. Zum ersten Mal seit jener Nacht berührten sie sich wieder.
Gemeinsam spazierten sie über den Strand. Rafe genoss das Beisammensein mit ihr sehr, bis sie fragte:

»Ihr vermisst es wohl sehr, das Meer, was?«
»Na ja, nicht unbedingt –«
»Versucht gar nicht erst, das in Abrede zu stellen. Ich kenne doch die Seeleute. Schließlich war ich mit einem verheiratet. Die haben alle Salzwasser in den Adern.«
»Solange das Meer nicht allzu weit weg ist, lässt es sich aushalten.«
»Aber nicht auf Dauer … Rafe, Ihr wart sehr gut zu mir und Charley, aber wir dürfen Eure Freundlichkeit nicht über Gebühr in Anspruch nehmen.«
»Verdammt, Corrine, das haben wir doch schon hundertmal besprochen.«
»Aber noch zu keiner Lösung gefunden. Wir halten Euch schon viel zu lange hier in Falmouth fest.«
»Na ja, ich habe da eine Idee, und – nein, lasst mich erst ausreden. Also, ich könnte ein Häuschen in einem der vielen kleinen Dörfer an der Küste mieten. Die frische Seeluft täte euch beiden sehr gut. Wenn ich fort wäre, könnte ich euch Geld schicken, und –«
Sie schüttelte heftig den Kopf. »Rafe, Ihr könnt Euch nicht ewig mit unserem Wohlergehen belasten.«
»Mir ist das keine Last, und ich würde damit aufhören, wenn Charley alt genug ist, für euch beide aufzukommen.«
»Das dauert aber noch ein paar Jährchen, und Ihr wisst mit Eurem Geld sicher Besseres anzufangen. Davon abgesehen wäre es in dem Häuschen am Meer ohne Euch sicher recht einsam …«
Nach einem langen Moment der widerstreitenden Gefühle entgegnete er: »Ich würde nichts lieber tun, als bei Euch und Charley bleiben zu können, aber da gibt es so viel, was Ihr noch nicht von mir und meiner Vergangenheit wisst.«

»Ich weiß aber, was für ein Mensch Ihr seid, und das reicht mir vollauf.«
Wenn das doch nur wahr wäre, ging es ihm durch den Kopf. Und ehe er sich versah, kam ihm ein »Ich liebe Euch, Corrine« über die Lippen.
»Gott, ich hätte nie gedacht, so etwas jemals zu einem Menschen sagen zu können. Dabei kenne ich Euch erst seit einem Monat. Ich muss verrückt geworden sein.«
»Dann habe ich auch den Verstand verloren, denn ich liebe dich seit dem Moment, als du meinen Sohn in den Arm genommen hast.«
»Dann ... dann sollten wir wohl heiraten.«
Sie sahen sich lange in die Augen und küssten sich schließlich, bis Charley sie mit einem Ruf unterbrach.
Rafe verstand sich selbst nicht mehr, und doch glaubte er, mit Corrine als seiner Frau und Charley als seinem Sohn endlich das Glück gefunden zu haben.
»Rafe Mortmain!«
Er hoffte, sich das nur eingebildet zu haben. Aber da ertönte der Ruf von neuem.
Der Captain wusste, dass man ihn enttarnt hatte. Doch warum gerade jetzt?
Eine Gestalt trat auf ihn zu. Eine junge Frau in einer Männerhose. Und mit den wütendsten Augen, die er je gesehen hatte.

Sie begaben sich ins Hotel zurück, und Rafe schob die Frau und den Jungen mit unerwarteter Freundlichkeit in den Nebenraum. Aber Schurke blieb Schurke, sagte sich Kate.
Als sie mit ihm allein war, zog sie ihre Pistole aus dem Umhang und richtete sie auf den Mann. »Ich muss Euch war-

nen. Die Waffe ist geladen, und ich verstehe mich auf den Umgang mit ihr.«

Zu ihrer Enttäuschung ließ er sich in einem Sessel nieder, nahm ein Messer und ein Stück Holz zur Hand und fing in aller Ruhe an, weiter an dem Schiff zu schnitzen.

»Ich bin gekommen, Rafe Mortmain«, verkündete sie, »Euch nach Torrecombe zurückzubringen, wo Ihr Euch für Eure Untaten verantworten werdet.«

»Tatsächlich?« Er machte sich nicht einmal die Mühe, von der Arbeit aufzuschauen. »Ihr scheint mir zu jung zu sein, um Euch an eines meiner Verbrechen erinnern zu können. Als ich zuletzt in dem Dorf lebte, gab es dort ein paar Tunichtgute, die mit Dreckklumpen nach mir geworfen haben. Vielleicht habt Ihr ja zu denen gehört.«

»Nein, ich habe mit Steinen nach Euch geworfen. Aber leider nicht gut genug getroffen. Sonst wärt Ihr längst tot.«

»Irgendwas muss ich Euch angetan haben, dass Ihr mich so hasst, Miss ...«

»Kate Fitzleger, und tut nicht so, als würde Euch der Nachname nichts sagen!«

»Doch, ich erinnere mich.«

»Ihr habt meine Mutter verführt und dann im Stich gelassen – Effie Fitzleger.«

»Hm, ich entsinne mich dunkel, etwas darüber gehört zu haben, dass Effie ein Findelkind aus London adoptiert haben sollte.«

»Ich war dieses Adoptivkind, doch wie sich dann herausstellte, bin ich Effies leibliche Tochter. Sie empfing mich vor neunzehn Jahren an einem Sommertag in Portsmouth!«

Rafe legte Holz und Messer beiseite, erhob sich und trat auf sie zu. Sein ungläubiger Blick wanderte zwischen ihr und dem Spiegel hin und her.

Dann blieb er stehen und schien es immer noch nicht fassen zu können. »Mein Gott, Ihr seid meine Tochter …«
»Ja, leider!« Sie zitterte so sehr, dass er sie leicht hätte entwaffnen können. Tatsächlich hob er eine Hand.
»Fasst mich nicht an! Niemals!« Sie fuhr vor ihm zurück.
»Oh, tut mir Leid.«
Kate atmete tief durch, um sich zur Ruhe zu zwingen. »Ich bin nicht gekommen, um Eure Entschuldigungen zu hören. Und mir geht es auch nicht um eine Familienwiedervereinigung. Ich hege auch keine besonders zärtlichen Gefühle für Euch. Denn dank Eurer Gewissenlosigkeit durfte ich meine Kindheit im schlimmsten Teil Londons verbringen.«
»O mein Gott!«, flüsterte er, und es klang ehrlich.
»Ich will auch Euer Mitleid nicht. Aber Ihr sollt wissen, dass ich recht gnadenlos sein kann, wenn ich etwas will!«
»Und was genau wollt Ihr? Geld … oder meinen Namen?«
»Grundgütiger!« Sie lachte schrill. »Das Letzte, was ich will, wäre, als Mortmain gebrandmarkt zu sein.«
Nach einem Moment meinte er: »Ich bin nicht besonders stolz auf das, was damals in Portsmouth geschehen ist, aber ich vermag die Vergangenheit nicht zu ändern. Wenn es irgendetwas gibt, womit ich bei Effie oder Euch wenigstens ein wenig wieder gutmachen kann, dann sagt es mir bitte.«
»Nun, da wäre etwas. Ihr müsstet den Mann wiederherstellen, den ich liebe.«
»Ich fürchte, ich kann Euch nicht ganz folgen.«
»Valentine St. Leger. Ihr hättet ihn beinahe umgebracht.«
»Gott, der Kristall …«

»Ganz recht. Ihr habt ihn ihm an Halloween gegeben, und das hat ihn furchtbar verändert. Er scheint von innen zu verbrennen.«

»Dann reitet besser gleich zu ihm zurück, und nehmt ihm den Splitter ab. Er darf ihn nicht mehr tragen.«

»Ich fürchte, dafür ist es schon zu spät. Er erhielt von Euch nämlich nicht nur den Stein, sondern auch alles Böse und Verruchte in Euch – als Ihr seine Hand umklammert hieltet!«

»Ja, es gab eine Zeit, da wollte ich nichts lieber, als ihm zu schaden. Aber bitte glaubt mir, Kate, in jener Nacht wollte ich ihm nichts Böses. Der Mann hat mir nämlich das Leben gerettet und mir ein neues gegeben.«

»Dann müsst Ihr ihm jetzt erst recht helfen. Uns bleibt nur eine Möglichkeit. Ihr müsst mit zurückkommen nach Torrecombe, den Kristall wieder anlegen und Vals Hand ergreifen.«

»Ich würde alles tun, nur nicht das.«

Was sollte sie jetzt tun? Ihn mit geladener Pistole zwingen? Ihm die Waffe über den Kopf schlagen und ihn ins Dorf zerren?

Prospero hatte ihr gesagt, dass der Mortmain freiwillig mitmachen müsse.

»Aber Ihr seid der Einzige, der ihm helfen kann!«

»Ihr wisst nicht, was Ihr von mir verlangt. Valentine hat mich nicht nur von einer Krankheit geheilt, er hat mein Leben vollkommen gewandelt. Zum ersten Mal bin ich in der Lage, so etwas wie Glück zu empfinden. Ich befinde mich sogar im Frieden mit mir selbst.«

»Diesen Frieden habt Ihr von ihm gestohlen! Ihr habt ihm seine Seele genommen, und die müsst Ihr ihm zurückgeben.«

Rafe lief vor ihr auf und ab und raufte sich die Haare. Kate sah ihm deutlich an, wie er mit sich rang. Doch dann erklärte er: »Nein, ich kann es nicht. Tut mir Leid.«

In ihrer Verzweiflung vergaß sie Prosperos Warnung und richtete die Pistole auf Rafes Herz. »Ich bitte Euch nicht länger, ich fordere Euch auf. Und wenn Ihr Euch weigert, erschieße ich Euch.«

»Dann drückt ab, Kate, weil ich niemals zu dem zurückkehren werde, der ich einmal gewesen bin.«

Verdammter Kerl! Glaubte er etwa, ihr fehle der Mumm dazu? Sie spannte die Pistole. Rafe stand einfach nur da wie jemand, der hingerichtet werden soll.

Ein-, zwei-, dreimal nahm sie allen Mut zusammen, aber es wollte ihr nicht gelingen, abzudrücken.

Schließlich senkte sie die Waffe, sicherte sie und wandte sich ab, weil ihr heiße Tränen über die Wangen liefen.

»Kate ...« Er streckte eine Hand aus, um sie zu trösten.

Die junge Frau zuckte vor ihm zurück. »Lasst mich in Ruhe, verdammt noch mal! Ich werde schon einen Weg finden, Val doch noch zu retten! Schließlich seid Ihr nicht der einzige verfluchte Mortmain hier!«

Beide erstarrten, und Kate wiederholte ihre eigenen Worte. Sie hatte sie in ihrer Wut ausgestoßen, ohne sich viel dabei zu denken ...

Aber jetzt formte sich langsam ein Plan in ihrem Kopf. »Wenn ein Mortmain den Fluch über ihn gebracht hat, kann ein anderer Mortmain ihn vielleicht davon befreien. Ich werde den Kristallsplitter anlegen ...«

»Tut das nicht! Um Gottes willen, nein, Kate!«

Doch bevor er sie aufhalten konnte, war sie schon zur Tür hinaus. Er starrte ihr nach, bis ihm bewusst wurde, dass jemand hinter ihm stand.

»Als ich hörte, dass sie fort ist«, sagte Corrine, »konnte ich es einfach nicht länger aushalten.«

»Dann habt Ihr sicher einiges von dem mitbekommen, was sie zu sagen hatte?«
Corrine nickte.
Er strich ihr übers Haar und versuchte, das Glück von vorhin wieder zu empfinden. Aber alles, was sich ihm zeigte, waren Kates verzweifelte Augen.

21

Der Sturm belagerte Castle Leger wie eine feindliche Streitmacht. Regen prasselte auf Dächer, Donnergrollen brach sich an der Mauer.

Durchnässt und erschöpft taumelte Kate wie die einzige Überlebende eines Schiffsuntergangs in die Große Halle. Mitternacht war vorüber, und der ganze Haushalt schien durch einen Zauber in Schlaf versetzt worden zu sein.

Diener lagen schnarchend in Sesseln, der Butler nickte im Schlummer, und die Hausdame war auf ihrem Ausguck im Salon eingeschlafen.

Kate schlich die Stufen hinauf und versuchte, sich so leise wie möglich zu bewegen. Wenn jemand dahinter käme, was sie beabsichtigte, würde er sich ihr gewiss in den Weg stellen.

Am meisten fürchtete sie sich vor Prosperos Eingreifen. Doch als sie Vals Kammer erreichte, war von dem Gespenst nichts zu bemerken.

Ein Feuer brannte im offenen Kamin, und Val sah noch genauso bleich aus, wie sie ihn verlassen hatte. Sie legte ängstlich ihren Kopf auf seine Brust und hörte leise seinen Herzschlag.

»Alles wird gut«, erklärte sie ihm. »Ich bin zurück, und ich weiß, was ich tun muss. Auch wenn du vermutlich etwas dagegen hättest. Wenn dieses Vorhaben Erfolg hat, weiß ich nicht, was dann aus mir geworden ist …«

Sie lachte schrill. War sie nicht schon so verdorben, dass der Stein ihr kaum noch etwas anhaben konnte? »Sollte ich dir danach bis zur Unkenntlichkeit verändert erscheinen, musst du eines wissen: Ich liebe dich und werde dich immer lieben. Keine schwarze Magie der Welt kann daran etwas ändern!«

Nun nahm sie sich das Kästchen vor, in dem sich der Splitter befand. Kate hatte keine Mühe, das Schloss mit einer Haarnadel zu öffnen.

Der Deckel flog auf, und auf samtenem Boden lag die Silberkette. Der Splitter wirkte vollkommen harmlos … Doch als das Licht eines Blitzes auf ihn fiel, blendete er Kate.

Der Kristall funkelte und glitzerte so sehr, dass die junge Frau den Blick nicht davon wenden konnte. Schließlich griff sie in das Kästchen und legte sich die Kette um. Sofort verspürte sie den Ansturm von Macht … und noch stärkere Verzweiflung.

Du wirst das nie schaffen. Für wen hältst du dich eigentlich, dass du dir anmaßt, so viel Magie einzusetzen? Du bist nichts als ein Findelkind, und wenn Val dich deswegen schon nicht verachtet, dann gewiss aber deswegen, weil du eine Mortmain bist.

Kate schloss die Augen und sagte sich, dass das nur von dem Kristall stammen konnte, der sie abzulenken versuchte.

Sie zwang sich zur Ruhe, lief zum Bett, gab Val einen vielleicht letzten Kuss und griff dann zögernd nach seiner Hand …

Blitze erhellten die hohe Eingangstür der Burg. Rafe Mortmain kam sich vor wie ein Bettler, der hier um ein

Almosen bat. Kalter Regen hatte ihn durchnässt, doch er spürte nur die Kälte, die sich um sein Herz gelegt hatte. Er musste den Verstand verloren haben, sich hierher ins Zentrum seiner Feinde zu begeben. Vor kurzem hatte er zum ersten Mal im Leben Glück und Liebe gefunden. Und das alles wollte er nun aufgeben? Wahrscheinlich war er zu spät gekommen, um Kate noch von ihrem Tun abzuhalten. Am besten, er ritt gleich wieder zurück.

Doch genau das war ihm unmöglich.

Rafe suchte nach dem Klopfer, als das schwere Portal sich plötzlich wie von selbst vor ihm öffnete. Er betrat vorsichtig die leere Halle, in der sich niemand aufhielt.

Die Tür krachte hinter ihm ins Schloss, als habe ein Luftzug sie bewegt.

»H-hallo?«, rief Mortmain vorsichtig. Aber niemand antwortete. Fast hätte man meinen können, die ganze Burg sei verlassen.

Er entdeckte oben auf der Treppe Licht und eilte darauf zu. Das Leuchten schien ihn zu locken, ihn dazu auffordern zu wollen, ihm zu folgen.

Viele Jahre waren vergangen, seit er sich zum letzten Mal hier aufgehalten hatte, und er kannte sich nicht mehr so gut in der Burg aus.

Er gelangte in einen Flur, in dem sich die Gemächer der St. Legers befanden. Alle Türen waren verschlossen, bis auf eine, und über deren Schwelle drang das Licht. Rafe wusste, dass er dort erwartet wurde.

Er trat ein und erkannte im Schein des Kaminfeuers das dunkelhaarige Mädchen, seine Tochter, die mit gesenktem Kopf Valentines Hand hielt.

Und Rafe entdeckte das Blitzen des Splitters auf ihrer Brust!

»Nein!«, rief er rau, stürmte vor, ergriff Kate und zerrte sie

von dem Arzt fort. Dann drehte er sie zu sich um. Der Kristall funkelte ihn teuflisch an.
»Was habt Ihr getan, Mädchen?« Sie schluchzte nur, und er schüttelte sie. »Was habt Ihr getan?«
»Es klappt nicht!«, jammerte sie. »Ich konnte den Kristall nicht einsetzen!«
»Dem Himmel sei Dank!«, sagte Rafe erleichtert und wollte sie an sich drücken. Aber das riss sie aus ihrer Trance, und sie wehrte sich wie eine Wildkatze.
»Was habt Ihr hier verloren?«
Darauf wüsste er selbst gern eine Antwort. »Ich glaube, ich bin gekommen, um Euch vor einer großen Dummheit zu bewahren … und um Valentine zu helfen.«
»Warum solltet Ihr das tun wollen?« Sie beäugte Mortmain argwöhnisch. »Beim letzten Mal habt Ihr noch getönt, eher würdet Ihr sterben!«
Wenn er das nur wüsste. Vielleicht weil der Arzt viel auf sich genommen hatte, um Rafe ein neues Leben zu ermöglichen. Möglicherweise aber auch wegen Kate, die er unwissentlich einem Dasein ausgesetzt hatte, wie er es selbst einst führen musste.
»Ist das denn jetzt wichtig?«, entgegnete Rafe. »Ich bin gekommen, und jetzt wollen wir die Sache auch hinter uns bringen. Gebt mir den Stein.«
Aber seine Tochter schloss fest die Hand darum, und er sah ihr an, dass der Kristall bereits Besitz von ihr ergriffen hatte. Unter allergrößter Willensaufbietung streckte sie ihm die Faust entgegen, und nach einer Weile gelang es ihr auch, die Finger zu öffnen.
Rafe erschauderte, als er die Macht des Splitters wieder spürte, wie ein lebenslänglich Gefangener, der für einen Moment von der Freiheit kosten durfte.
Kaum hatte er die Kette umgelegt, trat er neben Valentine.

Ein letztes Mal rief er sich die Gesichter von Corrine und Charley vor sein geistiges Auge.
Dann ergriff er die Hand des Erstarrten und konzentrierte sich auf ihn. Kate trat ans Bett, doch Val bemerkte sie kaum. Und noch weniger ihren Schrei, als eines der Fenster aufflog und Regen und Wind in die Kammer hereinfegten.
Minuten vergingen, dann zuckte Valentine, öffnete die Augen und erkannte als erstes Rafe.
»Mortmain!«, krächzte er.
»Keine Sorge, St. Leger. Ihr wisst, warum ich hier bin.«
Valentine wehrte sich.
Aber Kates Vater erwies sich als stärker: »Gebt mir meine Schmerzen zurück!«, knurrte er und schloss seine Hand fest um die von Val.
Wenig später atmete Rafe scharf ein. Das Gift drang in ihn ein wie Rasierklingen, die durch seine Adern schnitten. Der Kristall pendelte an seiner Brust, und schließlich zuckte ein blendender Blitz durch den Raum, gefolgt von einem explosionsartigen Krachen.
Mortmain taumelte zu Boden und verlor das Bewusstsein.
Kate kauerte am Fuß des Bettes.
Erst nach einer Weile wagte sie, die Augen zu öffnen, und fürchtete schon, das Gemach sei auseinander geflogen. Doch zu ihrer Erleichterung lag das Zimmer ganz friedlich da.
Val schien zu schlafen. Sie lief zu ihm, befürchtete das Schlimmste. Aber langsam kehrte die Farbe in sein Gesicht zurück, und seine Brust hob und senkte sich in regelmäßigen Atemzügen.
Während der Explosion waren einige Fenster aufgegangen, und unter einem lag Rafe. Von draußen prasselte Regen auf ihn nieder.

Vorsichtig trat die junge Frau auf ihn zu. Sie würde ihn nie als ihren Vater ansehen können. Aber ihr Hass auf ihn war verschwunden. Mortmain hatte Val das Leben gerettet – und einen sehr hohen Preis dafür bezahlt.

Ihr Blick fiel auf den Splitter an der Halskette, und sie verspürte dessen Verlockung. Zaudernd und gegen ihren Willen streckte sie die Hand danach aus …

… als der Kristall sich zu bewegen begann. Er erhob sich in die Luft, riss sich von der Kette los und schwebte auf den Kamin zu.

Und direkt in Prosperos ausgestreckte Hand.

Kate strahlte den Urahn erleichtert an. »Ihr habt also alles gerichtet. Und Rafe Mortmain hierher geführt.«

»Nun, ich mag ihm den Eintritt in die Burg erleichtert haben, aber gekommen ist er aus eigenem Antrieb. Warum er das getan hat? Das müsst Ihr ihn schon selbst fragen. Obwohl ich bezweifle, dass er Euch das noch sagen kann.«

»Wird er denn das Bewusstsein nicht wiedererlangen?«, fragte Kate.

»Doch. Val wie Rafe werden wieder ganz die alten, denn ich habe nun alle Teile des Kristalls wieder beisammen. Mit anderen Worten, hütet Euch vor Mortmain!«

Kate rang mit sich. So gefährlich sah ihr Vater jetzt gar nicht aus. Aber um Vals willen durfte sie kein Risiko eingehen.

21

Valentine floh leise aus der Bibliothek in den Garten. Nur fort von dem allgemeinen Geplapper.

Auf die Nachricht von dem, was Val widerfahren war, hatten sich nicht nur Lance, Anatol und Marius mit der Rückkehr beeilt, auch die Schwestern Mariah, Phoebe und Leonie waren gekommen. Nachdem er das Krankenlager hatte verlassen können, freuten sich alle auf die baldige Hochzeit.

Im Garten stützte Val sich auf den Stock, den Jem ihm gedrechselt hatte, und dachte an all die Menschen, denen er im vergangenen Jahr wehgetan hatte. Eigentlich müsste er sich bei allen entschuldigen. Am meisten aber bei Kate.

Effie war heute Morgen auf Castle Leger erschienen und hatte alles gebeichtet. Kate war also seine auserwählte Braut. Das überraschte ihn nicht übermäßig, denn tief in seinem Herzen hatte er so etwas immer schon geahnt.

Aber wo blieb seine Braut? Seit seiner Errettung hatte er sie nur selten zu Gesicht bekommen. Das arme Mädchen sei viel zu erschöpft, erfuhr er von ihrer Mutter.

Val machte sich auf den Weg zu den Stallungen und traf dort seinen Bruder an.

»Was muss ich sehen, du fliehst vor den Damen? Das ist aber nicht sehr ritterlich von dir.«

»Ach, sie bringen mich noch um mit ihrem Tee und ihrer ewigen Besorgnis«, seufzte der Arzt. »Selbst Mutter hat in dieser Hinsicht jegliche Zurückhaltung abgelegt.«
Lance grinste. »Es freut mich sehr, dich wieder so wohlauf und munter zu sehen. Und unseren dummen Streit von neulich habe ich längst vergessen. Wir sind Brüder, auch wenn einer von uns glaubt, immer perfekt sein zu müssen.«
»Ja, wenn ich eines aus dem vergangenen Monat gelernt habe, dann das. Deswegen darfst du jetzt auch noch einmal St. Valentine zu mir sagen. Aber nur ein einziges Mal.«
»Lieber nicht, denn dann gibt ein Wort das andere und wir enden damit, uns auf dem Boden zu wälzen.« Er lächelte schief. »Außerdem möchte ich dir am Vorabend deiner Hochzeit kein blaues Auge verpassen.«
»Kannst es ja mal versuchen.« Doch dann fügte Val ernst zu. »Du wirst mir doch morgen beistehen, oder?«
»Herrje, natürlich! Aber wo wir gerade von Hochzeiten reden, wo steckt denn eigentlich deine Braut?«
»Im Rosenstrauch-Cottage. Ich wollte gerade dorthin.«
»Fein, aber vorher sollten wir noch eine Angelegenheit bereden. Es geht um Rafe … Als ich auf die Burg zurückkehrte, musste ich entdecken, dass Jem und die Stallknechte ihn ins Verlies gesperrt hatten. Nun, ich habe Mortmain freigelassen. Schließlich hat er dich gerettet, er ist Kates Vater, und …«
Val hob beide Hände, um den Redefluss seines Bruders zu stoppen: »Schon gut, du hast das Richtige getan. Ich bin froh darüber.«
»Na, das trifft sich aber günstig. Rafe steht im Stall. Er könnte schon längst fort sein, will aber unbedingt vorher mit dir sprechen.«

Der Arzt nickte. »Einverstanden, aber ich möchte allein mit ihm reden.«
Als Val in den Stall gehumpelt kam, hielt Rafe damit inne, den Sattelgurt festzuzurren. Die beiden sahen sich lange an; obwohl sie einst die erbittersten Feinde gewesen waren, wussten sie nun mehr von ihrem Leben als von jedem anderen.
Rafe ergriff als Erster das Wort: »Ich freue mich, Euch wieder bei Kräften zu sehen, St. Leger. Euer Bruder Lance hat mich freigelassen. Aber mehr als ihm habe ich Euch geschadet, und deswegen soll es letztlich Eure Entscheidung sein, ob ich meiner Wege ziehen darf.«
»Ihr seid Euer eigener Herr«, entgegnete Val. »Aber zuvor müsst Ihr mir eine Frage beantworten. Ich habe einen Monat mit Euren Albträumen und inneren Qualen gelebt. Sie hätten mich beinahe in den Wahnsinn getrieben. Ich weiß nicht, ob ich den Mut aufgebracht hätte, so etwas wieder auf mich zu nehmen. Warum habt Ihr das getan?«
»Ihr scheint zu vergessen, dass ich in dieser Zeit mit Eurem Charakter lebte und mich zum Beschützer der Witwen und Waisen entwickeln konnte. Aber« – er wurde ernst – »ich habe in Falmouth eine Frau und einen Jungen zurückgelassen, Corrine und Charley Brewer. Ich habe sicher kein Recht, von den St. Legers einen Gefallen zu erbitten, aber könntet Ihr Euch um sie kümmern, damit sie nicht an den Bettelstab geraten?«
»Gern. Aber warum kümmert Ihr Euch nicht um die beiden?«
»Ich bin doch in den alten bösen Mortmain zurückverwandelt und damit kein Beschützer der Witwen und Waisen mehr.«
Rafe wollte los, aber Val hielt ihn zurück: »Hört, das Böse

in mir kam nicht allein von Euch, sondern auch aus meinen dunklen Abgründen. Ich habe Euch falsch eingeschätzt und hätte Euch eine Chance geben sollen. Dass ich es nicht getan habe, tut mir sehr Leid.«

Mortmain lachte humorlos. »Also meint Ihr, selbst unter meiner Schale stecke ein guter Kern.«

»Zum Teil. Und Ihr seid der Vater meiner Braut, und ich liebe Kate über alles.«

»Dass einmal ein St. Leger und eine Mortmain gemeinsam vor den Traualtar treten werden ... unsere Vorfahren werden sich im Grab umdrehen.«

»Vielleicht ziehen wir damit aber auch den Schlussstrich unter eine sinnlose Familienfehde.«

Die beiden Männer gaben sich zu ihrer eigenen Verblüffung die Hand.

»Wollt Ihr Euch nicht von Kate verabschieden?«, fragte Val dann.

»Sie braucht jetzt keinen Vater mehr, sondern einen Ehemann. Aber eines müsst Ihr mir bitte glauben. Wenn ich von Kate gewusst hätte, hätte ich niemals zugelassen, dass sie in solchen Verhältnissen ihre Kindheit verbringen musste.«

»Das weiß ich, und ich werde Kate auch davon zu überzeugen wissen.«

Mortmain ritt davon, und Val machte sich daran, das zu erledigen, worauf er schon sein ganzes Leben gewartet hatte.

Minuten später stieg er vor dem Rosenstrauch-Cottage vom Pferd und klopfte an. Weil es ihm zu lange dauerte, wollte er ein zweites Mal gegen die Tür hämmern, als sie aufflog und er sich der Hausherrin gegenübersah. Die Frau brach bei seinem Anblick sofort in Tränen aus.

»Ist doch schon gut, Effie, ich habe Euch heute Morgen schon gesagt, dass ich Euch nicht böse bin.«
»Ich weine nicht wegen Euch, sondern wegen Kate. Sie ist fort!«

Die junge Frau wurde bereits seit Stunden vermisst. Niemand in der Burg oder in Torrecombe hatte sie gesehen. Val drohte zu verzweifeln, bis ihm die Idee kam, dass er nicht nur die Lebenden befragen sollte.

So rasch er konnte eilte er die alten Stufen zur Turmkammer hinauf. Als er sie betrat, wirkte sie so leer, als habe sich hier seit Jahrhunderten niemand mehr aufgehalten.

»Prospero?« Der Vorfahr hatte sich schon so manchem St. Leger gezeigt, aber noch nie Val. Das verdross ihn, und so brüllte er den Namen noch mal.

»Ja, ja, ich habe Euch schon beim ersten Mal gehört. Schließlich bin ich zwar tot, aber nicht taub.«

Valentine drehte sich langsam um und entdeckte das Gespenst auf dem riesigen Bett. Früher hätte er alles darum gegeben, einmal seinem Urahn zu begegnen und ihm hundert Fragen zu stellen.

Doch heute wollte er nur eines von dem alten Zauberer erfahren: »Wo steckt Kate? Was habt Ihr mit ihr angefangen? Wohin habt Ihr sie verschleppt?«

»Bei St. Georg, erst stürmt Ihr wie eine Räuberbande in meinen Turm, und dann verhört Ihr mich wie der Großinquisitor. Dabei hieß es immer, Ihr wärt der Ruhige in der Familie.«

»Wenn ich nicht bald erfahre, wo Kate abgeblieben ist, sollt Ihr erfahren, wie wenig ruhig ich sein kann!«

Der Geist zeigte sich vollkommen unbeeindruckt. »Ihr habt also Eure Braut verloren? Das ist aber sehr saumselig von Euch. Was bringt Euch auf den Gedanken, ich könnte etwas von ihrem Verbleib wissen?«

»Nach allem, was ich erfahren habe, wart ihr beide in der letzten Zeit ziemlich oft zusammen.«

»Seid Ihr etwa eifersüchtig? Und warum wollt Ihr sie überhaupt finden?«

»Weil ich sie liebe und heiraten will.«

»Obwohl sie eine Mortmain ist?«

»Spielt das irgendeine Rolle?«

»Kate scheint davon auszugehen.«

Natürlich, sagte sich Val. Deswegen hatte sie sich auch in den letzten Tagen von ihm fern gehalten. »Wie kann sie denn nur glauben, dass es mir etwas ausmacht, ob sie eine Mortmain ist oder nicht?«

»Na ja, vielleicht liegt das an Eurer Familienchronik, in der Ihr alle Schandtaten der Mortmains aufgelistet habt. Oder vielleicht an dem, was Ihr Kate über die Mortmains und ihre teuflische Art erzählt habt. Oder auch an Eurer nicht gerade freundlichen Meinung über ihren Vater.«

Val zuckte zusammen. »Ja, das stimmt, aber das hat nichts mit ihr zu tun.«

»Dann könntet Ihr Kate also in die Augen sehen und darin nicht Rafe Mortmain erblicken?«

»Natürlich könnte ich das!«

»Ich glaube Euch, Valentine St. Leger. Aber befragt Euch selbst, ob Ihr noch Zweifel gegen sie hegt. Das arme Mädchen hat genug Ablehnung erfahren. Ihr findet sie übrigens dort, wo man für gewöhnlich mit einem Mortmain rechnen darf.«

Val musste einen Moment überlegen. »Auf dem Verlorenen Land? Ihr habt ihr erlaubt, sich ausgerechnet dorthin zu begeben?«

»Ihr solltet Eure Braut gut genug kennen, um zu wissen, dass sie sich von niemandem etwas erlauben oder verbieten lässt.«
Die letzten Worte bekam Val kaum noch mit, denn er befand sich bereits auf dem Weg zurück und lief die Treppe hinunter.

23

Rafe trottete über die schmale Kopfsteinpflasterstraße, die zum Kai führte. Er trug seine Tasche und hatte gerade noch genug Geld, um sich nach Frankreich übersetzen zu lassen. Dort würde er schon irgendwo eine Heuer finden. Egal, wohin die Reise ging, Hauptsache weit fort.

Nachdem er den Splitter losgeworden war, erholte er sich deutlich. Und was den Rest anging, so würde es schon irgendwie weitergehen. So war es doch immer gewesen.

Aber als er den Hafen erreichte, erfüllte ihn der Anblick der Schiffe und des Wassers nicht mit der alten Sehnsucht und Leidenschaft.

Mehr noch, seine Gedanken kehrten immer wieder zu den beiden Zimmern im ersten Stockwerk des Gasthofs zurück. Mutter und Sohn schliefen noch, als er sich davongestohlen hatte.

Corrine würde seinen Abschiedsbrief rasch finden. Seit seiner gestrigen Rückkehr aus Torrecombe durfte ihr nicht entgangen sein, wie sehr er sich verändert hatte. Sie würde seinen Weggang also sicher verstehen.

Wieder auf See, würde er die beiden rasch vergessen haben und sich nicht einmal mehr an ihre Gesichter erinnern können.

»Rafe! Bitte, wartet!«

Mortmain erstarrte, als er Corrines Stimme hinter sich

hörte. Langsam drehte er sich um und setzte seine abweisende Miene auf. Wenn die Frau es nicht begreifen wollte, würde sie es eben auf die harte Tour lernen müssen. Er richtete sich zur vollen Größe auf und verzog seinen Mund zu der üblichen verächtlichen Miene. Aber der Hochmut verging ihm, als er sah, dass Corrine sich nur rasch etwas übergeworfen hatte. Sie fror sicher in dieser feuchtkalten Morgenluft.

»Verdammt, Weib, was habt Ihr vor? Euch eine Lungenentzündung holen? Lauft ohne Haube durch den Wind!«

Er legte ihr die Hände auf die Schultern und zog sie hinter ein paar aufgestapelte Kisten. Rafe sah sie streng an, während er ihr die Haare aus dem Gesicht strich. Ihre Nase hatte sich bereits rot verfärbt.

Ihre Augen waren trocken, aber sie sah ihn mit so viel Sehnsucht an, dass es ihm das Herz zusammenzog.

»Warum verfolgt Ihr mich? Habt Ihr denn meinen Brief nicht gelesen?«

»Doch, aber das Meiste darin habe ich nicht verstanden.«

»Was ist denn daran so schwer zu verstehen. Ich habe Euch gewissenhaft alle Verbrechen aufgelistet, die ich jemals begangen habe. Jetzt wisst Ihr, was für ein schlechter Mensch ich bin. Ihr und Charley solltet froh sein, mich loszuwerden. Mich, hinter dem die Polizei her ist.«

»Das war mir nichts Neues, Rafe.«

Damit hatte er nicht gerechnet und ließ für einen Moment seine Abwehr fallen. »Das habt Ihr gewusst? Woher denn?«

Sie zuckte die Schultern und zog an ihrem Schal.

»Ihr schaut in unbeobachteten Momenten über die Schulter, so als erwartet Ihr Ärger. Und wenn irgendwo ein Schutzmann stand, seid Ihr mit uns auf die andere Straßenseite gewechselt.«

Warum überraschte es ihn nicht, dass Corrine solche Kleinigkeiten bemerkte. Aber eine Frage blieb offen: »Wenn Ihr erraten habt, dass ich ein Spitzbube bin und ein Kopfgeld auf mich ausgesetzt ist, warum habt Ihr mich dann nicht bei der Polizei verpfiffen? Ihr hättet damit Euren Sohn geschützt und auch noch eine hübsche Belohnung eingestrichen.«

»Ihr habt doch niemals eine Gefahr für Charley oder mich dargestellt.«

»Ja, aber erst, seitdem ich den Kristallsplitter bei Valentine St. Leger abgegeben habe. Aber das hört sich natürlich verrückt an, und Ihr glaubt mir sicher nicht. Wer würde schon Zauberkräfte für möglich halten?«

»Doch, ich glaube Euch. Allerdings habe auch ich jetzt eine Frage: Unter welchem Zauberbann habt Ihr heute Morgen gestanden, als Ihr mir und Charley all Euer Geld dagelassen habt?«

»Nun, äh, Ihr wisst doch, dass ich mir nichts aus Reichtümern mache.«

»Und welche Magie hat Euch jetzt befallen, dass Ihr mich so freundlich behandelt?«

»Was, Frau, ich soll freundlich sein? Dabei knurre ich doch die ganze Zeit und beschimpfe Euch.«

»Stimmt. Aber Ihr habt mich auch hinter diese Kisten gezogen und Euch so vor mich gestellt, dass ich vor dem Wind geschützt bin.«

Mortmain wollte entschieden widersprechen, musste ihr dann aber Recht geben. Vermutlich konnte er gar nicht anders, als sie zu beschützen.

Und seine grimmige Miene hinderte sie nicht daran, ihn anzulächeln, sich auf die Zehenspitzen zu stellen und ihn sanft auf den Mund zu küssen.

Er hätte sie daran hindern sollen, doch dazu war es jetzt zu spät. Ihr Kuss schmolz das Eis in ihm. Was für ein Narr er doch gewesen war, sich einzubilden, dass er diese Frau jemals vergessen könnte.

»Verdammt, Corrine, warum hast du das getan? Begreifst du denn nicht, dass ich etwas Verantwortungsvolles tun wollte, als ich dich und Charley verließ?«

»Ich liebe dich aber so, wie du bist.«

»Was, den Piraten, den Dieb, den Mortmain-Strolch? Was könnte so einer wie ich für ein Ehemann für dich sein? Oder ein Vater für Charley.«

»Frag ihn doch einfach.« Sie drehte sich zur Straße um, und er folgte ihrem Blick. Ein paar Meter weiter stand der kleine Junge.

Nein, nicht auch noch Charley! Rafe löste sich von der Frau, um noch einen Rest seiner Abwehr aufrechterhalten zu können, aber es war schon zu spät. Der Knabe umschlang Mortmains Beine mit beiden Armen und hätte ihn beinahe zu Fall gebracht.

»Bitte, Rafe, du darfst nicht gehen!«

Der Mann fluchte kaum hörbar, gab allen Widerstand auf und hob den Jungen auf seine Arme. Wie sollte man bei einem so lieben kleinen Kerl hart bleiben?

»Du musst nicht gehen, Rafe, ganz egal, was du getan hast!«, schluchzte Charley. »Weißt du, ich habe auch schon ein paar schlimme Sachen angestellt.«

Er drückte sich an die Brust seines Wunschvaters, und Rafe klopfte ihm auf den Rücken. Eigentlich hätte er dem Jungen jetzt erklären müssen, dass er nicht bleiben könne. Aber er brachte kein Wort heraus.

Rafe wandte sich Hilfe suchend an Corrine, aber die dachte nicht daran, ihm beizustehen. Stattdessen bemerkte sie: »Ein Junge sollte niemals von seinem Vater verlassen werden.«

Was war nur aus ihm geworden? Wo blieb sein steinernes Mortmain-Herz, das doch angeblich wiederhergestellt sein sollte? Vermutlich gab es in dieser Welt eine ganze Menge Magie, die nicht von Kristallen oder den St. Legers herrührte.

Heilende Zauberkräfte, wie zum Beispiel die Liebe eines Kindes, oder das vollkommene Vertrauen in den ehrlichen braunen Augen einer Frau.

Rafe flehte in Gedanken darum, dass beides ausreichte, ihn nicht wieder in Verbitterung und Schwärze zurückfallen zu lassen.

Er trug Charley auf einem Arm und wischte mit der freien Hand eine Träne von der Wange seiner Mutter.

»Du bist eine Verrückte, Corrine Brewer. Aber wenn du stur genug bist, mich behalten zu wollen, und sogar so närrisch, mich auch noch zu heiraten, dann schwöre ich, dir und Charley nie Anlass zu geben, das zu bereuen.«

»Ich weiß, dass du diesen Schwur einhalten wirst«, lächelte sie.

Rafe drückte sie an sich, und für einen Moment vergaßen die drei alles um sich herum.

Nachdem sie gemeinsam gelacht und geweint hatten, setzte Rafe den Jungen ab. »Jetzt ist aber Schluss mit … mit diesen Sentimentalitäten. Wir müssen nämlich eine Entscheidung treffen.«

Er sah die beiden voller Liebe und Bedauern an.

»Ich kann nicht in England bleiben. Die St. Legers mögen mir in ihrer Großmut verziehen haben, aber die Polizeibehörden werden wohl kaum Gnade vor Recht ergehen lassen.«

»Das macht uns nichts aus, Rafe«, sagte Corrine, »solange wir nur zusammen sein können.«

Bevor er etwas entgegnen konnte, zupfte ihn der Junge am

Ärmel: »Rafe, wie wäre es mit Afrika? Ich wollte schon immer mal einen Löwen sehen!«
»Na, ich weiß nicht, ich hatte eigentlich einen etwas zahmeren Landstrich im Sinn. Was würdet Ihr denn von Amerika halten?«
Der Junge grinste von einem Ohr zum anderen. »Das wäre auch großartig! Können wir Rufus mitnehmen?«
Dem armen alten Gaul eine solche Reise zumuten? Ach, zum Teufel damit.
»Warum nicht?«
Charley führte einen Freudentanz auf. Rafe nahm seine Hand, legte den anderen Arm um Corinne und kehrte mit den beiden zum Gasthof zurück.
Sie würden packen, eine Schiffspassage kaufen und in der Fremde ein neues Leben beginnen.
Corinne und Charley – meine Familie, dachte Rafe, und das Herz quoll ihm vor Freude und Stolz über.
Zum ersten Mal sah die Zukunft rosig für ihn aus.

24

Der Wind wehte von der See her und heulte zwischen den nackten Ästen der toten Bäume im Verlorenen Land. Kate zog sich die Kapuze tiefer ins Gesicht und trat vorsichtig zwischen die verbrannten Ruinen des einstmals vornehmen Herrenhauses.

Die verbliebenen Mauerreste sahen aus, als würden sie jeden Moment endgültig zusammenfallen, und überall lagen Trümmer herum. Das Haus schien in seinem jetzigen Zustand bestens zu der Landschaft rings herum zu passen.

Unter anderen Umständen wäre die junge Frau zum Strand gegangen. Aber heute konnten Wasser und Wellen sie überhaupt nicht locken.

Dies war also die Heimat der ebenso stolzen wie berüchtigten Mortmains – ihrer Vorfahren. Kate lief schon seit Stunden hier herum und versuchte, etwas von ihnen zu fühlen. Aber sie spürte nur Kälte, Müdigkeit und den Kummer über ihre wenig erfreuliche Lage.

Irgendwann hatte sie genug und wollte zu ihrem Pferd zurück, das sie ein Stück weiter angebunden hatte.

Da bemerkte sie einen Reiter, der über die Hügel herangeprescht kam. Kate wusste, dass ehrliche Menschen nur selten hierher zu kommen pflegten. Sie überlegte, wo sie sich verstecken sollte, als ein Sonnenstrahl auf das Gesicht des Reiters fiel und sie ihn erkannte.

Valentine!
Schwarzes Haar und Umhang flatterten hinter ihm her, und ihr Herz machte einen Satz. Sie hätte wissen müssen, dass er sie suchen würde. Sein Leben lang hatte er sie beschützt, und nur, weil sie eine Mortmain war, würde er damit nicht aufhören. Dafür war er viel zu edel.
Kate spürte das alte Verlangen, ihm entgegenzulaufen und sich ihm in die Arme zu werfen. Aber die schwarzen Ruinen des Mortmain-Anwesens warfen einen langen Schatten über sie.
So blieb sie stehen und starrte verwundert auf Val. Er ritt tatsächlich den weißen Hengst. Dann zügelte er sein Ross, sprang aus dem Sattel und landete mit dem gesunden Bein. Er humpelte zwar noch, ließ sich davon aber offensichtlich nicht beeinträchtigen, als er das Pferd hinter sich herzog und am Ast einer Eiche anband.
Jetzt konnte Kate sich nicht länger zurückhalten. Sie rannte zum Sattel, zog den Gehstock heraus und reichte ihn Val, wie sie das schon über tausend Mal getan hatte.
»Danke«, sagte er sachlich, als habe er einen Stallburschen vor sich.
»Val, was machst du hier? Und dann reitest du auch noch Sturm! Ich dachte, du wolltest ihn längst loswerden!«
»Das hatte ich auch vor, aber irgendwie haben der Hengst und ich uns geeinigt. Ich sorge dafür, dass er ausreichend Hafer bekommt, und dafür wirft er mich nicht mehr ab.«
»Aber dein Bein –«
»Reine Gewöhnungssache. Vermutlich wird mein Knie mich später dafür bestrafen, aber das ist es mir wert. Außerdem brauche ich ein schnelles Pferd, wenn du mir weiterhin immer wieder fortläufst.«
»Ich bin doch nicht fortgelaufen!«
»Na, dann verstehst du dich aber gut darauf, uns alle zum

Narren zu halten. Verschwindest ohne ein Wort und lässt mich halb krank vor Sorge zurück.«
»Entschuldigung, ich wollte dir keine Umstände machen.«
»Dann gib bitte vor deinem nächsten Ausflug Bescheid. Und nicht nur einem eingebildeten Gespenst.«
Er hob ihr Gesicht mit zwei Fingern an, und seine Berührung war so sanft wie sein Lächeln. Doch seine Augen waren nicht mehr so wie im letzten Monat, nicht einmal wie früher. Weder Fieberleuchten noch traurige Geduld zeigte sich in ihnen. Val sah sie vielmehr stark und entschlossen an wie ein Mann, der genau wusste, was er wollte, und gekommen war, sich das zu holen.
Kate klopfte das Herz bis zum Hals.
»Also, mein Schatz, was soll dieser ganze Unsinn?«, wollte er wissen. »Warum meidest du mich seit einiger Zeit?«
»Das weißt du sehr genau, Val«, antwortete sie mit kläglicher Stimme. »Ich … ich bin eine Mortmain.«
»Wenn das alles ist, was dich bedrückt, Liebes, so lässt sich das leicht beheben. Du hast mich einmal gefragt, ob ich meinen Namen mit dir teilen wolle, und jetzt bin ich hier, um dir genau das anzubieten.«
Er beugte sich vor, um sie zu küssen, aber sie zog sich vor ihm zurück. Wie üblich war er wieder einmal viel zu edel.
»Nein, Val, das geht nicht.«
Er verschränkte die Arme vor der Brust und sah sie stirnrunzelnd an. »Was hast du denn dann jetzt vor, junge Dame? Willst du mich verlassen und hier deinen Hausstand gründen?«
»Nein, ich … ach, ich weiß auch nicht …« Kate wusste nicht mehr, warum sie überhaupt aufs Verlorene Land gekommen war. »Ich habe immer gehört, dieser Ort sei so böse und verwunschen wie seine einstigen Bewohner, und davon wollte ich mich wohl selbst überzeugen.«

»Und, bist du auf etwas Teuflisches gestoßen?«
»Nein«, antwortete sie nach einem Moment. »Dieses Land wirkt eher traurig, einsam und verlassen.«
»Ja, dieses Gefühl hatte ich auch, als ich hierher geritten bin. Wenn diese Gegend von etwas heimgesucht wird, dann von der Tragödie, dass hier so viele Menschen in Verbitterung und Hass untergehen mussten.«
Er lächelte sie an. »Genau das wäre auch mir zugestoßen, wenn du nicht gewesen wärst.«
»Nein, Val, der Kristall hat dich verwandelt –«
Aber Val schüttelte heftig den Kopf. »Nein, Kate, du hast in mir stets den vollkommenen Mann sehen wollen, aber ich habe Fehler wie jeder andere auch. Wenn du nicht in mein Leben getreten wärst, hätte ich mich schon vor Jahren in einen alten Griesgram verwandelt und mich mit meinen Büchern eingeschlossen.«
»Ich habe dich doch nur geplagt und mit meiner Sprunghaftigkeit gequält.«
»Du hast mich zum Lachen gebracht und dazu verführt, ins Sonnenlicht zurückzukehren. Ach, Kate, ich habe so viele Fehler gemacht. Einer der schlimmsten davon dürfte der gewesen sein, dir so viel Hass auf Rafe Mortmain eingegeben zu haben. Er war genauso wenig der vollkommene Schurke wie ich der vollkommene Held. Wenn Rafe von dir gewusst hätte, hätte er sich um dich gekümmert und dich geliebt. Das musst du mir glauben, denn ich habe sein Innerstes kennen lernen dürfen.«
»Ich glaube dir«, sagte sie leise, und Tränen stiegen in ihre Augen. Eigentlich sollte es sie kalt lassen, so etwas von ihrem Vater zu hören, aber merkwürdigerweise berührte sie das sehr. So viele Jahre lang hatte sie geglaubt, von beiden Elternteilen im Stich gelassen worden zu sein.
»Ich habe Rafe nie das geringste Entgegenkommen ge-

zeigt«, fuhr Val fort, »und das aus dem einzigen Grund, weil er mit Nachnamen Mortmain heißt. Da bedurfte es erst eines sonderbaren Halloweens und eines Kristallsplitters, um ihn besser kennen zu lernen – und mich selbst auch. Ich weiß jetzt, dass ich kein Heiliger bin und das auch niemals war.«

»Ach, Val« – sie streichelte ihm über die Wange – »ich wollte dich auch nie als Heiligen haben.«

»Schön.« Er wollte sie an sich ziehen, aber sie stemmte ihre beiden Hände gegen seine Brust. Wie gern hätte sie diese wunderbare Entwicklung akzeptiert … aber sie fühlte sich immer noch unsicher.

»Val, bist du dir absolut sicher, dass du mich immer noch willst? Dass du jetzt nicht wieder nur deinem Ehrgefühl nachgibst und mich heiraten musst, weil Effie gesagt hat, ich wäre deine auserwählte Braut?«

Der Arzt lachte laut.

»Ob ich mich verpflichtet fühle? Meine liebe Kate, du hast die Familiensage immer noch nicht richtig verstanden, was? Die Liebe zwischen Bräutigam und auserwählter Braut hat nichts mit Pflichterfüllung oder dergleichen zu tun. Dafür umso mehr mit der Magie zwischen zwei Herzen, die nur noch füreinander schlagen, und damit, dass zwei Menschen vom Schicksal füreinander bestimmt sind, dass sie sich bis ans Ende aller Zeiten lieben. Zwei Menschen wie du und ich.«

»Wie du und ich«, wiederholte sie und verfiel angesichts der Liebe in seinem Blick in eine Art Trance.

Val löste ihre Hände von seiner Brust, zog sie an sich und küsste sie lange, zärtlich und wie nie zuvor. Kate blieb atemlos und bebend zurück.

»Und willst du jetzt alle Narreteien über Bord werfen und meine Frau werden?«

»O ja, ja, Val«, flüsterte sie und war noch nie so sicher wie jetzt.
Er warf den Stock beiseite, hob sie in die Arme und küsste sie voller Begehren und heißer Leidenschaft. Kate machte willig mit, hatte sie doch befürchtet, nie wieder so viel Glut bei ihm zu erleben.
Keuchend starrte sie ihn an: »Val, du stehst doch nicht unter dem Einfluss von irgendeinem Zauber, oder?«
Er grinste. »Wenn du nicht wieder irgendeinen Bann über mich gelegt hast ...«
Kate schüttelte den Kopf.
»Dann muss ich ganz allein für all die verdorbenen Gedanken verantwortlich sein, die deine bloße Nähe in mein Bewusstsein zaubert.« Er strich ihr über die Wange, und Kate versank in der Liebe, die aus seinen Augen strömte.
»Nach dem Skandal, den wir bereits hervorgerufen haben, sollten wir uns bis zur Hochzeit etwas gesitteter benehmen.«
»Ja, sollten wir wohl«, seufzte sie voller Bedauern.
Der fromme Entschluss hielt nur so lange, bis sie sich wieder in die Augen schauten ...

Sie verbrachten den Rest des Tages in Vals großem Bett, und die Laken zeigten an, welch hemmungslose Leidenschaft sich hier Bahn gebrochen hatte.
Kate kuschelte sich an ihn und genoss das Gefühl, dass nun keine Barrieren mehr zwischen ihnen errichtet waren. So entspannt sie sich auch fühlte, sie konnte es einfach nicht lassen, ihn anzufassen. Ihre Finger wanderten über seine Muskeln und seine Brust.
»Ich glaube, ich werde wohl nie verstehen, welch unbezähmbares Verlangen einen St. Leger überkommt, wenn er seine auserwählte Braut lieben will.«

Er lächelte sie schelmisch an. »Irgendwann werden wir innehalten, uns anziehen und zum Vikar gehen müssen, mein Engel.«
Sie setzte sich zur Antwort auf ihn, lächelte zu ihm hinab und zog mit einem Finger seine Kinnlinie nach.
»Keine Bange, dir wird schon keiner einen Vorwurf machen. Alle werden sagen, das sei nur die Schuld von dieser schrecklichen Kate Fitzleger, diesem Findelkind mit der zweifelhaften Herkunft ... Eigenartig, nicht war, mein ganzes Leben lang hat man mir Findelkind hinterhergerufen, aber ›gefunden‹ fühle ich mich erst, seit du mich in deine Arme genommen hast.«
Sie küssten sich wieder, und später sagte Val: »Kate, ich weiß, dass die Menschen in Torrecombe nicht immer nett zu dir gewesen sind. Wenn du möchtest, ziehen wir nach der Hochzeit woanders hin und fangen in der Fremde ganz von vorn an.«
Aber die junge Frau schüttelte den Kopf. »Nein, wir beide sind hier zu Hause. Und dann müssen wir auch noch an Effie denken.«
»Ja, sie wird sich sicher recht einsam fühlen, wenn du aus dem Rosenstrauch-Cottage ausgezogen bist. Wir ... wir könnten sie ja hierher mitnehmen.«
Kate lachte, als sie seinen Augen ansah, welches Entsetzen ihm diese Vorstellung bereitete.
»Das ist wirklich sehr großzügig von dir, mein Schatz. Da sage noch einer, du wärst kein Held. Aber keine Bange, ich habe andere Pläne für meine Mutter: Sie soll Mr. Trimble heiraten, der sie sehr verehrt.«
»Verkuppelst du schon wieder, mein Liebes?«
»Na ja, als Effies Tochter komme ich durchaus als die nächste Brautsucherin in Frage. Nimm zum Beispiel, wie gut ich Victor versorgt habe. Als ich das Dorf verließ, sah

ich, wie er sich auf den Weg zu Mollie Greys Hof machte. Gut möglich, dass ich Effies Talent geerbt habe. Nur werde ich niemals so langmütig sein wie meine Mutter. Wehe dem St. Leger, der an der von mir ausgesuchten Braut etwas herumzumäkeln hat!«
»Der Himmel stehe uns bei!«
»Der kann dir jetzt auch nicht mehr helfen, du bist rettungslos an mich gebunden.« Und sie besiegelte ihre Worte mit einem langen Kuss.
Val schlang die Arme um sie, drehte sich im Kreis mit ihr und streichelte und liebkoste sie, bis Zärtlichkeit in feurige Leidenschaft überging.
»O Kate, mein wildes, wildes Mäd…« Er unterbrach sich. »Meine wilde, wilde Lady.«
Die beiden kannten sich schon immer, zuerst als Freunde und dann als Liebende. Doch kam es ihnen so vor, als gäbe es beim anderen noch eine Menge zu entdecken..
Und dafür stand ihnen alle Zeit der Welt zur Verfügung.

Epilog

An einem kalten Dezembermorgen fand endlich die Hochzeit von Kate und Valentine statt – zur großen Erleichterung der Familie St. Leger und der Bevölkerung von Torrecombe.

Noch immer machten bei den Dörflern Geschichten von Lord Anatoles Großvater die Runde, den die Leidenschaft zu seiner gefundenen Braut so gepackt habe, dass er mit ihr eine Woche lang das Bett nicht verließ, ehe sie endlich vor den Altar traten.

Niemand hätte je erwartet, dass dieser Rekord jemals gebrochen werden könnte – am allerwenigsten von einem so ruhigen Gelehrten wie Valentine St. Leger. Die Ältesten in Torrecombe steckten die Köpfe zusammen und nickten wissend. Wie sagte doch das Sprichwort: Stille Wasser sind tief.

Als Kate und Val die Kirche verließen, jubelte ihnen das ganze Dorf zu. Die Kinder ließen Bänder flattern und warfen Blütenblätter.

Allgemein herrschte die Ansicht vor, dass Miss Kate eine wunderschöne Braut sei und zum ersten Mal wie eine Lady auftrete.

Der Bräutigam hatte, wie es sich für einen St. Leger gehörte, nur Augen für sie. Noch auf den Stufen von St. Gothian nahm der Arzt seine Braut in den Arm und gab ihr einen so leidenschaftlichen Kuss, dass die Menge sich rasch begeisterte und der Vikar schockiert den Blick abwandte.

Niemand bemerkte den großen Mann, der aus einiger Entfernung zuschaute. Sehnsucht trat in Prosperos Blick, als er die strahlende Braut betrachtete.

»Passt mir gut auf unser wildes Mädchen auf, St. Leger«, murmelte der Zaubermeister.

Dann wandte er sich mit einem breiten Lächeln ab und verschwand in einer Wolke aus Nebel.